中國古典文學基本叢書

蘇軾詩集

第二册

〔清〕王文誥輯註
孔凡禮點校

蘇軾詩集卷七

古今體詩四十五首

【誥案】起熙寧四年辛亥十一月發潤州，赴太常博士直史館杭州通守任，至五年壬子七月作。

遊金山寺

〔王註高荷曰〕《圖經》：金山龍游寺，屹立江中，爲諸禪刹之冠。舊名澤心。梁武帝天監四年，親臨澤心寺，設水陸會。聖朝天禧初，真宗夢遊此，賜今額。〔查註〕《太平寰宇記》：金山澤心寺，在潤州城東南揚子江中，因頭陀開山得金，故名金山寺。《頭陀巖記》謂：金山之名，始於李錡奏請。王象之云：《唐書》，建中之難，陳少游在揚州，以甲士三千臨江大閱，韓滉亦總兵臨金山。則建中時，已有金山之名，非始於李錡也。

我家江水初發源，〔王註〕《家語》：孔子曰：江始於岷山，其源可以濫觴。〔施註〕《文選》郭景純《江賦》：惟岷山之導江，初發源乎濫觴。《漢·地理志》岷山註：在蜀郡。宦游直送江入海。〔施註〕《尚書·禹貢》：岷山導江，東别爲沱，又東至於澧，過九江，至於東陵，東迤北會於匯，東爲中江，入於海。《漢·司馬相如傳》：宦游不遂而困。【誥案】一語破的，已具傳《禹貢三江考》本領。聞道潮頭一丈高，〔施註〕《杭州圖經》：枚乘《七發》云：江水逆流，海水上潮。天寒尚有沙痕在。中泠南畔石盤陀，〔王註縯曰〕揚子江有中泠水，爲天下點茶第一，見張又新《水記》。〔合註〕《名勝志》：中泠亦曰南零。古來出没隨濤波〔一〕。試登絶頂望鄉國，〔施註〕杜子美《望嶽》詩：會當臨絶頂。韓退之詩：眼中了了見鄉國。江南江北青山多。羈愁畏晚尋歸楫，〔施註〕韓退之《洞庭阻風》詩：非懷北歸興，何用勝羈愁。〔合註〕杜子美《寄韋有夏郎中》詩：歸楫生衣卧。山僧苦留看落日。微風萬頃靴文細〔二〕，〔合註〕陸放翁詩「水紋靴皺風初緊」，當即先生詩意也。斷霞半空魚尾赤。〔王註陳知柔曰〕《詩·周南·汝墳》：魴魚赬尾。註：赬，赤也，魚勞則尾赤。是時江月初生魄，〔施註〕《尚書·武成》：月三日庚戌，柴望，大告武成，既生魄。《禮記·鄉飲酒》：月三日而成魄。二更月落天深黑。【誥案】公以十月十六日至山陽，自應以十一月初三日至金山，且有「二更月落」之句爲證，卽非十六日之事矣。邵、翁二註，徒滋訟説，皆删。江心似有炬火明，飛焰照山棲烏〔三〕驚。〔王註汪革曰〕先生嘗云：山林藪澤，晦明之夜，野火生焉，散布如人秉燭，其色青，異乎人火。〔施註〕《嶺表異物志》：海中遇陰晦，波如然火，滿海，以物擊之，迸散如星火，有月卽不復見。木元虚《海賦》云：陰火潛然，豈謂此乎。悵然歸卧心莫識，〔合註〕傅亮《感物賦》：悵然有懷。非鬼非人竟何物。〔公自註〕是夜所見如此。江山如此不歸山，江神見怪驚我頑〔四〕。我謝江神豈得已，有田不歸如江水。〔施註〕《左傳·僖公二十四年》：晉文公謂咎犯曰：「所不與舅氏同心者，有如白水。」〔查註〕《晉書·祖逖傳》：元帝以逖爲奮威將軍，渡江，中流擊楫而誓曰：「祖逖不能清中原而復濟者，有如大江。」【誥案】紀昀曰：首尾謹嚴，筆筆矯健，節短而波瀾甚闊。

自金山放船至焦山

〔王註張拭曰〕《潤州圖經》云：焦山普濟院，在金山之東。〔施註〕《潤州圖經》：焦山，焦先所隱，故以爲名。〔查註〕焦光，一作先。《高士傳》云：世莫知其所出。或云，生漢末。嘗結草爲廬於河之湄，後野火燒其廬，因露寢，冬雪大至，袒臥不移。

金山樓觀何耽耽，〔施註〕《文選·西京賦》：大廈耽耽。註：深邃之貌。撞鐘擊鼓聞淮南。〔施註〕《晉·夏統傳》：甲夜之初，撞鐘擊鼓。《楞嚴經》云：食辦擊鼓，衆集撞鐘。〔合註〕《唐書·地理志》：淮南採訪使，治揚州。焦山何有有修竹，〔施註〕《毛詩·秦風·終南》：終南何有，有條有梅。采薪汲水僧兩三。雲霾浪打人跡絶，〔合註〕江總詩：虛宇宿雲霾。杜荀鶴詩：山根浪打鳴。時有沙户祈春蠶。〔公自註〕吳人謂水中可田者爲沙。我來金山更留宿，而此不到心懷慚。同遊興盡〔五〕決獨往，〔施註〕淮南王《莊子要畧篇》：山中之人，輕天子細萬物而獨往。《列子·力命篇》：獨往獨來，獨出獨入，孰能破之？賦命窮薄輕江潭。〔施註〕《漢·揚雄傳》：或橫江潭而漁。〔合註〕鮑照詩：賦命有厚薄。清晨無風浪自湧，〔施註〕《文選》曹子建樂府：雲散還城邑，清晨復來還。中流歌嘯倚半酣。〔施註〕《列女傳》：趙津女娟，中流爲簡子發《河激之歌》。白樂天《琴酒》詩：心地忘機酒半酣。老僧下山驚客至，迎笑喜作巴人談。〔公自註〕焦山長老，中江人也〔六〕。〔施註〕《文選·宋玉對楚王問》：下里巴人。自言久客忘鄉井，只有彌勒爲同龕。〔施註〕《法帖·褚遂良書》：久棄塵滓，與彌勒同龕，一食清齋，六時禪誦。困眠得就紙帳暖，飽食未厭山蔬甘。山林飢餓〔七〕古亦有，無田不退寧非貪。展禽雖未三見黜，〔施註〕《左傳·文公二年》：臧文仲下展禽。杜預曰：展禽，柳下惠也。文仲知柳下惠之賢，而使在下位。叔夜自知七不堪。〔王註〕嵇叔夜《與山巨源書》：有必不堪者七，甚不可者三。行當投劾謝簪組，〔施註〕《後漢・崔駰傳》：祖篆辭甄豐辟命，投劾而歸。〔邵註〕《後漢・列傳四十三・序》云：閔仲叔世稱節士。建武中，應侯霸之辟。既至，霸不及政事，徒勞苦而已。仲叔恨，遂辭出，投劾而去。註：案罪曰劾，自投其劾狀而去也。爲我佳處留茅菴。〔合註〕司空圖詩：終南最佳處，禪頌出青霄。王子年《拾遺記》：編茅爲菴。【誥案】紀昀曰：前半以金山縈繞，後半借鄉僧生情，布局極有波折，語亦脫灑。

甘露寺〔八〕

〔王註林致約曰〕《圖經》：甘露寺在北固山，唐寶曆中李德裕建。時甘露降此山，因以名之。〔施註〕李德裕《祭言禪師文》：因甘露之降瑞，立仁祠於高標。東坡自註此詩云：欲遊甘露寺，有二客相過，遂與偕行。寺有石如羊，相傳謂之狠石，云：「諸葛亮孔明坐其上，與孫仲謀論曹公也。」大鐵鑊二，案銘梁武帝所鑄。畫師子一、菩薩二，陸探微筆。衛公所留祠堂在寺，手植柏合抱矣。近寺僧發古殿基，得舍利七粒，并《石記》，乃衛公爲穆宗皇帝追福所葬也。

江山豈不好，獨遊情易闌。〔施註〕劉禹錫《別浩初師》詩：近郊有時景，獨游常鮮歡。但有相攜人，〔施註〕韋應物《陪王卿游》詩：君子有高躅，相攜在幽尋。何必素所歡。〔施註〕《漢・張耳傳》：如平生歡。《文選》陸士衡《擬古詩》：置酒宴所歡。我欲訪甘露，當途無閑官。〔施註〕白樂天《贈吴丹》詩：終當乞閑官，退與夫子游。〔合註〕《韓非子》：當塗之人擅事要。二子舊不識，欣然肯聯鞍。古郡山爲城，〔施註〕《史記・秦始皇本紀》：斬華爲城。註云：斷華山爲城。層梯轉朱欄。〔施註〕《杼情集》權審著《題山院》詩：薄日度朱欄。樓臺斷崖上，地窄天水寬。〔施註〕白樂天《游悟真寺》詩：地窄虛空寬。一覽吞數州，山長江漫漫。〔施註〕白樂天《新樂府》：海漫漫，直下無底旁無邊。却望大明寺，〔王註林子敬曰〕大明寺，在揚州。〔施註〕徐鉉《吴録》：太祖入廣陵，造大明寺，迎明相術僧法進以處之。〔查註〕《輿地紀勝》：大明寺，在揚州蜀岡側。盛儀《維揚志》：寺在江都縣西北，古之棲霞寺也。惟見煙中竿。狠石〔九〕卧庭下，〔施註〕《潤州類集》：《輿地志》，石羊巷在城南，吴時孫氏隧道也。劉備詣孫權，權與俱獵，因醉，各據一石羊。羅隱《石羊》詩：紫髯桑蓋此沈吟，狠石猶存事可尋。漢鼎未安聊把手，楚醪雖美肯同心。穹窿如伏羱。〔王註次公曰〕羱，羊也。《史記》云：狠如羊，貪如狼。〔合註〕梁簡文帝詩：天闕復穹窿。《爾雅·釋畜》：羱如羊。註：似吴羊而大角。緬懷卧龍公，挾策事琱鑽。〔施註〕《文選》：商鞅挾三策以鑽孝公。〔合註〕見《答賓戲》，作「挾三術」。一談收猘子，〔施註〕《吴曆》：曹公聞孫策平定江東，意甚難之，嘗呼猘兒，難與爭鋒。猘，狂犬也。【誥案】以策比權也。再説走老瞞。〔王註〕《蜀志·諸葛亮傳》：説孫權，與先主并力敗曹操於赤壁。名高有餘想，事往無留觀。〔施註〕《文選》謝靈運《入彭蠡》詩：三江事多往。蕭公〔一〇〕古鐵鑊，〔施註〕《三國典畧》：高歡謂杜弼曰：「江東老翁蕭衍，專事衣冠禮樂。」梁武，姓蕭名衍。《潤州類集》：甘露寺，有梁天監中所鑄鑊，有銘可驗。〔查註〕《名勝志》：甘露寺中鐵鑊甚鉅，梁天監十八年造。在解脱殿前。銘曰：滿貯甘泉，種以荷蕖。供養十方，一切諸佛。後二行書官人名并「五十石鑊」四字。〔合註〕李義山詩：不得蕭公作騎兵。相對空團團。陂陀〔一一〕受百斛，〔施註〕《漢·司馬相如傳》：罷池陂陀，下屬江河。積雨生微瀾。〔施註〕韓退之《南山》詩：微瀾動水面。泗水逸周鼎，渭城辭漢盤。〔王註〕李賀《金銅仙人辭漢歌》云：攜盤獨出月荒涼，渭城已遠波聲小。〔施註〕《三國志·魏書·明帝紀》引魚豢《魏畧》：景初元年，徙長安鐘簴、駱駝、銅人、承露盤。盤折，銅人重不可致，留於霸城。山川失故態，〔施註〕《後漢·嚴光傳》：狂奴故態也。韓退之《韋大尉孔雀》詩：飄零失故態。怪此能獨〔一二〕完。

僧繇六化人，〔王註續曰〕晉左軍張僧繇。〔潘大觀曰〕《畫史》：甘露寺張僧繇四菩薩，長四尺，一版長八尺許。〔施註〕《潤州類集》：甘露寺有張僧繇畫菩薩。《列子·周穆王篇》：周穆王時，西極之國，有化人來。霓衣掛冰紈。〔施註〕《後漢·章帝紀》：詔齊相省冰紈。註：紈，素也。冰，言色鮮潔如冰。《文選》范蔚宗《宦者論》：冰紈霧縠之積，盈牣珍藏。〔合註〕劉禹錫詩：玉清臺上著霓衣。隱見十二疊，〔合註〕十二疊者，當是六板之陰陽，兩面皆畫也。如本集《四菩薩閣記》云：八板皆吴道子畫，陽爲菩薩，陰爲天王。凡十有六軀。可以互證。觀者疑夸謾。破板陸生畫，〔王註續曰〕陸探微，南齊吴郡人。〔鹿伯可曰〕《畫史》云：探微神面黄口，神采驚人。青猊戲盤跚。〔施註〕《潤州類集》：甘露寺有陸探微畫狻猊。《史記·平原君傳》：民家有躄者，盤跚行汲。〔合註〕《郴行録》云：甘露寺菩薩二，神一，師子一，世傳陸探微筆。上有二天人，〔合註〕《涅槃經》：佛爲天人師。揮手如翔鸞。〔施註〕《文選》劉越石詩：揮手長相謝。〔合註〕嵇康《琴賦》：翔鸞集其顛。筆墨雖欲盡，〔施註〕杜子美《畫鶻》詩：畫色久欲盡，蒼然猶出塵。典型垂不刊。〔查註〕杜預《春秋傳序》：左丘明受經於仲尼，以爲經者不刊之書也。赫赫贊皇公，〔王註續曰〕李德裕，其先贊皇人。〔施註〕《唐·李德裕傳》：初封贊皇縣伯。《毛詩·小雅·正月》：赫赫宗周。杜子美《遣興》詩：赫赫蕭京兆，今爲時所憐。英姿凛以寒。〔施註〕杜子美《丹青引》：英姿颯爽來酣戰。古柏手親〔三〕種，挺然誰敢干。〔施註〕《潤州類集》：甘露寺，今有李德裕祠堂畫像及所植檜。〔合註〕米元章《甘露寺詩序》：張僧繇四菩薩，吴道子行脚僧，元符末爲火所焚，李衛公手植檜亦焚。【誥案】柏葉松身爲檜，是檜亦似柏也。枝撑雲峰裂，根入石窟蟠。〔合註〕鮑照詩：霽旦見雲峰。《晉書·郭璞傳》：鑿石窟而居。薙草得斷碑，〔施註〕《周禮·秋官》：薙氏掌殺草。鄭玄曰：薙，翦也。〔合註〕《文選·頭陀寺碑》：爲之薙草開林。斬崖出金棺。瘞藏豈不牢，見伏理可歎。〔施註〕《玉壺清話》：潤州甘露寺，熙寧四年春，江中漁者見神光累夕起於溷廁間，一旦，其廁無故自圮。長老應夫再營之，方築基壍土，去地數尺，一礎覆土中。刻曰：有唐太和三年正月二十四日，於上元縣禪衆寺舊塔基下，獲舍利石函，以其年二月十五日，重瘞藏於丹徒縣甘露寺東塔下。金棺一，銀椁一，錦襆九重，皆余之施也。余創甘露寺寶刹，重瘞舍利，以資穆皇之冥福也。江浙西道觀察等使兼潤州刺史李德裕記。四雄皆龍虎，〔王註次公曰〕四雄謂諸葛孔明、孫仲謀、蕭梁武帝、贊皇公也。【誥案】紀昀曰：張、陸皆梁人，因鐵鑊連類及之，併入梁武之下，不在此數。遺迹儼未刓。〔施註〕《國語》：靈王不顧其民，一國棄之如遺迹焉。《前漢·韓信傳》：刻印刓。〔邵註〕《韓信傳註》：刓，五丸反，手弄角訛也。方其盛壯時，争奪肯少安。〔施註〕杜子美《贈閭丘師兄》詩：漠漠世界黑，驅驅争奪繁。廢興屬造物，遷逝誰控摶。〔施註〕漢賈誼《服賦》：千變萬化兮，未始有極。忽然爲人兮，何足控摶。《文選》王仲宣《登樓賦》：遭紛濁而遷逝。況彼妄庸子，〔王註〕《前漢書》：灌嬰熟視魏勃，笑曰：「人謂魏勃勇，妄庸人耳。」而欲事所難。古今共一軌，〔施註〕《禮記·中庸》：天下車同軌，書同文。〔合註〕聶夷中詩：古今同一軌。後世徒辛酸。〔施註〕《文選》劉越石《答盧諶詩序》：備辛酸之苦言。杜子美《別賀蘭銛》詩：自古鼻酸辛。聊興廣武歎，〔王註援曰〕《晉·阮籍傳》：嘗登廣武，觀楚漢戰處，歎曰：「時無英雄，使竪子成名。」今孟州汜水縣。〔次公曰〕先生《詩話》，嘗辨廣武歎事云：昔先友史經臣彦輔謂余曰：「阮籍登廣武而歎，豈謂沛公竪子乎？」余曰：「非也，傷時無劉、項也。竪子，指魏晉閒人耳。」其後余遊潤州甘露寺，寺有孔明、孫權、梁武、李德裕遺迹，感而賦詩，猶此意也。〔查註〕《元和郡縣志》：滎澤縣有廣武城，在三皇山上，或謂之三寶山。上有二城，曰東廣武、西廣武，各在一山頭，相去二百餘步。《水經注》：高祖與項羽對語，羽射漢祖中胸處也。不待雍門彈。〔施註〕桓譚《新論》：雍門周以琴見孟嘗君。君曰：「先生鼓琴，亦能使文悲乎？」對曰：「竊爲足下有所悲。千秋萬歲後，墳墓生荆棘，游童牧竪，躑躅而歌其上，曰，孟嘗君之尊貴，亦若是乎？」於是，孟嘗君喟然太息，淚承睫而未下。雍門周引琴鼓之，孟嘗君遂歔欷而就泣。【誥案】紀昀曰：以敘記體行之，首尾完整，可爲長篇之式。其說是。至所謂與《李氏園》詩同法者，誤，已删。

初到杭州寄子由二絕

【誥案】鄧元錫《函史》云：直史館蘇軾具條法弊事上。當是時，諸臣僚類虛言訶譴或至已甚，惟軾指事陳擿，往往切當，帝大稱善，而安石大惡之。侍御史謝景温詆軾罪，窮治無所得，出判杭州。自此詩起以下，皆倅杭作。公舊名《錢塘集》。

其一

眼看時事力難任〔四〕，〔施註〕韓退之詩：居閒食不足，從仕力難任。〔查註〕《烏臺詩案》：熙寧四年十二月內，初到杭州，《寄子由》詩「眼看時事」云云，意謂新法青苗、助役等事，煩雜不可辦，亦言己才力不能勝任也。貪戀君恩退未能。〔施註〕白樂天詩：未報君恩歸未得，慙君爲寄《北山文》。遲鈍終須投劾去，〔施註〕《漢·翟方進傳》：號遲頓不及事。註：頓讀曰鈍。使君何日換聾丞。〔施註〕《漢·黃霸傳》：許丞老，病聾，督郵白，欲逐之。霸曰：「許丞雖老，尚能拜起送迎，正頗重聽，何傷？」

其二

聖明寬大許全身，〔施註〕《後漢》：春日下寬大詔。〔合註〕林希《野史》云：王安石恨怒蘇軾，欲害之，未有以發。會詔近侍舉諫官，范鎮薦軾，謝景温劾軾向丁父憂歸蜀，往還多乘舟載物貨賣私鹽等事。安石大喜。事下八路，按問水行及陸行所歷州縣，令具所差借兵夫及柁工訊問，賣鹽卒無其實；眉州兵夫乃近侯新守，因送軾至京。既無以坐軾，會軾請外，例當作州，巧抑其資，以爲杭倅。士論無不薄景温云。衰病摧頹自畏人。〔施註〕白樂天《早秋》詩：悶默向隅心，摧頹觸籠翅。《文選》魏文帝《雜詩》：客子常畏人。莫上岡頭苦相望，〔王註〕《詩·魏風·陟彼》：陟彼岡兮，瞻望兄兮。吾方祭竈請比鄰。〔王註〕《漢書·孫寶傳》：張忠爲御史大夫，辟孫寶爲屬，欲令授子經。寶自劾去。後署主簿，徙入舍，祭竈請比鄰。【誥案】一結妙甚。

次韻柳子玉二首

地爐

細聲蚯蚓發銀瓶，〔王註〕韓退之《石鼎聯句》詩：時於蚯蚓竅，微作蒼蠅鳴。擁褐横眠天未明。〔施註〕《纂異記》：陳季卿遇終南山翁，擁褐而坐。衰鬢鑷殘攲雪領，〔王註李錞曰〕杜牧之詩：金鑷洗霜鬢。〔施註〕鄭嵎《津陽門》詩：笑云鮐老不爲禮，飄蕭雪領霜垂頤。壯心降盡倒風旗。〔王註〕《史記·蘇秦傳》：齊王曰：「寡人心摇摇如懸旌。」〔施註〕《毛詩·召南·草蟲》，又《小雅·出車》：我心則降。杜子美《江樓夜宴》詩：更覺寸心降。孟東野《京山行》：此時游子心，百尺風中旌。自稱丹竈錙銖火，〔王註秦少儀曰〕《大還丹祕契圖》曰：凡一斤藥，有十六兩，每兩有二十四銖，從冬至建子日辰起火，分兩錙銖相應。〔施註〕《文選》江文通《別賦》：守丹竈而不顧。倦聽山城長短更。聞道牀頭惟竹几，夫人應不解卿卿。〔公自註〕俗謂竹几爲竹夫人。〔施註〕《世說》：王安豐婦卿安豐。豐曰：「婦人卿壻，於禮不敬。」答曰：「我親卿愛卿，是以卿卿，我不卿卿，誰復卿卿？」遂恒聽之。

紙帳

亂文〔一五〕龜殼細相連，〔合註〕《續通鑑長編》：太平興國七年，詔錦綺鹿胎透骨六銖敧正龜殼等匹段，自今不須買織。【誥案】此句言紙也，故云「亂文龜殼」。下三句全恃此句領起，若如合註以錦綺匹段實之，則「慣卧」、「潔似」、「暖於」三句，皆不可通矣。慣卧青綾恐未便。〔施註〕漢尚書郎，更直建禮門，給青綾被，今西掖之任也。子玉官爲尚書郎。【誥案】《説文》：被，寢衣也。故《鄉黨》云：「長一身有半。」北宋以前惟知寢衣爲被，不知其他也。元晦爲張敬夫作《廣西舜廟碑》，謂舜崩蒼梧之野，不見經傳。彼於《禮·檀弓》且不讀，况《説文》乎。潔似僧巾白氎布〔一六〕，〔王註〕《南史》：高昌國多草木，有草實如繭，繭中絲如細纑，名曰白疊子，國人取織以爲布，甚軟白。〔施註〕《舊唐書·南蠻傳》：婆利國有吉貝草，緝花以爲布，細者名爲白氎。杜子美《贊公房》詩：細軟青絲履，光明白氎巾。深藏供老宿，取用及吾身。暖於蠻帳紫茸氈。〔王註蘇庠曰〕《趙后外傳》云：帝賜后紫茸雲氣帳。錦衾〔一七〕速卷持還客，〔施註〕杜子美《張舍人遺褥段》詩：錦衾卷還客，始覺心和平。破屋那愁仰見天。〔王註〕韓退之《寄盧仝》詩：破屋數間而已矣。〔施註〕《神仙傳》：董奉居豫章時，大旱，縣令丁士彦請致雨。奉曰：「雨易得耳，貧道屋皆見天，恐雨至何堪。」令曰：「先生但致雨，當爲立架好屋。」明日，士彦令起屋，立成，暮乃大雨。但恐〔一八〕嬌兒還惡睡，夜深踏裂不成眠。〔施註〕杜子美《茅屋爲秋風所破歌》：布衾多年冷似鐵，嬌兒惡卧踏裏裂。【誥案】題是紙帳，故云嬌兒踏裂，與杜無涉，引註其下，則本義晦矣。

臘日遊孤山訪惠勤惠思二僧

〔王註吴憲曰〕《杭州圖經》云：孤山去錢塘治四里，湖中獨立一峰。〔施註〕東坡通守錢塘，見歐陽文忠公於汝陰而南。公曰：「西湖僧惠勤甚文，而長於詩，吾昔爲《山中樂》三章以贈之。子問於民事，求人於湖山間而不可得，則往從勤乎？」東坡到官三日，訪勤於孤山之下，遂賦此詩。〔查註〕《咸淳臨安志》：惠勤，餘杭人，同時有惠思。王安石《送惠思》詩云：綠淨堂前湖水綠，歸時正復有荷花。花時亦見餘杭姥，爲道仙人憶酒家。今於灊西菩明智寺，有思所作《浴堂記》。【誥案】參寥似屬惠思之高弟，故是時亦住於灊，而其後歸於孤山。觀《臨安志》，此中有支系在，然本集何不及此耶？〔查註〕文同與可《次韻》詩云：問子瞻，何江湖，乃心魏闕君豈無。胡爲放浪檢束外，日與隱者相招呼。籃輿往往從以拏，靈運石壁無此娛。窮深極險興未已，豈復更憚梯磴紆。過客休誇衡與廬，天下此景君勿孤。欲將文字寫物象，當截無限春江蒲。登高能賦屬大夫，游覽未厭嗟已晡。安得世上有絶筆，盡取君詩粧此圖。此身之外何贏餘，栩然而覺其夢蘧。請看湖上人名逋，此子形相誰解摹。蘇頌子容《次韻》詩云：臘日不飲獨游湖，如此清尚他人無。唱酬佳句如連珠，況復同好相應呼。君常聽事嗟罷拏，雖在樂國猶寡娛。是社稷臣魯顓臾，直道自任心不紆。最愛靈山之僧廬，彼二惠者清名孤。案上梵夾牀龍鬚，爐銷都梁饌伊蒲。潔行自欲敦薄夫，長吟擁褐忘昕晡。坐客不設氈氍毹，對境如看方輿圖。君懷經濟才有餘，名聲妖孽徵顔蘧。且來山林尋逋遁，更玩四營兼參摹。

天欲雪，雲滿湖，樓臺明滅山有無。〔施註〕杜子美《雨》詩：明滅洲景微，隱見巖姿露。白樂天《望香山》詩：反照轉樓臺，煇煇似圖畫。王維《漢江臨峴》詩：江流天地外，山色有無中。水清石出〔一九〕魚可數，〔施註〕《古樂府·豔歌行》：語卿且勿眄，水清石自見。林深無人鳥相呼〔二〇〕。〔王註〕李太白詩：清風動窗竹，越鳥起相呼。〔施註〕杜子美《倦夜》詩：暗飛螢自照，水宿鳥相呼。臘日不歸對妻孥，〔施註〕《漢·薛宣傳》：爲左馮翊，出教曰：「日至，吏以令休。掾宜從衆，歸對妻子，設酒肴，請鄰里，壹笑相樂。」名尋道人實自娛。〔施註〕《漢·楚元王傳》：辟彊常以書自娛。道人之居在何許？〔施註〕《文選》謝玄暉《登三山》詩：佳期在何許。寶雲山前路盤紆。〔王註呂祖謙曰〕《圖經》云：寶雲寺，乾德二年，吳越王錢氏建寺，有寶雲菴山。〔施註〕《漢·司馬相如傳·子虛賦》：山則盤紆岪鬱。沈休文詩：野徑既盤紆，荒阡亦交互。孤山孤絶誰肯廬，〔查註〕《咸淳臨安志》：孤山在西湖中，稍西，一嶼聳立，傍無聯附，爲湖山勝絶處，舊有智果觀音院、瑪瑙寶勝院、報恩院、廣化寺。《西湖遊覽志》：孤山巋介湖中，碧波環繞，唐宋間樓閣參差，彌布椒麓。道人有道山不孤。紙窗竹屋深自暖，擁褐坐睡依團蒲〔二一〕。〔施註〕《説苑》：齊景公畋於梧丘，夜猶早，公姑坐睡，夢五丈夫。〔合註〕顧況詩：蒲團坐如鐵。天寒路遠愁僕夫，〔施註〕《毛詩·小雅·出車》：僕夫況瘁。整駕催歸及未晡。〔施註〕《文選》張平子《思玄賦》：爰整駕而亟行。韓退之《贈同遊》詩：喚起窗全曙，催歸日未西。〔合註〕《玉篇》：晡，申時也。《淮南子》：日至於悲谷，是謂晡時。出山迴望雲木合，但見野鶻盤浮圖。〔施註〕柳子厚《浮圖鶻説》：有鷙曰鶻，穴於長安薦福浮圖有年矣。〔查註〕《翻譯名義·窣堵波》：《西域記》云浮圖，此翻方墳，亦翻圓冢，亦翻高顯，義依梵，本瘞佛骨所，是名曰塔。茲遊淡薄〔二二〕歡有餘，〔施註〕《晉·陶侃傳》：飲酒有定限，常歡有餘而限已竭。〔合註〕顏延之《五君詠》：向秀甘淡薄。到家怳如〔二三〕夢蘧蘧。〔施註〕《莊子·齊物論篇》：昔者，莊周夢爲蝴蝶，栩栩然蝴蝶也，俄然覺，則蘧蘧然周也，不知周之夢爲蝴蝶與，蝴蝶之夢爲周與？作詩火急追亡逋，〔施註〕《前漢·韓信傳》：追亡者耳。〔合註〕《北史·齊武成帝紀》：取求火急，皆須朝徵夕辦。清景一失後難摹。〔施註〕《文選》江文通《恨賦》：詎能摹暫離之狀。【誥案】紀昀曰：忽疊韻，忽隔句韻，音節之妙，動合天然，不容湊拍，其源出於古樂府。

李杞寺丞見和前篇，復用元韻答之〔二四〕

〔查註〕按李杞熙寧七年，以三司判官提舉成都茶事，初立茶法，禁止民間私賣。先生詩有「茶爲西南害，岷俗記二李」，謂杞與稷也。〔合註〕杞，字堅甫，見《龍泓洞題名》。先官華州渭南縣主簿權華陰縣事，見石刻《皇祐辛卯題名》。

獸在藪，魚在湖，〔王註〕《莊子·田子方篇》：草食之獸，不疾易藪。又《大宗師篇》：魚相忘乎江湖。一入池檻歸期無。誤隨弓旌落塵土，〔王註〕《左傳·莊公二十二年》：翹翹車乘，招我以弓。《孟子》：大夫以旌。〔施註〕《左傳·昭公二十年》：齊侯招虞人以弓，不進。辭曰：「旃以招大夫，弓以招士，皮冠以招虞人，臣不見皮冠，故不敢進。」坐使鞭箠環呻呼。〔施註〕《列子·周穆王篇》：昔者夢爲人僕，數罵杖撻，無不致也，眠中啽囈，呻呼徹旦，息焉。〔合註〕《國語》：君王不以鞭箠使之。追胥連保〔二五〕罪及孥，〔公自註〕近屢獲鹽賊〔二六〕，皆坐同保，徙其家。〔施註〕《周禮·地官》：小司徒之職，以比追胥，以令貢賦。《尚書·湯誓》：予則孥戮汝〔二七〕。百日愁歎一日娛。白雲舊有終老約，〔合註〕《古詩》：憂傷以終老。朱綬豈合山人紆。〔王註〕《揚子》：紆朱懷金之樂。〔施註〕《後漢·輿服志註》：太子及諸王，金印龜紐纁朱綬。人生何者非蘧廬，〔王註〕《莊子·天運篇》：仁義，先王之蘧廬也，止可以一宿，而不可以久處。故山鶴怨秋猿孤。何時自駕鹿車去，〔王註任居實曰〕《晉書》：劉伶常乘鹿車。〔施註〕《風俗通》：俗說鹿車窄小，裁容一鹿。掃除白髮煩菖蒲。〔王註〕杜子美《丈人山》詩：掃除白髮黄精在，君看他時冰雪容。〔蘇庠曰〕《抱朴子·内篇》云：韓終服菖蒲，十三年身生毛，日視書萬言，皆誦之，冬袒不寒。〔施註〕《神仙傳》：九疑仙人見武帝，云，聞有石菖蒲，一寸九節，可以服食却老，故來採耳。麻鞋短後〔三八〕隨獵夫，〔王註〕杜子美《曲江》詩：短衣匹馬隨李廣，看射猛虎終殘年。又《述懷》：麻鞋見天子，衣袖露兩肘。〔施註〕《莊子·說劍篇》：曼胡之纓，短後之衣。《文選》張景陽《七命》：樵夫恥危冠之飾，輿臺笑短後之衣。射弋狐兔供朝晡。〔查註〕趙與時《賓退録》：古之漏刻，晝有朝、禺、中、晡、夕，夜有甲、乙、丙、丁、戊。〔合註〕《史記·匈奴傳》：少長則射狐兔，用爲食。陶潛自作《五柳傳》，〔施註〕《晉·陶潛傳》著《五柳先生傳》以自況。潘閬畫入三峰圖。〔王註續曰〕潘閬詩：高愛三峰插太虚，回頭仰望倒騎驢。傍人大笑從他笑，終擬移家向此居。好事者畫爲圖。〔施註〕魏野詩：從此華山圖帳裏，更添潘閬《倒騎驢》。吾年凛凛今幾餘，〔施註〕《文選·古詩》：凛凛歲云暮。知非不去慚衞蘧。〔施註〕《淮南子》：蘧伯玉年五十，而知四十九年非，何者？先者難爲知，而後者易爲攻也。歲荒無術歸亡逋，〔合註〕《宋史·神宗紀》：熙寧四年秋七月，振卹兩浙水災，與先生「歲荒」句正合。鵠則易畫虎難摹。〔施註〕《後漢·馬援傳》：誡兄子嚴敦書曰：效龍伯高不得，猶爲謹勅之士，所謂刻鵠不成尚類鶩者也；效杜季良不得，陷爲天下輕薄子，所謂畫虎不成反類狗者也。〔查註〕《烏臺詩案》：軾任杭州通判，於十二月内與發運司勾當公事、大理寺丞李杞因獵出遊孤山，作詩四首，内第二首有譏諷。「誤隨弓旌落塵土，坐使鞭箠環呻呼」，以譏諷朝廷新法行後，公事鞭箠之多也。又曰「追胥保伍罪及孥，百日愁歎一日娱」，以譏諷朝廷鹽法收坐同保，妻子移鄉，法太急也。又曰「歲荒無術歸亡逋，鵠則易畫虎難摹」，意取馬援言，言歲既饑荒，我欲出奇畫賑濟，又恐朝廷不從，反似畫虎不成類狗也。

再和

【誥案】蘇頌以封還李定詞頭罷官，客於杭者甚久，公答李杞而未嘗答頌，何也？但公與頌時有湖上題名，而《錢塘集》獨無與頌詩，其後元祐同朝，頌和詩亦無答者，豈公詩佚去者多耶？宫師嘗與頌同講宗盟，而本集並無與頌書牘。公爲文，大約止於口授過之薦頌一疏，使無此文，則兩公之契合，皆不可知矣。頌以全德爲元祐相，獨巋然自立於紹聖、元符之間，不爲讒邪所污，而公平生知交之淚，亦爲頌一慟而止，不應集中遺其唱答詩句。竊謂此篇，乃答和頌者，故有「君才敏贍」數句，而李杞非其人也。此蓋落去題字，編集者以再和二字補之。若《烏臺詩案》載與李杞因獵出游孤山作詩四首，其説顯有謬誤，不足爲據。

東望海，西望湖，山平水遠細欲無。〔施註〕《唐・王維傳》：維善畫，山水平遠，雲勢石色，繪工以爲天機所到。野人疎狂逐漁釣，刺史寬大容歌呼。〔施註〕《漢・百官表》：武帝元封五年初置部刺史，掌奉詔條察州。景帝中二年，更名郡守曰太守。《唐・百官志》註：武德元年，改太守曰刺史。《漢・曹參傳》：相舍後園近吏舍，吏舍日飲歌呼，從吏請參游後園，幸召按之，迺反取酒，張坐飲，大歌呼，與相和。〔查註〕時沈立爲杭州守。君恩飽暖及爾孥，〔王註劉子翬曰〕王黄州《謝上表》云：全家飽暖，盡荷君恩。【誥案】此王禹偁也。〔施註〕白樂天詩：歷想爲官日，無如刺史時。歡娱接賓客，飽暖及妻兒。才者不閑拙者娱。〔施註〕《莊子・列禦寇篇》：巧者勞而智者憂，無能者無所求食而遨遊。穿巖度嶺脚力健，未厭山水相縈紆。三百六十古精廬，〔施註〕《後漢・姜肱傳》：盗就精廬，求見謝罪。《文選》任彦昇《爲范始興作求立太守碑表》：精廬妄啓，必窮鐫勒之盛。《杭州圖經》：附郭二邑，所管寺院，内錢塘二百七十，仁和六十五，合三百三十五所，外七邑不與焉。〔查註〕《西湖遊覽志餘》：杭州内外及湖山之間，唐以前爲三百六十寺，及錢氏立國後，增爲四百八十。僧之派有三，曰禪、曰教、曰律。出遊無伴籃輿孤。〔施註〕白樂天《投簡陽明洞天》詩：出多無伴侶。《晉・陶潛傳》：王弘問其所乘，答云：「素有脚疾，向乘籃輿，亦足自反。」乃令一門生二兒共轝至州。作詩雖未造藩閫，〔施註〕元稹《杜甫墓誌》：不能歷其藩翰，況堂奧乎。破悶豈不賢摴蒱。【誥案】合註據《韻會》，改蒱作蒲，但似此者，本集不一而足，未能概以韻通盡改之也，今仍從蒱字。〔施註〕《博物志》：老子入胡作摴蒱。《宋・高祖紀》：桓玄曰：「劉毅家無儋石之儲，摴蒱一擲百萬。」〔查註〕《演繁露》：摴蒲之名，至晉始著，其流派自博出，博用六子，摴蒲則用五子，刻木爲之。〔合註〕唐李翺有《五木經》。君才敏贍兼百夫，〔施註〕《毛詩・秦風・黄鳥》：維此奄息，百夫之特。〔合註〕《陳書・蔡徵傳》：隋文帝聞其敏贍。朝作千篇日未晡。〔施註〕韓退之《贈崔立之》詩：朝爲百賦猶鬱怒，暮作千詩轉遒緊。朅來湖上得佳句，〔施註〕《後漢》張衡《思玄賦》：迴志朅來從玄謀，獲我所求夫何思。從此不看營丘圖。〔王註次公曰〕李成，營丘人。以畫山水得名，自號李營丘。〔續曰〕《水經注》：衡山下有舜廟，南有祝融冢，楚靈王之世，山崩，毁其墳，得《營丘九頭圖》。知君篋櫝富有餘，莫惜錦繡償菅蘧。〔合註〕《左傳註》：菅似茅。《爾雅》蘧蔬註：似土菌，生菰草中。窮多鬬險誰先逋，賭取名畫不用摹。〔施註〕韓退之《畫記》：獨孤生申叔者，始得此畫，而與余彈碁，余幸勝而獲焉。明年，至河陽。座有趙侍御者見之，蹙然進曰：「噫，余之手摹也，亡之且二十年矣。」余感趙君之事，因以贈之。〔合註〕《晉書・謝玄傳》：少好佩紫羅香囊，安患之，而不欲傷其意，因戲賭取，卽焚之。

游靈隱寺，得來詩，復用前韻

〔王註〕《寰宇記》：靈隱山，以許由、葛洪皆隱此山，入去忘歸，本名稽留山，今立寺焉。〔查註〕《四朝聞見録》：虎林山卽靈隱山，因避唐諱，改爲武林山。樓攻媿詩：武林山出武林水，靈隱後山毋乃是。

君不見，錢塘湖，〔王註〕晏殊《地志》云：錢塘湖在杭州西。《圖經》云：周回三十里，一名西湖，其源出於武林，言景物華麗爲天下之勝。〔施註〕劉道真《錢塘記議》：曹華信立此塘，防海。始開，募有致土石一斛者與錢一千，旬日間來者如雲。塘未成，而謬云不復取土，於是載土者皆棄置而去。塘成，一境蒙利。縣本名泉亭，因是改爲錢塘。錢王壯觀今已無。〔施註〕《五代史·吴越世家》：錢氏自唐末有國，兼有兩浙幾百年。宋興，俶朝太祖，厚禮遣還國。太平興國三年，詔俶來朝，俶舉族歸於京師，國除。《漢·司馬相如傳》：斯事天下之壯觀。屋堆黄金斗量珠，〔施註〕王子年《拾遺記》：後漢郭況，庭中起高閣，置衡石於其上，以秤量珠玉。閣下有藏金窟，列武士以衛之。劉禹錫《泰娘歌》：斗量明珠鳥傳意。運盡不勞折簡呼。〔王註〕《晉·宣帝紀》：王淩面縛水次，謂宣帝曰：「公當折簡召淩，何苦自來邪？」帝曰：「以君非折簡之客故耳。」四方宦游散其孥，宫闕留與閑人娱。〔查註〕徐一夔《吴越圖考》：吴越國，治在杭州鳳皇山下。其子城南曰通越門，北曰雙門。錢氏納土後，二門猶存。〔合註〕《咸淳臨安志》：府治舊在鳳皇山之右，自唐爲治所。子城，吴越王錢氏造。《西湖游覽志》：宋初，卽其宫爲州治。盛衰哀樂兩須臾，何用多憂心鬱紆。〔施註〕《文選》魏武帝樂府：人生如寄，多憂何爲。曹子建詩：玄黄猶能進，我思鬱以紆。杜子美《秋行官》詩：鬱紆遲暮傷。溪山處處皆可廬，最愛靈隱飛來孤。〔王註陳德溥曰〕晏殊《輿地志》：晉咸和元年，西天僧慧理歎曰：「此是中天竺國靈鷲山之小嶺，不知何年飛來。佛在世日，多爲仙靈之所隱，今此亦復爾耶？」因挂錫造靈隱寺，號飛來峰。喬松百尺〔二九〕蒼髯鬚，擾擾下笑柳與蒲。〔王註〕《晉·顧悦之傳》：與簡文同年，而髮早白，帝問其故。對曰：

「松柏之姿，經霜猶茂；蒲柳常質，望秋先零。」高堂會食羅千夫，〔施註〕《楚辭·招魂》：高堂邃宇，檻層軒些。《尚書·牧誓》：千夫長。〔合註〕《史記·淮陰侯傳》：今日破趙，會食。【誥案】此言靈隱寺飯僧也。撞鐘擊鼓喧朝晡。凝香方丈眠氍毹，〔施註〕韋應物《郡齋》詩：兵衛森畫戟，宴寢凝清香。《淮南子》：聖人處環堵之室。高誘註曰：堵長一丈，高一丈，面環一堵爲方丈，故曰環堵。《風俗通》：織毛褥謂之氍毹。《三輔黄圖》：武帝建温室殿，規地以罽賓氍毹。李賀《秦宫》詩：醉睡氍毹滿堂月。絶勝絮被縫海圖。〔王註〕杜子美《北征》詩：海圖拆波濤，舊繡移曲折。天吴及紫鳳，顛倒在裋褐。清風徐來〔三〇〕驚睡餘，遂超羲皇傲几蘧。〔施註〕《莊子·人間世篇》：伏羲、几蘧之所行終，而況散焉者乎？〔邵註〕《莊子》註：几蘧，古之帝王也。歸時棲鴉正畢逋，孤煙落日不可摹。【誥案】此四詩，乃公初至西湖之作，特意就湖摹寫景物，確是西湖神氣，非此湖不足以當之。若置之他處，氣體皆不類，其前後集中亦少此一派也，久讀當自知之。

戲子由

宛丘先生〔三一〕長如丘，〔施註〕鄭玄註《禮記》云：先生，老人教學者，故弟子於師皆稱之。《史記·孔子世家》：孔子長九尺有六寸，人皆謂之長人而異之。宛丘學舍小如舟。〔王註次公曰〕時子由爲學官。〔合註〕《後漢書·儒林傳序》：學舍頹敝。常時低頭誦經史，〔施註〕《史記·日者傳》：宋忠、賈誼，伏軾低頭。《後漢·梁鴻傳》：無乃欲低頭就之乎。韓退之《感春》詩：今者無端讀書史。忽然欠伸屋打頭。〔王註〕《開元天寶遺事》：唐進士張彖，志氣高大，未嘗低折於人。嘗曰：「大丈夫有淩霄蓋世之志，而拘於下位，若立身於矮屋中，使人擡頭不得。」遂拂衣遯於嵩山。〔施

註〕《禮記・曲禮》：君子欠伸撰杖屨。斜風吹帷雨注面，〔施註〕《文選》潘安仁《秋興賦》：勁風戾而吹帷。先生不愧旁人羞。任從飽死笑方朔，〔王註〕《前漢・東方朔傳》：侏儒飽欲死，臣朔飢欲死。肯爲雨立求秦優。〔施註〕《史記・滑稽傳》：優旃善爲笑言。秦始皇時，置酒而天雨，陛楯者皆沾寒，優旃見而哀之。居有頃，殿上上壽。優旃臨檻大呼曰：「陛楯郎，汝雖長何益，幸雨立，我雖短也，幸休居。」於是始皇使陛楯者得半相代。眼前勃蹊〔三二〕何足道，處置六鑿須天游。〔施註〕《莊子・外物篇》：心有天游，室無空虛，則婦姑勃蹊；心無天游，則六鑿相攘。〔合註〕《漢書・張安世傳》：上自處置。讀書萬卷不讀律，〔王註〕《南史》：梁元帝之敗，盡焚圖書，曰：「讀書萬卷，猶有今日。」唐沈全交《嘲誚詞》：評事不讀律，博士不尋章。〔施註〕《三國志・魏・陳矯傳》：子本不讀法律，而得廷尉之稱。致君堯舜知無術〔三三〕。〔施註〕杜子美《奉贈韋左丞丈》詩：致君堯舜上，再使風俗淳。韓退之詩：致君豈無術，自進誠獨難。勸農冠蓋鬧如雲，〔王註〕班固《西都賦》：冠蓋如雲，七相五公。送老齏鹽甘似蜜。〔王註〕韓退之《送窮文》：太學四年，朝齏暮鹽。〔施註〕杜子美《秦州雜詩》：送老白雲邊。門前〔三四〕萬事不挂眼，〔王註〕韓退之詩：吾老嗜讀書，餘事不掛眼。頭雖長低氣不屈。餘杭別駕無功勞，〔施註〕《晉・職官志》：州置刺史別駕治中從事。〔查註〕《太平寰宇記》：江南道杭州餘杭郡，因縣以立名。隋平陳，合錢塘、綏安、鹽官、餘杭四縣置杭州，在餘杭縣。十年，移州於錢塘城。十一年，復移州於柳浦西，依山築城，即今郡也。煬帝初，廢爲餘杭郡。唐武德四年，復爲杭州。吳越時，爲衣錦軍。國朝改鎮海軍節度。畫堂五丈容旂旄。〔施註〕《史記・秦始皇本紀》：作前殿阿房，上可以坐萬人，下可建五丈旗。重樓跨空雨聲遠，屋多人少風騷騷。〔施註〕庾信《小園賦》：風騷騷而樹急，天慘慘而雲低。平生所慚今不恥，坐對疲氓更鞭箠。〔合註〕韓退之詩：疲氓墜將拯。【誥案】是時犯鹽者，例皆徒

配，得罪者歲萬七千人，公執筆爲之流涕。道逢陽虎呼與言，〔王註次公曰〕陽虎事，見《論語·陽貨篇》。又潘正叔《迎大駕》詩：道逢深識士，舉手對吾揖。心知其非口諾唯。〔施註〕《世說新語》：何晏註《老子》未畢，見王弼，自說註《老子》旨。何意多所短，不復得作聲，但應喏喏。《史記·趙世家》：簡子曰：「諸大夫朝，徒聞唯唯。」居高志下真何益，氣節消縮今無幾。〔合註〕《史記·汲黯傳》：任氣節。文章小技安足程，〔施註〕杜子美《貽柳少府》詩：文章一小技，於道未爲尊。《呂氏春秋》：後世以爲法程。《文選》陸佐公《新漏刻銘》：爲世作程。先生別駕舊齊名。〔施註〕《南史·王僧虔傳》：庾征西翼書，少時與右軍齊名。如今衰老俱無用，付與時人分重輕〔三〕。〔施註〕《烏臺詩案》：「任從飽死笑方朔，肯爲雨立求秦優」，意取《東方朔傳》「侏儒飽死」及《滑稽傳》優旃謂「陛楯郎，我雖短，幸休居」。言弟家貧官卑而身材長大，所以比東方朔、陛楯郎，而以當今進用之人比侏儒、優旃也。「讀書萬卷不讀律，致君堯舜知無術」，是時朝廷新興律學，軾意非之，以爲法律不足以致君於堯舜，今時又專用法律而忘詩書，故言我讀萬卷書不讀法律，蓋聞法律之中無致堯舜之術也。「勸農冠蓋鬧如雲，送老虀鹽甘似蜜」，以譏諷朝廷新差提舉官，所至苛細生事，發擿官吏，惟學官無吏責也，弟轍爲學官，故有是句。「平生所慚今不恥，坐對疲氓更鞭箠」，是時多徒配犯鹽之人，例皆飢貧，言鞭箠此等貧民，軾平生所慚，今不復恥矣，以譏諷朝廷鹽法太急也。「道逢陽虎呼與言，心知其非口諾唯」，是時張靚、俞希旦作監司，意不喜其爲人，然不敢與爭議，故毁詆之爲陽虎也。

越州張中舍壽樂堂

〔施註〕傅給事嵩卿《記》云：堂在判官廳事之西南，熙寧五年，簽書公事太子中舍張次山字希元實始創建。余從伯父奉議館於張，爲之記。兒童時，嘗見石本，大抵謂此堂面山臨泉，可以資仁智之養而享其成，故名。張，建康人，號能吏，工書，蓄古畫甚富。嘗見其《跋玉軸黃庭》數百字，小楷精妙，有二王筆法。方作堂時，召能文詞者往，往，爲賦詩。今考《掇英集》，東坡詩外，惟録太守諫議沈立之律詩一篇而已。廳事今爲通判南廳。〔合註〕《續通鑑長編》熙寧三年四月載：張次山力詆新法，辭提舉常平倉，弗就。會廣濟遣運闕官，陳升之亟言次山可用。命既下，而中旨謂次山資淺，改付向宗道，實王安石惡次山異己，言於上而罷之。〔查註〕按《烏臺詩案》：熙寧五年，軾通判杭州日，太子中舍越州簽判張次山，有書求作《寶墨堂記》。《元和郡縣志》：浙東觀察使治越州。秦會稽郡。漢順帝時，浙江東西分吴越。隋改越州。《太平寰宇記》：宋爲鎮東軍節度使。《職官分紀》：太子右春坊，有中書舍人，從七品。〔合註〕《王梅溪集》有《題壽樂堂用東坡韻贈楊元賓簽判》詩云：樂壽堂西面卧龍，盌月巖風滿窗户。

青山偃蹇如高人，〔施註〕《楚辭·離騷》：何瓊佩之偃蹇兮，衆薆然而蔽之。常時不肯入官府。〔王註〕《後漢·逸民傳》：龐公居峴山之南，未嘗入城府。〔施註〕杜子美《遣興》詩：昔者龐德公，未曾入州府。〔合註〕官府見《國語》。高人自與山有素，〔施註〕《漢·張禹傳》：忽忘雅素。註云：素，故舊也。不待招邀滿庭户。〔施註〕《文選》謝惠連《泛湖歸》詩：並坐相招邀。杜子美《陪李司馬》詩：招邀屢有期。【誥案】紀昀曰：了無深意，而説來通體精采，此真善於蹈空。卧龍蟠屈半東州，〔查註〕元稹《州宅記》：越州子城，因種山之勢，盤龍迴繞，若卧龍形，故取以爲名。《會稽志》：府治據卧龍之東麓。〔合註〕越在浙東，故稱東州。王梅溪《蓬萊閣賦》亦云：縱遠目於東州。萬室鱗鱗枕其股。〔施註〕《文選》左太沖《蜀都賦》：比屋連甍，千廡萬室。《楚辭》屈原《九歌》：魚鱗屋兮龍堂。背之不見與無同，〔施註〕李義山《雜纂》：背山起樓，殺風景事。《漢·鼂錯傳》：射不能中，與亡矢同。狐裘反衣無乃魯。〔施註〕《漢·匡衡傳》:楊興説史高曰:「富貴在身,而列士不譽,是有狐白之裘而反衣之也。」張君眼力覷天奧,〔施註〕韓退之《答孟郊》詩:規模背時利,文字覷天巧。〔合註〕姚合詩:簿書銷眼力。能遣荆棘〔三六〕化堂宇。〔合註〕「荆棘」見《左傳》。蔡邕文:下有堂宇斤斤之祚。持頤宴坐不出門,收攬奇秀得十五。〔施註〕《三國志·龐統傳》:當今雅道陵遲,善人少而惡人多,今拔十失五,猶得其半。《文選》任彦昇《讓吏部表》:拔十得五,尚曰比肩。才多事少厭閑寂,〔合註〕梁昭明太子詩:茲地信閒寂。卧看雲煙變風雨。笋如玉筯椹如簪,强飲且爲山作主。〔合註〕梁簡文帝詩:金簪鬢下垂,玉筯衣前滴。宋之問詩:强飲離前酒。不憂兒輩知此樂,〔王註〕《晉書·王羲之傳》:謝安嘗謂羲之曰:「中年以來,傷於哀樂,與親友別,輒作數日惡。」羲之曰:「年在桑榆,自然至此,正賴絲竹陶寫,恒恐兒輩覺,損其樂歡之趣。」但恐造物怪多取。春濃睡足午窗明,〔施註〕陳後主詩:午醉醒來晚,無人夢自驚。夕陽如有意,長傍小窗明。〔合註〕杜子美《懷灞上游》詩:春濃停野騎。想見新茶如潑乳。〔施註〕《茶苑總録》:湯少茶多則乳面聚。劉禹錫《試茶》詩:欲知花乳清泠味,須是眠雲跂石人。〔合註〕何焯曰:越州産日鑄茶。

姚屯田挽詞

〔查註〕《職官分紀》:工部官屬,有屯田郎中及員外郎。

京口年來耆舊衰,〔施註〕《建康實録》:孫權於朱方築城,因京峴山,謂之京鎮,又因門,謂之京口。建安十三年,自吴遷於京口而鎮之。〔王註次公曰〕晉習鑿齒著《襄陽耆舊傳》。高人淪喪路人悲。〔施註〕《尚書·微子》:今殷其淪喪,若涉大水,其無津涯。劉禹錫詩:貴人淪落路人哀。空聞韋叟一經在,〔施註〕《漢·韋賢傳》:宣帝初即位,賢以先帝師爲丞相，少子玄成復以明經位至丞相。故鄒魯諺曰：遺子黃金滿籯，不如一經。不見恬侯萬石時。〔施註〕《漢·石奮傳》：景帝曰：「石君及四子皆二千石，人臣尊寵，乃舉集其門。」凡號奮爲萬石君。少子慶爲相，謚恬侯。貧病只知爲善樂，〔施註〕《後漢·東平憲王傳》：顯宗詔曰：「日者問東平王處家何等最樂？王言爲善最樂。其言甚大，副是要腹矣。」逍遥却恨棄官遲。〔施註〕《後漢·趙温傳》：初爲京兆郡丞，歎曰：「大丈夫當雄飛，安能雌伏。」遂棄官去。七年一別真如夢，〔施註〕《文選》王仲宣《贈蔡子篤》詩：風流雲散，一別如雨。猶記蕭然瘦鶴姿。〔施註〕白樂天《新秋病起》詩：病瘦形如鶴。

送岑著作

〔施註〕岑象求，字巖起，梓州人。時以提舉梓州路常平還蜀，故詩云：惟應故山夢，隨子到吾廬。〔查註〕《文獻通考》：《吉凶影響録》十卷，岑象求於熙寧末閑居江陵所撰。蓋岑自梓州罷任後事也。《職官分紀》：祕書省有著作佐郎。〔合註〕《續通鑑長編》：元祐四年七月，朝奉大夫岑象求爲考功郎中。先生文集有《岑象求知果州勅》。

懶者常似静〔三七〕，静豈懶者徒？拙則近於直，而直豈拙歟？夫子静且直，雍容時卷舒。〔合註〕《淮南子》：贏縮卷舒。嗟我復何爲，相得歡有餘。〔施註〕《史記·灌夫傳》：魏其、灌夫，其游如父子然，相得驩甚。我本不違世，而世與我殊。拙於林間鳩，〔施註〕《毛詩·鵲巢疏》云：鳩拙於營巢。孟東野《投所知》詩：自慚所業微，功用如鳩拙。歐陽文忠公《林間鳩》詩：人皆笑鳩拙，無以家室爲。懶於冰底魚。〔施註〕《禮記·月令》：「孟春，魚上冰。」未解凍之時，魚於冰下自藏也。人皆笑其狂，子獨憐其愚。直者有時信〔三八〕，靜者不終居。而我懶拙病，〔施註〕杜子美《發同谷縣》詩：平生懶拙意，偶值棲遁跡。不受砭藥除。〔施註〕許慎《說文》：砭，以石刺病也。臨行怪酒薄，〔施註〕《莊子·胠篋篇》：魯酒薄而邯鄲圍。已與別淚俱。〔施註〕白樂天《曉別》詩：請君斷腸歌，送我和淚酒。後會豈無時，〔施註〕《孔叢子》：言子高之別，後會何期。《文選》謝惠連《雪賦》：傷後會之無因。遂恐出處疎。〔施註〕《唐文粹》：獨孤及《酬于逖》詩：出處未易料，且歌緩愁容。惟應故山夢，隨子到吾廬。【誥案】紀昀曰：以文爲詩，始元次山，或以爲宋調，非也。

雨中明慶賞牡丹〔三九〕

〔查註〕《咸淳臨安志》：明慶寺，在木子巷北。唐大中二年，僧景初建爲靈隱院，祥符五年改今額。《武林梵志》：明慶寺有蘇文忠公書《觀音經碑》。【誥案】此詩施編不載，外集載歸宜興卷，誤。查註據《咸淳臨安志》補編。

霏霏雨露作清妍，爍爍明燈照欲然。〔合註〕韓退之《芍藥》詩：紅燈爍爍綠盤龍。明日春陰花未老，〔合註〕崔塗詩：雨暗江花老。故應未忍著酥煎。〔馮註〕《洛陽貴尚録》：孟蜀時，兵部貳卿李昊，每牡丹花開，分遺親友，以金鳳箋成歌詩以致之。又以興平酥同贈，花謝時煎食之。

吉祥寺賞牡丹

〔查註〕《武林梵志》：吉祥律寺，在安國坊。乾德三年，睦州刺史薛温捨地爲寺。治平二年，改曰廣福。其地多牡丹。本集《牡丹記敍》云：熙寧五年三月二十三日，予從太守沈公，觀花於吉祥寺僧守璘之圃。

人老簪花不自羞，花應羞上老人頭。〔王註〕劉禹錫《看牡丹》詩：今日花前飲，甘心醉數杯。只愁花有語，不爲老人開。醉歸扶路人應笑，〔施註〕晉羊曇嘗因石頭大醉，扶路唱樂，不覺至西州門。附《謝安傳》。十里珠簾半上鉤。〔王註〕杜牧之詩：春風十里揚州路，卷上珠簾總不如。〔施註〕白樂天《新葺水齋》詩：洞户斜開扇，疎簾半上鉤。

吉祥寺僧求閣名

過眼榮枯電與風，久長那得似花紅〔四〕。上人宴坐觀空閣，〔查註〕《翻譯名義》：律云，瓶沙王稱佛弟子爲上人。《維摩經》：不於三界現身意，是爲宴坐。不起滅定而現諸威儀，是爲宴坐。觀色觀空色卽空。〔施註〕《般若心經》：色不異空，空不異色，色卽是空，空卽是色。〔查註〕《楞嚴經》：觀空非色，見卽消亡。

和劉道原見寄

〔施註〕劉道原與王介甫異論，絶交，力請歸養。前詩既以汲黯比道原，而此詩益致歎美之意。「坐談足使淮南懼」者，又用汲黯事，以淮南喻介甫也。【誥案】公此時真無可與語者，故與道原三首獨佳。

敢向清時怨不容，〔王註〕《家語》：顏回曰：「不容何病，不容然後見君子。」〔施註〕《史記·孔子世家》：夫子推而行之，不容何病。直嗟吾道與君東。〔施註〕《後漢·鄭玄傳》：玄從馬融受業畢，辭歸。融喟然曰：「鄭生今去，吾道東矣。」坐談足使淮南懼，〔施註〕《魏志·郭嘉傳》：劉表坐談客耳。《漢·汲黯傳》：淮南王謀反，憚汲黯，曰：「黯好直諫，守節死義，至説公孫弘等，如發蒙耳。」〔查註〕《漢書·辛慶忌傳》：虞有宫之奇，晉獻不寐；衞青在位，淮南寢謀。《困學紀聞》：今人多以淮南謀寢，稱汲黯而不及青。按「汲黯在朝，淮南謀寢」二語，見《吴志》步騭疏中。歸去方知冀北空。〔施註〕《左傳·昭公四年》：冀之北土，馬之所生。韓退之《送温造赴河陽軍序》：伯樂一過冀北之野，而馬羣遂空。獨鶴不須驚夜旦，羣烏未可辨雌雄。廬山自古不到處，〔施註〕喻鳧詩：平生不到處，落日獨行時。【誥案】時道原侍其父涣於九江。得與幽人子細窮。〔施註〕《周易·履》：履道坦坦，幽人貞吉。柳子厚《擣謝山人至愚池》詩：自諧塵外意，况與幽人行。〔合註〕《北史·源思禮傳》：何必太子細也。〔查註〕《烏臺詩案》：軾爲劉恕有學問，性正直，故作此詩美之，因以諷當今進用之人也。恕於是時自館中出監酒務，非敢怨時之不容，「汲黯在朝，淮南寢議」，以比恕之直。又韓愈云「冀北馬羣遂空」，言館中無人也。嵇紹昂昂，如獨鶴在雞羣。又《淮南子》：雞知將旦，鶴知夜半。又以劉恕比鶴，謂衆人爲雞也。《詩·小雅·正月》曰：具曰予聖，誰知烏之雌雄。意言今日進用之人，君子小人雜處，如烏不可辨雌雄也。

和劉道原詠史

〔王註十朋曰〕道原，劉居士涣子也。涣，筠州人。天聖中進士第。居官有直氣，不屑輒去。卜居星渚。〔查註〕《東都事畧》稱道原有史學，於魏、晉以後事尤精詳，考證前史差謬，著《十國紀年》四十二卷、《通鑑外紀》十卷，其精於史學如此，惜《詠史》詩不傳也。

仲尼憂世接輿狂，臧穀雖殊竟兩亡〔四一〕。〔王註〕《莊子・駢拇篇》：臧與穀二人，相與牧羊，而俱亡其羊。臧則挾策讀書，穀則博塞以游。事業不同，其於亡羊均也。吴客漫陳豪士賦，〔施註〕《晉・陸機傳》：吴郡人也。齊王冏既矜功自伐，受爵不讓，機惡之，作《豪士賦》以刺焉。桓侯初笑越人方。〔施註〕《史記・扁鵲傳》：姓秦氏，名越人。與虢中庶子論方曰：「越人之爲方也，不待切脈望色聽聲寫形，言病之所在。」過齊，齊桓侯客之，入朝見曰：「君有疾，不治將深。」桓侯不應。後體病，召扁鵲，鵲已逃去。桓侯遂死。【詰案】紀昀曰：三四警刻，而不甚露。名高不朽終安用，〔王註〕《晉書》：張翰曰：「使我有身後名，不如即時一杯酒。」時人貴其曠達。《左傳・襄公二十四年》：叔孫豹曰：「太上有立德，其次有立功，其次有立言，雖久不廢，此之謂不朽。」〔施註〕《文選》曹大家《東征賦》：惟令德爲不朽兮，身既没而名存。杜子美《醉時歌》：名垂萬古知何用。日飲無何計亦良。〔施註〕《漢・爰盎傳》：盎徙吴相，辭行。兄子種曰：「吴王驕日久，國多姦，南方卑濕，絲能日飲，亡何，説王毋反而已，如此幸得脱。」〔邵註〕按，絲，盎字也。獨掩陳編弔興廢，〔施註〕韓退之《進學解》：窺陳編以盗竊。窗前山雨夜浪浪。〔施註〕韓退之《别知賦》：雨浪浪其不止，雲浩浩其常浮。【詰案】著此二句，匡廬五老，呼之欲出。紀昀曰：收得生動，著此七字，便有遠神。

和劉道原寄張師民〔四二〕

仁義大捷徑，〔王註〕《唐・隱逸傳》：至號終南、嵩少爲仕途捷徑。【詰案】司馬承禎譏盧藏用語也。〔施註〕《莊子・天運篇》：古之至人，假道於仁，託宿於義，以遊逍遥之墟。《楚辭》屈原《離騷》：何桀紂之昌披兮，夫唯捷徑以窘步。詩書一旅亭。〔施註〕《列子・仲尼篇》：處吾之家，如逆旅之舍。《楞嚴經》：譬如行客，投寄旅亭，或食或宿，食宿事畢，俶裝前塗，不遑安住，若實主人，自無攸往。相夸綬若若，〔施註〕《漢・石顯傳》：顯與牢梁五鹿充宗結爲黨友，諸附倚者，皆得寵位。民歌之曰：「牢邪石邪，五鹿客邪，印何纍纍，綬若若邪。」言其兼官據勢也。猶誦麥青青。〔施註〕《莊子・外物篇》：儒以詩禮發冢，曰：「《詩》固有之曰：青青之麥，生於陵陂，生不布施，死何含珠爲。」腐鼠何勞嚇〔四〕，〔施註〕《莊子・秋水篇》：惠子相梁，莊子往見之。或謂惠子曰：「莊子來欲代子相。」惠子恐。莊子曰：「鴟得腐鼠，鵷鶵過之，曰，嚇，今子欲以子之梁國而嚇我邪？」《鹽鐵論》亦云。高鴻本自冥。〔施註〕《揚子》：鴻飛冥冥，弋人何慕焉。顛狂不用喚，酒盡漸須醒。〔施註〕杜子美《江畔尋花》詩：江上被花惱不徹，無處告訴只顛狂。走覓南鄰愛酒伴，經旬出飲獨空牀。〔查註〕《烏臺詩案》：軾任杭州通判，有劉恕字道原寄詩三首，軾依韻和，即不曾寄張師民。師民者，亦不曾識。此詩譏諷朝廷近日進用之人，以仁義爲捷徑，以詩書爲逆旅，但爲印綬爵禄所誘，則假《六經》以進，如莊子所謂「儒以詩禮發冢」，故云麥青青。又云：小人之願禄，如鴟鳶以腐鼠嚇鴻鵠，其溺於利，如人之醉於酒，酒盡則自醒也。

送張職方吉甫赴閩漕六和寺中作

〔合註〕《續通鑑長編》：熙寧六年五月，三班借職張吉甫爲上界勾當公事。吉甫辭以見爲李璋指使，璋方在降謫，捨去，義所不安。上曰：「可遂其志。」〔查註〕《職官分紀》：兵部官屬，職方郎中從六品，員外郎正七品。《西湖遊覽志》：龍井之南爲九溪，其西爲十八澗，路通月輪山。六和塔，在月輪峰傍。宋開寶三年，智覺禪師即錢氏之南果園建塔，以鎮江潮。高九級，五十餘丈，海船夜泛者，以塔燈爲指南，開化寺即塔院也。《翻譯名義》：僧伽，此云和合衆。和有六義，戒和同修，見和同解，身和同住，利和同均，口和無争，意和同悦。

羨君超然鸞鶴姿，〔施註〕《漢》班固《敍傳》：超然遠覽，淵然深識。 白樂天《懷錢舍人》詩：因詠松雪句，永懷鸞鶴姿。江湖欲下還飛去。 空使吴兒怨不留，〔施註〕《晉書》：賈充謂夏統，吴兒，木人石心也。〔合註〕此用「鄧侯挽不留」意，似張吉甫初授江南之官，卽改除閩漕，故云「欲下還飛去，吴兒怨不留」也。 青山漫漫七閩路。〔施註〕《楚辭》屈原《遠遊》：路漫漫其修遠兮。《樂府題解》商陵牧子《别鶴操》：將乖北翼兮隔天端，山川悠遠兮路漫漫。《周禮·夏官》：職方氏掌天下之圖，辨其邦國、都鄙、四夷、八蠻、七閩、九貉、五戎、六狄之人民。 林世程《閩中記》：閩之人居海隅，有七種，故謂之七閩。 門前江水去掀天，〔施註〕白樂天《風雨晚泊》詩：白浪掀天盡日風。 寺後清池碧玉環。〔王註次公曰〕六和寺後有池，蘇子美所賦金鯽魚是也。 劉禹錫詩云：水繞亭臺碧玉環。 君如大江日千里，〔施註〕《文選》江文通《休上人》詩：桂水日千里。 我如此水千山底。【誥案】此水，指池水也，猶言伏處下寮，一步不可行也。 公當得州，而安石抑其資以出，故自云年壯氣盛，不安厥官，正其時也。

和子由柳湖久涸，忽有水，開元寺山茶舊無花，今歲盛開二首〔四四〕

其一

太昊祠東鐵墓西，〔王註次公曰〕太昊祠與鐵墓，皆在陳州。〔施註〕《左傳·昭公十二年》：梓慎曰：「陳，太昊之墟也。」〔査註〕《揮麈録》：太祖詔修先代帝王祠廟，每廟須及百五十間。太昊祠，在陳州，以金提勾芒配。 一樽曾與子同攜。【施註】孟東野《夜集郡齋》詩：一樽歡暫同。【誥案】公過陳州，與子由同游柳湖。 回瞻郡閣遥飛檻，北望檣竿半隱堤〔四五〕。〔合註〕杜牧之詩：秋風郡閣殘花在。劉禹錫詩：沙頭檣竿上。飯豆羹藜思兩鵠，〔施註〕《漢·翟方進傳》：字子威。初，汝南有鴻隙大陂，郡以爲饒，方進爲相，奏罷之。王莽時，常苦旱，郡中追怨。謡曰：「壞陂誰？翟子威，飯我豆食羹芋魁。反乎覆，陂當復，誰云者？兩黄鵠。」飲河噀水賴長霓。〔王註援曰〕漢昭帝時，大雨，虹下屬宫中飲井水，井水竭。又，天投蜺，則大雨也。〔施註〕《春秋元命苞》：虹蜺者，陰陽之精，雄曰虹，雌曰蜺。京房《易傳》曰：蜺，日旁氣也。劉禹錫《競渡曲》：螮蝀飲河形影聯。如今勝事無人共，花下壺盧鳥勸提。〔王註〕提壺盧，鳥語也。〔施註〕歐陽文忠公《啼鳥》詩：獨有花上提壺盧，勸我沽酒花前傾。白樂天《早春聞提壺鳥》詩：喜聞春鳥勸提壺。

其二

長明燈下石欄干，〔施註〕劉餗《唐朝傳記》：江寧縣寺有晉長明燈，歲久火色變，青而不熱。隋文帝平陳，已訝其古，至今猶存。劉禹錫詩云：長明燈是前朝焰，曾照青青年少時。長共松杉守歲寒〔四六〕。葉厚有稜犀甲健，〔施註〕《周禮·冬官》：函人爲甲，犀甲七屬。杜子美《海椶行》：龍鱗犀甲相錯落，蒼稜白皮十抱文。花深少態鶴頭丹。〔施註〕《文選·北山移文註》：蕭子良《古今文體》曰鶴頭書。劉禹錫《步虚詞》：華表千年一鶴歸，凝丹爲頂雪爲衣。久陪方丈曼陀雨，〔王註〕《法華經》：拘鞞陀羅樹，曼陀羅花香。〔施註〕《法華經》：天雨曼陀羅花。羞對先生苜蓿盤。〔王註厚曰〕薛令之爲東宫侍讀，時官僚閒澹，以詩自悼云：朝日上團團，照見先生盤。盤中無所有，苜蓿長闌干。【誥案】謂子由爲學官也。雪裏盛開知有意，明年開後〔四七〕更誰看。〔施註〕杜子美《九日藍田崔氏莊》詩：明年此會知誰健？更把茱萸子細看。

雨中遊天竺靈感觀音院

〔王註何覬曰〕《圖經》：晉天福四年，僧道翊一夕見山間光明，往視之，得奇木，乃命匠者孔仁謙刻觀音像。治平中，郡守蔡襄表其異事上之，賜靈感觀音院額。〔查註〕《咸淳臨安志》：上天竺靈感觀音寺，錢忠懿王夢白衣人求治其居，乃卽其地，創佛廬，號天竺看經院。咸平初，郡守張去華以旱迎大士至梵天寺致禱，卽日雨，自是水旱必謁焉。嘉祐末，沈文通請於朝，賜名靈感觀音院。

蠶欲老〔四八〕，〔合註〕《荀子·賦蠶篇》：善壯而拙老者與？麥半黃〔四九〕，前山後山雨浪浪。農夫輟耒女廢筐，〔施註〕《漢·酈食其傳》：農夫釋耒，紅女下機。〔合註〕《南史·賀革傳》：年二十，始輟耒。廢筐字，俟考。詩意反用「女執懿筐」也。白衣仙人在高堂。〔施註〕釋氏有《白衣觀音懺》文。〔查註〕慧光《奏事錄》：孝宗宣上天竺僧若訥入對選德殿，問上天竺起因，今得幾時？訥曰：「起石晉天福四年。太祖開寶間，吴越王錢俶夢白衣天人，爲廣殿宇。」

和蔡準郎中見邀遊西湖三首

〔合註〕蔡準，京之父，官侍郎，見《曲洧舊聞》。《老學菴筆記》云：蔡太師父準，葬臨平山。〔查註〕《咸淳臨安志》：明聖湖，周繞三十里，三面環山，溪谷縷注，下有淵泉水道，瀦而爲湖。漢時金牛見湖中，以爲明聖之瑞，故名。以其負郭而西，故又稱西湖。

其一

夏潦漲湖深更幽，〔施註〕《宋·謝靈運傳·山居賦》：窈窕幽深，寂寞虛遠。西風落木芙蓉秋。〔施註〕杜子美《客亭》詩：秋窗猶曙色，落木更高風。飛雪闇天雲拂地，新蒲出水柳映洲。【誥案】起四句，從「春水滿泗澤」奪胎，妙在化板實爲虛靈也。紀昀曰：平排四時，四句奇崛，不裝頭，尤奇崛。湖上四時看不足，惟有人生飄若浮。〔施註〕《文選》賈誼《鵩賦》：其生兮若浮，其死兮若休。解顔一笑豈易得，主人有酒君應留。君不見〔三〇〕錢塘游宦〔三一〕客，〔施註〕《文選》鮑明遠《行樂》詩：擾擾游宦子。朝推囚，暮決獄，〔施註〕白樂天詩：推囚御史定違程。《史記·燕世家》：有棠樹，決獄政事其下。〔查註〕宋吴革《北廳記》畧云：熙寧中，蘇文忠公由史館來貳杭郡事，時方行新法，公常因法以便民。不因人喚何時休。

其二

城市不識江湖幽，如與蟪蛄語春秋。〔施註〕《莊子·逍遥遊篇》：朝菌不知晦朔，蟪蛄不知春秋。試令江湖處城市，却似麋鹿游汀洲。〔合註〕《楚辭》：搴汀洲兮杜若。【誥案】紀昀曰：一意圜轉，快而不薄。高人無心無不可，得坎且止乘流浮。公卿故舊留不得，遇所得意終年留。〔施註〕范傳正《李翰林新墓碑》：偶乘扁舟，一日千里，或遇勝景，終年不移。君不見拋官彭澤令，〔施註〕劉禹錫詩：何事陶彭澤，拋官爲折腰。琴無絃，巾有酒，醉欲眠時遣客休。〔施註〕《晉書》、《南史·陶潛傳》：性不解音，而蓄素琴一張，絃徽不具，每朋酒之會，則撫而和之。郡將候湑，逢其酒熟，取頭上葛巾漉酒畢，還復著之。

其三

田間決水鳴幽幽，〔施註〕《毛詩·小雅·斯干》：幽幽南山。插秧未遍麥已秋。〔施註〕《禮記·月令》：孟夏之月，靡草死，麥秋至。〔合註〕杜子美《行官張望補稻畦水歸》詩：插秧適云已。相攜燒筍苦竹寺，〔施註〕唐王操《聞孟太保病愈》詩：遥想公餘資味輿，煮茶燒筍伴僧餐。〔查註〕《咸淳臨安志》：苦筍，端午前多充餽遺，以其性涼也。却下踏藕荷花洲〔五二〕。〔王註〕杜子美《陪鄭公秋晚北池臨眺》詩：采菱寒刺上，踏藕野泥中。船頭斫鮮細縷縷，〔施註〕杜子美《姜少府設鱠歌》：無聲細下飛碎雪。船尾炊玉香浮浮。〔施註〕杜子美《稻畦水歸》詩：玉粒足晨炊，紅鮮任霞散。《毛詩·大雅·生民》：誕我祀如何，或舂或揄，或簸或蹂，釋之叟叟，烝之浮浮。臨風飽食得甘寢，〔施註〕《楚辭·九歌》：臨風怳兮浩歌。《莊子·徐無鬼篇》：孫叔敖甘寢秉羽，而郢人投兵。韓退之《簟》詩：倒身甘寢百疾愈。肯使細故胸中留。〔施註〕《文選》賈誼《鵩賦》：細故蔕芥兮，何足以疑。君不見壯士憔悴時，〔施註〕《漢·高祖紀》：壯士行何畏。飢謀食，渴謀飲，功名有時無罷休。〔施註〕《史記·孫武傳》：吳王曰：「將軍罷休。」

六月二十七日望湖樓醉書五絶〔五三〕

〔王註洪朋曰〕《圖經》：望湖樓，一名看經樓，乾德七年忠懿王錢氏建，去錢塘一里。〔查註〕《西湖游覽志》：樓在昭慶寺前，一名先德樓。

其一

黑雲翻墨未遮山，〔施註〕杜子美《茅屋歌》：俄頃風定雲墨色。白雨跳珠亂入船。〔施註〕白樂天《悟真寺》詩：赤日間白雨。又：《三游洞序》：水石相薄，跳珠濺玉。卷地風來忽吹散，〔施註〕韓退之《雙鳥》詩：春風卷地起，百鳥皆飄浮。望湖樓下水如天。〔施註〕柳子厚《別宗一》詩：桂嶺瘴來雲似墨，洞庭春盡水如天。李賀《貝宮夫人》詩：空光帖妥水如天。

其二

放生魚鼈逐人來，〔王註張栻曰〕天禧四年，太子太保判杭州王欽若奏以西湖爲放生池，禁捕魚鳥，爲人主祈福。〔查註〕《西湖游覽志》：放生亭在寶石山麓。無主荷花到處開。〔王註〕杜子美《江畔獨步尋花》詩：桃花一簇開無主。水枕能令山俯仰，風船解與月徘徊。〔施註〕李太白《月下獨酌》詩：我歌月徘徊。〔合註〕曹子建詩：明月照高樓，流光正徘徊。

其三

烏菱白芡不論錢，〔施註〕《周禮》：加籩之實，菱芡栗脯。註云：菱，芰也；芡，雞頭也。杜子美《峽隘》詩：朱橘不論錢。〔查註〕《咸淳臨安志》：菱初生，嫩者名沙角，硬者名餛飩，湖中生如栗樣者，極鮮。雞頭古名芡，又名雞壅，今錢塘之梁渚、窯頭，仁和之藕湖、臨平湖所產特佳，西湖尤勝，可篩爲粉。亂繫青菰裹綠盤〔五〕。〔王註〕韓退之詩：平池散芡盤。〔合註〕《博雅》：菰，蔣也。其米謂之胡菰。劉禹錫詩：青菰寒菽非適口。忽憶嘗新會靈觀，〔王註次公曰〕會靈觀，在京師。〔施註〕歐陽文忠公《食雞頭》詩：凝祥池鎖會靈園。註云：「京師寶五嶽觀雞頭最佳。〔查註〕《汴京遺蹟志》：會靈觀在南薰門外，宋祥符五年建，初名五岳觀，觀成，賜名會靈。南有奉靈園，東有凝祥池。滯留江海得加餐。〔施註〕《史記·太史公自序》：留滯周南。《古樂府·飲馬長城窟行》：上有加餐飯，下有長相憶。

其四

獻花游女木蘭橈，〔施註〕任昉《述異記》：木蘭川在尋陽江中七里洲中，有魯班刻木蘭爲舟，至今猶在。唐皇甫冉《潤州南郭》詩：縈回楓葉岸，留滯木蘭橈。細雨斜風溼翠翹。〔施註〕張志和《漁父詞》：青箬笠，綠蓑衣，斜風細雨不須歸。劉禹錫《武陵書懷》詩：拾羽翠翹翻。〔合註〕《七啓》：揚翠羽之雙翹。李義山詩：我爲分行近翠翹。皆言首飾也。無限芳洲生杜若，〔王註〕屈原《九歌》：采芳洲兮杜若，將以遺兮下女。《遯齋閒覽》云：杜若，山薑也。〔合註〕梁武帝詩：連山去無限。吳兒不識楚辭招。〔施註〕杜子美《歸夢》詩：夢歸歸未得，不用楚辭招。

其五

未成小隱聊中隱，〔王註〕王康琚《反招隱》詩：大隱隱朝市，小隱隱藪澤。〔施註〕白樂天《中隱》詩：大隱住朝市，小隱入丘樊。丘樊太冷落，朝市太囂喧，不如作中隱，隱在留司官。似出復似處，非忙亦非閑。唯此中隱士，致身吉且安。可得長閑勝暫閑。〔施註〕白樂天《和裴相閑行》詩：偷閑意味勝長閑。〔查註〕韓退之詩：盡瘁年將久，公今始暫閑。我本無家更安往，〔施註〕杜子美《陪鄭八丈南史飲》詩：此身那得更無家。故鄉無此好湖山。【誥案】以上八詩，隨手拈出，皆得西湖之神，可謂天才。

七月一日出城舟中苦熱

涼飆呼不來，〔王註次公曰〕趙晒長嘯呼風，亂流而濟。〔合註〕見《搜神記》及《後漢書・徐登傳》。晒，作炳。〔施註〕《文選》班倢伃《怨歌行》：常恐秋節至，涼飆奪炎熱。流汗方被體。〔王註〕杜子美《木皮嶺》詩：汗流被我體。稀星乍明滅，〔施註〕《文選》曹孟德詩：月明星稀。杜子美《倦夜》詩：重露成涓滴，稀星乍有無。陳陶《登浮玉中峰》詩：蓬壺乍明滅，巨浸何瀰漫。暗水光瀰瀰。〔施註〕《毛詩・邶風・新臺》：新臺有泚，河水瀰瀰。香風過蓮芡，〔施註〕李太白《宮中行樂詞》：繡户香風暖。驚枕裂魴鱧〔三五〕。欠伸宿酒餘，起坐濯清泚。〔施註〕《文選》謝玄暉《始出省詩》：寒流自清泚。火雲勢方壯，未受月露洗。〔施註〕杜子美《貽華陽柳少府》詩：火雲洗月露，絶壁上朝暾。身微欲安適，〔合註〕《史記・伯夷傳》：我安適歸矣。坐待東方啓。〔施註〕《毛詩・小雅・大東》：東有啓明，西有長庚。鄭氏云：日旦出，謂明星爲啓明。

宿餘杭法喜寺，寺後綠野堂〔三六〕，望吴興諸山，懷孫莘老學士

〔施註〕《杭州圖經》：法喜院，在餘杭縣東北半里，光化三年置，爲吉祥院。大中祥符元年，改今額。〔查註〕《吴興記》云：始皇三十七年，將上會稽，途出此地，因立爲縣，捨舟航於此，仍以爲名。蓋留杭而名其地，則禹也；因地名而置爲縣，則秦也。《咸淳臨安志》：餘杭有法喜院，在縣

郭内溪北。舊名吉祥，光化二年建。大中祥符八年，改今額。左有亭，跨城。東坡嘗宿於寺，留題亭上，後人名爲懷舊亭。《元和郡縣志》：吴興古防風氏之國，三國時置吴興郡。隋仁壽二年，改湖州。東至杭州一百九十里。《太平寰宇記》：宋爲宣德軍節度使。《宋史》：孫覺，字莘老，高郵人。登進士第，嘉祐中編校昭文書籍。《東都事畧·孫覺傳》：熙寧中，修起居註，以言事黜知廣德軍，踰年，徙知湖州。《事實類苑》：開元故事，集賢校書郎許稱學士，今三館職事皆稱學士，用開元故事也。

徙倚秋原上，〔施註〕《楚辭·遠遊章句》：步徙倚以遥思。《文選》謝叔源詩：褰裳順蘭沚，徙倚引芳柯。凄涼晚照中。水流天不盡，人遠思何窮。問諜〔五七〕知秦過，【誥案】施註作問諜，查註、合註作問牒。又云：一作諜。《咸淳臨安志》作路。今考《左傳·宣公八年》「夏，會晉伐秦，晉人獲秦諜」，乃公之所本。諸説皆非是。〔王註援曰〕賈誼作《過秦論》，指秦之過失也。〔縯曰〕《秦始皇紀》：三十七年，至錢塘，臨浙江，水波惡，乃西百二十里從狹中渡。註云：餘杭也，以其捨舟於中，故名。〔施註〕《史記·三代世表》：余讀《諜》，記黄帝以來，皆有年數。看山識禹功。〔公自註〕餘杭，始皇所舍舟也〔五八〕。西北舟杭山〔五九〕，堯時洪水，繫舟山上。〔施註〕《左傳·昭公元年》：劉定公館於雒汭，歎曰：「美哉禹功，明德遠矣。」〔查註〕《咸淳臨安志》：舟杭山，在餘杭縣西北二十五里。山頂有石穴，古老云，禹治水維舟之所。稻涼初吠蛤，〔施註〕韓退之詩：蛤即是蝦蟇。柳老半書蟲。〔施註〕《漢·五行志》：昭帝時，上林柳樹斷，仆地。一朝起立，生枝葉，有蟲食葉成文，曰：「公孫病已立。」杜子美詩：蟲書玉佩蘚。荷背風翻白，蓮腮雨退紅。追游慰遲暮，〔施註〕《楚辭》屈原《離騷》：恐美人之遲暮。覓句效兒童〔六〇〕。〔施註〕杜子美《示宗武》詩：覓句新知律。北望苕溪轉，〔施註〕《杭州圖經》：苕水出天目山，古老相傳，夾岸多苕草，秋風吹花，浮如飛雪，因以名溪。遥憐震澤通。〔王註縯曰〕苕水北入太湖，乃古震澤也。〔施註〕《尚書・禹貢》：三江既入，震澤底定。烹魚得尺素，〔王註〕《古樂府》：客從遠方來，遺我雙鯉魚。呼兒烹鯉魚，中有尺素書。好在紫髯翁。〔王註次公曰〕張遼以紫髯將軍目孫權。見《三國志・孫權傳註》。今莘老多髯，又姓孫，故用此事。〔施註〕杜子美《送蔡希魯都尉》詩：好在阮元瑜。〔合註〕李廌《師友談記》：館中以孫莘老爲大鬍孫學士，孫巨源爲小鬍孫學士。【誥案】紀昀曰：不必精深而自然華妙，此由氣韻不同。

宿臨安淨土寺

〔王註程天祐曰〕《臨安縣圖經》：淨土禪寺，在縣南二里。周顯德中，吳越王錢氏建，號光孝明因寺。大中祥符元年，改賜今額。〔施註〕《杭州圖經》：淨土寺在臨安縣南半里，周顯德三年置。〔查註〕《元和郡縣志》：臨安縣在杭州西北一百二十八里。《吳志》云：建安十六年，分餘杭立臨水縣，晉太康中改臨安縣，有臨安山故名。

雞鳴發餘杭，到寺已亭午。〔王註〕梁元帝《纂要》：日在午曰亭午。〔施註〕晉孫綽《天台賦》：羲和亭午，游氣高褰。褚亮《奉和日午》詩：曦車已亭午，浮箭未移暉。參禪固未暇，〔合註〕皮日休詩：林間孤鶴欲參禪。飽食良先務。平生睡不足，急掃清風宇。〔施註〕李太白《代壽山答孟少府書》：清風掃門，明月侍坐。《文選》劉休玄《擬古詩》：玉宇來清風。閉門羣動息，〔王註〕司空圖詩：夜久羣動息。〔施註〕陶淵明《飲酒》詩：日入羣動息，歸鳥趨林鳴。香篆起烟縷。〔施註〕白樂天《待漏入閣》詩：碧縷爐烟直。覺來烹石泉，紫筍發輕乳。〔王註次公曰〕紫筍，茶之佳品。《茶譜》曰：蒙頂有研膏茶，作片進之；亦作紫筍。見吳淑《事類賦》。〔施註〕李肇《國史補》：湖州有顧渚之紫筍。陸羽《茶經》：《與楊祭酒書》：顧渚山中紫筍茶。周絳《續茶經》：點茶在甌，浮顆如粟。晚涼沐浴罷，衰髮稀可數。〔施註〕白樂天《沐浴》詩：髮少不勝梳。浩歌出門去，〔王註〕杜子美《自京赴奉先縣詠懷》詩：浩歌彌激烈。李太白《南陵別兒童入京》詩：仰天大笑出門去。暮色入村塢。〔施註〕柳子厚《西山宴游記》：蒼然暮色，自遠而至。微月半隱山，〔王註〕杜子美《薄遊》詩：圓圓月隱牆。圓荷爭瀉露。〔施註〕杜子美《爲農》詩：圓荷浮小葉。白樂天《白蓮》詩：泡香銀囊破，瀉露玉盤傾。相攜石橋上，夜與故人語。明朝入山房，〔王註僧善權曰〕《臨安縣圖經》：真寂院在縣南二里。天成元年，吳越王錢氏建，舊號山房院。治平二年，改賜今額。在石鏡山東。石鏡炯當路。昔照熊虎姿，〔王註續曰〕吳越王錢鏐布衣時，嘗照石鏡，鏡起而聳戰。〔孫彦忠曰〕《唐·地理志》：臨安有石鏡山，高二十六丈。〔黄魯直曰〕《太平寰宇記》云：山之東峰有石鏡，徑二尺七寸，其光如鏡。《五代史》：昭宗詔改爲衣錦山。〔施註〕《左傳·宣公四年》：楚子文曰：「是子也，熊虎之狀，而豺狼之聲。」今爲猿鳥顧。廢興〔六二〕何足弔，萬古〔六三〕一仰俯。〔施註〕王羲之《蘭亭敍》：夫人之相與俯仰一世。

自淨土寺〔六四〕步至功臣寺

〔王註林明仲曰〕《臨安圖經》：功臣山，在縣南二里，本名大官山，吳越王錢氏建爲功臣院，祥符元年改賜今額。〔施註〕《杭州圖經》：臨安縣開化院，梁開化五年，置爲功臣院。〔查註〕《咸淳臨安志》：唐昭宗詔改錢鏐所居大官山爲功臣山。《欒城集》和詩云：山平村塢連，野寺鐘相答。晚陰生林莽，落日猶在塔。行招兩社僧，共步青雲月。送客渡石橋，迎客出林樾。幽尋本真性，往事聽徐說。錢王方壯年，此邦事輕俠。鄉人鄙貧賤，異類識英傑。立石象與王，遺跡今岌業。功勛三吳定，富貴四海甲。歸來父老藏，崇高畏摧壓。詩人巧譏病，牛領恣挑抉。流傳後世人，談笑資口舌。是非亦已矣，興廢何倉卒。持歸問禪翁，笑指浮漚沒。

落日岸葛巾，晚風吹羽扇。〔王註〕《晉書》：謝奕爲桓温司馬，岸幘嘯詠，温曰：「我方外司馬。」杜子美《北鄰》詩：白幘岸江皋。〔施註〕《晉·劉隗傳》：岸幘大言，意氣自若。裴啓《語林》：諸葛武侯與司馬懿在渭濱，將戰，懿戎服莅事，使人視武侯，乘素車，白葛巾，持羽扇，指麾三軍。懿歎曰：「可謂名士也。」《殷芸小説》亦云。松間野步穩，竹外飛橋轉。神功鑿橫嶺，巖石得巨片。直渡千人溝，下有微流泫。〔王註洪炎曰〕《臨安縣圖經》：寺有溝，名曰千人，相傳錢氏役千人，一日而成。溝上橋，以紫石爲之，徑闊各丈餘。〔施註〕《晉·佛圖澄傳》：敕龍取水，泫然微流。岡巒蔚回合，〔合註〕張衡《西京賦》：岡巒參差。謝靈運詩：洲島驟迴合。金碧爛明絢。〔施註〕杜牧之《宣城》詩：城高跨樓滿金碧。〔合註〕《文心雕龍》：明絢以雅贍。緬懷異姓王，〔王註援曰〕郭璞《天目山》詩：五百年生異姓王。錢鏐自謂已應此運。〔施註〕《漢書》有《異姓諸侯王表》。《漢·傳四·贊》曰：昔高祖定天下，功臣異姓而王者八國。負擔此鄉縣。〔王註縯曰〕吳越王少貧困，負擔，及其貴也，以錦囊盛此擔焉。〔施註〕《左傳·莊公二十二年》：陳公子完曰：「免於罪戾，弛於負擔。」《五代史·吳越世家》：錢鏐，字具美，杭州臨安人也。天復二年封越王。〔邵註〕《吳越世家》：昭宗詔圖形淩煙閣，升衣錦營爲衣錦城，石鑑山曰衣錦山，大官山曰功臣山。梁太祖卽位，封吳越王兼淮南節度使。長逢胯下〔六四〕辱，〔施註〕《史記·韓信傳》：始爲布衣時，貧無行，淮陰少年有侮信者，曰：「信能死，刺我，不能死，出我胯下。」於是信熟視之，俛出胯下蒲伏。屢乞桑間飯。誰謂〔六五〕山石頑，識此希世彥〔六六〕。凜然英氣〔六七〕逼，〔合註〕《漢書·楊惲傳·與孫會宗書》：凜然皆有節概。屹起猶聳戰。〔查註〕《吳越備史》：武肅王錢鏐，杭州安國縣人，生於本縣之衣錦鄉。王嘗憩後山，忽一石屹然自立，王志之。後建功臣精舍，遂以石爲佛坐。他年萬騎歸，父老慫歡宴。錦繡被原野，金珠〔六八〕散貧賤。〔施註〕《吴越世家》：錢鏐游衣錦城，宴故老，山林皆覆以錦。作《還鄉歌》曰：三節還鄉兮挂錦衣，父老遠來相追隨。牛斗無孛人無欺，吴越一王駟馬歸。竇融既入朝，〔施註〕《後漢・竇融傳》：自以非舊臣，一旦入朝，在功臣之右，每召見，容貌辭氣，卑恭已甚，帝以此愈親厚之。〔查註〕《吴越備史補》：興國三年，吴越王錢俶於二月六日發國城，三月二十四日至京師，居於禮賢宅。五月四日，再上表，請以吴越封疆歸。有司所部州十三，縣八十六，户五十五萬七百，兵十五萬五千，盡獻於朝。改封俶爲淮海國王。《五代史・錢鏐傳》：子元瓘，孫佐，佐弟俶，四主，凡八十四年，國除。吴芮空記面。〔施註〕《漢・吴芮傳》：高祖以其將梅鋗有功，從入武關，故德芮，徙爲長沙王。一年薨。《三國・諸葛誕傳註》：魏黄初末，吴人發吴芮冢，容貌如生。後與發者見吴綱曰：「君何類長沙王，但微短耳。」綱瞿然曰：「是先祖也。」【誥案】此句謂錢氏子孫如通教者，在臨安尚多也。紀昀曰：竇融二句，用得的當，敍得簡淨，他人須四五句方了。榮華坐銷歇，〔施註〕《楚辭・離騷》：及榮華之未落兮，相下女之可貽。庾信《詠懷》詩：壯情已銷歇。劉禹錫《泰娘歌》：繁華一旦有銷歇。閱世如郵傳。〔施註〕《漢・蓋寬饒傳》：平恩侯許伯入第，寬饒卬視屋而歎曰：「美哉，然富貴無常，忽則易人，此如傳舍，所閱多矣。」劉禹錫《宿誠師山房》詩：視身如傳舍，閱世甚東流。惟有長明燈，依然照深〔六九〕殿。〔施註〕《文選》江文通《别賦》：謝主人兮依然。《雜體詩》：華月照方池，列坐金殿側。

遊徑山〔七〇〕

〔王註十朋曰〕李照《徑山山門事狀》云：徑山，乃天目東北峰也，中有徑路，以通天目，故謂之徑山。〔查註〕《徑山事狀》：五峰周抱，中有平地，人迹不到。【誥案】此詩及下一首，查註謂應從《烏臺詩案》改編熙寧六年癸丑者，誤。此一路詩，施編甚當，《欒城集》和此二詩，亦與和前淨土、功臣二詩同編，未可以好異而亂之也。

衆峰來自天目山，〔查註〕《咸淳臨安志》：山在臨安縣西五十里，周八百里，有三十六洞。按《大藏洞淵集》，第三十四洞天，天目山，左目高三千丈，右目高二千五百丈，洞周圍一百里，名太微玄蓋洞天。勢若駿馬奔平川。【誥案】紀昀曰：與「船上看山如走馬」設譬畧同，而工拙相去遠矣。中途勒破千里足，〔施註〕《漢·武帝紀》：太初四年，斬大宛王，獲汗血馬。應劭曰：號一日千里。金鞭〔七〕玉鐙相迴旋。〔王註〕劉禹錫詩：飛鳶挾慶雲，清景相回旋。〔施註〕李太白《相逢行》：高揖黄金鞭。徐陵《紫騮馬》詩：玉鐙繡纏髮，金鞍錦覆幪。人言山住水亦住，【誥案】此用青烏家語。下有萬古蛟龍淵。〔施註〕《山門事狀》云：天目之頂，有龍居焉，中常出水，四方而下。南派由睦，西派由歙，皆入浙江。東派由餘杭，北派由安吉，皆會太湖，而入吴江。徑山之頂，乃天目，龍之别居。〔王註十朋曰〕《徑山事狀》云：國一大師，因獵者導自重岡之西，坐於石牀之上。有素衣老人者，龍也，曰：「師到此，我將挈其屬歸天目，願捨此地爲師立錫之所。」師許之。乃請師登山絶頂，入五峰之間，中有大湫，指謂師曰：「吾家若去，此湫當涸，留一穴水，慎勿湮之，我將時至而衞師。」於是雲霧晦冥，風雨驟作，及霽，湫水盡涸。北峰之隙，復有草庵可居，師乃止焉。庵蓋龍所爲。今庵基見在，諸草不生。道人天眼識王氣，〔施註〕《金剛經》：如來有天眼否？〔查註〕《翻譯名義》：佛獨有天眼通者，於眼得色界，四大造清淨色，是名天眼，所見諸色，無不能照。結茅宴坐荒山巔。〔王註十朋曰〕《事狀》云：大師諱法欽，吴郡崑山人，姓朱氏。年二十二，馬素禪師見而識之，躬爲去髮，謂師曰：「汝乘流而行，遇徑而止。」師至臨安東北山下而問之，樵者曰：「此山中謂之徑塢。」乃求挂錫之地，適遇苫蓋覆罝罘，師就之宴坐。〔查註〕《咸淳臨安志》：唐大曆三年，代宗詔至闕下，親加瞻禮，號國一禪師。王顔、邱丹撰《塔銘》，崔元翰、李吉甫撰《碑銘》。精誠〔七二〕貫山石爲裂，〔王註十朋曰〕《事狀》云：永泰中，師坐北峰石屏下，見白衣儒士拜於前，自言是天目巾子山人也。師曰：「汝有何術？」對曰：「我誦《俱胝觀音呪》，其功無比。」師曰：「吾坐後石屏，汝能呪令破否？」曰：「可。」遂叱之，石屏裂爲三片。今謂之喝石巖。師知神異，爲去髮給衣，賜名惠崇。〔施註〕《西京雜記》：李廣獵冥山之陽，射虎没矢飲羽，進而視之，石也。嘗以問揚子雲，子雲曰：「至誠則金石爲開。」天女下試顔如蓮。〔施註〕《四十二章經》：天神獻玉女於佛，欲壞佛意，佛言：「革囊衆穢，爾來何爲，去，吾不用。」天神愈敬，因問道意，佛爲解説，卽得須陀洹果。僧皎然《答李季蘭》詩：天女來相試，將花欲染衣。寒窗暖足來朴朔〔七三〕，〔王註十朋曰〕《事狀》云：師有二白兔，常跪於杖履之間。〔次公曰〕撲渥，兔也。《木蘭歌》：雄兔脚撲朔，雌兔眼迷離。撲朔，一本作撲渥。〔合註〕《通雅》引《説楛》云：兔名朴握。見《古文苑》。夜鉢呪水〔七四〕降蜿蜒。〔王註厚曰〕《晉書·佛圖澄傳》：襄國城塹水源暴竭，石勒問澄何以致水？澄曰：「今當敕龍取水。」乃坐繩牀，燒安息香，呪願數百言。如此三日，水泫然微流，有一小龍，長五六寸許。有頃，水大至。〔合註〕《晉書·僧涉傳》云：每旱，苻堅常使之呪龍請雨，俄而龍下鉢中，天輒大雨。〔施註〕《漢·司馬相如傳·大人賦》：驂赤螭青虬之蚴蟉宛蜒。雪眉老人朝叩門〔七五〕，願爲弟子長參禪。〔合註〕《山門事狀》巾子山人拜法欽爲師事，已見上註。【誥案】此二句，實本《宣室志》老人求孫思邈事，公乃借作徑山用耳。趙次公原註並不誤，王梅溪以爲牽合者，非也。今雖不載，不可不正。爾來廢興三百載，〔施註〕《山門事狀》云：永泰中，國一大師至山，大曆四年，敕創寺。〔查註〕《咸淳臨安志》：徑山能仁禪院，在臨安縣北三十里。唐代宗時，詔卽其庵所建徑山寺。乾符六年，改爲鎮國院，祥符中，改賜承天禪院。奔走吴會輸金錢。〔施註〕《後漢·蔡邕傳》：遠迹吴會。《文選》魏文帝《雜詩》：行行至吴會。〔查註〕范成大《吴郡志》云：吴本秦會稽郡，後漢分吴、會稽爲二郡，後世指二浙之地，通稱吴會，謂吴與會稽也。《莊子釋文》

浙江註云：今在餘杭郡，後漢以爲吳、會分界，宋元嘉時以揚州浙西屬司理校尉，而以浙東五郡立會州，以隋王誕爲刺史，此單稱會之證也。〔合註〕《史記·平準書》：龜背金錢刀布之幣興焉。飛樓湧殿壓山破，朝鐘暮鼓驚龍眠。晴空仰見〔七六〕浮海蜃，〔施註〕《史記·天官書》：海傍蜃氣象樓臺。韓退之《贈崔立之》詩：頃刻青紅浮海蜃。落日下數投林〔七七〕鳶。有生共處覆載内，擾擾膏火同烹煎。〔王註〕《莊子·人間世篇》：山木自寇也，膏火自煎也。近來愈覺世路隘〔七八〕，〔施註〕《文選》鮑明遠詩：人情賤恩舊，世議逐衰興。每到寬〔七九〕處差安便〔八〇〕。〔查註〕《烏臺詩案》：游徑山，留題云「近來愈覺世路隘」，以諷朝廷用人多刻薄褊隘之人，不少容人過失，見山中寬閒之處爲樂也。其詩係朝旨降到册子内。嗟余老矣百事廢，却尋舊學心茫然。〔王註〕李白《行路難》：拔劍四顧心茫然。【誥案】時新學盛行，故自以爲舊學，其祝文宣王，則曰敢忘其舊，皆此意也。問龍乞水歸洗眼，〔查註〕《吳興掌故》：徑山有洗眼池，昭明太子嘗於此讀書。欲看細字銷殘年〔八一〕。〔公自註〕龍井水，洗病眼有效。〔王註〕《南史》：齊衡陽王蕭鈞，常自蠅頭細書《五經》。韓退之《短燈檠歌》：夜書細字綴語言，兩目眵昏頭雪白。杜子美《曲江》詩：短衣匹馬隨李廣，看射猛虎終殘年。

自徑山回，得呂察推詩，用其韻招之，宿湖上

〔施註〕察推，名仲甫，字穆仲。丞相文穆公蒙正孫。〔查註〕《宋史·職官志》：諸路有觀察推官。〔合註〕《續通鑑長編》載：元豐七年，提點河北東路刑獄呂仲甫。紹聖四年十二月，河東轉運判官呂仲甫爲發運副使。又：元符元年七月，江淮荆浙等路發運副使呂仲甫，爲直祕閣知荆南。

多君貴公子，〔施註〕《漢·灌夫傳》：上必多君有讓。《晉·嵇康傳》：潁川鍾會，貴公子也。愛山如愛色。〔施

註〕韓退之《假山》詩：公平真愛山。心隨葉舟去，〔王註〕韓退之詩：共泛青湘一葉舟。〔施註〕《軒后本紀》：見浮葉乃爲舟，覩轉蓬乃作車。夢繞千山碧。新詩到中路，〔施註〕《文選》嵇叔夜《琴賦》：臨清流，賦新詩。阮嗣宗《詠懷》詩：中路將安歸。令我喜折屐。〔施註〕《晉・謝安傳》：兄子玄等既破苻堅，驛書至，安方對客圍碁，了無喜色。既罷，還内，過户限，心喜甚，不覺屐齒之折。古來軒冕徒，〔王註〕《莊子・繕性篇》：古之所謂得志者，非軒冕之謂也。物之儻來，寄也，故不爲軒冕肆志。〔施註〕《管子》：先王制軒冕以著貴賤。操舍兩悲慄。〔施註〕《莊子・天運篇》：以富爲是者，不能讓禄，以顯爲是者，不能讓名，親權者不能與人柄，操之則慄，捨之則悲。數朝辭簪笏，〔合註〕江總詩：簪笏奉周行。兩脚得暫赤。〔王註〕韓退之詩：赤脚思當流。杜子美《早秋苦熱》詩：南望青松架短壑，安得赤脚踏層冰。歸來不入府，却走湖上宅。寵辱吾久忘，〔王註〕《老子》：寵辱若驚。寧畏官長詰。〔施註〕杜子美《偪仄行》：徒步反愁官長怒。《戲簡鄭廣文兼呈蘇司業》詩：醉則騎馬歸，頗遭官長駡。飄然便歸去〔三〕，誰在子思側。君能從我遊，〔施註〕王維《與裴秀才迪書》云：儻能從我游乎？出郭及未黑。

宿望湖樓再和

新月如佳人，出海初弄色。〔施註〕高適《人日寄杜二》詩：柳條弄色不忍見。娟娟到湖上，〔施註〕《文選》鮑明遠《翫月》詩：娟娟似蛾眉。瀲瀲搖空碧。〔施註〕白樂天《西湖晚歸》詩：煙波淡蕩搖空碧。〔合註〕楊夔《送鄭谷》詩：春江瀲瀲清且急。夜涼人未寢，〔施註〕顧況《臨海所居》詩：月上春林人未眠。山静聞響屐。騷人故多感，悲秋更憀慄。〔王註〕宋玉《九辨》：悲哉，秋之爲氣也，憭慄兮若在遠行，登山臨水兮送將歸。君胡不相就，〔施註〕

杜子美《偪仄行》：速宜相就飲一斗。朱墨紛黝赤。〔施註〕《北史·蘇綽傳》：拜大行臺左丞，始制文案程式，朱出墨入，及計帳户籍之法。〔合註〕《爾雅》：黑謂之黝。我行得所嗜，十日忘家宅。但恨無友生，詩病莫訶〔三〕詰。〔施註〕白樂天謂詩有八病，若平頭、上尾、蜂腰、鶴膝、大韻、小韻、傍紐、正紐也。《文選》曹子建《與楊德祖書》：劉季緒才不逮作者，而好詆訶文章，掎摭利病。君來試吟詠〔四〕，定作鶴頭側。〔合註〕此似兼用李義山詩「熱寢初同鶴」意也。【誥案】謂側頸而吟也。如以鶴頭書解，則下與「蛟蛇」複，删。改罷心愈疑，〔施註〕杜子美《解悶》詩：新詩改罷自長吟。滿紙蛟蛇黑。〔施註〕杜子美《觀薛稷少保書畫壁》詩：鬱鬱三大字，蛟龍岌相纏。

夜泛西湖五絶

其一

新月生魄迹未安，〔王註〕杜子美《初月》詩：影斜輪未安。纔破五六漸盤桓。〔施註〕《文選·古詩》：三五明月滿，四五蟾兔缺。今夜吐艷如半壁，〔王註〕盧仝《月蝕》詩：是夕吐艷如長虹。又云：初露半箇璧，漸吐滿輪魄。游人得向三更看。

其二

三更向闌月漸垂，欲落未落景特奇。明朝人事誰料得，〔王註〕武元衡詩：無因駐清景，日出事還生。〔施註〕杜子美《杜鵑行》：蒼天變化誰料得。看到蒼龍西没時。〔王註次公曰〕蒼龍，角亢之宿，夜半而没。〔施註〕

《漢・天文志》：東宮蒼龍星。韓退之詩：東方蒼色龍。

其　三

蒼龍已没牛斗横，〔查註〕《漢書・天文志》：杓攜龍角。孟康曰：杓，斗柄也；龍角，東方宿也；攜，連也。東方芒角昇長庚。〔施註〕《漢・天文志》：天一、槍、棓、矛、盾動摇，角大，兵起。《律曆志》：角，觸也，物觸地而出，戴芒角也。《北夢瑣言》李浣詩：長庚冷有芒，文曲澹無氣。漁人收筒及未曉，〔合註〕《松陵唱和集》詠魚具，有《釣筒》詩。船過惟有菰蒲聲。〔公自註〕湖上禁漁，皆盜釣者也。

其　四

菰蒲無邊水茫茫，〔施註〕杜子美《城上》詩：春動水茫茫。荷花夜開風露香。漸見燈明出遠寺，更待月黑看湖光。〔查註〕周密《癸辛雜識》：西湖四聖觀前，每至昏後，有一燈浮水上。其色青紅，自施食亭南至西泠橋復回。風雨中，光愈盛，月明則稍淡，雷電之時，則與電争光閃爍。余之所居，在積慶山巔，每夕觀之無少差，凡看二十餘年矣。

其　五

湖光非鬼亦非仙，風恬浪静光滿川。〔合註〕宋之問詩：風恬魚自躍。盧綸詩：估客晝眠知浪静。須臾兩兩入寺去，〔合註〕《史記・天官書》：兩兩相比。就視不見空茫然。〔合註〕《後漢・馬皇后紀》：就視乃笑。

卷七校勘記

〔一〕濤波　施乙作「波濤」。

〔二〕靴文細　「靴」原作「鞾」，集甲、施乙、類丙作「靴」，今從。按，《廣韻》：「鞾」，亦作「靴」。今統一作「靴」，後不重出。

〔三〕棲烏　原作「棲鳥」。合註作「棲烏」。集甲、集註、施乙、類本、查註作「棲烏」，今從。合註不知所本。

〔四〕驚我頑　查註、合註「驚」作「警」。

〔五〕興盡　集甲、施乙、類丙作「盡返」。

〔六〕焦山長老中江人也　施乙無此條自註。

〔七〕飢餓　集甲、施乙作「飢卧」。

〔八〕甘露寺　集註、類本有引。集甲無引。施乙以此引入自註，引文及自註中之「諸葛亮」，類本作「諸葛」，「大鐵鑊」，類本作「大鑊」。章校：引文及自註中之「梁武帝所鑄」，《鑑》作「□桓帝所鑄」；「李衞公」，《鑑》無「李」字；「所留祠堂」，《鑑》無「堂」字；「手植柏」，《鑑》作「梁武柏」。

〔九〕狠石　集甲、集註、施乙、類本作「很石」。

〔一〇〕蕭公　集甲作「蕭翁」。

〔一一〕陂陀　集甲、施乙、類本作「坡陀」。按，《説文通訓定聲》：坡，陂也，即「陂」之或體。

〔一二〕能獨　查註、合註作「獨能」。

〔一三〕手親　集甲、集註、類本作「親手」。

〔一四〕力難任　原作「力難勝」。今從集甲、類本。盧校：「任」字是。

〔一五〕亂文　此處，集註、類本作「亂紋」。參本詩「錦衾」條校記。

〔一六〕白氎布　集甲、集註、施乙作「白疊布」。案，《康熙字典》：「氎」，亦作「疊」。參本卷第十七條校記。

〔一七〕錦衾　宋樓鑰《攻媿集》卷七十三《跋東坡紙帳詩》：「坡公《次韻柳子玉》二詩，曰地爐，曰紙帳，此紙帳詩也。集中『紋』作『文』，『氎』作『疊』，『煖』作『暖』，『衹』作『但』，皆可通。惟以『鯨』爲『衾』，則非也。少陵有《太子張舍人遺織成褥段》詩，有云『開緘風濤湧，中有掉尾鯨』，後又云『錦鯨卷還客，始覺心和平』。坡正用此事，而編集者未之考也。」沈欽韓謂「東坡改鯨爲衾」，乃「取便觀者」，參卷三十一「錦衾」條校記。今仍作「錦衾」。

〔一八〕但恐　宋樓鑰謂墨迹「但」作「衹」，詳本卷第十七條校記。

〔一九〕石出　集甲、集註、施乙、類本作「出石」。

〔二〇〕相呼　類乙、類丁作「自呼」。

〔二一〕團蒲　集甲、集註、施乙作「圓蒲」，類甲作「圓滿」。

〔二二〕淡薄　集甲、集註、類本作「淡泊」。

〔二三〕恍如　集甲、施乙作「怳如」。案《集韻》：「怳」，與「恍」通。以後不重出。

〔二四〕復用元韻答之　集甲、集註、類本無「答之」二字。
〔二五〕連保　查註、合註謂《詩案》作「保伍」。
〔二六〕近屢獲鹽賊　集註作「近屢獲私鹽」，類丙作「時屢獲私鹽」。
〔二七〕予則孥戮汝　「予」上原有「不用命戮於社」六字，乃涉《尚書》注文而誤衍，今删。
〔二八〕短後　查註、合註：《叢話》「後」作「襪」。
〔二九〕百尺　集甲、集註、施乙、類本作「百丈」。
〔三〇〕徐來　集甲、集註、施乙、類本作「時來」。
〔三一〕先生　合註謂《名勝志》作「博士」。
〔三二〕勃蹊　集甲、集註、施乙、類本作「勃磎」。
〔三三〕知無術　查註、合註：《叢話》「知」作「終」。
〔三四〕門前　類甲作「門生」。
〔三五〕「先生」三句　類甲缺。
〔三六〕荆棘　集註、類本作「荆榛」。
〔三七〕常似静　類丙作「常以静」，疑誤。
〔三八〕有時信　「信」下集甲、集註、類丙原註：信，平。
〔三九〕雨中明慶賞牡丹　類本無「明慶」二字。
〔四〇〕似花紅　查註作「比花紅」。

〔四二〕竟兩亡　施乙作「意兩亡」。

〔四二〕張師民　類丙作「張思民」。

〔四三〕何勞嚇　查註、合註謂《詩案》「何」作「相」。

〔四四〕和子由……二首　集甲無「二首」二字。

〔四五〕半隱堤　類乙作「半隱梯」，疑誤。

〔四六〕守歲寒　集甲、集註、施乙、類本作「鬭歲寒」。

〔四七〕開後　集甲作「歸後」。

〔四八〕蠶欲老　合註謂一本「老」字後有「兮」字。

〔四九〕麥半黄　類乙作「麥欲黄」。

〔五〇〕君不見　施乙無「君」字。

〔五一〕游宦　集註、類甲、類乙作「宦遊」。

〔五二〕荷花洲　集註、類本作「蓮花洲」。

〔五三〕五絶　集甲、施乙作「五首」。七集無「五絶」二字。

〔五四〕緑盤　查註、合註：「緑」一作「綵」。施乙作「緑槃」；「盤」、「槃」通。

〔五五〕魴鱧　原作「魴鯉」。集甲作「魴鱧」。按，《詩·小雅·魚麗》：魚麗於罶，魴鱧。今從集甲。

〔五六〕寺後緑野堂　寺後之「寺」，據集甲補。集甲「堂」作「亭」，類本亦作「亭」。

〔五七〕問諜　集甲作「問諜」。查註、合註：《咸淳臨安志》（以下簡稱《志》）「諜」作「路」。盧校：「問諜」。

〔五八〕始皇所舍舟也　施乙作「始皇舍舟所也」。

〔五九〕西北舟杭山　集甲、集註、類本作「西北有舟枕山」。

〔六〇〕效兒童　類乙、類丁作「憐兒童」。

〔六一〕廢興　集註、類本作「興廢」。

〔六二〕萬古　集甲、集註、施乙、類本作「萬世」。

〔六三〕浄土寺　集甲、集註、施乙無「寺」字。

〔六四〕胯下　集甲、集註、施乙、類本作「跨下」。按，《集韻》：「胯」，或從足。

〔六五〕誰謂　集註、類本作「誰知」。

〔六六〕識此希世彦　集註、類本「彦」字下註：謂石鏡也。或爲自註。

〔六七〕英氣　類本作「陰氣」。

〔六八〕金珠　集註作「珠金」。

〔六九〕深殿　此處，施乙作「金殿」。

〔七〇〕遊徑山　此詩石刻，阮元《兩浙金石志》卷六收，并校。題下有「眉山蘇軾」字，詩尾書「熙寧八年九月四日」。

〔七一〕金鞭　阮元校：石刻作「金鞍」。

〔七二〕精誠　集註、合註作「精神」。

〔七三〕朴朔　集註、施乙作「扑握」，類本作「扑渥」。阮元校：石刻作「扑握」。盧校：「朴朔」字出《木蘭詩》，作「渥」非是。紀校：朴朔。今從盧校、紀校。又，集甲作「朴渥」。原作「朴渥」。

〔七四〕呪水　查註、合註謂「呪」一作「沉」。

〔七五〕朝叩門　盧校：「來叩門」。

〔七六〕仰見　施乙、類本作「偶見」。

〔七七〕投林　集甲、集註、施乙、類本作「投村」。紀校：鳶當投林，作「村」非是。

〔七八〕世路　集甲、施乙、類本作「世議」。阮元校：石刻作「世議」。

〔七九〕寬　查註、合註謂《詩案》作「勝」。

〔八〇〕安便　集註、類甲作「便安」。

〔八一〕殘年　查註、合註：《志》「殘」作「長」。

〔八二〕歸去　集甲、集註、類本作「欲去」。

〔八三〕訶　合註：一作「相」。

〔八四〕吟詠　施乙、類本作「吟味」。

蘇軾詩集卷八

古今體詩六十八首

【誥案】起熙寧五年壬子八月，在太常博士直史館杭州通守任，盡十二月作。

求焦千之惠山泉詩

【誥案】各本詩題皆作《焦千之求惠山泉詩》。合註謂題首當有寄字，今詳究此題，乃謂求字於下耳，不必定有寄字也，今已更正。〔查註〕焦千之，字伯强。與王深父兄弟同爲歐公門下客。《名勝志》：焦千之，潁州焦陂人。以文學受知文忠，後授祕書校理，終知無錫州。呂純希知潁，爲起第於城南，號曰焦館。〔合註〕《續通鑑長編》：嘉祐六年五月，賜潤州焦千之進士出身。熙寧四年十一月，管勾國子監常秩等言：朝旨索取直講所出題及試卷，看詳優劣，焦千之等五人，並罷職與堂除，合入差遣。〔王註張栻曰〕陸鴻漸《煎茶水品》：常州無錫縣惠山寺泉第二。〔查註〕獨孤及《惠山寺新泉記》云：寺居西山之麓，山小多泉，山下有靈池，其泉伏湧潛洩，無沚無竇，始發袤丈之沼，疏爲懸流，及於禪牀，周於僧房，灌注於德池，瀠洄於法堂。《太平寰宇記》：惠山寺在無錫縣東七里，一名九隴山。張又新《煎茶水記》：陸鴻漸言無錫縣惠山寺石泉水爲天下第二。

《晏公類要》：惠泉在普利寺，南廡有曲水亭。

茲山定空中，乳水滿其腹。〔合註〕何焯曰：《蜀志·秦宓傳》：蜀有汶阜之山，江出其腹。遇隙則發見，臭味實一族。〔邵註〕《左傳·襄公二十二年》：譬諸草木，吾臭味也，而何敢差池。淺深各有值，方圓隨所蓄。【誥案】紀昀曰：意新語刱，得此一起，併下四「或」字，習調亦覺生趣盎然，不爲耳目之厭。或爲雲洶湧，或作線斷續。或鳴空洞中，雜佩間琴筑。〔王註僧善權曰〕白樂天《廬山草堂記》：堂東有瀑布瀉階隅，落石渠，夜中如環珮琴筑聲。或流蒼石縫，宛轉龍鸞〔一〕蹙。〔王註賈巖老曰〕《酉陽雜俎》：允街縣有泉，泉眼中水交旋如盤龍，驢馬飲之皆驚走。〔合註〕《文選·魯靈光殿賦》：蟠螭宛轉而承楣。瓶罌走千里〔二〕，〔合註〕韓退之詩：瓻大瓶罌小。真僞半相瀆。貴人高宴罷，〔合註〕庾信《趙廣墓誌銘》：平樂高宴。醉眼亂紅緑。赤泥開方印，〔王註〕盧仝詩：白絹斜封三道印。〔合註〕「赤泥印」用劉禹錫《試茶》詩句。《後漢書·蔡邕傳》：方印磊落。紫餅截圓玉。〔王註崔鷹之曰〕《茶録》：茶色貴白，而餅茶多以珍膏油其面，故有青黄紫黑之異。〔合註〕庾信《昭夏歌》：圓玉已奠。傾甌共歎賞，竊語笑僮僕〔三〕。〔合註〕嵇康《家誡》：若見竊語私議便舍起。豈如泉上僧，盥灑自挹掬。故人憐我病，蒻籠〔四〕寄新馥。〔王註饒德操曰〕《茶録》：茶宜蒻葉，收藏之家，以蒻葉封裹入焙中。欠伸北窗下，晝睡美方熟。精品厭凡泉，願子〔五〕致一斛。〔合註〕千之知無錫時也。

答任師中次韻

〔公自註〕來詩勸以詩酒自娱。

閑裏有深趣，常憂兒輩知。已成歸蜀計，誰借買山貲。〔王註厚曰〕《南史》：王秀之爲晉平太守，朞年求還，曰：「吾山貲已足，豈可久留以妨賢路。」〔邵註〕《世説》：支道林因人就深公買印山。深公答曰：「未聞巢由買山而隱。」郗超每聞欲高尚隱退者，輒爲辦百萬貲。世事久已謝，〔合註〕張衡《歸田賦》：與世事乎長辭。故人猶見思。平生不飲酒，對子敢論詩。

沈諫議召游湖，不赴，明日得雙蓮於北山下，作一絶持獻沈，既見和，又別作一首，因用其韻

〔查註〕《宋史》：沈立，字立之，歷陽人。第進士。歷右諫議大夫，出爲江淮發運使，知越州、杭州。《嘉泰會稽志》：熙寧三年，沈立以右諫議大夫出知越州，四年正月，移知杭州。

其　一

湖上棠陰手自栽，問公更得幾回來？〔查註〕沈立之不久當替。水仙亦恐公歸去，〔王註援曰〕湖上有水仙王廟。〔胡銓曰〕按《圖經》，廟在錢塘門外二里。故遣雙蓮一夜開。

其　二

詔書行捧縷金箋，〔合註〕《宋史・職官志》：文武官，綾紙五種，分十二等。一二等，滴粉鏤金花，錦褾韜，色帶。樂府應歌《相府蓮》。〔王註繽曰〕王儉爲南齊相，所薦皆名士，世謂紅蓮映秋水，今號蓮幕，自儉始。〔次公曰〕《國史

補》：于司空以樂府有《想夫憐》，其名不雅，將改之。客有笑者曰：「南朝相府曾有瑞蓮，故歌相府蓮，自是後人語譌，相承不改耳。」〔查註〕陳景沂《全芳備祖》：于頔因瑞蓮製曲，名《相府蓮》。莫忘今年花發處，西湖西畔北山前。〔王註林明仲曰〕《杭州圖經》云：北高峰在靈隱寺後。又云：北山之形，如獅子，名獅子峰。

和歐陽少師會老堂次韻

〔查註〕《蔡寬夫詩話》：歐陽文忠與趙康靖同在政府，相得甚歡。趙歸老睢陽，歐相繼謝事，歸汝陰。一日，康靖單車來訪，逾月而反，年八十矣。文忠因榜其地爲會老堂。《居士集·會老堂致語》註云：熙寧壬子，趙康靖自南京訪公於潁，時呂正獻爲潁州守。〔合註〕《澠水燕談》：呂學士宴二公，文忠親作口號，有「金馬玉堂三學士，清風明月兩閒人」之句。〔查註〕歐陽永叔《會老堂》詩云：古來交道愧難終，此會今時豈易逢。出處三朝俱白首，凋零萬木見青松。公能不遠來千里，我病猶堪釂一鍾。已勝山陰空興盡，且留歸駕爲從容。

一時冠蓋盡嚴終，〔王註次公曰〕嚴助、終軍，二子皆少年之貴。〔合註〕《漢書·嚴助傳》：武帝得朱買臣、吾丘壽王、司馬相如、主父偃、徐樂、嚴安、東方朔、枚皋、膠倉、終軍、嚴葱奇等。此詩「一時冠蓋」用此意。【誥案】此言使者分佈天下，皆新進少年也，本意以此翻起趙概。舊德年來豈易逢。聞道堂中延蓋叟，〔王註〕《漢書》：曹參爲齊相，避正堂，舍蓋公。【誥案】蓋叟，謂趙槩也。定應牀下拜梁松。〔王註〕《後漢書》：馬援有疾，梁松候之拜牀下，援不答，曰：「我乃松父友也，雖貴，何得失其序乎？」【誥案】梁松，謂後進也，指呂公著。蠹魚自曬閑箱篋，〔王註〕《世說》：郝隆以七月七日曬書。科斗長收古鼎鐘。〔王註子仁曰〕謂歐陽公收古鼎鐘銘刻甚多，見《集古録目》。【誥案】此聯著落「堂」字，主人不到而自到矣，故下以「重問道」句緊接之也。我欲棄官重問道，寸莛〔六〕何以得春容。〔王註〕東方朔《答客難》：以莛撞鐘，豈能發其音聲。韓退之詩：東野不回頭，有如寸莛撞巨鐘。《禮記·學記》：待其從容，然後盡其聲。註云：從，讀如戈春之春。【誥案】疏曰：每一春而爲一容，然後盡其聲。

和歐陽少師寄趙少師次韻

〔查註〕《東都事畧》：趙概，字叔平，應天虞城人。神宗朝，官尚書左丞，數求去位，以太子少師致仕，居睢陽十五年，卒謚康靖。爲人樂易，與人無所怨怒。張安道《樂全先生集》中《趙康靖神道碑》云：始歐陽修躐公爲知制誥，人意公不能平，及修坐累對詔獄，人莫敢爲言，公獨抗章，言修無罪。上感悟，修以故得全。公既老，修亦退居汝南，公自睢陽往，從之游，樂飲旬日。【誥案】此文公代作。查註徵諸《樂全集》，可見其一意務外，於本集全未致力，宜其謬誤多也。〔查註〕歐陽永叔《擬剥啄行寄趙少師》詩云：剥剥復啄啄，柴門驚鳥雀。故人千里至，信士百金諾。搢紳相趨動顔色，閭里歡呼共嗟愕。顧我非惟慰寂寥，於時自可警媮薄。事國十年憂患同，酣歌幾日暫相從。酒醒初不戒徒御，歸思瞥起如飛鴻。車馬闃然人已去，荷鋤却向野田中。

朱門有遺啄，〔合註〕杜子美《自京赴奉先縣詠懷》詩：朱門酒肉臭。千里來燕雀。公家冷如冰，百呼無一諾。〔合註〕《韓詩外傳》：一呼再諾者，人隸也。平生親友半遷逝，公雖不怪旁人愕。世事如今臘酒醲，交情自古春雲薄。【誥案】通幅出色，全恃此二句，撑得結實。二公凜凜和非同，疇昔心親豈貌從。

〔王註〕韓退之詩：直置心親無貌敬。白鬚相映松間鶴，清句更酬〔七〕雪裏鴻。〔合註〕白樂天詩：清句三朝誰是敵。何日揚雄一廛足，〔王註〕《漢書》：揚雄居岷山之陽，曰郫，有田一壥，有宅一區。却追范蠡五湖中。〔王註〕《史記》：范蠡汎扁舟浮於江湖。【誥案】紀昀曰：謹嚴而不局促，清利而不淺薄，自是用意之作。

監試呈諸試官

【誥案】試官二人，其一乃劉撝也。〔王註胡銓曰〕熙寧五年，先生在杭州監試。〔合註〕先生《答范夢得書》：某被差本州監試，得閒二十餘日。

我本山中人，寒苦盜寸廩。文辭雖少作〔八〕，勉强非天稟。既得旋廢忘，懶惰今十稔。〔邵註〕《左傳·僖公二年》：虢公敗戎於桑田，卜偃曰：「不可以五稔。」麻衣如再著，〔邵註〕晚唐劉得仁詩：一著麻衣便白頭。〔查註〕唐劉虚白詩：二十年前此夜中，一般燈火一般紅。不知歲月能多少，猶著麻衣待至公。墨水真可飲。〔王註續曰〕梁試進士，不中程者飲以墨水。〔子仁曰〕北齊選舉，濫者飲墨水一斗。〔查註〕《隋書·禮儀志》：後齊每策秀孝，皇帝坐於朝堂，秀孝各以班草對。其有脱誤、書濫、孟浪者，起立席後，飲墨水一升。【誥案】紀昀曰：真語，非通人不能道。每聞科詔下，〔查註〕《三國志·魏·程曉傳》：高選賢才，以充其職；申明科詔，以督其違。《宋史·選舉志》：宋之科目，初惟進士及諸科，歲以爲常，皆秋取解，冬集禮部，春考試。諸州以本判官試進士，録事參軍試諸科。白汗如流瀋。〔合註〕《説文》：瀋，汁也。此邦東南會，多士敢題品。〔合註〕温庭筠詩：武庫方題品。【誥案】本集《詩敍》：是科杭州解禮部者九人。此係刊本落字，杭必不止九人也。芻蕘盡蘭蓀，〔合註〕王勃《上明員外啓》：蘭蓀不替。香不數葵荏。〔合註〕後漢馬融《廣成頌》：桂荏鳧葵。貧家見珠貝，〔合註〕《文選・蜀都賦》：珠貝氾浮。眩晃自難審。緬懷嘉祐初，文格變已甚。〔王註次公曰〕嘉祐初，文格雕鏤磔裂，如劉幾、魏宜之屬〔九〕。〔合註〕《續通鑑長編》：嘉祐二年，歐陽修知貢舉。先是，進士益相習於奇僻，鉤章棘句，寖失渾淳，修深疾之，遂痛加裁抑，仍嚴禁挾書者。及試，榜出，時所推譽皆不在選。囂薄之士，候修晨朝，羣聚詆斥之，至街司邏吏不能止。或爲祭歐陽修文，投其家，卒不能求其主名置於法，然文體自是亦少變。千金碎全璧，百衲收寸錦。〔合註〕《莊子・山木篇》：林回棄千金之璧。皇甫冉詩：百衲老空林。《抱朴子》：小文雖巧，猶之寸錦。調和椒桂釅，咀嚼沙礫磣。〔合註〕《文選・上林賦》：咀嚼蔆藕。鮑照樂府：沙礫自飄揚。《廣韻註》：食有沙磣。廣眉成半額，〔王註〕《後漢・馬廖傳》：長安語曰：「城中好廣眉，四方且半額。」學步歸踔踸。〔王註〕《莊子・秋水篇》：不聞夫壽陵餘子之學行於邯鄲與？未得國能，又失其故行矣，直匍匐而歸耳。又，夔謂蚿曰：「吾以一足趻踔而行。」〔邵註〕趻，同踸。維時老宗伯，〔查註〕時歐陽永叔以禮部知貢舉。【誥案】歐陽修以禮部侍郎兼翰林學士者八年，故公《謝啓》云：會宗伯之選掄，疾時文之靡弊。可與「老宗伯」句互證，非權知貢舉也。合註據《長編》以駁查註，非是。其「文格」句下所引《長編》誤處，並删。氣壓羣兒凜。蛟龍不世出，魚鮪初驚淰。〔王註續曰〕《禮記・禮運》：以龍爲畜，故鮪魚不淰。淰，魚駭貌。〔合註〕《漢書・王吉傳》：欲治之主不世出。至音久乃信，〔合註〕《後漢書・陳元傳》：至音不合衆聽。知味猶食椹。〔王註〕《詩・泮宮》：翩彼飛鴞，集於泮林。食我桑椹，懷我好音。至今天下士，微管幾左衽。謂當千載後，石室祠高眹。〔查註〕《太平寰宇記》：文翁學堂，一名周公禮殿。《華陽國志》云：文翁立文學精舍，作石室，一作玉室，在華陽縣城南。後遇火，太守陳留高眹〔一〇〕更修立，又增造二石室。其欒櫨節制尤古，畫古人之像，及禮器瑞物。【誥案】紀昀曰：中一段，大開大合，波瀾起伏，極爲壯闊。爾來又一變，〔查註〕《宋史・選舉志》：初，進士試詩、賦、論各一首，策五道，帖《論語》十帖，對《春秋》或《禮記》墨義十條。神宗議更法，王安石謂：「古之取士，倶本於學。」於是改法。進士科罷詩賦、帖經、墨義，士各占治《易》、《詩》、《書》、《周禮》、《禮記》一經，兼《論語》、《孟子》。謂《春秋》有三傳，難通，罷之。每試四場，初大經，次兼經，大義，凡十道，次論一首，次策三道。熙寧三年，親試進士，始專以策，定限千字。舊特奏名人試論一道，至是亦制策焉〔二〕。【誥案】《春秋》以斷爛朝報廢，非以三傳難通罷也。此學初誰諗。權衡破舊法，芻豢笑凡飪。高言追衛、樂，〔王註次公曰〕衛玠、樂廣。言其時尚虛無之學也。〔合註〕《新書》：見教一高言。篆刻鄙曹、沈。〔王註次公曰〕曹植、沈約。言時以詩賦爲篆刻而不用也。先生周、孔出，弟子淵、騫寢。〔王註〕《揚子》：或問淵、騫之徒惡乎在？曰：「在寢。」却顧老鈍軀，頑樸謝鐫鍰〔三〕。〔合註〕盧綸詩：老鈍晝多眠。《廣韻》：鍰，爪刻鏤板也。諸君況才傑，容我懶且噤。〔合註〕沈約詩：吏部信才傑。《廣韻》：噤，塞而口閉也。聊欲廢書眠，秋濤春午枕。

望海樓晚景五絕

〔王註芮曄曰〕《杭州圖經》：東樓，一名望海樓，在舊治中和堂北。《太平寰宇記》云：樓高十八丈，唐武德七年置。【誥案】公《與范夢得書》云：被差監試，在中和堂望海樓閒坐。與王註合。樓在鳳凰山半，故見潮也。詩乃闈中作。查註引望潮樓、望濤樓，二説牽混，徒滋紛亂，并不知前後望海樓及墨妙亭、黃鶴樓諸詩，皆闈中作也。今删此謬註，則前後題氣脈通矣。

其一

海上濤頭一線來，〔查註〕盧肇《海潮賦》：夾羣山而遠入，射一線而中投。樓前指顧雪成堆。〔合註〕《漢書·律曆志》：指顧取象。劉禹錫詩：八月潮聲吼地來，頭高數丈促山回。須臾却入海門去，捲起沙堆似雪堆。從今潮上君須上，更看銀山二十〔三〕回。〔合註〕庾信啓：銀山或動。

其二

橫風吹雨入樓斜，壯觀應須好句誇。雨過潮平江海碧，【誥案】七字極有斟酌，確是逐日閒坐樓上看潮人語。電光時掣紫金蛇。〔查註〕白樂天詩：蛇騰電掣光。

其三

青山斷處塔層層，〔合註〕張籍詩：層層勢不危。隔岸人家喚欲譍。〔王註汪彥章曰〕《杭州圖經》：浙江渡在候潮門外，對西興。江上秋風晚來急，爲傳鐘鼓到西興。〔查註〕《越絶書》：浙江南路西城者，范蠡敦兵城也，其陵固可守，故謂之固陵。《水經注》：浙江又逕固陵城北，今之西城也。施武子《嘉泰會稽志》：西陵在蕭山縣西十三里，謝惠連有《西陵阻風》詩，吳越改曰西興。

其四

樓下誰家燒夜香，玉笙哀怨弄初涼。〔合註〕李義山詩：悵望銀河吹玉笙。臨風有客吟秋扇，〔合註〕吟秋扇，當用樂府晉王珉《白團扇歌》事，非用班婕妤事也。拜月無人見晚粧。〔合註〕司空圖詩：晚粧留拜月，卷上水精簾。

其五

沙河燈火照山紅，〔王註李堯祖曰〕《唐・地理志》：錢塘縣南五里，有沙河塘，咸通二年，刺史崔彦曾開。昔潮水衝擊錢塘江岸，至於奔逸入城，勢莫能禦，故開沙河以決之。河有三，曰外沙、中沙、裏沙。〔查註〕程大昌《演繁露》引潘洞《浙江論》云：胥山西北，舊鑿石以爲棧道，景龍四年，沙岸北漲，地漸平坦，州司馬李珣，始開沙河，水陸成路。胥山者，今吴山也。《杭州圖經》云：此時河流，去胥山未甚遠。李紳詩曰，猶瞻伍相青山廟。景龍沙漲之後，至於錢氏，隨沙移岸，漸至鐵幢，今新岸去胥山已逾三里，皆爲通衢，居民甚盛。歌鼓喧呼笑語〔四〕中。爲問少年心在否？角巾攲側鬢如蓬。〔合註〕《晉書・羊祜傳》：當角巾東路。又庾信《小園賦》：攲側八九丈。

試院煎茶

蟹眼已過魚眼生，〔王註任居實曰〕蔡君謨作《茶辨》，辨水泉、煎飲等，極爲詳備，有蟹眼、魚眼、用湯之法。《茶經》云：凡候湯有三沸。如魚眼微有聲，爲一沸。緣邊如湧泉連珠，爲二沸。騰波鼓浪，爲三沸，則湯老。颼颼欲作松風鳴。〔查註〕吴許次杼《茶疏》：水一入銚，便須急煮，候有松聲卽去。〔合註〕《水經注》：風颼颼而颼颼。蒙茸出磨細珠落，眩轉遶甌飛雪輕。銀瓶瀉湯誇第二，〔王註縯曰〕惠山泉，煎茶爲第二。〔次公曰〕此乃是尋常點茶時，先略傾瓶中湯，方點，謂之第二湯也。未識古人煎水意。〔公自註〕古語云：煎水不煎茶。君不見昔時李生好客手自煎，〔合註〕《史記・馮讙傳》：聞孟嘗君好客。貴從活火發新泉。〔王註〕《因話録》：李約嗜茶，能自煎，謂人曰：「茶須緩火炙，活火煎。」活火，謂炭之有餤方熾者。又不見今時潞公煎茶學西蜀，〔合註〕潞公煎茶事，無考。定州花瓷琢紅玉。〔查註〕《茶疏》：茶甌取古定窑兔毛花者，亦碪碾茶用之宜耳。其在今日，純白爲佳，兼貴於小定窑。我今貧病常苦飢，分無玉盌捧蛾眉。且學公家作茗飲，塼爐石銚行相隨。〔合註〕《廣韻》：銚，燒器。不用撑腸拄腹文字五千卷，〔王註〕盧仝《謝孟諫議寄新茶》詩：三椀搜枯腸，惟有文字五千卷。但願一甌常及睡足日高時。〔王註〕盧仝《新茶》詩：日高丈五睡正濃，軍將打門驚周公。〔合註〕鄭谷詩：顧渚一甌春有味。〔翁方綱云〕是時甫用王安石議，改取士之法，罷詩賦、帖經、墨義，專以策，限定千言。故先生呈諸試官詩云：聊欲廢書眠，秋濤春午枕。正與此篇末句意同。「未識古人煎水意，且學公家作茗飲」，亦皆此意。

孫莘老求墨妙亭詩

〔王註劉子翬曰〕先生《墨妙亭記》云：熙寧四年十一月，高郵孫莘老自廣德移守吳興，其明年二月，作墨妙亭於府第之北，逍遥堂之東，取凡境内自漢以來古文遺刻以實之。〔查註〕曾鞏《墨妙亭》詩云：隆名盛位知難久，壯字豐碑亦易忘。棗木已非真篆刻，色絲空喜好文章。峴山漢水成虚擲，大厦深簷且閉藏。好事今推霅溪守，故開新館集琳瑯。

蘭亭繭紙入昭陵，〔邵註〕《法書苑》：王右軍《蘭亭褉序》，真本以繭紙書。唐太宗初，得之，命趙模、馮承素、諸葛貞之流搨本，以賜諸王。真本入玉匣，從葬昭陵。〔合註〕《北户録》云：晉宋間有一種紙，長丈餘，就船抄之，世謂繭紙。世間遺迹猶龍騰。〔王註汪革曰〕梁武帝評右軍書云：字勢雄據，如龍躍天門，虎卧鳳閣。〔查註〕歐陽公《集古録》：《蘭亭修褉序》，世所傳本尤多，世言真本葬昭陵。唐末之亂，昭陵爲温韜所發，所藏書畫，皆剔取裝軸金玉而棄之。太宗時搜訪，集爲十卷，模傳之，分賜近臣。獨《蘭亭》真本亡矣，故不得列於法帖。顏公變法出新意，〔王註縯曰〕《書斷》：唐顏真卿書，雄秀獨出，一變古法。〔查註〕《書苑菁華》：凡書通則變，歐變右軍體，柳變歐陽體，至於顏真卿等，皆得法後自變其體，若執法不變，號爲奴書。〔合註〕杜預《左傳序》：此蓋《春秋》新意。細筋入骨如秋鷹。〔查註〕衛夫人《筆陣圖》：善筆力者多骨，不善筆力者多肉。又云：多骨微肉者，謂之筋書。徐浩論書云：初學之際，宜先筋骨，筋骨不立，肉何所附。徐家父子亦秀絶，〔王註厚曰〕徐浩父子皆工草隸，人狀其書，爲怒猊抉石，渴驥奔泉。〔查註〕竇泉《述書賦》：廣平之子，令範之首，婭姹鍾門，逶迤王後。註云：徐嶠之，東海人，廣平太守。子浩，中書舍人，國子祭酒。字外出力中藏稜。【誥案】鍾、王之法，七字道盡。嶧山傳刻典刑在，〔查註〕《述書賦》註：李斯作小篆，書《嶧山碑》，其後石燬失，土人刻木代之。千載筆法留陽冰。〔王註縯曰〕《嶧山碑》，李斯書也，所謂小篆者。唐李陽冰得其筆法，號玉箸體。杜子美詩：嶧山之碑野火焚，棗木傳刻肥失真。〔查註〕《述書賦》：趙郡李君，嶧山並鶩。註云：李陽冰，趙郡人。《唐朝書評》：陽冰篆書，若古釵倚物，力有萬夫，李斯之後，一人而已。杜陵評書貴瘦硬，〔王註〕杜子美《八分小篆歌》：書貴瘦硬方通神。〔次公曰〕亭中有顏、徐、李斯等石刻，故序言之。此論未公吾不憑。短長肥瘦〔一五〕各有態，玉環飛燕誰敢〔一六〕憎。〔王註〕《楊妃外傳》：妃小字玉環。明皇覽《漢成帝内傳》「飛燕身輕，不勝風，帝置七寶避風臺」。上曰：「爾則任吹多少。」蓋妃微有肌也，故戲妃。妃曰：「《霓裳羽衣》一曲，足掩前古。」【誥案】紀昀曰：此真通人之論，詩、文皆然，不但書也。江淹《雜擬詩序》已明此旨，東坡移以論書耳。吴興太守真好古，購買斷缺揮縑繒。〔查註〕《吴興掌故·墨妙亭碑目》：僧智永集羲之書作《聖教序記》。《漢故梁相費君碑》、《漢堂邑令費君碑》、《漢堂邑令費鳳别碑》，甘陵石勛撰此三碑，名三費碑，其鄉因以名。《陳孝義寺碑》，徐陵撰，唐湖州刺史十代孫嶠之書。《舞綃堂記》，齊慶胄撰。《石柱碑》，魯公書、記。《射堂記》，顏魯公書。《項王碑陰述》，魯公書。《項王蔬食文》，丘除書。

《干禄字書》，魯公書。《晉吴興太守謝公碑》，唐刺史裴清撰，僧道詵書。《太守歷官記》，自王逸少洎陳任忠，凡四十四人，唐人所勒，在《謝公碑》陰。《白蘋洲五亭記》，白居易撰，馬纉書。《白蘋亭記》、《湖州刺史廳壁記》，顧況撰。《袁高〔七〕茶山述》，于頔撰。《沈府君墓銘》，諱縉，字章甫，乾元元年韋卓撰并書。《胡夫人墓銘》，天復三年于景休撰并書。《金氏墓銘》，大中十二年李翊述并書。《吴氏墓銘》，太和九年胡季良書。斷碑二，一咸通五年僧翰書，一乾元元年鄔彤書。羊欣、宋翼二帖。褚摹《蘭亭帖》。秦篆《嶧山記》。梁太守柳惲《江南曲》。至和二年刻張逸《碧瀾堂》詩。陳堯佐《芳菲園》詩。《寶章法帖》一部。陳吏部《修城記》。《晉謝傅塘碑》，先在謝公鄉，後移入亭。杜概《長興雜詠》，子希爲郡守刻於亭。東坡《墨妙亭記》，蔣燦書。龜趺入座螭隱壁，空齋晝静聞登登。〔王註次公曰〕登登，打碑聲也。《詩·大雅·緜》云：築之登登。奇踪散出走吴越，〔合註〕陸機《辨亡論》：以奇踪襲於逸軌。勝事傳説誇友朋。書來乞詩要自寫，【誥案】收到墨妙句，似率易，而手法細密之甚。爲把栗尾書溪藤。〔王註次公曰〕栗尾，筆也。溪藤，剡溪紙也。〔張孝祥曰〕《唐國史補》云：紙則有越之剡藤。後來視今猶視昔，〔王註〕《蘭亭敘》：後之視今，猶今之視昔。【誥案】《孟子·盡心下》曰：由孔子來，至於今百有餘年矣。即是此種念頭，而詩不甚顯，故佳。過眼百世如風燈。〔王註〕韓退之詩：百歲如風狂。杜荀鶴詩：百歲風前短焰燈。他年劉郎憶賀監，還道同時須服膺。〔王註〕劉禹錫詩：高樓賀監昔曾登，壁上筆蹤龍虎騰。又云：偶因獨立空驚目，恨不同時便伏膺。【誥案】紀昀曰：句句警拔，東坡極加意之作。

李公擇求黄鶴樓詩，因記舊所聞於馮當世者

〔查註〕《宋史》：李常，字公擇，建昌人。擢第，歷宣州觀察推官。熙寧中，知諫院，言均輸、青苗流

毒天下，出判滑州，累徙淮南西路提點刑獄。哲宗立，進户部尚書，尋出知鄧州。所著有《文集》、《奏議》、《詩傳》、《元祐會計録》。以《欒城集》考之，公擇時知鄂州。〔合註〕《蘇子容集·李公擇墓誌》云：所厚善者蘇公子瞻，嘗坐此贖金而益親不悔。〔查註〕《太平寰宇記》：黄鶴樓在武昌江夏縣西二百八十步，昔費禕登仙，每騎黄鶴，於此憩駕。《宋史》：馮京，字當世，江夏人。富鄭公壻。謚文簡。

黄鶴樓前月滿川，抱關老卒飢不眠。夜聞三人笑語言，〔查註〕王定國《聞見近録》：鄂州黄鶴樓下，有石光徹，名曰石照。其右巨石，世傳以爲仙人洞。一守關老卒，每晨夕卽拜洞下。一夕，月如晝，見三道士自洞中出，吟嘯久之，將復入洞，卒卽從之。道士曰：「汝何人耶？」卒具言所以，且乞富貴。道士曰：「此洞間石，可速抱一塊去。」卒持而出。石合，無從而入。明日視石，黄金也。鑿而貨之，衣食頓富。爲隊長所察，執之，以爲盜。卒以實告官，就其家取石至郡，則金化矣。非金非石，非玉非鉛，至今藏於軍資庫中。羽衣著屐響空山。〔合註〕《漢書·郊祀志》：使使衣羽衣。非鬼非人意其仙，石扉三叩聲清圓。〔合註〕劉孝綽詩：方夜勞石扉。洞中鏗鋐落門關，〔合註〕《文選·吴都賦》：鐘鼓之鏗鋐有殷。門關見《周禮》。縹緲入石如飛烟。雞鳴月落風馭還，迎拜稽首願執鞭。汝非其人骨腥羶，〔合註〕《吕氏春秋》：水居者腥，草食者羶。黄金乞得重莫肩。【誥案】紀昀曰：以上三句，他人須數行方了。持歸包裹敝席氈，〔合註〕《淮南子》：包裹天地。夜穿茅屋光射天。里閭來觀已變遷，似石非石鉛非鉛。【誥案】隨手填寫，亦如斷磚碎瓦，皆成黄金。或取而有衆憤喧，訟歸有司今幾年。無功暴得喜欲顛，神人戲汝真可憐。【誥案】紀昀曰：遜入别徑，遜崔顥耳，此狡獪處，卽寸心自知處。願君爲考然不然，此語可信馮公傳。【誥案】若實詠黄鶴樓，必要首出去字，而《鳳凰臺》、《鸚鵡洲》

亦同。崔顥首將黄鶴放去，故李白不道，若以後半論，則顥詩並不佳也。白去而爲《鳳凰臺》，首云「鳳游臺上」，次云「鳳去臺空」，亦以避顥故也。及爲《鸚鵡洲》詩，則并爲《鳳凰臺》所壓，故其詩云「鸚鵡來過吴江水，江上洲傳鸚鵡名，鸚鵡西飛隴山去」，既不能去，只可説來，而其出去字在第三句，又落《鳳凰》之後矣。此二詩極力經營，强於顥者遠甚。白作詩亦未有如是辛苦者。無如顥之前半，取巧剿説，已占盡地步，不容有兩，與之争執不得。凡此種傳題詩，只争首句，並不重後幅也。杜陵於此類題，立意不作，正以崔、李在前耳。但此是論傳題法，若其題已有名篇，後人不妨别出手眼，故如王昭君一題，自李白而下，名作未易悉數，不得謂古已有之，後人必不可作也。若公此詩，難在寄題，故幾於無語可道，使登此樓，必有傑作，以彼時不必更論去與不去一層也。曉嵐所謂遯入别徑者，論寄題則是，論遯顥則非，故詳論之。紀昀曰：得此二語，方非小説、戲劇；不然，則游騎無歸，收束不住。

八月十日夜看月有懷子由幷崔度賢良

〔查註〕崔度時爲陳州教授。張方平《樂全先生集·舉崔度箚子》云：伏見陳州州學教授試國子四門助教崔度，通經有文，周知世務。韓琦薦舉，盛稱其才。後緣張昇再奏，方得此助教名目。竊見每次科場以舉數推恩者，亦便注官，至如度者，賜之一官，不爲忝冒。〔合註〕先生《與歐陽仲純書》云：崔度者，頃年在陳，與之甚熟，今作過海之行。

宛丘先生自不〔一六〕飽，更笑老崔窮百巧。一更相過三更歸，古柏陰中看參昴。〔王註〕《詩·召南·小星》：維參及昴。去年舉君苜蓿盤，〔合註〕此指辛亥出都在陳時。夜傾閩酒赤如丹。〔王註張孝祥曰〕李賀詩云：小槽酒滴真珠紅。今閩、廣間所釀酒，謂之紅酒，其色殆類胭脂。今年還看去年月，露冷遥知范叔寒。典衣自種一頃豆，〔王註〕《漢·楊惲傳》：田彼南山，蕪穢不治，種一頃豆，落而爲萁。那知積雨〔一九〕生科斗。〔合註〕言豆田生蟲也。歸來四壁草蟲鳴，不如王江常飲酒〔二〇〕。〔公自註〕王江，陳州道人。〔查註〕張耒《明道雜志》云：陳州有王江者，真有道之士。嗜酒佯狂，形短而肥，丫髻簪花，語言不常而中有理。止無常處，惟持藁一束，或至京師，今不復見矣。〔合註〕《龍川志》云：丐者王江居宛丘，喜飲，大雪埋之，氣勃然，雪輒融液。自云本考城人。嘗舉學究。【誥案】熙寧三年，子由至陳時，脾肺多疾，有授以道士服氣法者，遂行之終身，當卽得之王江及李若之也。

催試官考較戲作

〔查註〕吴自牧《夢粱録》：「八月十五日，放貢舉應試，諸州郡及各路運司，並於此日放試。」蓋宋時定制，放榜在中秋日。以後詩考之，是年八月十七日始出榜，故公有催試官之作。

八月十五夜，月色隨處好。不擇茅簷與市樓，況我官居似蓬島。〔合註〕陶淵明詩：藍縷茅簷下。許渾詩：市樓賒酒過青春。李義山詩：蓬島烟霞閬苑鐘。鳳咮堂前野橋香，〔查註〕文與可《丹淵集·寄題杭州通判官居詩敍》云：鳳咮堂，在鳳凰山下。此山真如鳳有兩翅，翅上各建一塔，而鳳咮正落所居池上。舊有一堂，在山欲落處，近葺之，謂之鳳咮堂。劍潭橋畔秋荷老。【誥案】杭州無此橋名，指蜀中也。「月色隨處好」句，不專指杭州，「況我官居」本意，直貫下「劍潭」也。其下别起頭腦，而前半是總論，故不礙。吾杭自唐、宋以來，所有山川、園寺、樓閣、橋道、井里，其名百倍他省，而前人載籍，亦甲天下，斷無有宋時之橋且入公詩，至於漫不可考者也。八月十八潮，〔王註堯卿曰〕正和中，吕昌明所定浙江潮候云：春秋同候，初三、十八，未正潮。〔邵註〕《錢塘候潮圖》：八月十八日，獨大常潮，遠觀數百里，若素練横江，稍近，見潮頭高數丈，捲雲湧雪，混混庉庉，聲如雷鼓，猶不足以形容之。〔查註〕《夢粱録》：臨安每歲八月內，潮怒勝於常時。自十一日起至十八日，傾城而出，最爲繁盛。自廟子頭直至六和塔，水軍教閱，於潮未來時，下水打陣展旂，百端呈藝，號天下壯觀。《咸淳臨安志》：每仲秋既望，潮怒特甚，杭人執旂泅水上，以迓子胥。弄潮之戲，始於此。壯觀天下無。鯤鵬水擊三千里，〔王註〕《莊子·逍遥遊篇》：北冥有魚，其名爲鯤。化而爲鳥，其名爲鵬。鵬之徙於南冥也，水擊三千里。組練長驅十萬夫。〔王註〕《左傳·襄公三年》：楚子重伐吴，使鄧廖帥組甲三百、被練三千以侵吴。紅旗青蓋互明滅，〔王註次公曰〕紅旗青蓋，言弄潮也。黑沙白浪相吞屠。人生會合古難必，此景此行那兩得。〔合註〕《荀子》：人一之於禮義，則兩得之矣。願君聞此添蠟燭，門外白袍如立鵠〔二〕。〔查註〕王栐《燕翼貽謀録》：國初仍唐舊制，有官者服皂袍，無官者白袍。楊文公《談苑》：晉開運詔兩制各作詩賦一篇，付禮部，爲考試之式。獨學士李懌不肯，曰：「懌識字有數，因人成事，使再衣白袍入貢部，下第必矣。」洪邁《貢院》詩：慚愧紛紛白袍子。

八月十七日，復登望海樓，自和前篇，是日榜出，余與試官兩人〔三〕復留五首

其一

樓上烟雲怪不來，樓前飛紙落成堆。〔合註〕《全唐詩話》：中宗正月晦日，幸昆明池。羣臣應制百餘篇，帳殿前結綵樓，命上官昭容選一篇爲新曲。須臾，紙落如飛，惟沈、宋二詩不下。移時，一紙飛墜，乃沈詩也。評曰，二詩工力悉敵，沈落句詞氣已竭，宋詩猶陡健豪舉。沈乃伏，不敢復争。非關文字須重看，却被江山未放回。【誥案】紀

昀曰：本色得好。

其二

眼昏燭暗細行斜，【誥案】與後句「秋花不見」同意。考閱精强外已誇。明日失杯君莫怪，早知安足不成蛇。〔王註〕《戰國策》：陳軫曰：「楚有祠者，賜其舍人巵酒。舍人相謂曰，請畫地爲蛇，先成者飲酒。一人蛇先成，引酒且飲，曰，吾能爲之足。未成，一人之蛇成，奪其巵曰，蛇固無足，子安能爲之足。」

其三

亂山遮曉擁千層，〔合註〕方干詩：積翠千層一逕開。睡美初涼撼不譍。昨夜酒行君屢歎，定知歸夢到吴興。【誥案】試官二人，其一劉撝，乃湖州人也。

其四

天台桂子爲誰香，〔王註厚曰〕唐垂拱中，天台桂子落十餘日，方止。見陸龜蒙詩註。〔子仁曰〕白樂天詩：天台桂子落紛紛。倦聽空階點夜〔三〕涼。賴有明朝看潮在，萬人空巷鬬新粧。〔合註〕徐悱妻劉氏詩：落日更新粧。

其五

秋花不見眼花紅，〔王註次公曰〕言在試院中，秋花不得見，但見眼花紅而已。身在孤舟兀兀中〔三四〕。細雨作寒知有意，未教金菊出蒿蓬。【誥案】紀昀曰：爾時新學盛行，去取必不如東坡意，故有金菊蒿蓬之感。觀呈諸試官詩可見。

和沈立之留別二首

〔王註〕《咸淳臨安志》：熙寧三年十二月，趙抃自杭徙知青州。是月庚申，和州人沈立自越移杭，五年壬子，立除審官西院，福州人陳襄來代。

其　一

而今父老千行淚，〔合註〕王僧孺詩：獨寫千行淚。一似當時去越〔三五〕時。不用鐫碑頌遺愛，丈人清德畏人知。〔合註〕《世説註》引《晉陽秋》云：胡威爲徐州。世祖謂威曰：「卿清孰與父？」對曰：「臣不如也。臣父清，畏人知；臣清，畏人不知。」

其　二

卧聞鐃鼓送歸艎，〔合註〕馬戴詩：山鐘可卧聞。《晉書·宋纖傳》：具威儀，鳴鐃鼓，造焉。謝朓《辭隋王牋》：清江可望，候歸艎於春渚。夢裏怱怱共一觴。試問別來愁幾許，春江萬斛若爲量。〔公自註〕去時，予在試院。〔王註次公曰〕李後主詞：問君能有幾多愁，却似一江春水向東流。庾信《愁賦》：豈將一寸心，能容萬斛愁。

和陳述古拒霜花

〔查註〕《古靈先生行狀》：公名襄，字述古，文惠公堯佐長子。慶曆二年進士及第。熙寧中除知制誥，不數月，出知陳州，未期，改移杭州。《咸淳臨安志》：熙寧五年五月，陳襄自陳州以尚書刑部郎中移知杭州，七年六月，移知應天府，與楊繪兩易其任。【誥案】《宋史》：襄知諫院，改侍御史知雜事，論青苗法不便，是商鞅之術，望貶王安石、呂惠卿，以謝天下。又乞罷韓絳政府以杜大臣爭利而進者，且言劉述、范純仁無罪。安石欲以爲陝西轉運使，帝惜其去，留修起居注。踰年，爲知制誥，安石又欲出之，帝不許。尋直學士院，安石益忌之，擿其書詔小失，出知陳州，徙杭州。襄涖官所至，必務興學校，以講求民間利病爲急。在經筵時，神宗訪人才之可用者，襄以司馬光、韓維、呂公著、蘇頌、蘇軾至於鄭俠三十三人對，帝不能用。〔查註〕《古靈先生集》二十五卷，有《中和堂木芙蓉盛開戲呈子瞻》詩。

千林〔三六〕掃作一番黃，只有芙蓉獨自芳。喚作拒霜知未稱，〔合註〕《本草》：芙蓉，一名拒霜，艷如荷花，八九月始開，故名拒霜。細思却是最宜霜。【誥案】紀昀曰：用意頗爲深曲，查初白以淺譏之，似乎未喻其旨。

梵天寺見僧守詮小詩清婉〔三七〕可愛，次韻

〔王註〕《杭州圖經》云：梵天寺，在鳳凰山。〔查註〕《咸淳臨安志》：梵天寺，乾德中錢氏建，舊名南塔，治平中改今額。周紫芝《竹坡詩話》云：余讀東坡《和梵天僧守詮小詩》，未嘗不喜其清絶

過人遠甚。晚游錢塘，始得詮詩云：落日寒蟬鳴，獨歸林下寺。柴扉夜未掩，片月隨行屨。惟聞犬吠聲，又入青蘿去。乃知其幽深清遠，自有林下一種風流。東坡老人雖欲回三峽倒流之瀾，與溪壑争流，終不近也。【誥案】紀昀曰：東坡之喜此詩，蓋亦偶思螺蛤之意，談彼法者，勿以藉口。

但聞烟外鐘，不見烟中寺。幽人行未已，草露濕芒屨。【誥案】此種句調，猶之盤筵中，間以小食，雖亦適口，然終非一飽物也。公以其僧而嘉之，亦猶廬山之取可遵也，讀者識此意則善矣。惟應山頭月，夜夜照來去。

聽賢師琴

〔合註〕此詩自書真蹟，載檇李汪砢玉《珊瑚網》中，詩後一行，有「聽賢師定慧琴」六字。

大絃春温和且平，小絃廉折亮以清。平生未識宮與角，但聞牛鳴盎中雉登木。〔王註續曰〕《管子·地員篇》：凡聽徵如負猪豕，覺而駭；凡聽羽如鳴馬在野；凡聽宮如牛鳴窌中；凡聽商如離羣羊；凡聽角如雉登木以鳴，音疾以清。門前剥啄誰叩門，山僧未閑君勿嗔。歸家且覓千斛水，淨洗從前箏笛耳。【誥案】《尚書·益稷》：搏拊琴瑟。《韓非子》：師涓撫琴。搏、拊同義，拊、撫同字，是韓非本《尚書》也。《樂記》：清廟之瑟，朱絃而疏越。註：疏而通之，使其聲遲緩。《詩·小雅·鹿鳴》：鼓瑟鼓琴。鼓，亦撫也。撫與摹同，此琴瑟並用撫摹之證。《史記》：舜彈五絃之琴。彈屬右手，一字一聲，而撫屬左手，義又爲按。右聲易盡，則左按而摹之，故其聲疏通而遲緩，是搏拊已有吟猱，但古時簡易耳。《説文》，周加二絃。合考三經，則五七絃皆有曼聲也。今古樂雖亡，而器猶古制。琴面圓而順下，徵不隆起者，爲撫摹過指之地。如左按右彈，一字一聲，徵必隆起。且各調具存，字位不皆在徵，調變則徵幾分皆易位，不用綽注，無由按準字位。是搏拊已兼綽注。古無綽注，亦不能彈，無論古樂今樂，制度不能改也。又若黃鍾、蕤賓，調出凡一。立變高亢，其聲燕秦，勢必繁促。琴得天地全氣，不能獨缺西北。孔子取韶樂，放鄭聲，古樂既有鄭聲，而琴獨無之，豈琴之具體哉。鄭聲同此琴瑟簫管，故孔子惡其亂雅。如鄭有鄭器，聲不能亂，則爲邦之答，當自韶舞而止，何須及鄭。正以韶、鄭同器，不能不放，是凡器皆有鄭聲，又不獨琴也。昌黎恩怨爾汝，軒昂敵場，所聞殆此類，而永叔詆爲琵琶，公此詩因永叔而發，而昌黎詩由是傳爲口舌，至今屈抑莫申，無有敢正之者。特詳論之，餘載例中。〔案〕總案熙寧五年九月「聽惟賢琴，用歐陽修論琴詩之旨，作惟賢琴詩」條下云：此詩，施註原編罷杭倅後。查註、合註從誤，編入十二卷甲寅九月後。今改編於此，蓋公爲是詩時，尚未聞歐陽永叔之訐也。

秋懷二首

其一

苦熱念西風，常恐來無時。及兹遂凄凜，又作徂年悲。蟋蟀鳴我牀，黃葉投我帷。窗前有棲鵩，夜嘯如狐狸。〔王註〕《漢書·賈誼傳》：誼爲長沙王傅，有鵩入舍，止於坐隅。鵩似鴞，不祥鳥也。〔次公曰〕《傳》云：鵂鶹嘯夜。正所以言鴞。露冷梧葉〔二八〕脱，孤眠無安枝。〔王註〕曹操樂府：月明星稀，烏鵲南飛。遶樹三匝，無枝可依。熠燿亦有偶〔二九〕，〔王註〕《詩·東山》：熠燿宵行。註：熠燿，螢火也。〔邵註〕《詩疏》：熠燿者，螢火之蟲，飛而有光之貌，故曰熠燿燐也。高屋飛相追。定知無幾見，〔邵註〕《詩·小雅·頍弁》：無幾相見。迫此清霜期。〔王註〕杜子美《螢火》詩：十月清霜重，飄零何處歸。物化逝不留，我興爲嗟咨。〔王註〕《詩》：我與視夜。便當勤秉燭，〔王註〕《古詩》：晝短苦夜長，何不秉燭遊。爲樂戒暮遲。【誥案】紀昀曰：斂才以效古人，音節意旨，遂皆去之不遠。

其　二

海風東南來，〔王註〕李白《望廬山瀑布》詩：海風吹不斷。吹盡三日雨。空堦有餘滴，〔王註〕何遜詩：夜雨滴空堦。似與幽人語。〔王註〕《易·履》：幽人貞吉。【誥案】紀昀曰：平語却極奇幻。念我平生歡，寂寞守環堵。〔王註〕《禮記·儒行》：環堵之室。張景陽詩：環堵自頹毀。杜子美《貽阮隱居》詩：車馬入隣家，蓬蒿翳環堵。壺漿慰作勞，〔王註〕《晉書·載記》：作勞耳鳴，非不祥徵也。陶淵明詩：壺漿勞近隣。《漢書·楊惲傳·與孫會宗書》：田家作苦，斗酒相勞。《尚書·盤庚上》：不昬作勞。裹飯救寒苦。〔王註〕《莊子·大宗師篇》：裹飯而往食之。今年秋應熟，過從飽雞黍。嗟我獨何求，〔王註〕《詩·魏風·園有桃》：不知我者，謂我何求。萬里涉江浦。居貧豈無食，自不安畎畝。【誥案】紀昀曰：亦人不肯道語。念此坐達晨，〔王註〕陶淵明詩：念此懷悲悽，終曉不能静。〔合註〕潘安仁《懷舊賦》：驟長歎以達晨。殘燈翳復吐。〔王註〕杜子美《法鏡寺》詩：曳雲蒙清晨，初日翳復吐。

哭歐陽公〔三〇〕，孤山僧惠思示小詩，次韻

〔王註胡銓曰〕《杭州圖經》：孤山去錢塘治四里。〔查註〕《歐陽公年譜》：熙寧辛亥六月，以觀文

殿學士太子少師致仕。七月，歸潁。明年壬子閏七月，薨。年六十六。【誥案】公舉哀孤山，有《祭歐陽公文》，爲本集祭文之冠，載總案中。〔案〕祭文略。

故人已爲土，〔王註〕《莊子·在宥篇》：上見光而下爲土。衰鬢亦驚秋。猶喜孤山下，【誥案】其地即寶雲菴也。相逢説舊遊。【誥案】本集《六一泉銘敍》：歐陽永叔並未到杭。詩謂惠勤、惠思二僧，嘗從其游也。

次韻孔文仲推官見贈

〔查註〕《宋史》：孔文仲，字經父，新喻人。舉進士南省，擢第一，歷台州推官。熙寧初，范鎮薦制舉，對策萬言，力論王安石理財用人之法爲非是。安石怒，啓神宗，御批罷歸故官。按其過杭唱和，正文仲罷舉復還台州推官時也。〔合註〕《蘇子容集》所撰《墓誌銘》：文仲，登慶曆二年乙第。【誥案】公與文仲同爲范景仁所薦，並斥於外，是作此詩本意也。但是時文仲當自台州再罷至杭，非罷還台州也。

我本麋鹿性，諒非伏轅姿。〔王註〕《漢·灌夫傳》：武帝怒曰：「局趣效轅下駒。」君如汗血馬，〔王註續曰〕《前漢·大宛傳》：宛別邑七十餘城，多善馬。馬汗血，言其先天馬子也。作駒已權奇。〔王註〕顏延年《赭白馬賦》：雄志倜儻，精權奇兮。《前漢·禮樂志·郊祀歌》：太一貺，天馬下。霑赤汗，沫流赭。志俶儻，精權奇。籋浮雲，晻上馳。齊驅大道中，並帶鑾鑣馳。〔王註次公曰〕《詩·秦風·駟驖》：輶車鑾鑣，載獫獥驕。聞聲自決驟，〔王註〕《莊子·齊物論篇》：麋鹿見之決驟。以上云「我本麋鹿性」故也。那復受縶維。〔王註〕《詩·白駒》：縶之維之。謂君朝發燕，秣楚日未敧。〔王註〕顔延年《赭白馬賦》：旦刷幽燕，晝發荆楚。李白《天馬歌》：雞鳴刷燕晡秣越，神行電邁躡慌惚。云何中道止，連蹇驢騾隨。〔王註〕賈誼賦：騰駕罷牛，驂蹇驢兮。〔次公曰〕揚雄《反騷》云：驢騾連蹇而齊足。金鞍冒翠錦，玉勒垂青絲。〔王註〕杜子美《驄馬行》：赤汗微生白雪毛，銀鞍却覆香羅帕。高都護《驄馬行》：青絲駱頭爲君老。梁簡文帝《紫騮》詩：青驄懸玉蹬。〔合註〕庾信《馬射賦》：控玉勒而摇星，跨金鞍而動月。旁觀信美矣，自揣良厭之。均爲人所勞，何必陋鹽輜。〔王註厚曰〕《戰國策》：汗明見春申君曰：「夫驥之齒至矣，服鹽車而上太行，漉汁灑地，白汗交流，中阪遷延，負轅而不能上。伯樂遭之，下車，扳而哭之。驥於是俯而噴，仰而鳴，見伯樂之知己也。」〔援曰〕賈誼賦：驥垂兩耳，伏鹽車兮。〔次公曰〕李太白《天馬歌》：崔嵬鹽車上峻坂。君看立仗馬〔三一〕，不敢鳴且窺。〔王註〕《唐書・李林甫傳》：居相位凡十九年，固寵市權，蔽欺天子耳目，諫官無敢言者。補闕杜璡，再上書言政事，斥爲下邽令，因以語動其餘，曰：「君等獨不見立仗馬乎？終日無聲，而飫三品芻豆，一鳴，則黜之矣。」調習困鞭箠，〔合註〕《詩・駟鐵疏》：調習車馬之事。僅存骨與皮。人生各有志，此論我久持。〔合註〕《漢書・儒林傳》：仲舒善持論。他人聞定笑，聊與吾子〔三二〕期。空齋〔三三〕卧積雨，病骨煩撑支。秋草上垣牆，霜葉鳴堦墀。門前自無客，敢作揚雄麾。〔王註〕《揚子》：在夷貉則引之，倚門牆則麾之。候吏報君來，弭節江之湄。〔王註〕《離騷》：吾令羲和弭節兮，望崦嵫而勿迫。班彪《北征賦》：釋余馬於彭陽兮，日弭節而息思。《爾雅》：水草交爲湄。【誥案】據此句，文仲確自台州至杭，故弭節江湄也。一對高人談，稍忘俗吏卑。〔合註〕《漢書・兒寬傳》：非俗吏所及。今朝枉詩句，粲如鳳來儀。上山絶梯磴，〔合註〕盧仝詩：皇天不爲臣立梯磴。墮海迷津涯。憐我枯槁質，借潤生華滋。〔王註〕《後漢・郭伋傳》：帝勞之曰：「賢能太守，帝城不遠，河潤九里，冀京師並蒙福也。」《莊子·列禦寇篇》：河潤九里，澤及三族。《古詩》：緑葉發華滋。賢明日登用，〔合註〕《文選·聖主得賢臣頌》：有賢明之臣。《清廟》歌緝熙。〔王註〕《詩·清廟》，祀文王也。《維清》，奏象舞也。維清緝熙，文王之典。胡不學長卿，預作《封禪詞》。〔邵註〕《史記·司馬相如傳》：相如病甚，天子使所忠往，而相如已死。家無書，問其妻，曰：「長卿未死時，爲一卷書曰，有使者來求書，奏之。」其遺札書言封禪事。忠奏其書，天子異之。

肯效〔三〕世俗人，洗刮求瘢痍。〔王註〕後漢趙壹賦：所好則鑽皮出其毛羽，所惡則洗垢求其瘢痍。

朱壽昌郎中，少不知母所在，刺血寫經，求之五十年，去歲得之蜀中。以詩賀之

〔查註〕文與可《送朱郎中詩序》云：熙寧三年，同自蜀還臺，宿臨潼道館。朱康叔引名見訪。問其所以西行之因，飲然曰：「不肖不幸，少與母氏相失，及今五十年矣。去歲在廣德，一日若有所感，遂解官，決欲走天下，冀萬一或遇之。當先出函谷、上雍，宜有得，道其迹，彷彿可信。乃斷葷血食，刺臂鏤板，寫摹佛書，散於所經由道，祈徹母氏之聽聞。」又言：「倘在金州者，明日且復如南矣。」言罷，涕泣嗚嗚，上馬而别。至京，未幾，長安大尹錢明逸表於朝曰：「朱某向棄官尋母，今既得之馮翊矣，宜還舊秩，以勸激天下。」其秋，康叔侍太夫人入都，上嘉賞，特召見。復其官，封其母長安縣太君。康叔，名壽昌，今爲駕部郎中。《東都事略·獨行傳》：朱壽昌，揚州天長人。父巽，真宗朝爲工部侍郎。壽昌七歲，父守長安，出其母劉氏，嫁民間。又，《宋史》本傳：劉氏，

巽之妾也。出嫁黨氏。有數子，壽昌悉迎以歸，既以養母，故求通判河中府。〔合註〕《續通鑑長編》：壽昌行次同州，得之，劉氏年七十餘矣。居數歲，母卒。【誥案】《温公日録》：壽昌以同母弟妹在同州，乃折資判河中。故詩以長陵爲比。

嗟君七歲知念母，憐君壯大心愈苦，羨君臨老得相逢，〔合註〕白樂天詩：誰知臨老相逢日。喜極無言淚如雨。〔合註〕魏武《善哉行》：惋歎淚如雨。不羨白衣作三公，〔王註次公曰〕《史記·儒林傳序》：公孫弘以《春秋》，白衣爲天子三公。又：荀爽白衣作三公。不愛白日昇青天，〔王註次公曰〕《史記·始皇本紀註》引茅盈《内紀》：盈曾祖父濛於華山之中，乘雲駕龍，白日昇天。愛君五十著綵服，兒啼却得償當年。〔邵註〕《列士傳》：老萊子年七十，著五色斑斕之衣，戲舞於當庭，爲小兒啼以悦親。烹龍爲炙玉爲酒，鶴髮初生千萬壽。〔合註〕蔡邕表：上千萬壽。金花〔三五〕詔書錦作囊，白藤肩輿簾蹙繡。〔查註〕《宋史·輿服志》：白藤輿檐，金銅犢車，内外命婦通乘。【誥案】敍壽昌事至此畢，以下入公本意。感君離合我酸辛〔三六〕，〔合註〕阮籍詩：悽愴懷酸辛。此事今無古或聞。〔翁方綱註〕王介甫亦有《送河中通判朱郎中迎母東歸》詩，李雁湖註：蘇内翰子瞻詩云「感君離合我酸辛，此事今無古或聞」，王荆公薦李定爲臺官，定嘗不持母服，臺諫給舍皆論其不孝，不可用。内翰因壽昌作詩貶定也。【誥案】公後記蔡延慶追服母喪事，引朱壽昌、李定爲論，是此二句信因李定發矣。前註疏漏，而公以此詩搆成臺獄，不可以不詳也。長陵朅來見大姊，〔王註〕《漢書·外戚傳》：王太后，武帝母也。微時，爲金王孫生女。武帝車駕自往迎之。在長陵小市，直至其門。家人驚恐，女逃匿，扶將出拜。帝下車，立曰：「大姊何藏之深也。」載至長樂宫，與俱謁太后。仲孺豈意逢將軍。〔王註〕《漢書·霍光傳》：霍中孺以縣吏，給事平陽侯家，與侍者衛少兒私通而生去病，不相聞久之。去病既壯大，爲將軍，擊匈奴。至平陽迎中孺，因跪曰：「去病不早自知爲大人遺體也。」註：中讀曰仲。【誥案】陳堯叟父嘗以堯叟之母借人生子，其後堯叟極貴，而母則往來於兩家。又若賈似道，乃其母與人苟合所生，其後似道迎歸，備極寵榮，朝廷尊禮，至於入宫與太后寢處。死之日，似道託理學，居喪，不肯奪情，朝廷但月下數詔，敦促師相還。於是交飾此虛文者日久，置國是於不問，而元兵至，宋再亡矣。大凡自三代以至唐、宋，此等事皆不知忌諱，後自習僞者起，始務掩蓋，至并經史所載亦詆誣之。如此二句，曉嵐以爲非佳事，率意亂扛，豈亦習僞之末流哉。開皇苦桃空記面，〔王註〕《隋書·外戚傳》：高祖外家吕氏，其族蓋微，平齊後，求訪不知所在。開皇初，汝南郡上言，有男子吕永吉，自稱有姑字苦桃，爲楊廣妻。勘驗，知是舅子。始追贈外祖雙周、外祖母姚氏。建中天子終不見。〔王註〕《舊唐書》：代宗皇后沈氏生德宗，史思明再陷河洛，失太后所在。德宗即位，建中元年，遥尊爲皇太后。以睦王述爲奉迎太后使，分命使臣，周行天下，終貞元之世無聞焉。西河郡守誰復譏，〔王註〕《史記·吴起傳》：吴起出衛郭門，與其母訣，嚙臂而盟曰：「起不爲卿相，不復入衛。」頃之，其母死，起終不歸。後仕衛爲西河守。潁谷封人羞自薦。〔查註〕西河郡守，借吴起而指李定也。陳訏曰：李定不服母喪，而壽昌棄官求母，恰在同朝。王介甫左袒李定，反忌壽昌，但付審官院折資通判河中府，故云「西河郡守誰復譏」，不獨刺李定，亦以深罪介甫。「潁谷封人羞自薦」，則言壽昌不欲與世爭名，故乞河中以去也。〔合註〕《續通鑑長編》：熙寧三年，李定權監察御史裏行。定素與王安石善，密薦於上，乃命焉。宋敏求等不草詞頭，旋命體問李定不持所生母喪事虛實，以陳薦言也。【誥案】查註所引《事實類苑》，公爲壽昌作敍事，合註所引《老學菴筆記》李定與佛印、蔡奴同母事，皆誤。今已删李定及其母事，分見各案中。

湯村開運鹽河雨中督役

〔王註李堯祖曰〕《圖經》：仁和縣湯村鎮市，在安仁東鄉，去縣四十一里，而都鹽倉在天宗門裏。

〔查註〕《九域志》：仁和縣有四鎮，湯村其一也。《咸淳臨安志》：仁和縣有湯村鎮市。又云：前沙河在菜市門外太平橋外沙河北水陸寺前入港，可通湯鎮、赭山、巖門鹽場，東坡嘗於此督役開河。

居官不任事，蕭散羨長卿。〔合註〕《西京雜記》：司馬相如爲《上林》、《子虛賦》，意思蕭散，不復與外事相關。胡不歸去來，滯留愧〔三七〕淵明。鹽事星火急，〔查註〕《宋史·食貨志》：熙寧五年，以盧秉提舉兩浙鹽事，竈户益困，惟杭、越、湖三州格新法不行，發運司劾奏虧課皆獄治，王安石言捕鹽法急，可以止刑。七年，以秉鹽課雖增，刑獄實繁，以江東漕臣張靚代之。靚言秉在事，至有母殺子者，詔劾其罪，然竟免，仍以增課升一資。〔合註〕李密《陳情表》：急於星火。誰能卹農耕。薨薨曉鼓動，萬指羅溝坑。〔合註〕林寬《苦雨》詩：窮巷變溝坑。天雨助官政，泫然〔三八〕淋衣纓。人如鴨與猪，投泥相濺驚。【誥案】此四句與下四句分兩層，上四句役，下四句督役。皆雨中實事，其文如經，其筆如史。下馬荒堤上，四顧但湖泓。線路不容足，又與牛羊爭。【誥案】一路敍雨中督役固妙矣，其下一轉入結，可稱絶倒。歸田雖賤辱，豈失〔三九〕泥中行。〔邵註〕《詩·邶風·式微》：胡爲乎泥中。寄語故山友，慎毋〔四〇〕厭藜羹。〔王註〕《莊子·讓王篇》：孔子窮於陳、蔡之間，七日不火食，藜羹不糝。陶淵明《貧士》詩：弊襟不掩肘，藜羹常乏斟。〔查註〕《烏臺詩案》「與王詵干涉」條下，内《差開運鹽河》詩云云。是時盧秉提舉鹽事，擘畫開運鹽河，差夫千餘人，軾於大雨中部役，其河只爲般鹽，既非農事，而役農民，秋田未了，有妨農事。又其河中間有涌沙數里，軾宜言開得不便，自嗟泥雨勞苦，羨司馬長卿居官而不任事，又媿陶淵明不早棄官歸去也，農事未休，而役夫千餘人，故云「鹽事星火急，誰能卹農耕」。又言：百姓已勞苦，不意天雨又助官政勞民，轉致百姓疲弊，役人在泥水中，辛苦無異鴨與猪。又言：軾亦在泥中，與牛羊爭路而行，若歸田，豈至於此哉。故云「寄言故山友，慎勿厭藜羹」而思仕宦，以譏諷朝廷開運鹽河不當，又妨農事也。

是日宿水陸寺，寄北山清順僧二首

〔王註劉子翬曰〕按《圖經》，水陸院在清湖橋，今廢。〔查註〕《咸淳臨安志》自「太平橋北前沙河」至「臨平上塘」條下，有水陸院，東坡督開湯鎮運河，宿此。《冷齋夜話》：西湖僧清順，字頤然，清苦多佳句。嘗賦詩云：久服林下遊，頗識林下趣。從渠綠陰繁，不礙清風度。閒來石上眠，落葉不知數。一鳥忽飛來，啼破幽絶處。荆公遊湖上，愛之。東坡亦與遊，多唱和。

其一

草没河堤雨暗村，寺藏修竹不知門。拾薪煮藥憐僧病，〔合註〕《後漢書·承宫傳》：爲諸生拾薪。温庭筠詩：煮藥石泉清。掃地焚香淨客魂。〔王註潘大臨曰〕《國史補》：韋應物性高潔，鮮食寡慾，所在焚香掃地而坐。農事未休侵小雪，佛燈初上報黄昏。年來漸識幽居味〔四二〕，思與高人對榻論。〔王註次公曰〕高人，指言清順也。〔合註〕韋應物詩：對榻遇清夜。【誥案】前六句，公自道。後二句，結入清順。下首同此作法。

其二

長嫌鐘鼓聒湖山，此境蕭條却自然。〔合註〕《老子》：道法自然。乞食遶村真爲飽，〔邵註〕晉陶淵明有《乞食》詩。無言對客本非禪。【誥案】紀昀曰：三四放平，愈有身分。披榛覓路衝泥入，〔查註〕《抱朴子》：葛洪貧無僮僕，籬落頓決，披榛出門，排草入室。洗足關門聽雨眠。【誥案】題云是日，必當有此二句，方是真境。即「乞食」、「無言」一聯，語中有骨，並不平也。遥想後身窮賈島，〔邵註〕《唐書》：賈島，字浪仙。初爲浮屠，名無本。韓退之有《送無本歸范陽》詩。夜寒應聳作詩肩。〔王註〕韓退之詩《石鼎聯句序》：彌明袖手竦肩而高吟。

鹽官部役戲呈同事兼寄述古

〔王註劉子翬曰〕《鹽官縣圖經》云：縣管六鄉。隋開皇九年置杭州鹽官縣，縣屬有鹽場十所。〔查註〕《元和郡縣志》引《吴志》云：孫權爲將軍，陸遜始仕幕府，出爲海昌屯田都尉，即此地。《太平寰宇記》：本漢海鹽、由拳二縣之境。《咸淳臨安志》云：《漢·志》但有海鹽縣，晉、宋《志》乃有海鹽、鹽官兩縣。鹽官之置，當在吴時。今嘉興、海鹽與此接壤，必置縣之初，析海鹽爲之，以地有鹽官，故因以名縣。吴王濞煮海爲鹽，在此。

新月照水水欲冰，夜霜穿屋衣生稜，野廬半與牛羊共，曉鼓却隨鴉鵲興。【誥案】二句極鍊，的是開河官語。夜來履破裘穿縫，紅頰曲眉應入夢，〔合註〕李太白《王昭君》詩：上馬啼紅頰。韓退之文：曲眉豐頰。【誥案】接得挺拔。千夫在野口如林，豈不懷歸畏嘲弄。我州賢將知人勞，〔查註〕《漢書·嚴延年傳註》：謂郡守爲郡將者，以其兼統武事也。〔合註〕《漢書·韓信傳》：項王不能任屬賢將。【誥案】杭守帶節鎮所部六州至京口止。已釀白酒買豚羔，耐寒努力歸不遠，兩脚凍硬須公〔四三〕軟。〔王註〕《唐·楊國忠傳》：帝歲幸華清宫，諸楊湯沐館在宫東垣。帝臨幸，必偏五家，賞賚不貲計。出有賜曰餞路，返有勞曰軟脚。《大唐稽疑》：子儀自同州歸，代宗詔大臣就宅作軟脚局，人出錢三百千。【誥案】一結妙甚。以上四詩，筆墨一色，皆同時作也。

鹽官絶句四首

南寺千佛閣

〔查註〕《咸淳臨安志》：慶善寺在鹽官縣西南二百步。天監七年，土人弘靈度因井中有光，三日不止，捨宅爲寺。地濱海，遂以觀海爲名。祥符元年改今額。有千佛閣，門外有唐大中間石經幢，有竇思永撰《銅僧伽像記》、葛蘩撰《天台教院記》。

古邑居民半海濤，師來搆築〔四三〕便能高。千金用盡身無事，〔王註〕李太白《將進酒》詩：千金散盡還復來。坐看香烟繞白毫。

北寺悟空禪師塔

〔公自註〕名齊安。宣宗微時，師知其非凡人。〔王註〕《鹽官圖經》：安國寺在縣西北，寺中有悟空塔，塔前有古檜存焉。〔查註〕《武林梵志》：安國寺在鹽官，唐建，名鎮國海昌院。會昌五年廢，大中四年復置，名齊豐。宋大中祥符元年，改今額。《高僧傳》：鹽官海昌院釋齊安，姓李氏，實唐帝系，出家，從南京大寂禪師。元和末，遊越之蕭山時，海昌有法昕者，於放生池廢地，葺禪居，請安主之。懸知宣宗隱曜緇行，預戒知事曰：「當有異人至此。」明日行脚數人參禮。安默識帝，令維那高位安置，且語帝曰：「時至矣，無滯泥蟠。」囑以後事而去。帝本憲宗子，穆宗異母弟也。武宗恒忌之。宦者仇公武拯護，俾髠髮爲僧，縱之而逸。武宗崩，百官迎立之，聞安已終，勑謚悟空，爲建塔。王象之《碑目》：唐宣宗《悼安國寺悟空禪師碑》，在鹽官縣。按，宣宗爲憲宗第十三子。初，憲宗納李錡妾生光王怡，幼時，宮中皆以爲不慧。武宗疾篤，宦官密於禁中定策，立爲皇太叔。後即位，是爲宣宗。見於《唐書》者如此。其爲僧出亡事，正史無可考。

已將世界等微塵，〔合註〕《法華經》：三千大千世界，抹爲微塵。空裏浮花夢裏身。〔王註〕《華嚴經》：如目翳人，見空中花。《圓覺經》：譬彼病目，見空中花。豈爲龍顏更分別，〔王註〕《前漢書》：高祖爲人，隆準而龍顏。只應天眼識天人。〔王註〕《三國志》：邯鄲淳見曹植曰：「真天人也。」

塔前古檜

〔查註〕《石林避暑録》云：悟空禪師塔前檜，亦唐物。徽宗詔取之。檜大不可越橋梁，乃以大舟泛海，出楚州以入汴。行一日，張帆，風猛，檜枝與帆低昂不可制，舟與人皆没。《咸淳臨安志》：鹽官安國寺，悟空禪師塔前有古檜。宣和間，朱勔移以去。今悟空塔，現在安國寺中。

當年雙檜是雙童，相對無言老更恭。庭雪到腰埋不死，〔王註續曰〕二祖名惠可。以求佛法，夜立中庭，雪齊於腰。〔邵註〕《傳燈録》：有僧神光，聞達摩大士住止少林，乃往彼晨夕參承。夜，天大雨雪，光堅立不動。遲明，積雪過膝，師遂與易名曰慧可。此詩借用其意。如今化作兩蒼龍。

僧爽白雞

〔公自註〕養二十餘年，嘗在〔四〕坐側聽經。〔查註〕陶隱居云：學道之士，居山宜養白犬、白雞，可以辟邪。梅聖俞詩：禪庭鳴白雞，祖道歌黄鵠。斷尾雄雞本畏烹，〔王註〕《左傳·昭公二十二年》：賓孟適郊，見雄雞自斷其尾。問之侍者，曰：「是憚其犧也。」年來聽法伴修行。還須却置蓮花漏，〔王註援曰〕遠法師在山中，置蓮花漏，眡其早晚，以爲行道之節。老怯風霜恐不鳴。【誥案】此用山中畜雞應更而鳴事。

六和寺冲師閘山溪爲水軒

欲放清溪自在流，〔王註〕杜子美《放船》詩：江流大自在。忍教〔四五〕冰雪落沙洲。出山定被江潮涴〔四六〕，〔邵註〕杜子美《佳人》詩：在山泉水清，出山泉水濁。能爲山僧更少留。【誥案】二句從「我如此水千山底」自爲翻案，可見其游行自在也。

冬至日獨遊〔四七〕吉祥寺

〔查註〕《西湖遊覽志》：自觀橋南至衆安橋街，東有安國坊，宋時有吉祥寺，治平二年改廣福，中有牡丹，蔡襄有《吉祥寺賞牡丹》詩。

井底微陽回未回，〔王註〕《禮記·月令》：冬至水泉動。〔合註〕《逸周書》：十有一月微陽動。蕭蕭寒雨濕枯荄。〔合註〕潘岳詩：枯荄帶墳隅。何人更似蘇夫子，不是花時肯獨〔四八〕來。【誥案】紀昀曰：率筆而極有風致。

後十餘日復至

東君意淺著寒梅，〔合註〕屈原《九歌》有《東君篇》。千朵深紅未暇裁〔四九〕。〔王註次公曰〕首言東君止著寒梅而已，此所以爲意淺也。千朵深紅，則言吉祥寺之牡丹。安得道人殷七七，不論時節遣花開〔五〇〕。〔王註厚曰〕《續仙傳》：殷七七，字文祥。周寶移鎮浙西，七七忽到鶴林寺。杜鵑花高丈餘，寶一日謂七七曰：「鶴林之花，天下奇絕，嘗聞能開非時之花，今重九將近，能副此日否？」七七諾之。乃前三日往鶴林宿焉。中夜，女子來謂七七曰：「妾爲上元所命，司此花，在人間已逾百年，非久，即歸閬苑去，今與道者共開之。」於是女子倏然不見。及九日，爛漫如春。其後兵火焚寺，樹失根株。

戲贈

惆悵沙河十里春，〔查註〕《西湖遊覽志》：外沙河自永昌門北繞城，前沙河在菜市門外，後沙河在艮山門外。【誥案】此條舊在前卷《望海樓晚景》「沙河燈火照山紅」句下，與題不合，今改載於此。一番花老一番新。小樓〔五一〕依舊斜陽裏，不見樓中垂手人。〔王註〕《古樂府》：舞有大垂手、小垂手。〔邵註〕梁吳均曲：垂手忽迢迢，飛燕掌中嬌。又：且復小垂手，廣袖拂紅塵。

和人求筆迹

麥光鋪几淨無瑕，〔王註次公曰〕麥光，紙名，蓋南中竹紙之流，今成都以麻屑競爲之。〔合註〕《一統志》：徽州府歙縣龍鬚山，出紙，有麥光、白滑、水翼、凝霜之名。入夜青燈照眼花。從此剡藤真可弔，〔王註續曰〕唐舒元輿作《弔剡溪藤文》，言今之世錯爲文者，皆夭閼剡溪藤之流也。剡藤可作紙。半紆春蚓綰秋蛇。〔王註援曰〕唐太宗論蕭子雲書：行行若縈春蚓，字字如綰秋蛇。譏無骨力也。

將之湖州戲贈莘老

【誥案】公時以相度孫莘老議築松江隄堰，至湖州。

餘杭自是山水窟，仄聞〔三二〕吳興更清絶。〔合註〕陸雲《與兄書》：實自清絶。湖中橘林新著霜，〔合註〕《石林避暑録》：吳中橘惟洞庭東西二山最盛。《吳興備志》：橘出洞庭。宋時洞庭山屬吳興。溪上苕花正浮雪。顧渚茶芽白於齒，〔查註〕《元和郡縣志》：顧渚山，貞元以後，每歲以紫筍茶進奉。《太平寰宇記》：茶産長興邑界生顧渚山中者，與峽州、光州同。顧渚，在縣西北三十里。《吳興山墟名》云：吳王夫槩顧其渚次原隰平衍，今崖谷林薄之中，多産茶以充歲貢。梅溪木瓜紅勝頰。〔王註〕杜子美《秋日夔州詠懷》詩：色好梨勝頰。〔張拭曰〕《吳興統紀》云：梅溪一名東海堰，在烏程縣西南六十里。又曰：顧渚泉上有木瓜堂，其庭除列植木瓜，引泉。〔查註〕《吳興備志》：湖州唐時貢連蒂木瓜。牟巘《陵陽集·四安道中》詩自註云：木瓜園，入折山數里，土人取瓜，埋其半於沙中，以紙鏤花貼上，以溪水灑之，日曬乃紅。吳兒膾縷〔三三〕薄欲飛，〔王註〕杜子美《陪王漢州留杜綿州泛房公西湖》詩：刀鳴膾縷飛。〔查註〕談鑰《吳興志》：唐吳昭德，吳興人。善造鱸膾，時人嘲之曰：「鱠若遇吳，鏤細花鋪。」未去先説饞涎垂。〔合註〕皮日休詩：猰貐垂饞涎。亦知謝公到郡久，〔王註〕《晉·謝安傳》：嘗爲吳興太守。〔查註〕顔魯公《題謝公塘碑陰》云：太保謝公，晉咸和中，以吴興山水清遠，求典此郡。應怪杜牧尋春遲。〔王註厚曰〕杜牧佐宣城幕，聞湖州多奇麗，往遊之。刺史崔君張水嬉，使州人畢觀，令杜牧閲之。因見一女姝，期之曰：「吾不十年，來守此郡，不來，從所適。」泊牧守湖州，女已從人三年矣。牧因賦詩曰：自是尋春去較遲，不須惆悵怨芳時。鬢絲只可〔五四〕對禪榻，〔王註〕杜牧詩：今日鬢絲禪榻畔，茶烟輕颺落花風。湖亭不用張水嬉。〔查註〕《吴興掌故》引《統紀》云：清明日橈彩舟於溪上，爲競渡之戲，謂宜田蠶。《荆楚歲時記》則以五月五日，吴興止是寒食爲此者。崔元亮爲牧之張水嬉即此。

送張軒民寺丞赴省試

〔查註〕《職官分紀》：太常宗正、光禄、衞尉、太僕、鴻臚、司農、大理、太府皆有丞。

龍飛甲子盡豪英〔五五〕，〔王註次公曰〕李太白《自廣平乘醉走馬六十里至邯鄲》詩：談笑盡豪英。豪英字本出《袁盎傳》：天子所與共六尺輿者，皆天下豪英也。〔合註〕《東京賦》：龍飛白水。天聖爲仁宗即位改元，故詩云龍飛甲子也。嘗喜〔五六〕吾猶及老成。人競春蘭笑秋菊，〔王註〕《烟花録》：煬帝曰：春蘭秋菊，各一時之芳。陳崇業云：蘭菊異芳，胡有廢者。〔邵註〕《楚辭·九歌》：春蘭兮秋鞠。天教明月伴長庚。〔王註次公曰〕長庚，太白也。韓退之詩：東方未明大星没，獨有太白對殘月。傳家各自聞詩禮，與子相逢亦弟兄。洗眼上林看躍馬，〔王註次公曰〕上林，漢苑名，以言京師。若瓊林苑者，乃新先輩所宴之處。《史記》：蔡澤云：「躍馬食肉，富貴四十三年足矣。」賀詩先到古宣城。〔公自註〕伯父與太平州張侍讀同年，此其子。〔合註〕《欒城集·伯父墓表》：天聖元年，始就鄉試，爲第三人，明年登科。《太平寰宇記》云：太平州本宜州當塗縣，故詩云「古宣城」，蓋今之太平府也。

再用前韻寄莘老〔五七〕

【誥案】施註原編在鹽官歸後月餘。合註謂此詩乃鹽官督役時作，其説非是。詩有「今我不往行恐遲」句，與施編將發湖州之時甚合，但移《春晝》一首於後，則次敍清矣。

君不見夷甫開三窟，〔王註〕《晉書》：王衍，字夷甫。居宰輔，不以經國爲念，而思自全之計。乃以弟澄爲荆州，族弟敦爲青州，謂曰：「荆州有江漢之固，青州有負海之險，卿二人在外，而吾留此，足以爲三窟矣。」識者鄙之。不如長康號癡絶。〔王註〕《晉書》：顧愷之，字長康。桓温嘗云：「愷之體中，癡黠各半，合而論之，正得平耳。」故俗傳愷之有三絶，才絶、畫絶、癡絶。癡人自得終天年，智士死智〔五八〕罪莫雪。〔合註〕言莫爲昭雪也。又，「洗雪」見《後漢書・段熲傳》。困窮誰要卿料理，舉頭看山笏拄頰。〔王註〕《晉書》：王徽之爲桓沖參軍，沖嘗謂徽之曰：「卿在府日久，比當相料理。」徽之初不酬答，直高視，以手版拄頰云：「西山朝來致有爽氣耳。」野鳧翅重自不飛，黄鶴何事兩翼〔五九〕垂。〔合註〕野鳧，自喻；黄鶴，指言莘老也。泥中相從豈得久，〔王註次公曰〕《詩・邶風・式微》：胡爲乎泥中。註雖以爲地名；鄭玄婢所言，則指泥淖之中矣。今我不往行恐遲。江夏無雙應未去，〔王註援曰〕《後漢書》：黄香博學經典，能文章，京師號曰天下無雙，江夏黄童。此以言魯直也。恨無文字相娱嬉。〔公自註〕黄庭堅，莘老婿，能文〔六〇〕。〔王註子仁曰〕韓退之詩：文章自娱戲。〔查註〕《山谷後集》云：庭堅初室，曰蘭溪縣君孫氏，故龍圖閣直學士孫公覺莘老之女。庭堅年十七，從舅氏李公擇學士於淮南，孫公憐其少，以蘭溪歸之。

畫魚歌

〔公自註〕湖州道中作。〔邵註〕畫，胡麥切，音義並同劃。以鈎畫魚，今三吴水鄉，往往有之。〔查註〕《欒城集》自註云：吴人以長釘加杖頭，以杖畫水取魚，謂之畫魚。

天寒水落魚在泥，短鈎畫水如耕犂。渚蒲披折〔六一〕藻荇亂，〔王註〕杜子美《醉歌行》詩：渚蒲芽白水荇青。又《漫成》云：渚蒲隨地有。此意豈復遺鰍鯢。〔王註次公曰〕鯢有二，有鯨鯢之鯢，有魚子之鯢。今此言魚子也。〔合註〕《廣韻》：鰍亦作鰌。《爾雅》鰼鰌註：今泥鰌。《莊子·外物篇》守鯢鮒註：皆小魚也。偶然信手皆虛擊，本不辭勞幾萬一〔六二〕。〔合註〕《後漢書·劉瑜傳》：冀臣愚直，有補萬一。一魚中刃百魚驚，蝦蟹奔忙誤跳擲。漁人養魚如養雛，插竿冠笠〔六三〕驚鵜鶘。〔合註〕《爾雅》：鵜，鴮鸅。郭註：今之鵜鶘也。沈水食魚，故名洿澤。豈知白梃〔六四〕鬧如雨，〔合註〕漢賈誼《過秦論》：鉏耰白梃，横行天下。攪水覓魚嗟已疎。〔合註〕末諷當時刑罰之煩也。【誥案】紀昀曰：喻誅求之殫民也。

鴉種麥行

霜林老鴉閑無用，畦東拾麥畦西種。畦西種得青猗猗，畦東已作牛尾〔六五〕稀。【誥案】起四句，純乎古意，有此一起，則後幅觸手都成奇語。明年麥熟芒攢〔六六〕蝟，農夫未食鴉先啄。徐行俯仰若自矜，鼓翅跳踉上牛角。〔合註〕《晉書·諸葛長民傳》：眠中驚起跳踉，如與人相打。憶昔舜耕歷山鳥爲耘，〔王註堯祖曰〕《笠澤叢書》云：世謂舜之在下，田於歷山，象爲之耕，鳥爲之耘，聖德感召也。〔次公曰〕《夏禹本紀》「會稽」註引《地理志》云：山上有禹祠，相傳以爲下有羣鳥耘田。故《文選》註左思賦云：舜葬蒼梧，象爲之耕，禹葬會稽，鳥爲之耘。如今老鴉種麥更辛勤。農夫羅拜鴉飛起，〔合註〕《唐書·薛仁貴傳》：突厥下馬羅拜。勸農使者來行水。〔查註〕《通典》：勸農謁者，梁武天監九年置。《唐大詔令》：開元十二年，置勸農使，巡按郡邑，安撫户口。《職官分紀》：景德三年，詔諸道轉運使、副使、開封府知府及諸道知州刺史少卿、監以上，並兼勸農使，其餘知州、知軍、通判等並兼勸農事。天禧四年，改諸路提點刑獄爲勸農使副。天聖四年，令逐路轉運使，自今勸農，更不置司。

和致仕張郎中春晝〔六七〕

〔查註〕《吴興掌故集》：張子野仕至都官郎中，晚年漁釣自適，至今稱張釣魚灣。周公謹《齊東野語》：孫莘老《十詠圖序》云：贈尚書刑部侍郎張公諱維，吴興人。以吟詠自娱，不出仕，以子先封正四品，年九十有一。公卒十八年，子尚書都官先亦致仕家居，取公平生所愛詩十首，寫之繒素，號《十詠圖》。胡安定《言行録》：慶曆六年，郡守宴六老於南園，其一爲衞尉寺丞張維。《十詠》詩中如「灘頭斜日鳧鷖隊，枕上西風鼓角聲」，皆佳句也。【誥案】此詩乃和張子野《春晝》舊作也。合註謂詩有「東風屈指無多日」句，當爲湖州作，施編《再寄莘老》詩前，似稍失次敍。所論是。今改編於此。

投紱歸來萬事輕，〔王註〕潘安仁《秋興賦》：且斂衽以歸來兮，忽投紱以高厲。消磨未盡〔六八〕只風情。〔合註〕白樂天詩：客中誰最有風情。舊因蓴菜求長假，〔合註〕《晉書·段灼傳》：取長假還鄉里。新爲楊枝作短行。〔王註績曰〕白居易妾樊素善歌，小蠻善舞。嘗有詩：櫻桃樊素口，楊柳小蠻腰。白既年高邁，而小蠻方豐豔，因爲《楊柳枝詞》以託意。〔合註〕樂府有長短歌行。不禱自安緣壽骨，深藏〔六九〕難没是詩名。淺斟杯酒紅生頰，細琢歌詞穩稱聲。〔王註次公曰〕細琢歌詞，則張喜爲小詞也。蝸殼卜居心自放，〔王註縯曰〕焦先、楊沛，並作小廬，形如蝸牛殼，故曰蝸牛廬。〔合註〕《古今注》：蝸牛，陵螺也，熱則自懸於葉下。野人結圓舍，形如蝸牛之殼，故曰蝸舍。蠅頭寫字眼能明。〔王註〕《南史》：齊衡陽王鈞，嘗手自細書《五經》，置於巾箱，以備遺忘。賀玠問曰：「殿下家自有墳索，復何須蠅頭細書，別藏巾箱中？」盛衰閲過君應笑，寵辱年來我亦平。跪履數從圯下老，〔王註〕《漢書》：張良嘗遊下邳圯上。有一老父，至良所，直墮其履圯下。顧謂良曰：「孺子，下取履。」良愕然，欲毆之，爲其老，强忍下取履。因跪進，父以足受之。笑而去里所，復還，曰：「孺子可教矣。」逸書閑問濟南生。〔王註〕《漢書·儒林傳》：伏生，濟南人，故爲秦博士。孝文時，求能治《尚書》者，天下亡有，聞伏生治之。欲召，生年九十餘，老不能行。詔太常使掌故鼂錯往受之。秦時禁書，伏生壁藏之。東風屈指無多日，只恐先春鶗鴂〔七〇〕鳴。〔王註〕《離騷經》：恐鵜鴂之先鳴兮，使百草爲之不芳。

和邵同年戲贈賈收秀才三首

〔查註〕《吳興志》：邵迎，字茂誠，高郵人。本集《邵茂誠詩集序》云：茂誠與余同登進士第，十有五年，而見之於吳興孫莘老座上。〔合註〕《澠水燕談》：邵迎官止州縣，窮死，無嗣。〔查註〕賈收，字耘老，烏程人。所著有《懷蘇集》。見《吳興志》。

其一

傾蓋相歡一笑中，〔王註〕《前漢書》鄒陽《上梁孝王書》：語曰，有白頭如新，傾蓋如故。何則？知與不知也。從來未省馬牛風。〔王註次公曰〕《左傳・僖公四年》：齊侯伐楚，楚子使與師言曰：「君處北海，寡人處南海，惟是風馬牛不相及也。」疏云：馬逐上風而去，牛逐下風而來，故云不相及也。又《書・費誓》曰：馬牛其風。卜鄰尚可容三徑，〔王註〕白樂天《與元八卜鄰》詩：明月好同三徑夜，綠楊宜作兩家春。《左傳・昭公三年》：非宅是卜，惟鄰是卜。〔邵註〕《三輔決録》：漢杜陵蔣詡元卿爲兖州太守，王莽居攝，以病免。官居鄉里，卧不出户，於舍中竹下開三徑，惟羊仲、求仲從之遊。二仲皆挫廉逃名之士。投社終當作兩翁。古意已將蘭緝佩，〔王註〕《離騷》：紉秋蘭以爲佩。招詞閑詠桂生叢。〔王註〕劉安《招隱士章句》云：桂樹叢生兮山之幽。此身自斷天休問，〔王註〕杜子美《曲江》詩：自斷此生休問天。白髮年來漸不公。〔王註〕杜牧詩：公道世間惟白髮。

其二

朝見新荑〔七一〕出舊槎，〔王註次公曰〕此篇，先生本註云：時買欲再娶。則詩意皆涉夫婦事也。「新荑出舊槎」，使枯楊生荑之義。舊註乃引《甘泉賦》「列辛夷於材薄」，又杜子美《偪仄行》詩「辛夷始花亦已落」，以新爲辛，以荑爲夷，非是。騷人孤憤苦思家。〔王註次公曰〕韓非有《孤憤篇》，言孤獨而憤悶也。五噫處士大窮約〔七二〕，〔王註〕《後漢・梁鴻傳》：鴻過京師，作《五噫之歌》，曰：陟彼北邙兮，噫。顧覽帝京兮，噫。宫室崔巍兮，噫。人之劬勞兮，噫。遼遼未央兮，噫。肅宗聞而非之，求鴻不得。三賦先生多誕誇。〔王註援曰〕《漢書》：相如奏《子虛》、《上林》、《大人》三賦。先是文君新寡，相如繆與臨邛令相重，而以琴心挑之。相如從車騎，雍容閑雅甚都。帳外鶴鳴匳有鏡，〔合註〕鏡匳用温嶠事，切娶婦也。筒中〔七三〕錢盡案無鮭。〔王註張孝祥曰〕先生《答秦太虛書》曰：初到黄，痛自節儉，日用不得過百五十，仍放大竹筒，貯用不盡者，以待賓客，此買耘老法也。《南史》：庾杲之清貧自業食，惟有韭菹、瀹韭、生韭、雜菜。

任昉嘗戲之曰：「誰謂庾郎貧，食鮭嘗有二十七種。」玉川何日朝金闕，〔合註〕《神異經》：西北荒中，有二金闕。白晝闕門守夜叉。〔公自註〕時賈欲再娶〔七四〕。〔王註〕盧仝詩：夜叉當晝不肯啓，夜半醮祭夜半開。〔查註〕《維摩經》註：夜叉有三種，一在地，二在虚空，三天夜叉也。地夜叉不能升空，天夜叉能飛行，佛轉法輪，地夜叉唱，空夜叉聞，空夜叉唱，四天王聞，如是乃至梵天也。〔合註〕《齊東野語》：賈耘老隱苕城南横塘上，晚娶真氏，人謂賈秀才娶真縣君，以爲笑。

【誥案】夜叉作耶叉，則讀平聲。

其三

生涯到處似檣烏，〔王註次公曰〕杜子美《公安送二十九弟》詩：檣烏相背發。又《夜宿西閣》曰：檣烏宿處非。又《登舟將適漢陽》曰：檣烏終歲飛。此特檣杆上刻爲烏形，以占風爾。晉令車駕出入，相風在前。晉傅玄《相風賦》云：棲神烏於竿首，俟祥風之來征。是也。科第無心摘頷髭。〔王註〕韓退之詩：年年收科第，如摘頷底髭。黄帽刺船忘歲月，〔王註〕《前漢書》：鄧通以櫂船爲黄頭郎。註云：土勝水，其色黄，故刺船之郎，皆著黄帽。白衣擔酒慰鰥孤。〔王註〕《晉陽秋》云：陶潛九月九日無酒，出宅邊菊叢中坐，摘菊花盈把。久之，望見白衣人至，乃江州刺史王弘送酒，卽便獨酌，醉而後歸。狙公欺病來分栗，〔王註〕《莊子·齊物論篇》：狙公賦芧，曰：「朝三而暮四。」衆狙皆怒。曰：「然則朝四而暮三。」衆狙皆悦。疏云：芧，橡子也，似栗而小。水伯知饞爲出鱸。〔王註〕《山海經》：朝陽之谷神曰天吴，是爲水伯。莫向洞庭歌楚曲〔七五〕，烟波渺渺正愁予。〔王註〕《九歌》：帝子降兮北渚，目渺渺兮愁予，嫋嫋兮秋風，洞庭波兮木葉下。

吳中田婦歎

〔公自註〕和賈收韻。

今年粳稻熟苦遲，〔查註〕《大觀本草》：粳與秔同，有早、中、晚三收。諸家獨以晚稻爲粳者，非也，凡不粘者皆爲粳。庶見霜風來幾時。霜風來時雨如瀉，杷頭出菌鐮生衣。〔王註〕柳子厚《與蕭翰林俛書》：猶能蒸出芝菌。又，杜子美《寄韋有夏郎中》詩：歸楫生衣卧。〔合註〕《説文》：杷，平田器。《戰國策》：商人無杷銚柱耨之勢。《方言》：刈鉤，自關而西，或謂之鐮。【誥案】紀昀曰：常景寫成奇句。眼枯淚盡雨不盡，〔王註〕杜子美《新安吏》詩：莫自使眼枯，收汝淚縱横。忍見黄穗卧青泥。茅苫一月隴上宿，〔合註〕《爾雅》：白蓋謂之苫。郭註：白茅苫，今江東呼爲蓋。天晴穫稻隨車歸。汗流肩頳載入市，〔王註〕韓退之《城南聯句》云：刈熟擔肩頳。價賤乞與如糠粞〔七六〕。〔合註〕《玉篇》：糠，穀皮也。《廣韻》：粞，碎米也。賣牛納税拆屋炊，慮淺不及明年飢。〔合註〕《後漢書·班超傳》：任重慮淺。官今要錢不要米，〔王註子仁曰〕司馬温公曰：百姓有米，而官不要米，百姓無錢，而官必要錢。〔查註〕司馬温公論青苗及坐倉糴米之害云：東南錢荒，而粒米狼戾，今棄其有餘，取其所無，農末皆病矣。【誥案】宋法，任納米、錢，從民便也。自新法行，官争取錢，在處皆錢荒米賤，官於是要錢不要米。農民賣米二石，僅納一石之值，此爲折色之濫觴矣。西北萬里招羌兒。龔黄滿朝人更苦，〔王註績曰〕龔遂，勃海太守；黄霸，潁川太守。二公皆以卹民稱善治。不如却作河伯婦。〔王註〕《史記·滑稽傳》：魏文侯時，西門豹爲鄴令，會長老，問民所疾苦。長老曰：「苦爲河伯娶婦。」豹問其故，曰：「鄴三老廷掾，常歲賦斂百姓，得數百萬，爲河伯娶婦。當其時，巫行視人家女好者，共粉飾之，浮之河中。曰：卽不爲河伯娶婦，水來漂没，溺其人民。」豹至，始禁絶之。〔合註〕《後漢書·張衡傳註》引

《聖賢冢墓記》：馮夷服八石，得水仙，爲河伯。又引《河圖》曰：河伯姓吕名公子，夫人姓馮名夷。

遊道場山何山

〔查註〕《釋氏稽古畧》：梁乾化二年，湖州道場山，如訥禪師卓庵於山，乘虎遊行。勞鉞《湖州舊志》：吴越建十聖殿爲真正寺，宋改萬壽禪寺。《太平寰宇記》：何口山在烏程縣南十里，昔曰何山，亦曰金蓋山。《吴興掌故》：何山與道場山聯接，爲北一支，金蓋是南一支。

道場山頂何山麓，〔王註次公曰〕何山以何鍇讀書得名。上徹雲峰下幽谷。〔王註〕謝幼度詩：滅跡入雲峰。江淹詩：平明登雲峰。《詩·小雅·伐木》：出自幽谷。我從山水窟中來，尚愛此山看不足。【誥案】湖州有愛山書院，以此名也。陂湖行盡白漫漫，〔合註〕元稹詩：自投名利占陂湖。青山忽作龍蛇盤。山高無風松自響〔七七〕，誤認石齒號驚湍。〔合註〕皮日休詩：三尋鬣石齒。謝靈運詩：頹節鶩驚湍。山僧不放山泉出，屋底清池照瑶席。〔合註〕《楚辭·九歌》：瑶席兮玉瑱。階前合抱香入雲，月裏仙人親手植。〔王註次公曰〕詳味其意，蓋言桂樹也。出山回望翠雲鬟〔七八〕，【誥案】紀昀曰：若斷若連，有自在流行之妙。碧瓦朱欄縹緲間。〔王註〕杜子美《越王樓歌》詩：碧瓦朱甍照城郭。白水田頭問行路，小溪深處是何山。【誥案】紀昀曰：何山只似帶作，點染輕便之至。高人讀書夜達旦，〔王註次公曰〕高人謂何鍇。《前漢書》：劉向或不寐達旦。〔查註〕汪藻《何氏書堂記》：圖經相承，以何氏爲晉何楷。楷嘗讀書此山，後爲吴興守，以其居爲寺而名其山。顔魯公《杼山碑》亦曰：寺西南有何楷釣臺。則楷嘗居此無疑。至今山鶴鳴夜半。〔王註〕《春秋説題辭》曰：鶴知夜半。

註：鶴，水鳥也。夜半，水立，感其生氣，則益喜而鳴。我今廢學不歸山，山中對酒空三歎。〔王註〕《左傳・昭公二十八年》：梗陽人有獄，魏子將受賂，魏戊謂閻没、女寬必諫。饋入，召之，比置食，三歎。魏子曰：「置食之間，三歎何也？」同辭曰：「願以小人之腹爲君子之心，屬厭而已。」【誥案】此詩用唐人轉韻體，而讀去絶無轉韻之跡，此其筆力不同故也。

莘老葺天慶觀小園，有亭北向，道士山宗説乞名與詩

〔查註〕《湖州舊志》：天慶觀在府治北，梁大同二年建，名玄風觀。唐改龍興，宋祥符元年改天慶。

春風欲動北風微，歸雁亭邊送雁歸。〔查註〕《吳興掌故》：歸雁亭，孫莘老作。道士乞名，東坡以歸雁名之，蓋自寓思歸之義。〔合註〕《月令》：季冬，雁北鄉。先生詩取此意，當亦十二月作也。蜀客南遊家最遠，吳山寒盡雪先晞。【誥案】紀昀曰：風調自佳。扁舟去後花絮亂，〔合註〕梁簡文帝詩：花絮時隨鳥。五馬來時〔七九〕賓從非〔八〇〕。〔王註援曰〕《海碎録事》：南齊柳元伯之子五人，皆領郡，五馬參差於亭。故殷文圭云：柳氏亭邊，參差五馬。〔吳憲曰〕洪慶善《韓文辨證》云：謝靈運爲永嘉太守，常以五馬自隨，立五馬坊、五馬亭。〔邵註〕漢制，太守駟馬，其有加秩中二千石者，乃右驂，故以五馬爲太守美稱。〔合註〕《左傳・襄公三十一年》：賓從有代。【誥案】句謂他年當乞湖也，結意從此生出。惟有道人應不忘，抱琴無語立斜暉。

贈孫莘老〔八一〕七絶

其一

嗟予與子久離羣，〔王註〕《禮記・檀弓上》：子夏曰：「吾過矣，吾離羣而索居，亦已久矣。」耳冷心灰百不聞。若對青山談世事，當須〔八二〕舉白便浮君。〔王註〕《吴都賦》：出躡珠履，動以千百，里讌巷飲，飛觴舉白。註：行觴如飛。大白，杯名，有犯令者，舉而罰之。〔查註〕《烏臺詩案》：熙寧五年十二月，蒙運司差往湖州，相度隄堰利害，因與湖州知州孫覺相見。軾作詩云：若對青山談世事，直須舉白便浮君。是時，約孫覺并坐，客如有言及時事者，罰一大盞，雖不指時事，是亦軾意言時事多不便，更不可説，説亦不盡也。

其二

天目山前緑浸裾〔八三〕，〔王註次公曰〕樂史《寰宇記》：湖州安吉縣天目山，高三萬六千丈。父老云，欲渡難及避水災，天目海陵山爲第一。而《水經注》：浙江水出吴興郡於潛縣北天目山。山極高峻，厓嶺竦疊。西陵後澗山上有霜木，皆是數百年樹，謂之翔鳳林。碧瀾堂上〔八四〕看銜艫。〔查註〕《吴興掌故》：碧瀾，乃霅溪館中堂名。杜牧之佐宣城時，來遊吴興，爲書堂額，作《霅溪館》詩。吴興自郡齋外，凡治中、别駕之廳，俱名爲館，惟霅溪館以待過從之客，今館廢而碧瀾之名獨存，重牧之也。〔合註〕郭璞《江賦》：舳艫相屬，萬里連檣。作隄捍水非吾事，〔查註〕《東都事略》：孫覺知湖州，以松江隄爲民害，易以石，長百餘里。按東坡往湖州，相度隄岸，正是築隄事。閑送苕溪入太湖。〔王註次公曰〕《寰宇記》：苕水出自浮玉山。又云：霅水，苕水之别名，深不可測，中多鯊魚。〔邵註〕《輿地志》：苕溪，一源自天目，一源自獨松嶺，合浮玉山水，至吴興，入太湖。〔查註〕《元和郡縣志》：苕溪，西南自長城、安吉兩縣東北流至湖州城南，與餘不溪、苧溪水合流入太湖，在州北。長城，今長興也。《烏臺詩案》：「天目山前」一首，軾爲先曾言水利不便，却被轉運司差往相度隄岸，意言本非興水利之人，以譏諷時世與昔不同，水利不便而然也。

其　三

夜來雨洗碧巑岏，浪湧雲屯遶郭寒。〔王註〕《文選》謝玄暉詩：茲嶺復巑岏。謝靈運詩：巖高白雲屯。〔合註〕張説詩：雨洗亭皐千畝緑。《文選》宋玉《高唐賦》：盤岸巑岏。聞有弁山何處是，〔邵註〕《寰宇記》：弁山，一名卞山，山石瑩然如玉。〔查註〕劉敬叔《異苑》：卞山本名土山，有項籍廟，自稱卞王，故改名。《吴興備志》引《吴興山墟名》云：卞山峻極，非清秋爽月，不見其頂。《太平寰宇記》：卞山當作冠弁之弁。徐陵《孝義寺碑》云：高弁蒼蒼，遥聞天語。《圖經》：卞姓居之。《風土記》：加山爲峅。按《左氏·昭九年》：爲弁髦。杜註：弁，冠也。陸曰：弁，亦作卞。然則古蓋通用矣，謂山形爲弁，亦與卞通。爲君四面意求看〔五〕。

其　四

夜橋燈火照溪明，〔王註次公曰〕溪，苕溪也。《寰宇記》：烏程縣霅溪條下云：霅者，四水激射之聲，蓋四水合爲一溪也。曰苕溪、曰前溪、曰餘不溪、曰霅溪也。欲放扁舟取次行。〔合註〕白樂天詩：醉把花枝取次吟。暫借官奴遣吹笛，〔合註〕《漢書·淮南王傳》：令官奴入宮中。先生詩似言官妓也。明朝新月到三更。

其　五

三年京國厭藜蒿，長羨淮魚壓楚糟。〔王註〕《書·禹貢》：淮夷蠙珠暨魚。〔查註〕《邵氏聞見録》：至和間，皇后好食糟淮白魚，吕文靖公夫人欲以十奩爲獻。公悵然曰：「玉食所無之物，人臣家安得有十奩也？」梅聖俞詩：頭尾接清淮，淮魚日登網。吳蒓芼羹美，楚糟增味爽。今日駱駝橋下泊，〔王註次公曰〕駱駝橋，唐垂拱元年造，以形似駱駝背，名之。劉禹錫詩曰：駱駝橋上蘋風起，鸚鵡杯中若下春。〔查註〕《湖州舊志》：橋跨霅溪上，又名迎春。恣看修網出銀刀。〔王註〕杜子美詩：出網銀刀亂。

其　六

烏程霜稻襲人香，〔王註次公曰〕《寰宇記》曰：古烏程氏居此，能醞酒，故以名縣，而又指酒爲烏程。張景陽《七命》：乃有荆南烏程，豫北竹葉。〔邵註〕韋昭《吳録》：烏程下若酒有名。《輿地志》：若溪，在長興縣南溪，南曰上若，北曰下若。村人取下若水釀酒，醇美勝雲陽。若溪，亦作箬溪。蓋長興故屬烏程也。〔查註〕《吳興統記》：秦時有烏金程林，善釀美酒，因置縣。熊明遇《若下酒疏》云：義興爲荆溪，而若下在其南，故曰烏程若下，蓋當時尚未分長興也。釀作春風霅水光。〔邵註〕韋昭《吳録》：霅溪在湖州府城。霅者，以衆流合集爲義；一曰四水蕩激時，霅然有聲，故名。〔查註〕《太平寰宇記》：霅溪在烏程縣東南一里。凡四水合爲一溪。自浮玉，曰苕溪；自天目山，曰餘不溪；自銅峴山，曰前溪；自德清縣東北流至州前興國寺前，曰霅溪。時復中之徐邈聖，〔王註〕《三國·魏志》：徐邈爲尚書郎，時科禁酒，而邈私飲，至於沈醉。校事趙達問以曹事，邈曰中聖人。達白太祖，太祖甚怒。鮮于輔進曰：「平日醉客謂酒清者爲聖人，濁者爲賢人，邈性修慎，偶醉言耳。」竟坐得免刑。後文帝踐阼，問曰：「頗復中聖人否？」對曰：「昔子反斃於穀陽，御叔罰於飲酒，臣嗜同二子，不能自懲，時復中之。」無多酌我次公狂。〔王註〕《前漢·蓋寬饒傳》字次公。爲司隸校尉。平恩侯許伯入第，丞相、御史、將軍、中二千石皆賀。寬饒東鄉特坐，許伯自酌曰：「蓋君後至。」寬饒曰：「無多酌我，我乃酒狂。」丞相魏侯笑曰：「次公醒而狂，何必酒也。」

其七

去年臘日訪孤山，【誥案】公到官三日事也。曾借僧窗半日閑〔六六〕。不爲思歸對妻子，道人有約徑須還。〔合註〕用前詩「臘日不歸對妻孥」二句意，蓋是時將歸杭州矣。

至秀州，贈錢端公安道，並寄其弟惠山老〔六七〕

〔查註〕《東都事畧》：錢顗，字安道，無錫人。自知烏程縣，召爲御史裏行。熙寧初，與劉述、劉琦等上疏劾王安石、曾公亮，貶監衢州鹽税。按，唐時，御史裏行稱端公。〔合註〕《續通鑑長編》：熙寧七年十一月，金部員外郎監秀州税錢顗，復合入差遣。【誥案】此段合註駁查註誤引《東都事畧》錢顗通判秀州之説，確，今已刪。惠山老，即後題之錢道人也。公赴常、潤賑饑，及移守湖中過惠山，皆有贈詩。

鴛鴦湖邊月如水，〔邵註〕《南湖記畧》：鴛鴦湖，名南湖，在府城南。其禽多鴛鴦，故名。一曰兩湖相麗，若鴛鴦然。五代時，湖東有烟雨樓，今尚仍之。〔查註〕宋聞人滋《記》畧云：檇李，澤國也。東南皆陂湖，南湖尤大，計百二十頃。孤舟夜榜〔六八〕鴛鴦起。平明繫纜石橋亭，慚愧冒寒髯御史。〔王註次公曰〕安道髯而爲御史。結交最晚情獨厚〔六九〕，〔合註〕《史記·荆軻傳》：太子曰：「願因先生得結交於荆卿。」論心無數今有幾。〔合註〕《荀子》：相形不如論心。寂寞抱關歎蕭生，〔王註〕《前漢·蕭望之傳》：霍光秉政，丙吉薦王仲翁與蕭望之等數人，皆召見。

先是上官桀與蓋主謀殺光，光既誅桀等，後出入自備。吏民當見者，露索去刀兵，兩吏挾持。望之獨不肯聽，自引出閤，曰：「不願見。」於是光不除用望之。三歲間，而仲翁至光祿大夫，望之以射策甲科爲郎，署小苑東門候。仲翁出入，傳呼甚寵，顧謂望之曰：「不肯碌碌，反抱關爲。」望之曰：「各從其志。」耆老執戟哀揚子。〔王註厚曰〕《前漢·揚雄傳·贊》云：爲郎給事黄門，與王莽、劉歆並。哀帝之初，又與董賢同官。當成、哀、平間，莽、賢皆爲三公，權傾人主，所薦莫不拔擢，而雄三世不徙官。及莽篡位，雄以耆老久次轉爲大夫。蓋黄門郎掌守門户，故執戟。潘岳詩云：執戟疲揚。怪君顔采却秀發，〔王註〕《楚辭·遠遊章句序》：文采秀發。〔合註〕《晉書·慕容超載記》：精采秀發。無乃遷謫反便美。〔合註〕蘇頲詩：舊史饒遷謫。《史記·匈奴傳》：不如湩酪之便美。天公欲困無奈何，世人共抑真踈矣。毘陵高山錫爲骨〔九〇〕，陸子遺味泉冰齒。〔王註次公曰〕毘陵，常州也。高山，惠山也。陸子，陸羽也。包佶《贈劉尊師》詩：曉漱瓊膏冰齒寒。〔呂祖謙曰〕《韻語陽秋》：汝州之治諸井，皆以夾錫錢鎮之。每井率數十千。問其故，一老兵曰：「此邦饒風沙，沙入井中，人飲之，即成癭，夾錫錢所以治沙土也。」因思無錫惠山泉清甘甲於二浙者，以有錫也。〔查註〕《元和郡縣志》：常州晉陵郡，漢曰毘陵，晉元帝時，避諱改晉陵。賢哉仲氏早拂衣，占斷此山長洗耳。〔王註〕《晉書》：孫楚曰：「所以枕流，欲洗其耳。」山頭望湖光潑眼，山下濯足波生指。倘容〔九一〕逸少問金堂，〔王註〕許邁嘗遺羲之書云：自山陰南至臨安，多有金堂玉室，仙人芝草，左元放之徒在焉，漢末諸得道者皆在焉。羲之自爲之傳。記與嵇康留石髓。〔王註〕《晉書》：嵇康遇王烈，共入山，烈嘗得石髓如飴，即自服半，餘半與康，凝而爲石。烈歎曰：「叔夜志趣非常而不遇，命也。」〔合註〕《神仙傳》：烈擕歸，與叔夜，已成青石。烈私語弟子曰：「叔夜未合得道故也。」

秀州報本禪院鄉僧文長老方丈

〔查註〕石刻題云：題秀州本覺鄉僧文長老方丈。姚綬《本覺寺碑記》：檇李西郭二十七里外，有空翠亭遺址。唐宣宗時，僧冀來自臨海，宿亭下，感異人夢，結庵以居。事聞，額報本禪院。宋蜀僧文及主之，請易爲寺，爰賜今額。周必大《吴郡諸山録》云：早行至本覺寺，登岸卽古檇李也，舊號小長蘆，東坡過此，爲文長老賦詩。

萬里家山一夢中，吴音漸已變兒童。〔合註〕《南史·顧琛傳》：吴音不變。每逢蜀叟〔九二〕談終日，便覺峨眉翠掃空。〔王註〕《洞天記》：峨眉山在嘉州，係第七洞天。【誥案】紀昀曰：三四寫來警動。師已忘言真有道〔九三〕，我除搜句〔九四〕百無功。〔合註〕《文心雕龍》：搜句忌於顛倒。明年採藥天台去，〔王註謝薖曰〕《洞天記》：天台赤城山，高一萬八千丈，周回五百里，在台州天台縣。更欲題詩滿浙東。〔王註次公曰〕末句使杜子美《題鄭縣亭子》詩「更欲題詩滿青竹」。〔合註〕《元和郡縣志》：浙東觀察使管州七：越、婺、衢、處、温、台、明。

王復秀才所居雙檜二首

〔查註〕王復，錢塘人。所居在杭州候潮門外。詳後《種德亭詩敍》。

其一

吴王池館遍重城，〔合註〕吴王指錢鏐，見前《步至功臣寺》詩註。閑草〔九五〕幽花不記名。青蓋一歸無覓處，〔王註〕《晉書·陳訓傳》：孫晧時，錢塘湖開。或言天下當太平，青蓋入洛陽。晧以問訓，訓曰：「臣止能望氣，不能達湖之開塞。」退而告其友曰：「青蓋入洛，將有輿櫬銜璧之事。」尋而吴亡。只留雙檜待昇平。

其　二

凛然相對敢相欺，直幹淩空未要奇。根到九泉無曲處，【誥案】王安石「不知龍向此中蟠」句，公所本也。世間惟有蟄龍知。〔邵註〕《續通鑑》：中丞李定、御史舒亶論軾自熙寧以來，作爲文章，怨謗君父。王珪復舉軾《詠檜》詩曰：「根到九泉無曲處，世間惟有蟄龍知」，今陛下飛龍在天，軾欲求之地下之蟄龍，不臣孰甚焉。帝曰：「彼自詠檜爾，何預朕事。」

其後鞫案，即舉安石以對。

卷八校勘記

〔一〕龍鸞　集註、類甲、類乙作「龍鳳」。

〔二〕千里　集甲作「四海」。

〔三〕僮僕　集註、類甲作「童僕」。

〔四〕蒻籠　集甲、集註、類甲、類丙原註：籠，上聲。

〔五〕顧子　類甲、類乙作「顧予」。

〔六〕寸筳　集甲作「寸莛」。盧校：「寸莛」。

〔七〕更酬　集甲、集註、類本原註：更，平聲。

〔八〕少作　查註、合註作「久作」。

〔九〕王註次公曰嘉祐初文格雕鏤磔裂如劉幾魏宜之屬　「屬」下原有「皆不與選士論頗洶洶」九字。此九字，類本及茅刊本俱無。查註引《石林詩話》釋「文格變已甚」句，有此九字。此九字，蓋涉查註而誤衍者，今删。

〔一〇〕高眹　原作「高朕」。卷二十九《送家安國教授歸成都》「蒼苔高眹室」句，施本作「蒼苔高眹室」，據改。

〔一一〕宋史選舉志云云　其中「謂《春秋》有《三傳》，難通，罷之」句，不見《宋史·選舉志》。

〔一二〕鐫鋟　「鐫」原作「鑴」，合註作「鑴」（光緒本）。集甲、查註作「鐫」，今從。按，《集韻》：鑴，音攜，日旁氣；《廣韻》，大鐘。「鑴」與「鐫」不可通，合註誤刊。以後遇「鑴碑」、「鑴鏤」，逕改「鐫碑」、「鐫鏤」，不另出校記。

〔一三〕二十　合註謂舊王本作「十二」。類甲、類乙、類丙皆作「二十」。

〔一四〕喧呼笑語　集甲、類本作「喧喧語笑」。集註作「喧呼語笑」。

〔一五〕肥瘦　集甲作「肥瘠」。查註：石刻作「肥瘠」。

〔一六〕誰敢　查註：石刻作「誰與」。

〔一七〕石柱碑魯公書記……袁高　「石柱碑魯公書記」原缺，「袁高」原作「奉高」，今據《吴興掌故集》補、訂。

〔一八〕自不　盧校：「不自」。

〔一九〕積雨　集註、類本作「積雪」。

〔二〇〕常飲酒　集甲、集註、類本作「長飲酒」。盧校同。

〔二一〕立鵠　類丙作「鵠立」，不叶，疑誤。

〔二二〕八月十七日……余與試官兩人　集甲無「日」字。集註、類本無「日」、「余」字，「兩人」作「五人」。「余」字據集甲補。

〔二三〕點夜　集註、類本作「夜點」。集甲本此二字有殘缺處，似「夜點」；一本缺卷。

〔二四〕身在孤舟兀兀中　類丙夾注：「眼既眩矣，身如在舟中。」

〔二五〕去越　集甲、集註、類本作「初去」。

〔二六〕千林　原作「千株」，今從集甲。

〔二七〕清婉　集註、類丙作「清遠」。

〔二八〕梧葉　合註：「葉」一作「桐」。

〔二九〕有偶　集甲、集註、類本作「求偶」。

〔三〇〕歐陽公　集甲、集註、類本無「陽」字。

〔三一〕立仗馬　集甲、集註、類甲作「立仗色」。合註謂「色」訛。

〔三二〕吾子　類本作「君子」。

〔三三〕空齋　集註、類本作「空堦」。

〔三四〕肯效　集註、類本作「豈效」。

〔三五〕金花　合註謂「花」一作「馬」，清施本作「金馬」。

〔三六〕酸辛　集註、類本作「傷心」。

〔三七〕留愧　查註、合註：《叢話》作「恨非」。

〔三八〕泫然　查註：《叢話》作「泣愁」。合註：《詩案》、《叢話》俱作「泣愁」。

〔三九〕豈失　查註、合註：「失」一作「識」。

〔四〇〕愼毋　查註、合註：《詩案》、《叢話》俱作「愼勿」。

〔四一〕幽居味　查註、合註：《志》作「閑居味」。

〔四二〕須公　集甲、集註、類本作「公須」。

〔四三〕搆築　查註、合註：《志》作「基築」。

〔四四〕嘗在　集甲、類本作「常立」，集註作「嘗立」。

〔四五〕忍教　查註作「忽教」。

〔四六〕江潮浣　類甲作「江潮阻」。

〔四七〕獨遊　章校：《鑑》無「獨」字。

〔四八〕肯獨　章校：《鑑》作「獨肯」。

〔四九〕未暇裁　查註作「未暇栽」。

〔五〇〕遣花開　查註、合註作「把花開」。

〔五一〕小樓　原作「小橋」。集甲、集註、類本作「小樓」，今從。

〔五二〕仄聞　類丙作「側聞」。

〔五三〕膾縷　七集作「鱠縷」。

〔五四〕只可　集甲、類丙作「只好」。

〔五五〕盡豪英　類本作「蓋豪英」。

〔五六〕嘗喜　集甲作「常喜」。

〔五七〕再用前韻寄莘老　類本題作「用和人求筆跡韻寄莘老」，合註謂訛。盧校：此詩係用《將之湖州戲贈莘老》韻，今當從宋刻本改正。集甲作「再用前韻寄莘老」。

〔五八〕死智　類甲作「無智」。

〔五九〕兩翼　查註作「兩翅」。

〔六〇〕黄庭堅莘老壻能文　集註無此條自註，類本「江夏」句下援註有「黄魯直莘老壻」之語。集甲有此條自註。

〔六一〕拔折　類本作「拔折」。

〔六二〕幾萬一　集甲、類丙原註：「幾」，平聲。

〔六三〕冠笠　查註作「貫笠」。合註謂「冠」一作「拔」。

〔六四〕白梃　集註、類本作「白挺」。

〔六五〕牛尾　集甲、集註作「牛毛」。

〔六六〕芒摜　查註、合註：宋刻本作「芒鑽」。集甲作「芒攢」。

〔六七〕和致仕張郎中春晝　集甲「晝」作「書」，類本「晝」作「畫」。

〔六八〕未盡　查註作「不盡」。

〔六九〕深藏　集甲、集註作「苦藏」。類甲作「舌藏」，當爲「苦藏」之誤。

〔七〇〕鶗鴂　集甲、集註、類丙作「鶗鴃」。

〔七一〕新荑　查註作「新叢」。

〔七二〕大窮約　集甲、集註、類本作「太窮約」。

〔七三〕筒中　查註：宋刻本「筒」作「箭」。集甲作「筒中」。合註：七集本「筒」作「箇」。

〔七四〕公自註時買欲再娶　據集甲、集註、類本補。

〔七五〕楚曲　原作「此曲」，「此」無着，據集甲、集註、類本改。

〔七六〕糠粞　合註：「糠」一作「糟」。

〔七七〕松自響　查註作「韻自響」。

〔七八〕翠雲鬟　盧校：「翠雲環」。

〔七九〕來時　類甲作「時來」，疑誤。

〔八〇〕賓從非　集註作「賓從飛」。

〔八一〕孫莘老　集甲無「孫」字。集註、類本有。

〔八二〕當須　合註：「當」一作「直」。

〔八三〕緑浸裙　集甲作「淥浸裙」。合註：《詩案》、《叢話》「裙」作「蕪」。

〔八四〕堂上　集甲、類丙作「堂下」。
〔八五〕意求看　類丙作「竟求看」。
〔八六〕半日閑　類本作「半日間」。
〔八七〕并寄其弟惠山老　集甲、集註「惠山老」作「惠山山人」，類甲、類丁無此七字。
〔八八〕夜榜　類丙作「夜傍」。
〔八九〕情獨厚　類甲作「情獨清」。
〔九〇〕錫爲骨　類乙作「錫無骨」。
〔九一〕倘容　集甲作「儻容」。《康熙字典》：「儻」，俗作「倘」。以後不重出。
〔九二〕蜀叟　類甲、類乙作「蜀客」。
〔九三〕有道　查註、合註作「得道」。
〔九四〕除搜句　合註作「餘搜句」。
〔九五〕閑草　集註、類本作「奇草」。

蘇軾詩集卷九

古今體詩六十一首

【誥案】起熙寧六年癸丑正月，在太常博士直史館杭州通守任，至六月作。

元日次韻張先子野見和七夕寄莘老之作

〔查註〕《齊東野語》：是時有兩張先，俱字子野。其一博州人，天聖三年進士，歐陽公爲作墓志。其一湖州人，天聖八年進士，《宋史》不立傳，故其家世不詳。《吳興志》：張子野，烏程人。康定進士，仕至都官郎中，致仕，年八十九卒，葬弁山多寶寺後。其第進士年，兩處不同。〔合註〕《吳興備志》亦云：宋有兩張先。三影，吳興人，知吳江縣，歷知虢州、渝州。其一開封人，孝章皇后戚黨，見《玉照新志》。此詩與莘老唱和，當是三影也。【誥案】先之父維，即有《十詠圖》者，非卷二題内之都官張維也。查註既以之註前卷《春晝》詩，又以之註卷二《都官張維》詩，此又云先之家世不詳，何也？

得句牛女夕，〔王註續曰〕七月七日，河鼓、織女二星當會，守夜者見天漢中，奕奕白氣，光耀五色，以此爲徵應也。〔合註〕見《御覽》引周處《風土記》。轉頭參尾中。〔王註〕《月令》：孟春之月，昏參中，旦尾中。青春先入睡，白髮不遺窮。酒社我爲敵〔一〕，詩壇子有功。〔王註〕杜牧《贈趙嘏》詩：今代風騷將，誰登李、杜壇。縮頭先夏鼈，〔公自註〕見《玉川子》。〔王註〕《玉川子·月蝕》詩：北方寒龜被蛇縛，藏頭入殼如入獄。又云：寒龜夏鼈一種味，且當以其肉充臛。實腹鄙秋蟲。〔合註〕《唐文粹》載羅隱《秋蟲賦序》云：秋蟲，蜘蛛也。致身羅網間，實腹亦羅網間。莫唱裙垂緑，〔王註〕永叔詞：舞餘裙帶緑雙垂。無人臉斷紅。〔王註〕元稹《鶯鶯傳》：雙臉斷紅而已。舊交懷賀老，〔王註〕李太白《憶賀監》詩：稽山無賀老。新進謝終童。〔王註〕《前漢·終軍傳》：年十八，選爲博士弟子，後爲諫大夫，死時年二十餘，故世謂之終童。袍鵠〔二〕雙雙瑞，〔合註〕樂天詩：魚珮茸鱗光照地，鵠銜瑞帶勢沖天。又：魚綴白金隨步躍，鵠銜紅綬繞身飛。「雙雙」字見《公羊》。腰犀一一通。〔王註李堯祖曰〕《漢·西域傳·贊》曰：明珠、文甲、通犀、翠羽之珍。註：通犀，中央色白，通兩頭。小蠻知在否，試問囁嚅翁。〔王註厚曰〕竇鞏世號囁嚅翁。〔次公曰〕囁嚅翁，乃樂天也。李林宗，字直木，嘗謂白爲囁嚅翁。出《雲溪友議》。蓋張子野有妾，故以樂天比之。

正月九日，有美堂飲，醉歸徑睡，五鼓方醒，不復能眠，起閱文書，得鮮于子駿所寄《雜興》，作《古意》一首〔三〕答之

【誥案】王、施本詩題皆作：得鮮于子駿所寄《古意》，作《雜興》一首答之。查註據《鮮于子駿集》原題作雜興，更正。合註已從查本，今仍之。〔王註洪芻曰〕《杭州圖經》：有美堂在郡城吴山。〔查註〕《庚溪詩話》：嘉祐初，龍圖閣直學士尚書吏部郎中梅公儀守杭，上特製詩寵賜。其首章曰：地有吴山美，東南第一州。梅既到杭，遂建堂山上，名曰有美，歐陽修爲記。《西湖遊覽志

餘》：有美堂，在鳳凰山之頂，左江右湖，舉陳目下。《宋史》：鮮于侁，字子駿，閬州人。舉進士。神宗詔近臣舉所知，范鎮以侁應選。除利州路轉運判官，升副使，提舉常平。刻意經術，著《詩傳》、《易斷》。作詩平淡淵粹，尤長於楚詞。蘇軾讀《九誦》，謂近屈原、宋玉，自以爲不可及也。〔合註〕《續通鑑長編》：熙寧四年十月，利州路轉運判官屯田郎中鮮于侁，權發遣轉運副使。又，《宋史》本傳云：凡居部九年。則先生答詩時，正子駿在利州也。

衆人事紛擾，志士獨悄悄。〔合註〕《後漢書·朱浮傳》：交易紛擾。何意〔四〕琵琶絃，常遭腰鼓鬧。〔合註〕《古樂府》：共戲樂腰鼓，鈴柈各相競。三杯忘萬慮，醒後還皎皎。〔王註〕韓退之詩：數杯澆腸雖暫醉，皎皎萬慮醒還新。有如轆轤索，〔合註〕《廣韻》：轆轤，圓轉木也。已脱重縈繞。【誥案】紀昀曰：入手直插兩喻，筆力奇峭。家人自約飭〔五〕，始慕陳婦孝。可憐原巨先，放蕩今誰弔。〔王註〕《漢書》：原涉，字巨先。或譏涉曰：「子本吏二千石之世，結髮自修，以行喪推財禮讓爲名，正復讎取仇，猶不失仁義，何故自放縱，爲輕俠之徒乎？」涉應曰：「子獨不見家人寡婦耶？始自約敕之時，意乃慕宋伯姬及陳孝婦，不幸壹爲盜賊所污，遂行淫佚，知其非禮，然不能自還。吾猶此矣。」平生嗜羊炙，識味肯輕飽。烹蛇啖蛙蛤，頗訝能稍稍。〔王註〕韓退之《南食》詩：我來禦魑魅，自宜味南烹。惟蛇舊所識，實憚口眼獰。又《答柳柳州食蝦蟆》詩：彊號爲蛙蛤，於實無所較。余初不下喉，近亦能稍稍。憂來自不寐，起視天漢渺。闌干玉繩低，耿耿太白曉。【誥案】起四句，指有美堂飲，後言雖處流俗，不爲所污。中都公遇子駿甚厚，意必有所規，故答之如此也。

次韻答章傳道〔六〕見贈

〔查註〕章傳道，名傳，閩人。《吴都文粹》載蘇子美答詩，内二句云：南閩章其氏，傳名字傳道。即其人也。

並生天地宇，同閲古今宙。〔王註〕四方上下曰宇，往古來今曰宙。出《尸子》。〔合註〕又見《淮南子》。視下則有高，無前孰爲後。達人千鈞弩，一弛難再彀。〔王註〕《南史·宋高祖紀》：軍中多萬鈞神弩，所至莫不摧陷。《戰國策》曰：猶以千鈞之弩潰癰也。范傳正《李太白墓碑》云：千鈞之弩，一發不中，則當摧撞折牙而永息機用，安能效碌碌者蘇而復上哉。〔合註〕「達人」，見《左傳》。「一弛」，見《禮記》。《廣雅》：彀，張也。下士沐猴冠，〔王註〕《漢書·項籍傳》：韓生曰：「人謂楚人沐猴而冠，果然。」已繫猶跳驟。欲將駒過隙，坐待石穿溜。〔王註〕《漢·枚乘傳》：太山之溜穿石，漸靡使之然也。君看漢唐主，宫殿悲《麥秀》。〔王註〕《史記·宋世家》：箕子朝周，過故殷虚，感宫室毁壞，生禾黍，乃作《麥秀之詩》曰：麥秀漸漸兮，禾黍油油，彼狡僮兮，不與我好兮。而況彼區區，何異壹醉富〔七〕。〔王註〕《詩·小雅·小宛》：彼昏不知，壹醉日富。箋云：無知之人，飲酒一醉，自謂日益富也。鶢鶋〔八〕非所養，俯仰眩金奏。〔王註〕《左傳·文公二年》：臧文仲不知者三，其一祀爰居。《莊子·至樂篇》：海鳥止於魯郊，魯侯御而觴之於廟，奏九韶以爲樂，具大牢以爲膳。鳥乃眩視憂悲，不敢食一臠，不敢飲一杯，三日而死。此以己養養鳥也，非以鳥養養鳥也。髑髏有餘樂，不博南面后。〔王註〕《莊子·至樂篇》：莊子之楚，見空髑髏，撽以馬捶而問之。髑髏見夢，曰：「死，無君於上，無臣於下，亦無四時之事，從然以天地爲春秋，雖南面王，樂不能過也。」嗟我昔少年，守道貧非疚。〔王註〕《莊子·讓王篇》：原憲應子貢曰：「憲聞之，無財謂之貧，學而不能行謂之病。今憲貧也，非病也。」自從出求仕，役物恐見囿。〔王註〕《莊子·齊物論篇》：方且爲物役。《徐無鬼篇》：皆囿於物。馬融既依梁；班固亦事竇〔九〕。效矉〔一〇〕豈不欲，〔邵註〕《莊子·天運篇》：西施病心而矉其里。其里之醜人，見而美之，歸亦捧心而矉其里。頑質謝鐫鏤。〔查註〕《烏臺詩案》：熙寧六年正月，作詩《次章傳韻》。「馬融既依梁」四句云，所引梁冀、竇憲，並是漢時人，因時君不明，驟躋顯位，驕暴竊威福用事，而馬融、班固二人，皆儒者，並依托之。軾詆毀當時執政大臣，我不能效班固、馬融苟容依附也。〔合註〕《後漢書·橋玄傳》：特以頑質，見納君子。張華賦：不煩錐鋒之鐫鏤。仄聞長者言，〔王註〕司馬遷《答任安書》云：僕雖罷駑，亦側聞長者遺風矣。婞直〔一一〕非養壽。〔王註〕《離騷經》：余曰鯀婞直以亡身兮，終然夭乎羽之野。〔合註〕《史記·老子傳》：以其修道而養壽也。唾面〔一二〕慎勿拭，〔王註〕《唐書·婁師德傳》：其弟之官，教之耐事。弟曰：「人有唾面，潔之乃已。」師德曰：「未也，潔之是違其怒，正使自乾耳。」出胯當俯就。居然成懶廢，敢復齒豪右。〔合註〕張衡《四愁詩序》：豪右兼并之家。子如照海珠，網目〔一三〕疎見漏。〔王註〕《唐書·狄仁傑傳》：可謂滄海遺珠矣。《前漢·志》：網漏吞舟之魚。宏材乏近用，〔王註〕《後漢書·伏、侯、宋傳·論》：器博者無近用。巧舞困短袖。〔王註〕《史記》：韓非曰：「長袖善舞。」〔合註〕梁簡文帝詩：工歌巧舞入人意。坐令傾國容，〔王註〕《前漢·外戚傳》：李延年歌曰：北方有佳人，絶世而獨立，一顧傾人城，再顧傾人國。臨老見邂逅。〔邵註〕《毛傳》：邂逅，解悦之貌。吾衰信久矣，書絶十年舊。門前可羅雀，感子〔一四〕煩屢叩。願言歌《緇衣》，子粲還予〔一五〕授。〔王註〕《詩·鄭風·緇衣》：緇衣之宜兮，敝，予又改爲兮。適子之館兮，還，予授子之粲兮。【誥案】傳道，一老者也，勸公稍卑以適時宜，公謂如爾自貶，終不諧俗，故不爲也。紀昀曰：鋒芒太露，而縱橫之氣，自爲可愛。

法惠寺横翠閣

〔王註〕《杭州圖經》：法惠寺，在天井巷，吴越王錢氏建。舊額興慶寺，治平二年，改賜今額。〔查註〕《咸淳臨安志》：西林法惠院，乾德元年吴越王建。舊名興慶寺，祥符中改今額。《西湖遊覽志》：自清波門折而南，爲方家峪。峪畔舊有法惠院。慶曆間，法言作西軒於此。

朝見吴山横，〔查註〕《咸淳臨安志》：吴山在城中，吴人祠子胥山上，因名曰胥山。暮見吴山縱〔一六〕。吴山故多態，轉折〔一七〕爲君容。【誥案】紀昀曰：起得峭拔。幽人起朱閣，〔合註〕陸機詩：玄雲拖朱閣。空洞更無物。〔王註〕《晉書》：王導嘗枕周顗膝而指其腹曰：「卿此中何所有也？」答曰：「此中空洞無物，然足容卿輩數百人。」導亦不以爲忤。惟有千步岡，東西作簾額。〔合註〕李賀詩：彩鸞簾額著霜痕。春來故國歸無期，人言秋悲〔一八〕春更悲。已泛平湖思濯錦，〔王註次公曰〕濯錦，成都濯錦江也。〔邵註〕《輿圖考》：錦江在成都府城南，一名汶江。織錦濯此則鮮麗。其地曰錦里。更看横翠憶峨眉。〔王註次公曰〕峨眉，嘉州峨眉山也。〔邵註〕《名山記》：峨眉山，在蜀嘉定州，南北有臺。山有六寺，光相居絶頂，白水寺居其中。自白水至光相，歷八十四盤，山徑如線。如是者六十里，至山頂，卽普賢示現處，屋皆以板爲之。雕欄能得幾時好，〔合註〕李後主詞：雕欄玉砌應猶在。不獨憑欄人易老。〔合註〕韓偓詩：紫泥封後獨憑欄。百年興廢更堪哀，懸知草莽化池臺。遊人尋我舊遊處，但見吴山横處來。【誥案】紀昀曰：短峭而雜以曼聲，使人愴然易感。

祥符寺九曲觀燈

〔王註李彭曰〕按《杭州圖經》：大中祥符寺，在城北，國朝大中祥符初，賜今號。九曲法濟院，在錢塘門外，寺有明軒、爽軒云。〔查註〕《咸淳臨安志》：錢塘門外有九曲路，又有九曲法濟院、九曲寶嚴院。【誥案】《武林舊事》：錢塘門外有九曲城。疑寺以地名也。

紗籠擎燭逢門〔一九〕入，〔王註〕李賀詩：蠟光高懸照紗空。〔合註〕白樂天詩：紗籠耿殘燭。銀葉燒香見客邀〔二〇〕。〔王註李彭曰〕《諸香名譜》：燒香餅子一枚，以灰蓋或用一薄銀碟子尤妙，置香在上，常令烟得所。〔查註〕沈立之《香譜》：用黑角沈臘茶定粉白蜜等爲末，收沙瓶中，久窨尤佳，燒時以雲母、銀葉襯之。金鼎轉丹光吐夜，〔王註〕《抱朴子》曰：《黄帝九鼎神丹經》云，第九轉之丹，服之，三日得仙。〔合注〕江淹《别賦》：鍊金鼎而方堅。寶珠穿蟻鬧連朝〔二一〕。〔王註次公曰〕《小説》載：有以九曲寶珠欲穿之而不得，問之孔子，孔子教以塗脂於線，使蟻通焉。〔查註〕唐楊濤《蟻穿九曲珠賦》：蟻爲質兮微渺，珠有竅而虚圓。苟一縷之是繫，雖九曲而可穿。【誥案】紀昀曰：三四刻畫九字。波翻焰裏元相激，魚舞湯中不畏焦。〔王註縯曰〕三國時，有術士以藥傅魚，投沸鼎中，徘徊不死。〔次公曰〕此言琉璃琖水，置魚其中，其後點燈，魚游泳而不畏耳。今燈富處皆然。明日酒醒空想像，清吟半逐夢魂銷。

上元過祥符僧可久房，蕭然無燈火

〔查註〕《咸淳臨安志》：西湖僧作詩者，熙寧間有清順、可久兩人。順字怡然，久字逸老。所居皆湖山勝處，而清約介静，不妄與人交。士大夫多往就見，時有饋之米者。所取不過數升，以瓶貯几上，日取二三合食之，雖蔬茹亦不常有。人尤重之。《武林梵志》：法師可久，錢塘錢氏子。天聖初，得度，學教觀於静覺。喜爲古律詩，先生監郡日，與師爲詩友。居西湖祥符。先生元夕九曲觀燈，去從者獨行，入師室，了無燈火，但聞薝蔔餘香，歎仰留詩。晚年送客不踰閾。如此十餘年。窗外惟紅蕉數本，翠竹百箇，一日謂人曰：「吾死，蕉竹亦死。」未幾皆驗。

門前歌舞〔三〕鬭分朋，〔合註〕庾信《春賦》：分朋入射堂。《舊唐書・中宗紀》：自芳林門入，集於梨園毬場，分朋拔河。一室清風冷欲冰。不把琉璃閑照佛，始知無盡本無燈。〔邵註〕《維摩經》：法門名無盡燈，譬如一燈然百千燈。

正月二十一日〔一〕病後，述古邀往城外尋春

〔查註〕陳襄《和蘇子瞻通判在告見寄》詩云：郊原芳意動游人，湖上晴波見躍鱗。閑逐牙旗千騎遠，暗驚梅萼萬枝新。尋僧每拂題詩壁，邀客仍將漉酒巾。寄語文園何所苦，且來相伴一行春。

屋上山禽苦喚人，檻前冰沼忽生鱗。〔王註次公曰〕郭景純《游仙》詩：閶闔西南來，潛波涣鱗起。註云：兑爲閶闔風，水波涣然，如魚鱗之起也。老來厭伴〔二〕紅裙醉，〔王註〕韓退之詩：不解文字飲，惟能醉紅裙。病起空驚白髮新。〔王註〕李白《寄遠》詩：朱顏彫落盡，白髮一何新。卧聽使君鳴鼓角，〔王註〕《晉書・王羲之傳》：王述爲會稽，以母喪居郡境。羲之代述，止一弔。述每聞角聲，謂羲之當候己，如此者累年，而羲之竟不顧。〔次公曰〕後

漢公孫瓚言，鼓角鳴於地中。太守之出，得鳴鼓角。〔合註〕《晉書·郄超傳》：帳中卧聽之。試呼稺子整冠巾。〔王註〕杜子美《江村》詩：稺子敲針作釣鉤。又《九日藍田崔氏莊》曰：笑倩傍人爲整冠。〔次公曰〕韓退之詩：我欲收斂加冠巾。曲欄幽榭終寒窘，〔合註〕白樂天詩：獨上危樓憑曲欄。鄭谷詩：幽榭名園臨紫陌。一看郊原浩蕩春。〔王註〕杜子美《古柏行》：崔嵬枝幹郊原古。【誥案】紀昀曰：二語寫出胸次。

有以官法酒見餉者，因用前韻，求述古爲移廚飲湖上

〔查註〕鄭谷詩：花落移廚送晚香。〔合註〕《周禮·天官》：酒正爲公酒。註謂以公事作酒。《史記·叔孫通傳》：置法酒。

喜逢〔三〕門外白衣人，欲膾湖中赤玉鱗。遊舫已粧吴榜穩，〔王註〕《晉·張載傳》：吴榜越船，不能無水而浮。舞衫初試越羅新。〔王註〕李賀詩：越羅衫袂迎春風。〔查註〕杜子美《白絲行》詩：越羅蜀錦金粟尺。《老學菴筆記》云：遂寧出羅，謂之越羅，似會稽尼羅而過之。欲將漁釣追黄帽，未要靴刀抹絳巾。〔王註厚曰〕唐制，以戎服見者，左握刀，右屬弓矢，帕首，袴韡。抹絳巾者，言紅抹額，乃帕首之謂也。〔邵註〕韓退之《送李端公序》：紅抹首，韡袴，握刀。又《元和聖德詩》註：《實録》：禹會塗山之夕，大風雷震，有甲兵卒千餘人；其不被甲者，以紅綃帕抹其額。自此，遂爲軍容之服。芳意十分强半在，〔合註〕韓退之詩：芳意饒呈瑞。隋煬帝詩：强半爲多情。爲君先踏水邊春。

飲湖上初晴後雨二首

其一

朝曦迎客艷重岡〔二六〕，晚雨留人入醉鄉。〔王註援曰〕唐王績作《醉鄉記》。此意自佳君不會，一杯當屬水仙王。〔公自註〕湖上有水仙王廟。〔查註〕《咸淳臨安志》：水仙王廟在西湖第三橋北。《西湖遊覽志餘》：在孤山南麓。

其二

水光〔二七〕瀲灧晴方好〔二八〕，山色空濛雨亦奇。〔王註〕《文選》謝玄暉詩：空濛如薄霧。若把〔二九〕西湖比西子，淡粧濃抹總相宜〔三〇〕。【誥案】此是名篇，可謂前無古人，後無來者。公凡西湖詩，皆加意出色，變盡方法。然皆在《錢塘集》中。其後帥杭，勞心𢦏賑，已無復此種傑構，但云「不見跳珠十五年」而已。

往富陽新城，李節推先行三日，留風水洞見待

〔王註〕《前漢·地理志》：秦分三十六郡，富春屬會稽。漢哀帝封河間孝王慶子元爲富春侯。晉武帝太元中，避簡文鄭太后諱，改曰富陽。〔查註〕《古蹟考》：富陽城，唐咸通中縣令趙訥所築。《太平寰宇記》：縣有潮户，地近海，朔望迎潮而歌。《宋史·職官志》：軍府幕職，有節度推官。《咸淳臨安志》：節度推官廳在府前，近民坊。《烏臺詩案》：熙寧六年正月二十七日，遊風水洞，

有本州節推李佖知軾到來，在彼等候。軾到，乃留題於壁，其卒章不合云「世上小兒誇疾走」，以譏世之小人多務急進也。其詩即不曾寫與李佖。【誥案】與李佖三詩，皆六年同時作，《詩案》誤作七年。是時公在常、潤賑饑，並不在杭也。今已改正，餘詳案中。〔案〕總案熙寧六年正月「和風水洞諸詩」條下云：《紀年録》：二十七日，遊風水洞，作詩。又作李佖留待及和等詩。八月望，觀潮作詩。又再遊風水洞作詩并《臨江仙》。據此，公詩凡五首。今僅有李佖留待一首及和佖二首，其前後遊風水洞二首，皆佚去矣。此三首，施註原編并載於此，即爲六年正月同時之作，不誤。

春山磔磔鳴春禽，〔合註〕皮日休詩：磔磔如蝦鬚。先生詩似用格磔之意。此間不可無我吟。路長漫漫傍江浦，此間不可無君語。【誥案】紀昀曰：磊磊落落，起法絶佳。金鯽〔三一〕池邊不見君，〔王註夏倪曰〕按先生《詩話》云：舊讀蘇子美《六和塔》詩「松橋待金鯽，竟日獨遲留」，初不喻此語，及倅錢塘，乃知寺後池中有此魚如金色也。《圖經》：開化寺，開寶三年建，僧智曇即此建六和塔。金魚池在寺後，山澗水底有金鯽魚。追君直過定山村。〔王註張孝祥曰〕《杭州圖經》：定山在錢塘舊治之西南四十七里。〔楊符曰〕《太平寰宇記》：定山突出浙江數百丈。〔查註〕《咸淳臨安志》：定山高七十五丈，周迴七里一百二步。山下居民數百家。路人皆言君未遠，騎馬少年清且婉。〔邵注〕《詩・齊風・野有蔓草》，又《鄭風・猗嗟》：清揚婉兮。風巖水穴舊聞名，〔查註〕《咸淳臨安志》：風水洞，在楊村慈巖院，舊名恩德院。有洞極大，流水不竭，頂上又一洞。立夏清風自生，立秋則止。白居易《遊恩德寺》詩：雲水埋藏恩德洞，簪裾束縛使君身。即此也。只隔山溪夜不行。溪橋曉溜浮梅萼，知君繫馬巖花落。〔王註〕杜子美《晚登瀼上堂》詩：繫馬林花動。出城〔三二〕三日尚逶遲〔三三〕，〔邵註〕《詩・小雅・四牡》：周道逶遲。妻孥怪罵歸何時〔三四〕。【誥案】歸何時，乃未歸之詞也。歸何遲，乃已歸之詞也。詩雖代爲設想，必既未歸，自應作「歸何時」。今既定時字韻，則上句之「尚逶迤」，應仍作「尚逶遲」。合註從「尚逶迤」，似不若王本之妥也。世上小兒誇疾走，〔合註〕《爾雅疏》：迅，疾走也。如君相待今安有。〔誥案〕戛然便住，奇絶。

風水洞二首和李節推〔三五〕

〔王註高荷曰〕《杭州圖經》：洞去錢塘縣舊治五十里，在楊村慈巖院。洞極大，流水不竭，洞頂又有一洞，清風微出，故名曰風水洞。白樂天長慶三年秋九月來遊，觀泉石竹木，留詩。

其一

風轉鳴空穴，泉幽瀉石門〔三六〕。虛心聞地籟，〔王註〕《莊子·齊物論篇》：南郭子綦謂顔成子游曰：「汝聞人籟而未聞地籟。」妄意〔三七〕覓桃源。〔王註十朋曰〕《留題仙游潭》云：秦人今在武陵溪。〔厚曰〕陶淵明《桃花源記》：晉太元中，武陵人，捕魚爲業。緣溪行，忘路之遠近，忽逢桃花林。林盡水源，便得一山。其中往來種作，男女衣著，悉如外人。自云先世避秦來此。停數日，辭去。及郡下，詣太守説如此。即遣人隨其往，遂迷不復得路。〔合註〕《莊子·胠篋篇》：妄意室中之藏聖也。過客詩難好，居僧語不繁。歸瓶得冰雪，清泠慰文園。〔王註〕《漢書》：司馬相如有消渴疾，拜爲孝文園令。

其二

山前乳水隔塵凡〔三八〕，山上仙〔三九〕風舞檜杉。〔合註〕沈約《風賦》：此蓋羽客之仙風也。細細龍鱗生亂石〔四〇〕，〔合註〕《新書》：龍之神也，能與細細，能與巨巨。團團羊角轉空巖。〔王註縯曰〕羊角，風也。《莊子·逍遥游篇》：搏扶摇羊角而上者九萬里。〔次公曰〕《淮南子》：扶摇抮抱羊角而上。許慎註云：扶，攀也；摇，動也；抱，了戾也。扶摇如羊角，轉如曲縈行而上。抮讀如珍。馮夷窟宅非梁棟，〔邵註〕《九歌·河伯》〔四一〕：魚鱗屋兮龍堂，紫貝闕兮朱宫。御寇車輿謝轡銜。〔王註〕《楚辭·惜往日篇》：無轡銜而自載。世事漸艱吾欲去，永隨二子脱譏讒。〔王註〕《列子·黄帝篇》：師老商氏友伯高子，盡二子之道，乘風而歸。〔次公曰〕蓋言世態可厭，欲從馮夷之水居，御寇之風馭，爲可以脱譏讒。《烏臺詩案》：《遊風水洞》云「世事艱難吾欲去」，意謂行新法之後，世事日益艱難，小人争進，各務譏毁。軾度思之，不可以合，又不可以容，故欲棄官卜隱居之地也。

獨遊富陽普照寺

〔王註曹夢良曰〕《圖經》：淨明院在縣北五里。昔唐朝舊寺，號普照，後廢。石晉天福七年，重建。治平二年，改賜今額。〔查註〕李白《普照寺》詩：天台國清寺，天下爲四絶。今爲普照遊，到來復何别。與本詩第二句正合。

富春真古邑，此寺〔四二〕亦唐餘。鶴老依喬木，龍歸護賜書。〔查註〕《咸淳臨安志》：淨明寺，枕高山，名曰舒壁。山坳有龍潭澗水横流，上有橋亭，有御書閣。〔合註〕《漢書·敍傳》：家有賜書。連筒春水遠，〔王註〕杜子美《春水》詩：連筒灌小園。出谷晚鐘〔四三〕疎。欲繼江潮韻，〔王註次公曰〕宋之問遊江南靈隱寺，夜月澄明，獨行廊下，因吟曰：「鷲嶺鬱岧嶤，龍宫鎖寂寥。」沈思久之，不就。有老僧坐大禪牀，曰：「何吟之苦？何不道『樓觀滄海日，門對浙江潮』。」宋歎警策。逮明訪之，不復見。寺僧知者曰：「此駱賓王也。」何人爲起予。

自普照游二庵

〔王註饒德操曰〕《富陽縣圖經》：延壽院，在縣北四里，院前有東西二庵。〔查註〕《咸淳臨安志》：大明院在縣北四里，四峯環繞，前如連壁，俗呼裏庵，卽東坡所謂東西二庵是也。舊名普明，乾德三年建，治平二年改今額。

長松吟風晚雨細，東庵半掩西庵閉。山行盡日不逢人，裛裛〔四四〕野梅香入袂。〔合註〕李義山《見梅花》詩：非時裛裛香。【誥案】紀昀曰：查初白謂劈頭二句，全題已無餘景，以後却入議論。居僧笑我戀清景，自厭山深出無計。我雖愛山亦自笑，獨往神傷後難繼〔四五〕。〔王註〕《三國·魏志註》：荀粲婦亡，不哭而神傷。〔查註〕杜子美《題鄭縣亭子》詩：晚來幽獨恐傷神。【誥案】此句「獨往神傷」，《咸淳臨安志》作「幽獨神傷」，全用杜句，作「獨往」非是。今屢復此詩，必如「獨往」字，始與下句緊接，若用「幽獨」，則前後脱氣矣。紀氏專主查註，故失於細究耳。周益公嘗言：凡墨蹟石刻與集本互異，恐集本乃後所改定，不可輕動。其説最當。如此句，究應從王本爲是。不如西湖飲美酒，紅杏碧桃香覆髻。作詩寄謝採薇翁，〔王註〕《史記》：伯夷、叔齊，義不食周粟，隱於首陽山，采薇而食之。本不避人那避世。【誥案】觀結句，「往」字是通篇詩眼，去此一字，其病尚不止「出無計」句承不清也。

富陽妙庭觀董雙成故宅，發地得丹鼎，覆以銅盤，承以琉璃〔四六〕盆，盆既破碎，丹亦爲人爭奪持去，今獨盤鼎在耳，二首

〔王註饒德操曰〕《富陽圖經》：妙庭觀，在縣西十五里。〔查註〕《咸淳臨安志》：妙庭觀舊號明真，治平二年改賜今額，世傳董雙成故宅。天聖中，道士朱去非發地得丹鼎。紹興初，建香風堂、玉笙庵。里人謝伋，取李白《月華詞》名之。〔合註〕《西溪叢話》：富陽北十里，有妙庭觀，洊經焚毀，無碑誌可考。其鼎，宣和間取去三足，中空，病者取以煮藥，甚有效。

其一

人去山空鶴不歸，〔王註次公曰〕人去，指言董雙成也。昔之仙人歸鄉，多化爲鶴，如丁令威爲鶴，集於華表之上，又如蘇耽之歸廬，皆爲鶴也。丹亡鼎在世徒悲。可憐九轉功成後，〔查註〕鮑照《升天行》：九龠隱丹經。註云：《仙經九轉丹金液經》，籥以藏經也。《抱朴子·金丹篇》：丹九轉九變。第一丹名丹華，第二名神丹，亦曰神符，第三名神丹，第四名還丹，第五名餌丹，第六名煉丹，第七名柔丹，第八名伏丹，第九名寒丹。却把飛昇乞內芝〔四七〕。〔王註次公曰〕《宣室志》：河中永樂縣道净院，唐文宗時，道士鄧太玄鍊丹於藥院中，丹成，疑轉功未完，留貯院內，人共掌之。太玄死，其徒周悟先主院事，時有蒲人侯道華者事悟先，以供給使。諸道士皆奴畜之，而道華愈欣然。一旦，昧爽，衆晨起，道華房中無所見。獨留偈一首云：「帖裏大還丹，多年色不移。前宵盜喫却，今日碧空飛。慚愧深珍重，珍重鄧法師。他年煉得藥，留著與內芝。吾師知此術，速鍊莫爲遲。三清專相待，大羅的有期。」其下列細詞，稱：去年七月一日，蒙韓君賜

姓李名内芝，配住上清善進院〔四八〕。

其二

琉璃擊碎走金丹，無復神光發舊壇。〔合註〕《漢書·禮樂志》：夜常有神光，集於祠壇。時有世人來舐鼎，欲隨雞犬事劉安。〔王註〕《神仙傳》：漢淮南王安臨仙去，餘藥在庭中，雞犬舐啄之，盡得升天。故雞鳴天上，犬吠雲中。

新城道中二首

〔王註〕《新城縣圖經》：管十二鄉。吴大帝黄武五年，置東安郡，新城屬焉。唐高宗永淳元年，分富春西境，置新城，號上縣。皇朝仍之。距杭州之西南一百三十三里。【誥案】此題第二首，查註據《瀛奎律髓》，改爲晁君成和作，合註已辨其誤，今仍更正。餘詳總案及詩註。〔案〕總案熙寧六年二月「早發新城」條下云：「查註非不知其誤者，乃有意立異耳。」（餘略。）

其一

東風知我欲山行，吹斷簷間積雨聲。嶺上晴雲披絮帽，〔王註〕韓退之詩：晴雲如擘絮。杜牧詩：晴雲似絮惹低空。《漢·周勃傳》：勃下廷尉。太后以冒絮提文帝。註：晉灼曰，《巴蜀異志》謂頭上巾爲冒絮。〔查註〕應劭曰：陌，額絮也。顔師古曰：冒，覆也。老人所以覆其頭。樹頭初日挂銅鉦。〔王註〕張平子賦：右素威以司鉦。〔次公曰」銅鉦，今所謂鑼也。【誥案】此詩上節，敍早發新城也。野桃含笑竹籬短，溪柳自搖沙水清。西崦人家應最樂，〔王註次公曰〕杜子美有《赤谷西崦人家》詩。煮芹〔四九〕燒筍餉春耕。【誥案】此詩下節，行及半道，時已餉耕也。

其二

身世悠悠我此行〔五〇〕，溪邊委轡聽溪聲。〔合註〕《管子》：奔馬之委轡後。《漢書·崔實傳》：馭委其轡。散材畏見搜林斧，〔合註〕曹子建《七啓》：搜林索險。疲馬思聞卷旆鉦。〔合註〕王融《曲水詩序》：綏旌卷悠悠之旆。【誥案】此詩上節，時已亭午，山行漸疲，寄慨於行役也。細雨〔五一〕足時茶户喜，亂山深處長官清。人間岐路知多少，〔合註〕《列子·説符篇》：岐路之中，又有岐焉。試向桑田問耦耕。【誥案】此詩下節，行近新城，山城在望，以題屬道中，故就道中結煞也。第三聯以官清民樂作骨，係美晁之詞，詩以「户喜」脱去民樂，人遂弗覺耳。二詩自爲開闔，次敍井然。

山村五絶

〔合註〕子由詩云「似恐田家忘帝力，多差使者出催耕」，又「近來南海波尤惡，未許乘槎自在游」等句，亦係譏諷時政，而當時獨免於指摘，豈有幸不幸耶？

其一

竹籬茅屋趁溪斜，春入山村處處花。〔合註〕韓退之詩：種桃處處惟開花。無象太平還有象，〔王註〕《舊唐書》：延英對宰相。文宗曰：「天下何由太平，卿等有意於此乎？」牛僧孺奏曰：「太平無象，今雖未及至理，亦謂小康，若别求太平，非臣等所及。」孤烟起處是人家。【誥案】五絶並佳，而此篇第一。「還有象」亦帶諷意，却以下句瞞過上句。如着意寫炊烟，上句必不如是設想。曉嵐評此一路詩，皆非是。

其二

烟雨濛濛雞犬聲，有生〔三二〕何處不安生〔三三〕。但令〔三四〕黄犢無人佩，〔王註〕《漢書》：龔遂爲渤海太守，民有帶持刀劍者，使賣劍買牛，賣刀買犢，曰：「何爲帶牛佩犢？」布穀何勞也勸耕。〔王註次公曰〕布穀，鳥名，其聲云然。俗云催耕鳥也。〔查注〕《烏臺詩案》：《山村》第二首，言是時販私鹽者多帶刀仗，故取前漢龔遂事，意謂但將鹽法寬平，令人不帶刀劍而買牛買犢，則自力耕不勞勸督，以譏諷朝廷鹽法太峻不便也。【誥案】本集《上文侍中論榷鹽書》云：「軾在餘杭時，姦民以兵仗護送，吏士不敢近者，常以數百人爲輩，特不爲他盜，故上下通知，而不以聞耳。」可與《詩案》互證。

其三

老翁七十自腰鎌，〔王註〕鮑明遠詩：腰鎌刈葵藿。〔查註〕元結詩：老公七十自腰鎌，將引兒孫行時稼。〔合註〕《古樂府》：腰鎌八九月，俱在束薪中。慚愧春山筍蕨甜。豈是聞韶解忘味，〔王註〕引《論語》。又引班固《幽通賦》云：虞韶美而鳳儀兮，孔忘味於千載。邇來三月食無鹽。〔查註〕《烏臺詩案》：第三首，意言山中之人饑貧無食，雖老猶自採筍蕨充饑，時鹽法太峻，僻遠之人無鹽食，動經數月，若古之聖人，則能聞韶忘味，山中小民，豈能食淡而樂乎？亦以譏鹽法太峻也。【誥案】本集《上文侍中論榷鹽書》云：「私販法重，而官鹽貴，則民之貧而懦者，或不食鹽。往在浙中，見山谷之人，有數月食無鹽者。」據此文，則詩爲實録矣。

其四

杖藜裹飯去匆匆，〔王註〕《莊子·讓王篇》：原憲藜杖，應門裹飯。過眼青錢轉手空。【誥案】公奏狀：每見散青苗錢，則縣中酒庫暴增，鄉民有徒手而歸者，可爲流涕。是此七字註脚。贏得兒童語音好，一年强半在城中。〔查註〕《烏臺詩案》：第四首意言百姓雖得青苗錢，立便於城中浮費使却，又言鄉村之人，一年兩度夏秋税，又數度請納和預買錢，今此更添青苗、助役錢，因此莊家幼小子弟，多在城市，不著次第，但學得城中語音而已。以譏諷朝廷新法青苗、助役不便也。

其五

竊禄忘歸我自羞，豐年底事汝憂愁。〔合註〕白樂天詩：古往今來底事無。不須更待飛鳶墮，方念平生馬少游。〔王註〕《後漢·馬援傳》：援擊交趾，謂官屬曰：「吾從弟少游，常哀吾忼慨有大志，曰，士生一世，但取衣食裁足，乘下澤車，御款段馬，爲郡掾吏，守墳墓，鄉里稱善人，斯可矣，致求盈餘，但自苦耳。當吾在浪泊、西里間，虜未滅時，下潦上霧，毒氣薰蒸，仰視飛鳶跕跕墮水中，卧念少游平生時語，何可得也。」【誥案】江藩曰：此首因時政之弊，約子由解組歸田也。我，公自謂也。汝，謂子由也。故用馬少游事作結，與「阿奴須碌碌」二句同意，特未註明子由耳。

癸丑春分後雪〔五五〕

雪入春分省見稀，〔王註〕韓退之詩：以火來照所見稀。〔合註〕《漢書·東方朔傳》：未得省見。半開桃李〔五六〕不勝威。應慚落地梅花識，〔王註〕蘇子卿《梅花落詞》：祗言花似雪，不悟有香來。〔施註〕梁簡文《雪朝》詩：落梅飛四注，翻霙舞三襲。又，《梅花賦》：梅花特早，偏能識春。却作漫天柳絮飛。〔王註〕韓退之《晚春》詩：楊花榆莢無才思，惟解漫天作雪飛。〔胡仔曰〕世傳王淡交雪句，似梅花落地，如柳絮因風。不分東君專節物，〔施註〕梁李君武《詠泥》詩：不分高樓妾，持況別離情。杜子美《送杜侍御》詩：不分桃花紅似錦。《文選》陸士衡《擬古》詩：踟躕感節物。故將新巧發陰機。〔施註〕韓退之《辛卯雪》詩：翕翕陵厚載，嘩嘩弄陰機。〔合注〕《晉·王羲之傳》：制殊非新巧。從今造物尤難料，更暖須留御臘衣。〔施註〕《毛詩·邶風·谷風》：亦以御冬。

湖上夜歸

我飲不盡器，〔王註〕飲不盡器，出何諷《夢渴賦》。半酣味尤長。籃輿湖上歸，春風灑面〔五七〕涼。〔王註〕杜子美《東屯北崦》詩：步壑風吹面。行到孤山西，夜色已蒼蒼。清吟雜夢寐〔五八〕，得句旋已忘。【誥案】紀昀曰：二句神來。尚記梨花村，依依聞暗香。入城定何時，賓客半在亡。〔查註〕《漢書·爰盎傳》：且緩急人所時有。夫一旦叩門，不以親爲解，不以在亡爲辭，天下所望者，獨季心、劇孟。睡眼忽驚矍，〔合註〕《說文繫傳》註：矍，左右驚顧也。繁燈鬧河塘。〔王註曹夢良曰〕沙河塘，乃杭州街名也。【誥案】《咸淳臨安志》云：裏沙河堰，在餘杭門外仁和橋東。又，查註引《西湖游覽志》云：沙河塘，宋時居民甚盛，碧瓦紅檐，歌管不絕。此二條，即此詩所指之河塘也。唐、宋北城舊基，展至夾城巷下今之武林門者數里，凡馬塍、河塘諸處，皆圈入城中。又，宋時居民市井，皆繁盛於城西，而寥落於城東，據《開河狀》，歷歷可辨。是此塘在餘杭門内，以其門外爲裹沙河堰，而因以沙河塘名街也。宋之錢塘門，當在錢塘尉司石函橋相近處，故由孤山而入，必轉出河塘街，囿以形勢，準之於詩，無可疑矣。但公帥杭日，出至孤山，每令導從出錢塘門，自以小舟截湖而往。劉景文督湖工，亦日由萬松嶺至新堤，以府寮逐官皆分居錢王舊邸，在鳳凰山上故也。茲公歸北廳，仍當截湖至萬松嶺，或由暗門跨吴山。道不出此，而經河塘街者，似其夜與賓客別有所詣，未必歸北廳也。查註所引《游覽志》，乃合註載於《望海樓晚景》之「沙河燈火照山紅」句下者。此句所指沙河，當自鈐轄司前至閘口一路，故下句云「歌鼓喧呼笑語中」。樓在府治，與中和堂鄰，高出鳳凰山之半，是以俯視山下，目見與耳聞相接。若以眺河塘街，即遠不可見矣。此二詩所指之沙河，極有區别。故删《望海樓晚景》「沙河燈火照山紅」句下合註所引「王註堯祖」云云而移查註於此云。

市人拍手笑，狀如失林麏。〔合註〕《法苑珠林》：失林窮虎。始悟山野姿，異趣難自强。人生安爲樂，〔王註厚曰〕《三國志·秦宓傳·答王商書》：安身爲樂，無憂爲福。吾策殊未良。【誥案】自謂山野之狀，本不合作官人，故城市以其不類而笑也。全用此意作結，亦自慨之詞。

同曾元恕游龍山〔五九〕，呂穆仲不至

〔查註〕《咸淳臨安志》：龍山在嘉會門外，去城十里，一名卧龍山。田汝成《西湖總序》：自清波門折而南，爲方家峪，又西南爲慈雲嶺，嶺之南爲龍山，山上有天真禪寺，呂穆仲時爲杭州察推。《宋史·職官志》：軍府幕職，有觀察、防禦、團練推官。〔合註〕《梁溪漫志》有《熙寧六年與曾孝章同游臨安石屋洞題名》。【誥案】曾元恕乃與公同游鳳凰山靈化洞者。此詩施編不載，查註從

邵本補編。

青春不覺老朱顏，〔馮註〕按梁元帝《纂要》：春日芳春、青春、陽春。强半銷磨簿領間。愁客倦吟花似酒〔六〇〕，〔合註〕紀昀曰：此似用「杜曲花光濃似酒」語。佳人休唱日銜山。〔查註〕李太白《烏棲曲》：吴歌、楚舞歡未畢，青山欲銜半邊日。共知寒食明朝過，〔馮註〕按《荆楚歲時記》：去冬至一百五日，即有疾風甚雨，謂之寒食。且赴僧窗半日閑。命駕吕安邀不至，〔馮註〕按《晉書》：吕安服嵇康高致，每一相思，輒千里命駕，康友而善之。浴沂曾點暮方還。

寒食未明至湖上，太守未來，兩縣令先在

〔王註劉子翬曰〕杭有錢塘、仁和二縣倚郭。〔查註〕《輿地廣記》：錢塘縣，五代時，晉改爲錢江，後别置錢塘縣，與錢江分治州郭下。太平興國四年，改錢江曰仁和。本集《立秋日禱雨同周、徐二令》詩：周名邠，字開祖，時爲錢塘令；徐爲仁和令。《咸淳臨安志》：仁和縣令，北宋時有徐璹。【誥案】徐璹，據合註，當作徐疇。又考本集《瑞鷓鴣詞》凡二首，此其一也。王、施註强以爲詩，今姑仍其舊耳。

城頭月落尚啼烏，烏榜紅舷早滿湖。〔王註次公曰〕烏榜紅舷，遊湖之船也。【誥案】此二句定是詞體，必非詩體，宋人有謂公詞似詩者，當由此詞牽誤。今本案録詞多矣，願與識真者共辨之。鼓吹未容迎五馬，〔王註〕《古樂府》載漢明帝樂四品，三曰黄門鼓吹樂，用之天子宴羣臣。〔查註〕《演繁露》：太守五馬，莫知的據。《古樂府》「五馬立躊

躇」，即其來已久。或言《詩》有「良馬五之」，侯國事也。漢有駟馬車，正用四馬。而鄭玄註《詩》曰：《周禮》，州長建旟。漢太守比州長，法御五馬，則太守之用五馬，後漢已然矣。若其制之所始，則未有知者。【誥案】其始出於左驂、右驂之別，至漢加秩，則增馬也。《南史》：柳元策兄弟五人，並爲太守，亦有五馬之稱。水雲先已颭雙鳧。〔王註厚曰〕雙鳧，謂二縣令也。〔合註〕王昌齡詩：日暮蒹葭空水雲。映山黃帽螭頭舫，〔王註〕白樂天《杭州》詩：小航船亦畫龍頭。夾道〔六一〕青烟鵲尾爐。〔王註〕《法苑珠林》：費崇先，吳興人。少尤信佛法，每聽經，常以鵲尾香爐置膝前。《杜陵集》載陶貞白有金鵲尾香爐。〔查註〕《海録碎事》引《珠林》云：香爐有柄，曰鵲尾爐。老病逢春只思睡，獨求僧榻寄須臾。〔王註〕柳子厚詩：且寄須臾間。【誥案】一結平澹，公往往不脱此意，故能晚年肆力於陶。

次韻孫莘老見贈，時莘老移廬州，因以別之

〔查註〕史容《山谷詩註》云：莘老以言事謫知廣德軍，踰年徙湖州，又徙廬州。〔合註〕《宋史》本傳、《東都事畧》皆載徙廬州。

鑪錘〔六二〕一手賦形殊，〔合註〕《莊子·大宗師篇》：皆在鑪錘之間耳。造化〔六三〕無心敢望渠〔六四〕。〔邵註〕《莊子·大宗師篇》：以天地爲大鑪，以造化爲大冶。〔合註〕詩言賦命各殊，不敢怨望也。我本疎頑固當爾，子猶淪落況其餘。〔王註〕《後漢書·曹世叔妻傳》：吾性疏頑。《禰衡傳》：固當爾邪？柳宗元啓：乃今彫喪淪落。《後漢書·崔實傳》：況其餘哉。龔、黃側畔難言政，〔王註援曰〕龔遂爲渤海太守，黃霸爲潁川太守。見《前漢·循吏傳》。羅、趙前頭且眩書。〔公自註〕莘老見稱政事與書，而莘老書至不工。〔王註〕劉禹錫詩：沈舟側畔千帆過，病樹前頭萬

木春。〔查註〕葛立方《韻語陽秋》：世之言惡札者，必曰羅、趙，東坡蓋譏之也。惟有陽關一杯酒，殷勤重唱贈離居。〔王註〕李白《代寄情人》楚詞體云：使青鳥兮銜書，恨獨宿兮離居。

贈別

青鳥銜巾久欲飛，〔王註〕《太平廣記》引《漢武故事》：七月七日，上於承華殿齋，忽青鳥從西來。東方朔曰：「西王母欲來。」有頃，王母至。杜子美《麗人行》詩：楊花雪落覆白蘋，青鳥飛去銜紅巾。黃鶯別主更悲啼。〔王註援曰〕唐韓滉鎮浙西，戎昱爲部内刺史。有酒妓，善歌，色亦閑妙，昱情屬甚厚。滉聞其能，召至籍中，昱不敢留，爲歌詞以送云：「好去春風湖上亭，柳條藤蔓繫離情。黃鶯久住渾相識，欲別頻啼四五聲。」妓至，唱戎此詞，滉即時歸之。殷勤〔六五〕莫忘分攜處，〔合註〕李義山詩：洞中屐響省分攜。湖水東邊鳳嶺西。

次韻代留別

絳蠟燒殘玉斝飛，〔合註〕皮日休詩：西施不及燒殘蠟。王融詩：玉斝挹泉珠。離歌唱徹萬行啼。〔合註〕沈佺期詩：沾衣惜萬行。他年一舸鴟夷去，〔王註續曰〕范蠡既佐越滅吳，復得西施，與之共去。乘舟浮海變姓名，自謂鴟夷子皮。杜牧詩：西子下姑蘇，一舸逐鴟夷。應記儂家舊住西〔六六〕。〔王註次公曰〕《寰宇記》載：西施，施其姓也，所居在西，故有東家施、西家施。〔查註〕《呂氏童蒙訓》曰：東坡詩「應記儂家舊姓西」，乃是「舊住西」傳寫之譌。即姓西，何問新舊，正此一字，語意益精明矣。王楙《野客叢書》所辨，與此略同。

月兔茶

〔查註〕《黄山谷集》有都濡月兔茶。按涪州有廢都濡縣，月兔茶此地所産。

環非環，玦非玦，〔合註〕《爾雅·釋器》：肉好若一謂之環。中有迷離玉兔兒〔六七〕。〔合註〕盧士開《日月如合璧賦》：金烏共色，玉兔增輝。一似佳人裙上月，月圓還缺缺還圓，〔王註〕《禮記·禮運》：夫月三五而盈，三五而闕。此月一缺圓何年。君不見鬬茶公子不忍鬬小團，〔邵註〕歐陽公有《鬬茶歌》。上有雙銜綬帶雙飛鸞。〔王註次公曰〕唐制，詔書有鶻銜綬帶、雁銜威儀之别。〔合註〕《唐書·車服志》：賜節度使鶻銜綬帶，謂其有威儀也。又，袍襖之制，三品以上服綾，以鶻銜瑞草，雁銜綬帶。非言詔書也。

薄命佳人

〔王註〕白樂天《陵園妾》詩：顔色如花命如葉，命如葉薄將奈何。〔合註〕《清波雜志》云：煇在建康，於老尼處得東坡元祐間綾帕子，上所書《薄命佳人》詩。尼時年八十餘矣。

雙頰凝酥髮抹漆，〔王註〕白樂天詩：面因銜冷作凝酥。眼光入簾珠的皪。〔王註〕柳子厚詩：的皪沈珠淵。〔次公曰〕先生詩集，一本云「爲試經者作」，則「眼光入簾」是也。〔邵註〕《廣韻》：的皪，白狀。故將白練作仙衣，〔王註〕《冷齋夜話》：東坡作《尼童》詩「應將白練作仙衣」事，見則天長壽三年詔書曰：「一應天下尼，當用細白練爲衣。」不許紅膏污天質。吴音嬌軟帶兒癡，〔王註〕李白《示金陵子》詩：楚歌吴語嬌不成。無限閑愁總未知〔六八〕。自古佳人多命薄，〔王註〕《古樂府》有《妾薄命曲》。閉門春盡楊花落。【誥案】詠尼童確極。

吉祥寺〔六九〕花將落而述古不至

今歲東風巧剪裁，〔合註〕賀知章《柳》詩：不知細葉誰裁出，二月春風似剪刀。含情只待使君來。〔合註〕王粲詩：含情欲待誰。對花無信花應恨，直恐明年便不開。

【誥案】謂吉祥寺牡丹也。

述古聞之，明日即至〔七〇〕，坐上復用前韻同賦

仙衣不用剪刀裁。〔王註〕劉禹錫詩：仙人衣裳棄刀尺。宋之問《立春詠剪綵花應制》詩：今年春色早，應被剪刀催。國色初酣〔七一〕卯酒來。〔王註績曰〕唐玄宗內殿賞牡丹，謂穆脩己曰：「今京邑詩誰爲首出？」脩己曰：「李正封詩『天香夜染衣，國色早酣酒』。」時楊貴妃侍側，上曰：「妝臺前飲以一紫盞酒，則正封之詩見矣。」事出《南部新書》。太守問花花有語，爲君零落爲君開。〔王註〕嚴惲詩：酒盡花殘花不語，爲誰零落爲誰開。

李鈐轄坐上分題戴花〔七二〕

〔查註〕《宋史·職官志》：總管鈐轄司，掌軍旅屯戍、營防、守禦之政令，或一州一路，有兼二路三路者。

二八佳人細馬馱〔七三〕，〔王註〕李太白《對酒歌》：葡萄酒，金叵羅，吴姬十五細馬馱。〔查註〕《唐六典》：凡馬有左右監，以別其粗、良。細馬之監稱左，粗馬之監稱右。細馬謂馬之良者。〔合註〕宋玉《招魂》：二八侍宿。二八齊容。十千美酒渭城歌。〔王註〕曹植詩《名都篇》云：歸來宴平樂，美酒斗十千。王維詩：渭城朝雨裛輕塵，客舍青青柳色新。簾前柳絮驚春晚，頭上花枝奈老何。露濕醉巾香掩冉，〔合註〕鮑照樂府：須臾奄冉零落銷。月明歸路影婆娑。緑珠吹笛何時見，〔王註〕《晉書》：石崇妓緑珠，善吹笛。欲把〔七四〕斜紅插皂羅。〔合註〕梁簡文帝詩：分粧開淺靨，繞臉傅斜紅。《宋史·輿服志》：簪花謂之簪戴。大羅花以紅、黄、銀紅三色，欒枝以雜色羅，大絹花以紅、銀紅二色。又：重戴，唐士人多尚之，蓋古大裁帽之遺制，以皂羅爲之。【誥案】紀昀曰：氣味頗似玉溪。

於潛令刁同年野翁亭

〔王註胡銓曰〕按《圖經》：岞崿山在縣西二里，野翁亭在山之北。〔查註〕《元和郡縣志》：於潛縣西有朁山，因名。舊朁字無水，至隋加水焉。武德七年置潛州，八年廢爲縣。《太平寰宇記》：秦徙大越鳥語之人置朁。闞駰《十三州志》：朁讀爲潛。《九域志》：於潛縣，在杭州西二百三里。《咸淳臨安志》：刁璹與東坡同年，熙寧中爲於潛令。今浮橋立三賢祠，與東坡、毛國華並祠。

山翁不出山，溪翁長在溪。〔公自註〕前二令作二翁亭。〔查註〕《咸淳臨安志》：山翁亭，在縣圃東山白雲庵之側。溪翁亭，在縣西北之潘洲。不如野翁來往溪山間，上友麋鹿下鳧鷖。問翁「何所樂，三年不去煩推擠？」翁言「此間亦有樂，非絲非竹非蛾眉，〔王註〕左太沖詩：何必絲與竹，山水有清音。山人醉後鐵冠落，溪女笑時銀櫛低。」我來觀政問風謡，〔合註〕「觀政」見《書經》。《後漢書·羊續傳》：採問風謡。皆云「吠犬足生氂，〔王註〕《後漢·岑彭傳》：岑熙爲魏郡太守，與人歌之，曰：我有枳棘，岑君伐之，我有蟊賊，岑君遏之，吠犬不驚，足下生氂。但恐此翁一旦捨此去，長使山人索寞溪女啼。」〔公自註〕天目山唐道士，常冠鐵冠，於潛婦女皆插大銀櫛，長尺許，謂之蓬沓。〔合註〕《文心雕龍》：索莫乏氣。

於潛僧綠筠軒〔七五〕

〔查註〕於潛僧名孜，字惠覺。見《參寥子集》。《咸淳臨安志》：寂照寺，在於潛縣南二里豐國鄉。寺舊有綠筠軒，後徙縣齋。寶慶初，避御名，易以此君軒。仍用坡詩，晉王徽之語也。

可使食無肉，不可使〔七六〕居無竹。〔王註續曰〕《晉書·王徽之傳》：嘗寄居空宅中，便令種竹。或問其故，徽之但嘯詠指竹曰：「何可一日無此君。」無肉令人瘦，無竹令人俗。人瘦尚可肥，俗士〔七七〕不可醫。旁人笑此言，似高還似癡。若對〔七八〕此君仍大嚼，〔邵註〕魏曹植《與吴質書》：過屠門而大嚼，雖不得肉，貴且快意。世間那有揚州鶴。〔王註厚曰〕有客相從，各言所志，或願爲揚州刺史，或願多貲財，或願騎鶴上升。其一人曰：「腰纏十萬貫，騎鶴上揚州。」蓋欲兼三人者之所欲也。〔合註〕見《殷芸小説》。

於潛女

青裙縞袂於潛女，兩足如霜不穿屨。〔王註〕李太白《越女詞》：屐上足如霜，下著雅頭韈。〔邵註〕李太白《浣沙石上女》詩：一雙金齒屐，兩足白如霜。觰沙鬢髮絲穿柠，〔王註次公曰〕韓退之《月蝕》詩：赤鳥司南方，尾禿翅觰沙。柠當作杼。字書：柠同楮字耳。於「絲穿」之下無義。杼，《説文》曰：機之持緯者。絲穿杼，言鬢如絲之穿杼也。蓬沓障前〔七九〕走風雨。〔邵註〕杜子美《秋雨嘆》詩：稚子無憂走風雨。老濞宮粧傳父祖，〔王註厚曰〕老濞，吴王濞也。杜牧之詩：老濞即山鑄，後庭千蛾眉。此指吴越王錢氏也。〔查註〕《晉書·陸機傳》：我父祖名播四海，寧不知耶？杜子美《貽阮隱居》詩：塞上得阮生，迥繼先父祖。至今遺民悲故主。苕溪楊柳初飛絮，〔合註〕《名勝志》：苕溪源出天目山，東流臨於霅界。照溪畫眉渡溪去。逢郎樵歸相媚嫵，〔邵註〕《舊唐書》：太宗大笑曰：「人言魏徵舉動疏慢，我但覺其嫵媚耳。」不信姬、姜有齊、魯。〔王註程天祐曰〕齊女姜姓，魯女姬姓。

自昌化雙溪館下步尋溪源，至治平寺，二首

〔王註子功曰〕按《昌化縣圖經》云：雙溪館，在縣治前。〔查註〕《太平寰宇記》：昌化縣在杭州西二百四十里。唐初爲紫溪縣，後改唐山，梁爲金昌。《咸淳臨安志》：太平興國三年，改吴昌縣爲昌化。又，雙溪在昌化縣前一百一十步。徐冠《新亭記》略云：縣治之前，溪分南北流，舊有雙溪館。熙寧間，縣令陸元長臨北流爲亭，東坡經游亭上，題詩紀事，有「雙澗響空」之語。《武林梵志》：治平寺在昌化縣西一里，舊名忻平。唐大中二年建，開平二年改今額。

其一

亂山滴翠衣裘重，〔王註〕杜牧詩：水聲侵笑語，嵐翠撲衣裳。王維詩：山路元無語，空翠濕人衣。雙澗響空窗

户摇。飽食不嫌溪筍瘦，穿林閑覓野芎苗。却愁縣令知游寺，尚喜漁人争渡橋〔八〇〕。正似醴泉山下路，〔查註〕楊慎《四川通志》：醴泉山在眉州治西八里，環繞州城。山半有八角井，清甘如醴，故名。按先生《送程六表弟歸蜀》詩，有「醴泉寺古垂橘柚」之句。桑枝刺眼麥齊腰。〔王註〕杜子美《奉陪鄭駙馬韋曲》詩：石角鈎衣破，藤枝刺眼新。

其二

每見田園輒自招，倦飛不擬控扶摇。〔王註〕陶淵明《歸去來詞》：鳥倦飛而知還。共疑楊惲非鋤豆，誰信劉章解立苗。〔王註〕《史記·齊悼惠世家》：朱虛侯劉章，忿劉氏不得職，常入侍高后燕飲，進曰：「請爲太后言耕田歌。」高后曰：「若生而爲王子，安知田乎？」章曰：「深耕溉種，立苗欲疏，非其種者，鋤而去之。」吕后嘿然。老去尚貪〔八一〕彭澤米。〔王註〕《晉書·陶潛傳》：爲彭澤令。在縣，公田悉令種秫，妻子固請種秔。乃以一頃五十畝種秫，五十畝種秔。夢歸時到錦江橋。〔王註次公曰〕錦江橋，今在成都大慈寺前，所過石橋是也。宦游莫作無家客，舉族長懸似細腰。〔王註〕韓退之詩：細腰不自乳，舉族長孤懸。

與臨安令宗人同年劇飲

〔查註〕蘇舜舉，字世美。時爲臨安令。見《烏臺詩案》及《欒城集》。《唐書·許孟容傳》：李絳與孟容弟季同，舉進士爲同年。絳曰：「進士、明經，歲大抵百人，吏部得官至千人，私謂爲同年，本非親與舊也。」

我雖不解飲，把盞歡意足。〔合註〕羅隱詩：所思惟把盞。試呼白髮感秋人，〔王註績曰〕白樂天有《初見白髮感秋》詩。令唱黄雞催曉曲。〔王註〕白樂天詩：誰道使君不解歌，聽唱黄雞與白日。黄雞催曉丑時鳴，白日催年酉時没。與君登科如隔晨，敝袍霜葉〔六三〕空殘緑。如今莫問老與少，兒子森森如立竹。〔合註〕子由詩云：聞道渠家八丈夫，他日歸耕免幽獨。即先生此句意也。黄雞催曉不須愁，老盡世人非我獨。

寶山晝睡

〔王註〕《杭州圖經》云：寶山在吴山之南。〔查註〕《西湖志》：迤吴山西上，有寶月山，又東爲淺山，淺山之支爲七寶山。

七尺頑軀走世塵，〔王註〕《文選》陸士衡詩：昔爲七尺軀。十圍便腹貯天真。〔王註〕《後漢書》：邊韶，字孝先。以文學知名。曾晝日假卧，弟子私嘲之曰：「邊孝先，腹便便，懶讀書，但欲眠。」《晉書》：尹緯腰帶十圍。〔合註〕《琴操》：返其天真。此中空洞渾無物〔六四〕，何止容君數百人。〔查註〕先生自題此詩後云：余在錢塘，一日晝寢於寶山僧舍，起題壁。其後有數小子亦題名壁上。見者乃謂予誚之也。周伯仁所謂君者，乃王茂弘之流，豈此輩哉。

僧清順新作垂雲亭

〔王註李錞曰〕《杭州圖經》：寶嚴院，天成二年錢氏建。其亭館有借竹軒、垂雲亭。亭乃詩僧清順作。〔查註〕《西湖遊覽志餘》：東坡一日遊僧舍，壁間見小詩云：「竹暗不通日，泉聲落如雨。春風自有期，桃李亂深塢。」問誰所作，或以清順對。即日求得之，聲名頓起。《咸淳臨安志》：寶嚴院，舊名垂雲，治平二年改額。僧清順作垂雲亭、借竹軒。陳述古《垂雲亭》詩云：小亭巉絕出雲間，萬象升沈不得閒。莫怪詩翁頭白早，時來向此寫湖山。

江山雖有餘，亭榭苦難穩〔四〕。**登臨不得要，萬象各偃蹇。**〔王註次公曰〕《左傳・哀公六年》：彼皆偃蹇。蓋傲慢不隨之貌。〔邵註〕《左傳註》：偃蹇，驕傲。《楚辭・離騷》：偃蹇。註：高貌。**惜哉垂雲軒，此地得何晚。天公**〔五〕**争向背，詩眼巧增損。**〔合註〕《史記・呂不韋傳》：有能增損一字者，予千金。**路窮朱欄出，山破石壁很。海門浸坤軸，**〔王註〕杜子美《南池》詩：安知有蒼池，萬頃浸坤軸。〔合註〕王昌齡詩：殘月生海門。**湖尾抱雲巘。**〔合註〕陶弘景《許長史舊館壇碑》：通氣雲巘。**葱葱城郭麗，**〔王註〕《後漢・光武紀・論》：蘇伯阿望舂陵郭，唶曰：「氣佳哉，鬱鬱葱葱然。」**淡淡烟村遠。**〔合註〕《高唐賦》：潰淡淡而並入。**紛紛鳥鵲**〔六〕**去，一一漁樵返。雄觀快新獲，微景收昔遁。**【誥案】紀昀曰：寘之《韓集》，不可復辨。**道人真古人，嘯詠慕嵇、阮。**〔王註〕《晉書》：周顗於王導坐，傲然嘯詠。導云：「卿欲希嵇、阮耶？」顗曰：「何敢近捨明公，遠希嵇、阮。」**空齋卧蒲褐，芒屨每自捆。**〔王註〕《唐書・隱逸傳》：朱桃椎嘗織十芒屩置道上。見者曰：「居士屩也。」爲鬻米、茗易之，置其處。輒取去，終不與人接。又引《孟子註》云：捆，猶叩椓也，織屨欲使堅，故叩之也。**天憐詩人窮，乞與供詩本。我詩久不作，荒澀旋鋤墾。從君覓佳句，咀嚼廢朝飯。**【誥案】紀昀曰：力摹昌黎，但氣機流走，仍是本色耳。

五月十日，與呂仲甫、周邠、僧惠勤、惠思、清順、可久、惟肅、義詮同泛湖游北山

〔查註〕《西湖志》：自寶雲山、葛嶺、棲霞嶺一帶，統謂之北山，以其在西湖之北也。呂仲甫，即穆仲。【誥案】孤山僧志詮作柏堂，見本集《詩敍》。義詮，當亦孤山僧也。

三吴雨連月，湖水日夜添。尋僧去無路，〔王註〕杜牧詩：石路尋僧去，此生應不逢。瀲瀲水拍簷。駕言徂北山，得與幽人兼。清風洗昏翳，晚景分穠〔八七〕纖。〔合註〕曹植《洛神賦》：穠纖得中。縹緲朱樓人，〔合註〕《後漢書·馮衍傳》：伏朱樓而四望兮。斜陽半疎簾。臨風一揮手，悵焉起遐瞻。世人騖朝市，獨向溪山廉。此樂得有命，輕傳〔八八〕神所殲。

會客有美堂，周邠長官與數僧同泛湖往北山，湖中聞堂上歌笑聲，以詩見寄，因和二首，時周有服

〔王註〕周邠長官所寄《簪屣》詩云：堂上歌聲想遏雲，玉人休整碧紗裙。粧殘粉落臙脂暈，飲劇杯深琥珀紋。簪屣定知高楚客，笑談應好却秦軍。莫辭上馬玉山倒，已是遲留至夜分。

其 一

靄靄〔八九〕君詩似嶺雲，〔王註〕韓退之《贈張秘書》詩：君詩多態度，靄靄春空雲。從來不許醉紅裙。不知野

屐穿山翠，惟見輕橈破浪紋。頗憶呼盧袁彥道，〔王註〕《晉書》：袁耽，字彥道。桓温少時遊於博徒，資產俱盡，欲求濟於耽，而耽在艱。遂變服懷布帽，隨温與債主戲。耽素有藝名，債者聞之而不相識，謂曰：「卿當不辦作袁彥道也。」遂就局，十萬一擲，直上百萬。耽投馬絶叫，探布帽擲地，曰：「竟識袁彥道否？」難邀罵座灌將軍。〔公自註〕皆取其有服也。〔王註〕《漢書》：灌夫嘗有服。丞相田蚡娶燕王女爲夫人，太后詔列侯、宗室皆往賀。竇嬰過夫，欲與俱。夫謝曰：「丞相與夫有隙。」嬰强與俱。夫行酒，蚡不能滿觴。夫怒。次至灌賢，方與程不識耳語。夫無所發怒，迺罵賢曰：「平生毁程不識不直一錢，今日長者爲壽，廼效女曹兒呫囁耳語。」蚡謂夫曰：「程、李俱東西宮衛尉，今衆辱程將軍，仲孺獨不爲李將軍地乎？」夫曰：「今日斬頭穴胸，何知程、李。」蚡怒，召長史曰：「今日召宗室，有詔。」劾灌夫罵坐不敬。晚風落日元無主，不惜清涼與子分。

其二

載酒無人過子雲，〔王註〕《漢·揚雄傳·贊》云：雄家貧，嗜酒，人希至其門。時有好事者，載酒肴從遊學。掩關晝臥客書裙。〔王註〕《南史》：羊欣長隸書。父不疑爲烏程令。欣年十二，時王獻之爲吴興太守，甚知愛之。欣嘗夏月，著新絹裙晝寢，獻之入縣見之，書裙數幅而去。歌喉不共聽珠貫，〔王註〕《禮記·樂記》：歌者上如抗，下如隊，纍纍乎端如貫珠。嚴尚書《與于駙馬》詩：莫損歌喉一串珠。白樂天《與于駙馬》詩：何郎小妓歌喉好，嚴老呼爲一串珠。醉面何因作纈紋。〔王註〕李賀詩：龜甲屏風醉眼纈。僧侶且陪香火社，詩壇欲斂鸛鵝軍。〔王註縯曰〕鸛鵝，陳名也。《左傳·昭公二十一年》：公子城以晉師至救宋，與華氏戰於赭丘，鄭翩願爲鸛，其御願爲鵝。憑君遍遶湖邊寺，漲緑〔九〇〕晴來已十分。

席上代人贈別三首

其一

悽音怨亂不成歌，縱使重來奈老何。淚眼無窮似梅雨，〔王註〕《風土記》：夏至前雨名黃梅雨，水潤土溽。三月雨曰迎梅，五月雨曰送梅。一番勻了一番多。

其二

天上麒麟〔九一〕豈混塵，〔王註〕《南史》：徐陵母臧氏，嘗夢五色雲化爲鳳，集左肩上，已而誕陵。年數歲，家人攜以候寶誌。誌摩其頂曰：「天上石麒麟也。」籠中翡翠不由身。〔王註〕籠中翡翠，見白樂天詩。〔合註〕羅隱詩：世間難得不由身。那知昨夜香閨裏，更有偷啼暗別人。〔合註〕陳後主詩：中婦夜偷啼。白樂天詩：惟有潛離與暗別。

其三

蓮子劈開須見臆〔九二〕，〔王註次公曰〕此吳歌格，借字寓意也。蓮子曰菂，菂中么荷曰薏。「須見臆」，以菂之薏言之。楸枰著盡更無期。〔王註次公曰〕楸枰，碁槃也。更無期，以碁言之。破衫却有重逢處〔九三〕，〔王註次公曰〕重逢處，以縫綻之縫隱之也。一飯何曾忘却時。〔王註次公曰〕忘却時，以匙匕之匙隱之也。〔邵註〕按《古樂府·子夜歌》云：霧露隱芙蓉，見蓮不分明。又：明燈照空局，悠然未有期。又：理絲入殘機，何悟不成匹。《讀曲歌》云：芙蓉腹裏萎，蓮子從心起。又：石闕生口中，銜杯不得語。此詩全祖其意。〔查註〕《韻語陽秋》：古詞云：藁砧今何在，山上復有山。何當大刀頭，破鏡飛上天。古詞又云：圍碁燒敗襖，著子故依然。皮、陸嘗擬之。陸云：且日思雙屐，明時願早諧。皮云：莫言春繭薄，猶有萬重思。此皆以下句釋上句，與藁砧異矣。至東坡「蓮子劈開須見臆」，是文與釋並見於一句之中矣。

唐道人言，天目山上〔九四〕俯視雷雨，每大雷電，但聞雲中如嬰兒聲，殊不聞雷震也

〔王註善權曰〕按唐道士，字子霞。嘗作《天目山真境錄》。〔查註〕《咸淳臨安志》：天目山有雷神宅，在西尖峰半山間。

已外浮名更外身，〔合註〕李白《留別西河劉少府》詩：歸隱謝浮名。區區雷電若爲神。山頭只作嬰兒看，無限人間失箸人。〔王註〕《三國·蜀志》：曹操從容謂先主曰：「今天下英雄，惟使君與孤耳，本初之徒，不足數也。」先主方食，失匕箸。《華陽國志》云：於時正當雷震，備因謂操曰：「聖人云，迅雷風烈必變，良有以也。一震之威，乃何至於此也。」

追和子由去歲試舉人洛下所寄九首〔九五〕

【誥案】施註前列總題云：《追和子由去歲試舉人洛下所寄五首》。又下一字題云：《暴雨初晴樓

上晚景》。其後《過廣愛寺》、《韓子華》二題，仍上一字，與總題一式。是追和子由，只有《暴雨五首也。查註從王註，以《追和子由去歲試舉人洛下所寄暴雨初晴樓上晚景五首》，并爲一題，其後二題，仍上一字，與總題一式，亦誤。合註以《追和子由去歲試舉人洛下所寄》爲總題，又下一字題云《暴雨初晴樓上晚景五首》、《廣愛寺三首》，又《韓子華石淙莊》一題如之。其追和子由，雖該九首，而總題之語氣未完也。詳考諸本，以施註總題爲當，但誤以九首爲五首耳，今更正九字。而後二題改下一字，則追和九首，無所不該矣。〔查註〕子由於熙寧壬子八月赴洛陽，於妙覺寺考試舉人，及還，道出嵩、少之間，至許昌。

暴雨初晴樓上晚景〔九六〕

其一

秋後風光雨後山，滿城流水碧潺潺。〔施註〕白樂天《悟真寺》詩：藍水色似藍，日夜長潺潺。烟雲好處無多子，〔王註〕《傳燈録》：大愚禪師曰：「如今却道黄蘗佛法無多子。」及取昏鴉未到間。〔王註〕杜子美《對雪》詩云：無人竭浮蟻，有待至昏雅。詩尾自註云：何遜詩曰，城陰度塹黑，昏雅接翅歸。

其二

洛邑從來天地中，〔王註〕《周禮·地官》：大司徒，以土圭之法，正日景，以求地中。又曰：尺有五寸，謂之地中，天地之所合也。〔施註〕《史記·周本紀》：成王在豐，使召公復營洛邑。周公復卜申視，卒營築，居九鼎焉。曰：「此天下之中。」

【誥案】邵堯夫詩有「水竹腹心裏」句，亦詠洛中也。嵩高蒼翠北邙紅。〔王註李彭曰〕《二十四化記》：北邙山，在東都西瀷龍池北。〔施註〕《禮記·孔子閑居》引《毛詩》：嵩高維嶽。《太平寰宇記》引楊佺期《洛城記》云：北邙連亘四百餘里。實古今東洛九原之地。《十道四蕃志》：河南北邙山，上無林木，惟北嶺古樗樹，婆娑四五畝。〔查註〕《名山記》：北邙山在偃師縣北。《水經注》以爲芒山。【誥案】紀昀曰：「蒼翠青紅，未免太複。」據詩，蒼翠指嵩高樹色，紅指北邙塵壒，分析甚明。曉嵐加入青字，自爲轇轕，又云太複，與詩毫無干涉。風流耆舊消磨盡，只有青山對病翁。〔公自註〕謂富公也。〔查註〕《富鄭公神道碑》：公名弼，字彦國，河南人。熙寧二年八月，以病辭位，出判河南，改汝州。公言新法臣所不曉，不可以復治郡，願歸洛養病。許之。尋封鄭國公致仕，元豐六年閏六月，薨於洛陽私第。【誥案】鄭公自此居洛，又十一年，至元豐六年閏六月丙申薨。查註誤以六年牽入熙寧，而謂子由赴洛在五年，公已卧病，是薨於熙寧六年矣。今分別删改存之。紀昀曰：末二句，有世道之感。

其　三

白汗翻漿午景前，〔王註〕杜子美《貽華陽柳少府》詩：南方六七月，出入異中原。老少多渴死，汗踰水漿翻。〔施註〕《淮南子》：挈一石之尊，則白汗交流。雨餘風物便蕭然。〔施註〕陶淵明《五柳先生傳》：環堵蕭然。應傾半熟鵝黄酒，〔施註〕杜子美《舟前小鵝兒》詩：鵝兒黄似酒，對酒愛新鵝。照見新晴水碧天。〔施註〕《文選》謝靈運《入彭蠡》詩：水碧綴流温。〔查註〕《演繁露》：李白詩多言采水碧。碧，玉類也，水中有此碧也。字書云：碧者，玉之縹青者也，古大夫佩水蒼玉，殆用此乎。

其　四

疾雷破屋雨翻河，〔施註〕《莊子·齊物論篇》：疾雷破山，風振海，而不能驚。一掃清風未覺多。應似畫師吴道子，高堂巨壁寫降魔。〔王註〕《唐明皇雜録》云：畫師吴道玄，神清氣俊，善圖佛像，尤長於模寫鬼神。下筆神速，勢若飛動。〔查註〕按《傳燈録》：天魔念世尊成道，且受折抑，率衆作難，世尊以指按地，地大震，魔皆顛仆，於是降之。

其五

客路三年不見山，【誥案】子由以熙寧三年庚戌，出爲陳州學官，至五年壬子，至洛試舉人，故有此句。上樓相對夢魂間。明朝却踏紅塵去，〔施註〕白樂天《詠拙》詩：亦曾舉兩足，學人踏紅塵。羞向清伊照病顔。〔查註〕《水經注》：伊水經前亭西。《名勝志》：伊水出南陽縣西蔓渠山，東北過伊闕中，又東過洛陽縣，南入於洛。

過廣愛寺，見三學演師，觀楊惠之塑寶山、朱瑶畫文殊、普賢〔九七〕

【誥案】紀昀曰：題脱「和子由」三字。此因前列總題錯誤，而曉嵐不喻其故，特有此説，是總題不可不正也。〔合註〕梁簡文帝文：道隆三學。《翻譯名義》云：三學法，世尊立教，法有三焉，一者戒律，二者禪定，三者智慧。〔查註〕《名畫録補遺》：楊惠之於河南府廣愛寺三門上塑五百羅漢及山亭院楞伽山。先是惠之將塑楞伽山，乃爲大義淨三藏呪其上，故至今蠕物飛禽，悉不敢至山所。唐末黄巢亂，京洛焚毁寺宇，惟惠之手跡，率不殘毁。又《名畫録補遺·塑作門》：神品三人，惠之其一也。《名畫録》：朱瑶，字温琪。學吴道子筆跡，由是知名。客游雍、洛時，河南府全真觀請瑶畫經相及周廡中門列壁，世稱神筆。〔施註〕《圖畫見聞志》云：朱瑶，長安人。工畫佛道。洛中廣愛寺，有文殊、普賢像，酷類吴生。

其一

寓世身如夢，〔施註〕《維摩經》：是身如夢，爲虚妄見。安閑日似年。〔施註〕白樂天《北窗閒坐》詩：自有延年術，心閒歲月長。敗蒲翻覆卧，破衲再三連。〔施註〕《阿彌陀經》：各以衣裓盛衆妙華。〔邵註〕《釋典》：衲，行戒衣也。〔合註〕許渾詩：敗衲倚蒲團。勸客眠風竹，〔王註〕杜子美《寄題江外草堂》詩：嗜酒愛風竹。長齋飲石泉。〔施註〕杜子美《飲中八仙歌》詩：蘇晉長齋繡佛前。回頭萬事錯，自笑覺師賢。〔查註〕右《和見三學演師》。

其二

妙迹苦難尋，〔合註〕《晉書·王羲之傳》：常歎妙迹永絶。兹山見幾層。亂峰螺髻出，〔施註〕皮日休《縹緲峰》詩：似將青螺髻，撒在明月中。絶澗陣雲崩。〔王註〕《史記·天官書》：陣雲如立垣。〔施註〕《文選》木元虚《海賦》：崩雲屑雨，浤浤汩汩。措意元同晝，觀空欲問僧。莫教林下意，終老歎何曾。〔施註〕《雲溪友議》：江西韋大夫丹《與東林僧靈澈》詩曰：「已爲平子歸休計，五老峰前必共君。」澈公奉酬曰：「相逢盡道休官去，林下何曾見一人。」〔查註〕右《和觀楊惠之塑寶山》。

其三

朱瑶唐晚輩，〔王註縯曰〕瑶，唐末人，善畫。世傳吴道子畫多瑶筆。得法尚雄深。〔施註〕劉禹錫文：雄深雅健。

滿寺空遺跡，何人識苦心。〔王註〕杜子美《貽阮隱居》詩：識子用心苦。〔施註〕《文選·古詩》：晨風懷苦心。杜子美《題松樹障》詩：更覺良工心獨苦。長廊敧雨脚，〔施註〕杜子美《茅屋爲秋風所破歌》詩：雨脚如麻未斷絶。李賀《秦王飲歌》：洞庭雨脚來吹笙。〔合註〕張平子《西京賦》：長廊廣廡。破壁撼鐘音。成壞〔六〕無窮事，〔施註〕唐神童《逢春》詩：莫思身外無窮事，且樂生前有限杯。與杜子美詩句同，但杜「且樂」作「且盡」。他年復弔今。〔王註次公曰〕王羲之《蘭亭序》：後之視今，亦猶今之視昔。〔查註〕右《和朱瑶畫文殊、普賢》。

韓子華石淙莊

〔施註〕韓獻肅公名絳，字子華。父忠獻公名億。平日嘗語子弟曰：「進取在於止足，寵禄不可過溢，若至六十，可以退身謝事。」公薨，子華誓於墓前。及進參大政，因《辭免表》具述情事。最後手疏言：「昔晉王羲之爲會稽太守，去郡不仕，亦嘗自誓於父母墓前，朝廷以其誓苦，不復召之。臣今志願雖與羲之頗殊，然誓於先臣墓前，則無異矣。」然章屢上，終不允。後拜昭文相。元祐二年致仕時，年七十六矣。次年薨。此詩云：「誓言雖未從，久已斷諸内。區區爲懷祖，頗覺羲之隘。」蓋用子華表意也。石淙莊，在許昌。唐武后嘗燕於此。子由考試洛陽，及還過許昌，賦詩，東坡蓋和其韻云。〔查註〕《宋史》：韓絳，熙寧三年參知政事。出爲陝西宣撫使，即軍中拜中書門下平章事、昭文館大學士。慶卒作亂，罷知鄧州。明年以觀文殿學士徙許州。按，子由赴洛，正知許州時也。〔合註〕《續通鑑長編》：熙寧六年二月，知許州韓絳知大名府。然則子由赴洛時，絳在大名，不在許州也。查註誤。【誥案】子由赴洛，乃五年事。公詩作於六年，故題云

「追和子由去歲洛下」。查註謂韓絳在許，亦指五年也，合註所引《長編》六年二月絳尚在許，已坐實查註之不誤，而反謂其誤，乃忘却前之總題是去年事，故以六年子由赴洛爲論，此自誤也。應駁正。〔查註〕《欒城集》自註云：水中有石曰淙。唐天后朝，嘗宴羣臣於此，石刻尚存。《名勝志》：石淙山，在登封縣東南三十里。唐則天與羣臣會飲於此，賦詩。薛曜《碑》云：石淙者，卽平樂澗也。近接嵩嶺，俛屆箕峰，瞻少室兮若蓮，睇潁川兮如帶。施氏推重子華。按子華前後兩入相，皆在熙寧中。初創役法之議，安石倚以爲助，後與呂惠卿不合，請帝再用安石。計其歷仕三朝，出入中外，垂四十年，至元祐初年致仕。生平汲汲仕宦，不甘閒退，概可知矣。以史傳考之，熙寧三年，自副樞密出爲陝西宣撫，以素不習兵，致慶卒作亂，罷知鄧州。此詩起四句，用絳侯事，正指此。既而移許州，進觀文殿大學士，再相之機，駸駸已兆，而謂迹同伊、呂，心慕巢、由，天下其誰信之？故一則曰「誓言雖未從」，再則曰「田園不早定」，此身碌碌，方以官爲家，彼石淙莊者，洵美而非吾土，其可謂歸宿之地乎？故終之以勸勉之詞曰「請公試回首，歲晚餘蒼檜」，雖自托於放言，實緣賓舊之故，而不敢自外，一篇之中，三致意焉，所謂君子愛人以德也。覽者不攷生平，猥舉誓墓一節，謂子華爲恬退一流，失作者本旨矣。〔翁方綱云〕施註並未推重子華，查註誤。〔合註〕子華爲先生舉主，於推重之中，寓規勸之意，故曰「我舊門前客，放言不自外」，施、查、翁諸說，皆未得其平也。【誥案】韓絳本無能爲之人，僅可浮沈保位。在公之意，以爲絳於斯時，相則可憂，將則可危，惟當早退以自全。故此詩但就其誓言，反復申明之也。絳爲公之座主，公並未師其學術，然以舊門之感，而此心懃拳所不能已，故又有不自外之詞也。兩宋於韓氏，惟有推重，不敢詆譏，此其當時陋習。施註尚沿其陋，查註駁之，未爲不可。但查註論事論詩，均不得其要領，是以啓翁註之駁。翁註不及查註遠甚。公本意不欲道破絳短處，故其措詞甚隱，合註所論，亦未到地。諸註分别存删。

絳侯百萬兵，尚畏書牘背。〔王註〕《漢・周勃傳》：勃從高祖，封絳侯，免相就國。每河東守尉行縣至絳，勃自畏恐誅，令家人持兵以見。人有上書告勃欲反，下廷尉。勃恐，不知置辭。吏稍侵辱之，勃以千金與獄吏，獄吏乃書牘背，示之曰：「以公主爲證。」公主者，孝文帝女也，勃子勝之尚之。故獄吏教引以爲證。勃既出，曰：「吾嘗將百萬軍，安知獄吏之貴也。」功名意不已，數與危機會。〔王註〕《晉・諸葛長民傳》：劉裕誅劉毅，長民謂所親曰：「昔年醢彭越，前年殺韓信，禍其至矣。」謀欲爲亂，猶豫未發。既而歎曰：「貧賤常思富貴，富貴必履危機。今日欲爲丹徒布衣，豈可得也。」劉禹錫《題欹器圖》詩：秦國功成思税駕，晉臣名遂歎危機。無因上蔡牽黄犬，願作丹徒一布衣。我公抱絶識，凜凜鎮横潰。〔施註〕《文選》王子淵《洞簫賦》：時横潰以陽遂。欲收伊、吕迹，〔施註〕《史記・殷本紀》：伊尹名阿衡，湯舉任以國政。《齊世家》：太公望吕尚以漁釣奸，周西伯載與俱歸，立爲師。遠與巢、由對。〔施註〕《高士傳》：許由隱於箕山，堯召爲九州長，不欲聞之，洗耳於水濱。時有巢父牽犢欲飲之，見由洗耳，問其故。由語之。巢父曰：「子若處高岸深谷，人迹所不通，誰能見子？子故浮游俗間，苟求名譽，污我犢口。」牽上流而飲之。誓言雖未從，久已斷諸内。〔施註〕《晉書・載記》：苻堅曰：「所謂築室於道，沮計萬端，吾當内斷於心矣。」區區爲懷祖，頗覺羲之隘。〔王註〕《晉・王羲之傳》：驃騎將軍王述，少有名譽，與羲之齊名，而羲之甚輕之，由是情好不協。述先爲會稽，以母喪居郡境，羲之代述止一弔，遂不重詣，述深以爲恨。及述爲揚州刺史，將就徵，周行郡境，而不過羲之，臨發，一别而去。先是羲之恥爲之下，謂其諸子曰：「吾不減懷祖，而位遇懸邈，當由汝等不及坦之故耶？」述後檢察會稽郡，辯其刑政，主者疲於簡對。羲之深恥之。遂稱疾去郡，於父母墓前自誓去官。此身隨造物，一葉舞澎湃〔九九〕。田園不早定，歸宿終安在。〔合註〕《荀子》：倜然無所歸宿。彼美石淙莊，每到百事廢。泉流〔一〇〇〕知人意，屈折作濤瀨。〔施註〕《漢・揚雄傳》：何必湘淵與濤瀨。寒光洗肝膈〔一〇一〕，〔合註〕《木蘭歌》：寒光照鐵衣。清響跨竽籟。〔施註〕《文選》王仲宣《七哀》詩：流波激清響。嵇叔夜《琴賦》：激清響以赴會。〔合註〕《高唐賦》：聲似竽籟。我舊門前客，〔施註〕唐李適之《罷相》詩：試問門前客，今朝幾個來？放言不自外。園中亦何有，薈蔚可勝計。〔王註〕《詩・曹風・候人》：薈兮蔚兮，南山朝隮。請公試回首，歲晚餘蒼檜。〔王註次公曰〕末四句，乃一篇之妙旨也。蓋云草木雖薈蔚盛茂而歲晚黄落，其不彫者，惟蒼檜耳，所以重比韓公子華也。【誥案】紀昀曰：此詩特爲深警，故知有物之言，不同浮響。其説本之查註，未見有所發明也。

贈上天竺辯才師

〔王註〕《辯才塔碑》，蘇轍撰，子瞻書，歐陽棐書額。云：師姓徐氏，名元淨，字無象，杭之於潛人。生而左肩肉起袈裟條，八十一日乃滅，及師之終，實八十有一。師生十年出家，二十五賜紫衣及辯才號。沈公遘治杭，請住上天竺，增室幾至萬礎。重樓傑觀，冠於浙西。〔施註〕蘇文定公作《辯才法師塔銘》云：心具定慧，學具禪律，人無賢不肖，見之者，知尊其道奉其教。沈公遘請師以教易禪。師至吴越，人爭以檀施歸之。後退居龍井。東坡守杭，作亭風篁嶺上，名過溪，亦曰二老。有《次辯才韻》詩。〔查註〕《咸淳臨安志》：郡守沈禮部文通，以大士以聲音爲佛事，非禪那所居，卽謝去住持智月，以辯才法師元淨爲其主。仍請於朝，以教易禪，元淨乃益增廣殿宇。

熙寧中，詔歲度僧一，每遣中使致香幣，歲給大農錢作佛事。【誥案】此詩施、查二編並誤。今改編於此，餘詳總案中及本詩註。〔案〕總案熙寧六年六月「贈上天竺辯才師詩」條下云：據公元豐八年乙丑自云，迨十六歲。則生於熙寧三年庚戌。而四歲摩頂及贈辯才詩，皆六年癸丑事也。

南北一山門，上下兩天竺。〔王註堯卿曰〕錢塘諸寺，天竺最盛，山有一門，南北相望，而上下兩天竺寺。〔施註〕白樂天《寄天竺韜光禪師》詩：一山門作兩山門，兩寺元從一寺分。〔查註〕嘉祐末，沈文通以爲天竺起於司馬晉時，踰七百載，而觀音發跡西峰，甫及百年，遂分爲二。按舊志並載三天竺，而云兩者，嘗見南宋人王信《華嚴閣記》云：南北山浮屠之居，幾四百所，而受禪家學者三，惟靈隱、淨慈及中天竺耳。乃知上下兩天竺皆律寺，其並稱，蓋由此也。中有老法師，〔合註〕《文選·頭陀寺碑》：以法師景行大迦葉。瘦長如鸛鵠〔一〇二〕。〔王註〕《唐·裴寬傳》：韋詵有女，擇所宜歸。見裴寬，引爲按察判官，許妻以女。歸語妻曰：「常求佳壻，今得矣。」明日，幃其族，使觀之。寬時衣碧，瘠而長，既入，族人皆笑呼爲碧鸛雀。不知修何行，碧眼照山谷。〔施註〕《高僧傳》：達摩大師，「眼紺青色，後稱碧眼胡僧。見之自清涼，〔合註〕宋玉《風賦》：清涼增欷。洗盡煩惱毒。坐令一都會，〔施註〕《漢·地理志》：吳亦江東之一都會也。男女〔一〇三〕禮白足。〔王註援曰〕《高僧傳》：釋曇始者，晉武時人。足白於面，時稱爲白足和尚。謂僧爲白足，蓋始於此。〔施註〕《高僧傳》：魏武帝時，有白足禪師。我有長頭兒，〔施註〕《後漢·賈逵傳》：自爲兒童，常在太學。身長八尺二寸，諸儒爲之語曰：「問事不休賈長頭。」〔合註〕本集《追硯銘》：旌苦學，畀長頭。角頰峙犀玉。〔施註〕《國語》：鄭史伯曰：「今王惡角犀豐盈。」《後漢·李固傳》：狀貌有奇表，鼎角匿犀，足履龜文。韓退之《送僧澄觀》詩：有僧來訪呼使前，伏犀插腦高頰顴。四歲不知行，【誥案】迨生熙寧三年庚戌，至六年癸丑四歲，此公六年作詩之確據也。餘詳總案中。抱負煩背腹。師來爲摩頂，〔王註〕《南史》：徐陵年數歲，家人攜以候沙門寶誌，摩其頂曰:「天上石麒麟也。」起走趁奔鹿。〔王註〕子由《辯才塔碑》云:予兄子瞻中子迨,生三年不能行,請師爲落髮摩頂,祝之。不數日,能行如他兒。〔施註〕《晉·唐彬傳》:身長八尺,走及奔鹿。乃知戒律中,妙用謝羈束。〔施註〕《史記》:越石父免於羈束。〔合註〕張協詩:羈束戎旅閒。何必言法華,佯狂啖魚肉。〔王註援曰〕京師開寶寺僧,俗姓張,好誦《法華經》,故等輩呼爲張法華。其言語散亂,不謹細行,故亦呼爲風法華。又,蘇州義師,狀如風狂,好活燒鯉魚,不待熟而食之。【誥案】言法華已載案中。王、施註皆引張法華,或當日以其能言《法華》,因呼爲言法華,卽不可知,今存王註備考。

卷九校勘記

〔一〕我爲敵 查註謂宋刻本「爲」作「無」,集甲、集註皆作「爲」。紀校:「爲敵」字不妥。如作「無敵」,又與東坡不飲不合,未喻其故。

〔二〕袍鵠 原作「袍鵠」,今從集甲、集註、類本。沈欽韓《蘇詩查註補正》卷一謂:「鵠」作「鵠」者非。

〔三〕雜興作古意一首 集甲、集註、類本作「古意作雜興一首」。

〔四〕何意 集甲、集註、類丙作「何異」。

〔五〕約飭 集甲作「約敕」,集註、類本作「有約」。

〔六〕章傳道 集甲、集註、類本作「章傳」。

〔七〕壹醉富 集甲、集註、類本作「一醉富」。

〔八〕鵝鶡　集甲作「爰居」。

〔九〕事竇　集註、類本作「仕竇」。

〔一〇〕效矉　集甲作「效顰」，集註、類本作「效嚬」。

〔一一〕婞直　集甲作「悻直」。

〔一二〕唾面　原作「吐面」，據集甲、類本改。按，此乃用婁師德事，作「唾」是。

〔一三〕網目　類丙作「綱目」。

〔一四〕感子　類本作「感予」。

〔一五〕還予　集甲作「予還」。

〔一六〕吴山縱　集甲、集註、類本作「吴山從」。按，「從」，讀平聲。

〔一七〕轉折　集甲、集註、類本作「轉側」。

〔一八〕秋悲　集甲、集註、類本作「悲秋」。

〔一九〕逢門　原作「迎門」，集甲、集註作「逢門」，今從。繆荃孫謂「迎」誤。

〔二〇〕銀葉燒香見客邀　查註、合註句下有自註云：「事（查註無「事」字）見《諸香名譜》。」

〔二一〕連朝　查註作「連宵」。

〔二二〕歌舞　集甲、集註作「歌鼓」。

〔二三〕二十一日　類甲、類丁作「二十二日」。

〔二四〕厭伴　集甲、集註作「厭逐」。

〔二五〕喜逢　查註作「喜聞」。

〔二六〕艷重岡　查註作「宴重岡」。

〔二七〕水光　查註、合註：「水」一作「湖」。

〔二八〕晴方好　查註、合註：「方」一作「偏」。

〔二九〕若把　集甲、集註、類本作「欲把」。

〔三〇〕總相宜　查註此句，「總」字作「也」。

〔三一〕金鯽　查註、合註：《叢話》作「金魚」。

〔三二〕出城　查註：《志》「城」作「行」。

〔三三〕透遲　查註、合註作「透迤」。

〔三四〕何時　查註作「何遲」。

〔三五〕李節推　查註無「李」字。

〔三六〕瀉石門　類本作「寫石門」。

〔三七〕妄意　盧校：「忘意」。合註：「妄」一作「忘」。

〔三八〕隔塵凡　查註、合註：《志》「隔」作「洗」。

〔三九〕山上仙　查註作「山下仙」。查註謂宋刻本「下」作「上」，集甲、集註皆作「上」。查註、合註：《志》「仙」作「清」。

〔四〇〕生亂石　查註、合註：《志》「生」作「鋪」。

〔四一〕九歌河伯　原作「離騷」。今改。

〔四二〕此寺　合註：「寺」一作「地」。

〔四三〕晚鐘　集註、類本作「曉鐘」。

〔四四〕裒裒　集甲作「浥浥」。按，《説文通訓定聲》：「裒」，假借爲「浥」。

〔四五〕後難繼　查註作「後」一作「復」。

〔四六〕琉璃　集甲「琉」作「瑠」。按，《正字通》：「瑠」，或作「琉」。以後不重出。

〔四七〕内芝　查註、合註：《志》「内」作「肉」。

〔四八〕王註次公曰宣室志云云　類丙此註「太玄觀化」作「太玄死」，「鄧天師」作「鄧法師」。今從。「留著與内芝」句後，類丙有「吾師知此術」四句，今據補。

〔四九〕煮芹　按此二字，類甲、類丙作「煮葵」。

〔五〇〕此行　合註：「此」一作「自」。

〔五一〕細雨　合註：「細」一作「小」。

〔五二〕有生　查註、合註：「生」一作「身」。

〔五三〕安生　合註謂《詩案》「生」作「身」，並謂「身」訛。

〔五四〕但令　集甲作「但教」。

〔五五〕癸丑春分後雪　查註、合註：一作「二月十日雪」。

〔五六〕桃李　類本作「桃杏」。

〔五七〕灑面　集甲、集註、類本作「吹面」。
〔五八〕雜夢寐　類甲作「雖夢寐」，疑誤。
〔五九〕同曾元恕游龍山　「同」，據外集增。外集無「龍」字。
〔六〇〕花似酒　查註作「花以酒」。
〔六一〕夾道　查註、合註：「夾」一作「橫」。
〔六二〕鑪錘　集甲、集註、類本作「鑪鎚」。
〔六三〕造化　集甲、集註、類本作「造物」。
〔六四〕望渠　類本作「忘渠」。
〔六五〕殷勤　集甲作「慇懃」。「殷勤」、「慇懃」通。今統一作「殷勤」。
〔六六〕舊住西　集甲、集註、類本作「舊姓西」，查註謂「姓」訛。
〔六七〕玉兔兒　類本作「月兔兒」。
〔六八〕總未知　合註謂「未」一作「不」。
〔六九〕吉祥寺　七集無「寺」字。
〔七〇〕卽至　集甲、集註、類本作「卽來」。
〔七一〕初酣　查註作「初含」。
〔七二〕李鈐轄坐上分題戴花　七集續集重收此詩，題同。
〔七三〕細馬馱　集甲作「細馬駞」。「駞」，卽「駝」。

〔七四〕欲把　七集續集作「莫把」。

〔七五〕於潛僧緑筠軒　盧校：石刻在「顧之慶處，後題元祐二年五月十四日書」。

〔七六〕不可使　盧校：石刻無「使」字。

〔七七〕俗士　盧校：石刻作「士俗」。

〔七八〕若對　查註：石刻「若」作「欲」。

〔七九〕障前　集甲作「鄣前」。《説文通訓定聲》：「鄣」，假借爲「障」。

〔八〇〕尚喜漁人争渡橋　類丙句下原註：是使舍者與之争席之意。

〔八一〕尚貪　集註、類本作「尚餐」。

〔八二〕霜葉　合註謂「葉」一作「雪」，并謂「雪」訛。

〔八三〕渾無物　合註「渾」一作「全」。

〔八四〕苦難穩　類本作「着難穩」，集甲作「著難穩」。「着」、「著」，通。

〔八五〕天公　集甲、類本作「天功」。

〔八六〕烏鵲　集甲、類本作「鳥鵲」。

〔八七〕穠纖　集甲作「濃纖」。

〔八八〕輕傳　原作「輕薄」。查註：宋刻本作「輕傳」。集甲、七集作「輕傳」。紀校：「傳」字是。

〔八九〕靄靄　集甲作「藹藹」。

〔九〇〕漲緑　集甲、類丙作「漲淥」。

〔九一〕麒麟　集甲作「騏驎」。

〔九二〕見臆　集甲、類本作「見憶」。

〔九三〕重逢處　查註作「重縫日」，合註作「重逢日」。

〔九四〕天目山上　類甲、類乙無「上」字。

〔九五〕九首　集甲作「詩五首」。

〔九六〕晚景　合註：「景」後一本有「詩」字。

〔九七〕文殊普賢　集甲「賢」後有「三首」二字。

〔九八〕成壞　類本作「成敗」。

〔九九〕澎湃　盧校：「崩湃」。

〔一〇〇〕泉流　合註：一作「流泉」。

〔一〇一〕肝膈　集甲作「肝鬲」。

〔一〇二〕鸛鵠　類丙作「鸛鶴」。

〔一〇三〕男女　集乙作「勇丈」，七集同，疑誤。集甲作「男女」。

蘇軾詩集卷十

古今體詩五十二首

【誥案】起熙寧六年癸丑六月，在太常博士直史館杭州通守任，至九月作。

立秋日禱雨，宿靈隱寺，同周、徐二令

百重堆案掣身閑，〔施註〕劉禹錫《竇員外新居》詩：莫言堆案無餘地。白樂天詩：堆案拋來眼較明。一葉秋聲對榻眠。〔王註〕《淮南子》：一葉落知天下秋。〔施註〕白樂天《新秋》詩：西風飄一葉。牀下雪霜侵户月，〔施註〕李頻《月》詩：看與雪霜同。韓退之《月》詩：幽坐看侵户。枕中琴筑落階泉。崎嶇世味〔一〕嘗應遍，〔施註〕《漢·陸賈傳》：崎嶇山海間。《左傳·僖公二十八年》：楚子曰：「晉侯險阻艱難，備嘗之矣。」寂寞山棲老漸便。〔施註〕《楚辭》屈原《遠遊》：野寂寞乎無人。《揚子》：種、蠡不强諫而山棲。惟有憫農〔二〕心尚在，起占〔三〕雲漢更茫然。〔施註〕《毛詩·大雅·雲漢》：倬彼雲漢。又：旱既大甚。〔邵註〕鄭箋：時旱渴雨，故宜王仰視天河，望其候焉。

病中獨遊淨慈，謁本長老，周長官以詩見寄，仍邀遊靈隱，因次韻答之

〔施註〕《杭州圖經》：淨慈寺，周顯德元年建，爲報恩光孝寺，大中祥符年改今額。〔王註堯卿曰〕周邠長官云：竊聞子瞻學士，昨日飄然單乘，獨出南屏，旋至北山，窮幽覽勝，真得物外自適之趣。邠嘗誦歐陽公詩云：使君厭騎從，車馬留山前。行歌招野叟，共步青林間。然明公今日之樂，正得於此。因成詩一章上寄云：放歸驄騎獨尋山，直入青蘿翠靄間。謝客杖藜方自適，阮公蠟屐許誰攀？何愁白髮能添老，須信黃金不買閒。應向林泉真得趣，徜徉終日未經還。

臥聞禪老入南山，〔查註〕《釋氏稽古畧》：元豐初，蘇州瑞光寺禪師宗本，移住杭州淨慈寺。按是時，有兩本長老，一圓照禪師宗本，姓管氏，熙寧中住淨慈；一大通禪師善本，姓董氏，元祐初亦住淨慈。世謂之大小本。此大本也。淨掃清風五百間。〔施註〕《南史·謝譓傳》：入吾室者，但有清風。〔查註〕《釋氏稽古畧》：杭州永明寺禪師道潛，謁法眼益禪師。益曰：「子向後有五百毳徒，爲王侯所重。」至廣順元年，吳越忠懿王建慧日永明寺，請師居之。師請塔下羅漢過新寺，符王之先夢也。《咸淳臨安志》：淨慈寺有五百羅漢堂，曹勛作記。【誥案】五百間，當卽田字殿也。我與世疎宜獨往，〔王註〕杜牧之《晚晴賦》：倒冠落佩兮，與世闊疎。〔施註〕《文選》謝靈運《入華子岡》詩：且申獨往志。君緣詩好不容攀。自知樂事年年減，〔施註〕白樂天《晚歸早出》詩：筋力年年減，風光日日新。難得高人日日閑。欲問雲公覓心地，〔王註堯卿曰〕法雲母吳氏，初生雲時，忽見雲氣滿室，光色瑩澈，因名法雲。〔施註〕《華嚴

經》：文殊告善財童子，言：「妙峰有比丘曰德雲，汝可往問，云何學菩薩行。」要知何處是無還。〔公自註〕《楞嚴經》云：我今示汝無所還地。〔施註〕《楞嚴經》：阿難言，我心性各有所還，別妙明元心何故無還？佛告阿難，今當示汝無所還地，因答以八種無還。

病中遊祖塔院

〔王註陳師道曰〕《杭州圖經》云：祖塔法雲院，開成二年唐文宗建。〔查註〕《咸淳臨安志》：祖塔法雲院，唐欽山法師建，舊名資慶，大中八年改大慈，開運二年改仁壽，太平興國六年改賜今額。《武林梵志》：定慧禪寺，俗稱虎跑寺。唐元和中，僧寰中建，賜額廣福院。大中八年，改大慈禪寺。僖宗乾符間，加定慧二字。【誥案】《西湖誌》：釋來復和公《遊祖塔院》詩云：金沙泉湧雪濤香，灑作醍醐大地涼。倒浸九天河影白，遥通百谷海聲長。僧來汲月歸靈石，人到尋源宿上方。欲著《茶經》校奇品，山瓢留待羽仙嘗。考此詩，查註從《名勝志》收入續採詩中，其說以子由和詩二首，公原唱亦應有二。合註又據公墨蹟之跋語，謂一首在集中，一首已鐫石，卽查註補採之詩。二說皆易惑人，恐後有補編之者，特録載以明其誤。

紫李黄瓜村路香，烏紗白葛道衣涼。〔施註〕杜子美《季秋蘇五弟纓江樓夜宴》詩：百過落烏紗。李太白《答贈》詩：領得烏紗帽。〔查註〕杜子美《送段功曹歸廣州》詩：韶州白葛輕。閉門野寺松陰轉，攲枕風軒客夢長。因病得閑殊不惡，〔王註〕《晉書》：王凝之妻謝氏，初適凝之，還，甚不樂。叔父曰：「王郎逸少子，不惡，汝何恨也？」安心是藥更無方。〔施註〕《傳燈録》：二祖謂達摩曰：「我心未安，請師安心。」達摩曰：「將心來與汝安。」二祖良久曰：「覓心了不可得。」達摩曰：「與汝安心竟。」道人不惜階前水，借與匏樽自在嘗。〔合註〕鄭玉詩：供厨惟有舊匏樽。

虎跑泉

〔王註徐師川曰〕《杭州圖經》：性空禪師嘗居大慈，無水，或有神人告之，曰：「明日當有水矣。」是夜二虎跑地作穴，泉水湧出，因號虎跑泉。〔查註〕《高僧傳》：杭州大慈山寰中姓盧氏，蒲坂人，年二十五，隨計中甲科。遭母憂，服闋，往北京童子寺出家。宋濂《虎跑泉寺碑記》云：虎跑泉，在杭之南山大慈定慧禪院。唐元和十四年，性空大師，來遊玆山，棲禪其中。

亭亭石塔東峰上，〔施註〕《文選》魏文帝詩：亭亭如車蓋。此老初來百神仰。〔合註〕杜子美《投簡成華兩縣諸子》詩：此老無聲淚垂血。虎移泉眼趁行脚，〔合註〕皮日休詩：細挑泉眼穿新脈。《傳燈録》有小僧行脚。龍作浪花供撫掌。〔施註〕杜子美《丈八溝》詩：幔卷浪花浮。《晉·王羲之傳》：語田里所行，故以爲撫掌之資。至今遊人盥濯〔四〕罷，卧聽空堦環玦響。故知此老如此泉，莫作人間去來想。〔施註〕《維摩經》：維摩詰言：「斷取三千大千世界，著右掌中，擲過恒沙世界之外，又復還置本處，不使人有往來想。」

佛日山榮長老方丈五絶〔五〕

〔王註韓駒曰〕《杭州圖經》：淨慧禪院在永和鄉，天福七年吴越王錢氏建，舊額佛日院，祥符元年改今額。〔查註〕《太平寰宇記》：臯亭山，西爲黄鶴山，舊有黄鶴樓，在山巔。吴越錢氏建佛日院於此。《咸淳臨安志》：佛日山，在母山之東北，中有佛日淨慧寺。《武林梵志》：明教嵩禪師道場也。按《北史·李士謙傳》：客問三教優劣？士謙曰：「佛，日也；道，月也。」佛日之義取此。

其一

陶令思歸久未成，〔施註〕《文選》，石崇有《思歸引》。遠公不出但聞名。〔施註〕《廬山記》：遠公送客，未嘗過虎谿，過則虎輒簇鳴。山中只有蒼髯叟，〔施註〕《高僧傳》：東晉法潛，王敦之弟也。王茂弘、庾元規皆友敬焉。隱剡山，或問曰：「山中勝友者誰？」則指松曰：「蒼髯叟也。」〔查註〕《武陵梵志》：佛日山，徑下有大松二株，皆唐、宋舊物。數里蕭蕭管送迎。〔王註次公曰〕「管」字乃劉禹錫《楊柳枝詞》「惟有垂楊管別離」之意也。

其二

千株玉槊攙雲立，一穗珠旒落鏡寒。〔王註次公曰〕以言松或檜也。珠旒，謂瀑布也。〔師民瞻曰〕玉槊，謂竹也；珠旒，謂泉溜也。何處霜眉〔六〕碧眼客，〔王註次公曰〕言榮老。結爲三友冷相看。〔施註〕白樂天《雙石》詩：石雖不能言，許我爲三友。

其三

東麓雲根露角牙，〔王註〕韓退之詩：蒼龍露角牙。〔次公曰〕唐人多使「雲根」字爲石。白樂天《天竺石》詩：下檐拂雲根。〔師民瞻曰〕李商隱詩：江風摇浪動雲根。〔施註〕白樂天《太湖石》詩：削成青玉片，截斷碧雲根。細泉幽咽走金沙。〔施註〕白樂天《琵琶行》：幽咽泉流水下灘。《阿彌陀經》：池底純以金沙布地。〔查註〕《咸淳臨安志》：金沙泉，在仁和縣永和鄉。不堪土肉埋山骨〔七〕，〔王註〕韓退之《石鼎聯句》：巧匠琢山骨。〔合註〕《博物志》：地以名山爲輔佐，石爲之骨，土爲之肉。未放蒼龍浴渥洼。〔王註〕《漢·禮樂志》：元狩三年，馬生渥洼水中，作歌云，今安匹，龍爲友。〔施註〕《漢·武帝紀》：元鼎四年秋，馬生渥洼水中，作《天馬之歌》。〔查註〕《咸淳臨安志》引《祥符志》云：黄鶴山，在佛日山之北，高百餘丈。巔有龍池，一名渥洼，出雲必雨。周必大《吴郡遊山録》：淨慧禪院，面對黄鶴峰，上有渥洼泉，出石罅中。【誥案】渥洼池，在巔，距寺尚十餘里。周必大誤以寺中池當之，與《祥符志》矛盾。已删。

其　四

食罷茶甌未要深，〔施註〕白樂天《食後》詩：食罷一覺睡，起來兩甌茶。清風一榻抵千金〔八〕。〔王註〕杜子美《春望》詩：家書抵萬金。〔施註〕李後主《箭》詩：天才見脩竹，何啻抵萬金。腹摇鼻息庭花落，〔施註〕孫樵《經緯集·乞巧對》：九衢喧喧，交路朱門，曉鼓一發，車馳馬奔。予方高枕，偃然就寢，腹摇鼻息，夢到鄉國。槐陰撲庭，鳴蜩噪晴，懷軸囊刺，門門買聲。予方屏居，詠歌吾廬，對松敲石，不知其餘。還盡平生未足心。

其　五

日射回廊〔九〕午枕明，〔施註〕杜子美《香積寺》詩：小院回廊春寂寂。水沉銷盡〔一〇〕碧烟横。〔合註〕《本草》：木之心節，置水則沉，故名沉水，亦曰水沉。山人睡覺無人見，只有〔一一〕飛蚊繞鬢鳴。〔王註〕唐何諷《夢渴賦》：窗日斜照，飛蚊繞鬢。

弔天竺海月辯師三首

〔查註〕《釋氏稽古畧》：杭州天竺靈山寺慈雲靈應尊者，遵式入寂，嗣法明智大師祖韶。韶有二弟子，曰慧辯，卽海月禪師；曰元淨，卽辯才法師也。海月，華亭人。《天竺事蹟》：熙寧六年七月十七日，海月大師慧辯，晨起盥漱謝衆，趺坐而寂。杭州通守蘇公，弔以三詩，敍而贊之。

其　一

欲尋遺跡强沾裳，本自無生可得亡。〔王註〕張湛《列子註》云：本自無生，故曰不死。今夜生公講堂月，滿庭依舊冷如霜。〔王註〕劉禹錫詩：生公說法鬼神聽，身後空堂夜不扃。高坐寂寥塵漠漠，一方明月可中庭。

其　二

生死猶如臂屈伸，〔查註〕《十六觀行經》云：譬如壯士，屈伸臂頃，卽生西方。情鍾我輩一酸辛。〔王註〕《晉書》：王衍曰：「聖人忘情，最下不及於情，情之所鍾，正在我輩。」樂天不是蓬萊客，〔王註〕白樂天詩：海山不是吾歸處，歸則須歸兜率天。憑仗西方作主人。〔王註〕白樂天又《與果上人訣別》詩：不須惆悵從師去，先請西方作主人。〔合註〕陳後主樂府：憑仗一相招。

其　三

欲訪浮雲起滅因，無緣却見夢中身。安心好住〔一三〕王文度，〔王註〕《晉·王坦之傳》：字文度。初坦之與沙門竺法師甚厚，每共論幽明報應，便要先死者當報其事。後經年，師忽來云：「貧道已死，罪福皆不虛，惟當勤脩道德，以升濟神明耳。」言訖，不見。〔合註〕戎昱詩：好住好住王司户。此理何須更問人。

孤山二詠并引

孤山有陳時柏二株。其一爲人所薪，山下老人自爲兒時，已見其枯矣，然堅悍如金石，愈於未枯者。僧志詮作堂於其側，名之曰柏堂。堂與白公居易〔三〕竹閣相連屬。佘作二詩以紀之。

柏堂

〔查註〕《咸淳臨安志》：陳文帝天嘉二年，建廣化寺。寺有當時所植二栢。東坡作《孤山二詠序》。堂久廢，孝宗御書坡詩刻石，覆以小亭。

道人手種幾生前，〔王註次公曰〕道人，指言志詮。手種幾生前，乃詩人之高意也。鶴骨龍筋〔四〕尚宛然。雙幹一先神物化，九朝三見太平年。〔王註續曰〕九朝，謂陳、隋、唐、梁、後唐、晉、漢、周及本朝也。〔次公曰〕所謂三見太平，豈指隋、唐與本朝耶？〔施註〕《漢·食貨志》：三登曰太平。《伍被傳》：雖未及古太平時，然猶爲治也。忽驚華構依巖出，〔合註〕陸雲《歲暮賦》：痛華構之丘荒。乞與佳名到處傳。此柏未枯君記取，〔王註〕《傳燈録》：僧問如何是祖師西來意？趙州曰：「庭前柏樹子。」灰心聊伴小乘禪。〔邵註〕《釋典》：阿羅漢果，獨了生死，不度衆生，故名小乘，如車乘之小者，僅能自載；聲聞緣覺乘爲中乘；菩薩乘爲大乘。

竹閣

〔查註〕《傳燈録》：鳥窠禪師，富陽潘氏子，九歲出家。後見秦望山有長松，枝葉繁茂，盤屈如蓋，遂棲止其上。元和中，白居易出守兹郡，因入山禮謁，乃起竹閣於湖上，迎師居之。白樂天詩：晚坐松簷下，宵眠竹閣間。《咸淳臨安志》：白公竹閣，舊在廣化寺柏堂之後。王象之《碑目》：唐白舍人《鳥窠禪師問答頌》，在定業院。

海山兜率兩茫然，〔施註〕盧子《唐逸史》：會昌元年，有海商遭風，至蓬萊山，宮内一院扃鎖，云是白樂天院。故白公《答李浙東》詩云：海山不是吾歸處，歸卽應歸兜率天。〔合註〕《傳燈録》：釋迦牟尼佛，生兜率天。古寺無人竹滿軒。白鶴不留歸後語，〔施註〕《唐宋類詩》李遠《失鶴》詩：華表柱頭留語後，不知消息到如今。蒼龍猶是種時孫。〔王註〕援曰：蒼龍，謂竹也。兩叢恰似〔一五〕蕭郎筆，〔施註〕白樂天《蕭悦畫竹歌》：蕭郎下筆獨逼真，森森兩叢十五莖。〔查註〕悦善畫竹，唐人。十畝〔一六〕空懷渭上村。〔王註〕《史記·貨殖傳》：渭川千畝竹，其人與千户侯等。〔施註〕白樂天《退居渭上村》詩：聖代元和歲，閒居渭水陽。又《池上篇》云：十畝之宅，有竹千竿。欲把新詩問遺像，〔合註〕竹閣有白香山遺像。病維摩詰更無言。

與述古自有美堂乘月夜歸

【誥案】歐陽修《有美堂記》：嘉祐二年，龍圖閣直學士尚書吏部郎中梅公，出守餘杭，於其行也，天子寵之以詩。於是作有美之堂，蓋取賜詩之首章而名之。

娟娟雲月稍侵軒，瀲瀲星河半隱山。〔王註〕《文選》謝靈運《遊南亭》詩：遠峰隱半規。〔施註〕鬼詩：星河易翻。魚鑰未收清夜永，〔施註〕丁用晦《芝田録》：鑰必以魚者，取其不瞑目守夜之義。唐司空曙詩：漏促雙魚鑰，車喧百子鈴。晉陶淵明《擬古》詩：佳人美清夜。鳳簫猶在翠微間。〔施註〕《荀子》：鳳凰秋秋，其聲若簫。《爾雅》：山未及上曰翠微。《文選》左太沖《蜀都賦》：鬱芬葐以翠微。註云：翠微，山氣輕縹者。凄風瑟縮經絃柱，〔施註〕《左傳·昭公四年》：春，無凄風。《毛詩·邶風·緑衣》：凄其以風。《玉臺新詠·朝時篇》：纖絃感促柱。〔邵註〕張協《七命》：撫促柱則酸鼻，揮危絃則涕流。《古詩》：音響一何悲，絃急知柱促。〔合註〕《吕氏春秋》：瑟縮不達。香霧凄迷〔一七〕著髻鬟。〔施註〕杜子美《月夜》詩：香霧雲鬟濕，清輝玉臂寒。李賀詩：白晝萬里閑凄迷。杜子美《送重表姪王殊評事使南海》詩：自陳翦髻鬟。共喜使君能鼓樂，萬人争看火城還。〔施註〕《國史補》：每元日、冬至立仗，大官皆備珂傘，列燭有至五六百炬，謂之火城。宰相火城將至，則衆撲滅避之。

有美堂暴雨

〔查註〕賈耘老《有美堂》詩云：自刊宸畫入雲端，神物應知護翠巒。吴越不藏千里色，斗牛嘗占一天寒。四簷望盡回頭懶，萬象搜來下筆難。誰信静中疎拙意，署無蹤跡到波瀾。耘老所著《懷蘇集》，世不傳。《庚溪詩話》云：有美堂，士大夫留題甚衆，東坡倅杭，令吏盡録之，而未著其姓名，默定詩之高下，遂以賈收詩爲冠。皖上陳焯《宋元詩會》中亦選此詩，今因題附録。

遊人脚底一聲雷，〔王註師民瞻曰〕俗説高雷無雨，故雷自地震，即暴雨也。滿座頑雲撥不開。〔施註〕杜牧之《雪中書懷》詩：臘雪一尺厚，雲凍寒頑癡。〔合註〕陸龜蒙《苦雨》詩：頑雲猛雨更相欺。天外黑風吹海立，〔王註次公曰〕世間本皆云「吹海去」，《王立之詩話》作「海立」。云：使杜甫「海水皆立」字。極是。〔查註〕《法華經·普門品》：若有衆生入於大海，假使黑風吹其船舫，漂墮羅刹鬼國。《容齋隨筆》：東坡有美堂會客詩，讀者疑海不能立，黄魯直曰：「九天之雲下垂，四海之水皆立」句，語雄峻，前無古人。坡和陶《停雲》詩，有「雲屯九河，雪立三江」之句。〔合註〕《能改齋漫録》：長水校尉關子陽，謂天去人尚遠，而黑風吹海，東坡兼用此。【誥案】杜甫《雨》「風吹滄江樹，雨灑石壁來」之「樹」字，亦作「立」字解。朱元晦謂「樹」不對「來」，欲改「樹」爲「去」，殊不知《論語》「樹塞門」，元晦亦作「立」字解也。凡言理者，一沾染詩，無不糊塗。浙東飛雨過江來。〔施註〕《文選》謝玄暉詩：朔風吹飛雨，蕭條江上來。〔查註〕《石林避暑録》：浙江不見於《禹貢》，以錢塘江爲浙江，始於《秦紀》。陸廣微《吴地記》：漢順帝永建四年，山陰殷重獻策，分江置兩浙。詔司空王襲封從錢塘江中分，向東爲會稽郡，向西爲吴郡。十分瀲灧金樽凸，〔施註〕《文選》木元虚《海賦》：溦湙瀲灧。杜牧之《羊欄夜宴》詩：酒凸觥心瀲灧光。又《寄李起居》詩：雲罍心凸知難捧。千杖敲鏗羯鼓催。〔施註〕韓退之《城南聯句》：樹啄頭敲鏗。〔王註高荷曰〕唐南卓《羯鼓録》：明皇嘗遇二月宿雨初晴，遣取羯鼓，臨軒縱擊，反顧柳杏皆拆。〔施註〕南卓《羯鼓録》：羯鼓，其聲焦殺鳴烈，尤宜促曲急破。宋開府善羯鼓，嘗曰：「頭如青山峰，手如白雨點。」取譬端直而急。〔查註〕南卓《羯鼓録》：杖用黄檀狗骨花楸等木。〔合註〕《唐語林》云：李龜年善打羯鼓，明皇問：「卿打多少杖？」對曰：「臣打五千杖訖。」唤起謫仙泉灑面，〔施註〕《唐·李白傳》：賀知章一見，呼爲謫仙。玄宗坐沈香亭，欲得白爲樂章。召入，而白已醉，左右以水頮面，稍解。援筆成文。《舊書》云灑面。倒傾鮫室瀉瓊瑰。〔王註〕《博物志》：鮫人從水中出，曾寄寓人家，積日賣綃。臨去，從主人索器，泣而出珠滿盤，以與主人。《左傳·成公十七年》：初，聲伯夢涉洹，或與己瓊瑰，食之，泣而爲瓊瑰，盈其懷。劉禹錫詩：每逢詞客餽瓊瑰。〔施註〕《文選》木元虚《海賦》：其垠則有天琛、水怪、鮫人之室。

八月十五日看潮〔一八〕五絶〔一九〕

其一

定知玉兔十分圓〔二〇〕，〔施註〕《五經通義》：月中有兔與蟾蜍。已作霜風九月寒。寄語重門休上鑰，〔施註〕《周易·繫辭》：重門擊柝。《周禮·地官》：司門掌授管鍵，以啓閉國門。鄭司農云：管謂籥也，鍵謂牡。夜潮留向月中看。

其二

萬人鼓譟懾吴儂，〔施註〕吴儂見《南部煙花記》。《左傳·哀公十七年》：越伐吴，吴子禦之笠澤，夾水而陳。越子爲左右句卒鼓噪而進，吴師大亂，遂敗之。猶是〔二一〕浮江老阿童。〔施註〕《晉書·羊祜傳》：咸寧初，吴有童謡曰：「阿童復阿童，銜刀浮渡江，不畏岸上虎，但畏水中龍。」祜聞之曰：「此必水軍有功，但當思應其名耳。」益州刺史王濬，小字阿童，因表留監諸軍事，密令修舟楫，爲順流之計。欲識潮頭高幾許，〔查註〕《越絶書》：子胥死，其神依潮往來，有見其素車白馬於潮頭者。越山渾在浪花中。

其三

江邊身世兩悠悠，〔王註〕白樂天詩：黄梅縣邊黄梅雨，白頭浪裹白頭翁。〔施註〕《文選》鮑明遠詩：身世兩相棄。《毛詩》：悠悠我思。久與滄波共白頭。〔施註〕白樂天詩：愁見舟行風又起，白頭浪裏白頭人。造物亦知人易老，故教江水向西流〔三〕。〔施註〕李太白《白頭吟》：東流不作西歸水。〔查註〕枚乘《七發》：江水逆流，海水上潮。蓋江水本自東流，潮自海門逆入，江勢不能敵，往往隨潮西流。

其　四

吳兒生長狎濤淵，〔施註〕《左傳·昭公二十年》：鄭子産曰：「火烈，民望而畏之，故鮮死焉；水弱，民狎而玩之，則多死焉。」〔查註〕《咸淳臨安志》：治平中，郡守蔡襄作《戒弄潮文》。熙寧中，兩浙察訪使李承之奏請禁止，然終不能遏也。冒利輕生〔三〕不自憐。東海若知明主意，應教斥鹵變桑田。〔公自註〕是時新有旨禁弄潮。〔王註〕《太平廣記》：麻姑自言：「見東海三爲桑田，向到蓬萊，水又淺於往昔，會時略半也，豈將復還爲陵陸乎？」王方平笑曰：「聖人皆言海中復揚塵也。」《漢·溝洫志》：終古舄鹵兮生稻粱。師古曰：舄，卽斥鹵也，謂鹹鹵之地也。〔施註〕「斥鹵」見《爾雅》。《尚書·禹貢》：海濱廣斥。孔安國昌言復其斥鹵。〔查註〕《烏臺詩案》：熙寧六年，任杭州通判，因八月十五日觀潮作詩五首，寫在安濟亭上。前三首，並無譏諷，至第四首，言弄潮之人貪官中利物，致其間有溺而死者，故朝旨禁斷。軾謂主上好與水利，不知利少而害多，言「東海若知明主意，應教斥鹵變桑田」，此言事之必不可成者，譏諷朝廷水利之難成也。其詩係册子内。

其　五

江神河伯兩醯雞，〔王註〕《莊子·田子方篇》：孔子見老聃曰：「丘之於道也，其猶醯雞歟，微夫子之發吾覆也，吾不知天地之大全也。」海若東來氣吐霓。〔施註〕《莊子·秋水篇》：秋水時至，百川灌河。於是河伯欣然自喜，以天下之美爲盡在己。順流而東行，至於北海，東面而視，不見水端，於是焉，河伯始旋其面目，望洋向若而歎。蔡邕《月令章句》：蜺常依陰雲，而晝見於日衝。〔查註〕《咸淳臨安志》：海門在仁和縣東北六十五里。有山曰赭山，與越州龕山對峙，潮水出其間。郭璞《地記》所謂海門一點巽山小，指此。安得夫差水犀手，〔王註〕杜牧詩：夫差傳裏水犀軍。〔施註〕《國語》：夫差衣水犀之甲者三千。三千强弩射潮低。〔公自註〕吴越王嘗以弓弩射潮頭，與海神戰，自爾水不近城。〔王註次公曰〕「三千强弩」字，杜牧《寧陵縣記》中語。〔施註〕《漢·張騫傳》：漢兵三千人，强弩射之。〔合註〕《野客叢書》云：《五代世家》亦有三千强弩事。〔施註〕《北夢瑣言》：杭州連岸潮頭直打羅刹石。吴越錢尚父俾張弓弩候潮至，逆而射之，由是漸退。羅刹石化而爲陸地，遂列廩庾焉。〔查註〕《吴越備史》：梁開平四年八月，錢武肅始作捍海塘，王因江濤衝激，命强弩五百以射潮頭，既而潮遂趨西陵。

東陽水樂亭

〔公自註〕爲東陽令王都官槩作。〔施註〕《東坡志林》云：錢塘東陽皆有水樂洞，泉流空巖中，自然宫商。〔查註〕《元和郡縣志》：東陽縣西至婺州，一百五十里。《名勝志》：縣南有山，二峰相對，曰東峴、西峴。飛瀑數丈，自巔而下，注於澗，淙淙如漱玉。宋熙寧中，縣令王槩作亭澗上，號水樂亭。【誥案】凡公自己註明而註家猶復申其説者，謂之註註，其格已低。乃查註於此，與潛説友、賈似道辨别杭州之水樂洞，幾及五百字，合註猶復仍之，殊失體裁。今删。

君不學白公引涇東注渭，五斗黄泥一鍾水，〔王註〕《漢書·溝洫志》：白公奏穿渠。引涇水，首起谷口，尾入櫟陽，注渭中，袤二百里，溉田四千五百餘頃。民歌之曰：「舉鍤爲雲，決渠爲雨。涇水一石，其泥數斗。」〔合註〕《左傳·襄公二十九年》：户一鍾。註：六斛四斗曰鍾。又不學哥舒横行西海頭，〔施註〕李太白《寒夜獨酌》詩：君不能學哥舒，横行青海夜帶刀，西屠石堡取紫袍。〔合註〕陸龜蒙詩：安知寂寞西海頭。歸來羯鼓打涼州〔三四〕。〔王註續曰〕《唐書》：哥舒翰，其先蓋突騎施酋長哥舒部之裔，世居安西。翰封涼國公。涼州，曲名也。唐以州名曲，如伊、梁、甘、涼之類。羯鼓外，夷樂以戎羯名之。如漆桶，下以牙牀承之，擊用兩杖。〔施註〕傳載：天寶中，樂章多以邊地爲名。但向空山石壁下，〔施註〕杜子美《夜》詩：露下天高秋氣清，空山獨夜旅魂驚。愛此有聲無用之清流。〔施註〕《因話録》：李勉奉使至陜州硤石縣，愛渠水清流，旬日忘發。流泉無絃石無竅，强名水樂人人笑。〔施註〕《老子》：强名之曰道。元結《水樂説》：元子於山中，尤所躭愛者有水樂。水樂是南磵之懸水，淙淙然。慣見山僧已厭聽，多情海月空留照。洞庭不復來軒轅，至今魚龍舞鈞天。〔施註〕《漢·律曆志》：黄帝垂衣裳，始有軒冕之服，故天下號曰軒轅氏。《莊子·天運篇》：黄帝張咸池之樂於洞庭之野。又，《至樂篇》：咸池九韶之樂，張之洞庭之野，鳥聞之而飛，獸聞之而走，魚聞之而下入。《漢·西域傳》：魚龍角抵之戲。《史記·扁鵲傳》：趙簡子疾，寤，語諸大夫曰：「我之帝所甚樂，與百神遊於鈞天，廣樂九奏萬舞，不類三代之樂，其聲動心。」聞道磬襄東入海，遺聲恐在海山〔三五〕間。鏘然澗谷含宫徵，〔合註〕李漢《韓昌黎集序》：鏘然而韶鈞發。節奏未成君獨喜。不須寫入薰風絃，〔施註〕《家語》：舜作五絃之琴，以歌南風，曰：南風之薰兮，可以解吾民之愠兮。《琴操》亦云。縱有此聲無此耳。

與周長官、李秀才遊徑山，二君先以詩見寄，次其韻二首

〔查註〕《烏臺詩案》：熙寧六年，因往諸縣提點，到臨安縣，隔得一兩日，周邠、李行中二人亦來，與軾同遊徑山，周邠作詩一首，軾和答。即後勝字韻詩也。

其一

少年飲紅裙，酒盡推不去。呼來徑山下，試與洗塵霧。〔施註〕《晉·列女王凝之妻謝氏傳》：嘗譏玄學殖不進，日爲塵務經心，爲天分有限耶？癡馬惜障泥，臨流不肯渡。〔施註〕《晉·王濟傳》：善解馬性。嘗乘一馬，著連乾障泥，前有水，終不肯渡。濟云：「此必是惜障泥。」使人解去，便渡。故杜預謂濟有馬癖。李太白《紫騮馬》詩：臨流不肯渡，似惜錦障泥。獨有汝南君，【誥案】謂同遊周邠也。〔施註〕《千姓編》：周，姬姓國也，望出汝南。從我無朝暮。肯將紅塵脚，暫著白雲屨。嗟我與世人，何異笑百步。功名一破甑，棄置何用顧。〔王註〕《後漢·郭太傳》：孟敏客居太原，荷甑墮地，不顧而去。林宗見而問其意，對曰：「甑已破矣，視之何益。」林宗異之，因勸令遊學，十年知名。〔施註〕《世説》：鄧遐免官後，見桓温，温曰：「卿何以瘦？」答曰：「有愧於叔達，不能不恨於破甑。」註：孟敏，字叔達。更憑陶靖節，往問征夫路。〔查註〕右答周長官。

其二

龍亦戀故居，【誥案】此句憑空插入「故居」二字，蓋其意後欲入孔明也，且屬五丈原之孔明，非草廬之孔明也。通篇

寓當歸之意，讀者試看清此意，更論之，未晚也。百年尚來去。〔王註堯卿曰〕山中有龍嵓也。〔查註〕蔡襄《徑山記》：其間小井，故龍湫也。歲卒一來，雷雨暝曀。至今雨雹夜，〔施註〕《春秋經·僖公二十九年》：大雨雹。殿閣〔二六〕風纏霧。而我棄鄉國，大江忘北渡。便欲此山〔二七〕前，築室安遲暮。〔施註〕《毛詩·斯干》：築室百堵。《小旻》：如彼築室于道謀。又恐〔二八〕太幽獨，〔王註〕杜子美《久雨期王將軍不至》詩：空山無以慰幽獨。歲晚霜入屨。同遊得李生，【誥案】謂同遊李中行也。仄足〔二九〕隨蹇步。〔施註〕《文選》謝宣遠詩：四達雖平直，蹇步愧無良。孔明不自愛，〔施註〕《漢·高祖紀》：吾非敢自愛。臨老起三顧。〔王註〕諸葛亮《出師表》：臣本布衣，躬耕於南陽，先帝不以臣卑鄙，猥自枉屈，三顧臣於草廬之中，咨臣以當世之事。〔合註〕何焯曰：孔明始從昭烈，年二十七耳，何謂臨老？【誥案】紀昀曰：孔明出時未老。非也。誥謂孔明討賊，正以受昭烈三顧之重，故臨老不能自已也。此「起」字從「不自愛」貫下，謂臨老猶起此念，與起卧龍之「起」字不同，且此詩非着意用孔明事，乃以孔明作龍使耳。意謂龍知戀故居，而卧龍不知戀故居，公蓋以龍自比，故其下緊接吾歸也。本集凡弄巧處，皆李、杜、韓諸集所無，讀者多爲所欺。曉嵐點論，往往不透此關，義門何亦爾耶？吾歸便却掃，〔王註〕《南史》：沈炯，字初明。閉門却掃，無所交接。〔施註〕《文選》江文通《恨賦》：閉關却掃，塞門不仕。《晉·葛洪傳》：閉門却掃，未嘗交遊。〔合註〕《文選》李善註引司馬彪《續漢書》曰：趙壹閉門却掃，非德不交。誰踏門前路。〔查註〕右答李秀才。

臨安三絶

【誥案】三詩筆墨一色，氣體皆佳，而與《陌上花》三章，用意則同。

將軍樹

〔王註呂祖謙曰〕按《臨安縣圖經》：此木今在淨土寺西小橋之側，乃女貞木也，至今茂盛。〔施註〕《五代·吴越世家》：臨安里中有大樹，錢鏐幼時與羣兒戲樹下。及貴，歸宴故老，山林皆覆以錦，號其樹曰衣錦將軍。

阿堅澤畔菰蒲節，〔施註〕《晉·載記》：秦苻洪。始，其家池中，蒲生長五丈，五節，如竹形，時咸謂之蒲家，因以爲氏。其後洪以讖文有「草付應王」，其孫堅背有「草付」字，遂改姓苻氏。又，《苻堅傳》：堅强盛時，童謡云，阿堅連牽三十年。玄德牆頭羽葆桑。〔王註〕《三國·蜀志·先主傳》：字玄德。舍東南角籬上，有桑樹高五丈餘，遥望見童童如小車蓋。先主少時，與宗中諸小兒於樹下戲，言：「吾必當乘此羽葆蓋車。」不會世間閑草木，與人何事管興亡。〔王註〕《晉書·謝玄傳》：安嘗戒約子姪，因曰：「子弟亦何豫人事，而正欲使其佳。」唐沈彬《再過金陵》詩：江山不管興亡事，一任斜陽伴客愁。

錦　溪

〔王註李堯祖曰〕晏殊《輿地志》云：石鏡溪，一名錦溪，在縣東南一里。

楚人休笑沐猴冠，〔施註〕《漢·項籍傳》：韓生説羽都關中。羽曰：「富貴不歸故鄉，如衣錦夜行。」韓生曰：「人謂楚人沐猴而冠，果然。」越俗徒誇翁子〔三〇〕賢。〔施註〕《漢·朱買臣傳》：字翁子。上拜爲會稽太守，謂曰：「富貴不歸故鄉，如衣繡夜行，今子何如？」買臣頓首辭謝。〔合註〕《史記·漢武帝紀》：越俗有火災，復起屋。五百年間異人出，〔王註援曰〕郭璞《杭州歌》云：天目山前兩乳長，龍飛鳳舞到錢塘。其末句云：五百年生異姓王。自東晉迄五代錢鏐時，適當五百年，錢鏐亦自謂當此運也。〔施註〕晉郭璞《題臨安山》詩云：海門山氣横爲案，五百年間異姓王。《漢·公孫弘傳》：羣士嚮慕，異人並出。盡將錦繡裹山川。〔查註〕《湘山野録》：開平元年，梁太祖封錢鏐爲吴越王，改臨安縣爲衣錦軍。是年，省塋壟，延故老，旌鉞鼓吹，振耀山谷。自昔遊釣之所，盡蒙以錦繡。爲牛酒，大陳鄉飲，別張蜀錦爲廣幄，以飲鄉婦。凡男女八十已上，金樽；百歲以上，玉樽。鏐起執爵於席，自唱《還鄉歌》以娱賓曰：「三節還鄉兮掛錦衣，吴越一王駟馬歸。臨安道上列旌旗，碧天明明兮愛日輝。父老遠近來相隨，家山鄉眷兮會時稀，斗牛光起兮天無欺。」

石鏡〔三一〕

〔王註十朋曰〕《臨安縣圖經》：衣錦山，在縣南一里，本名石鏡山，高二十六丈，周迴二百六十步。武肅幼時遊此。顧其形服冕旒，如王者狀。唐昭宗時，改賜今名。〔施註〕山謙之《吴興記》：臨安縣東五里石鏡山東，有石鏡一所，徑二尺四寸，甚清亮。

山雞舞破半巖雲，菱葉開殘野水春。〔王註次公曰〕鏡有菱花之名，故用「菱葉」字。永叔《金雞》詩：山雞稟其粹，舞影還自愛。李巨鑑詩：無波菱自動，不夜月常明。〔施註〕《異苑》：魏武時，南方獻山雞，以大鏡著其前，雞鑑形而舞不止。庾信《畫屏》詩：吹簫迎白鶴，照鏡舞山雞。應笑武都山下土，枉教明月殉佳人〔三二〕。〔王註〕《成都記》：武都山，丈夫化爲女子，顏色美絶，蓋山精也。蜀王納以爲妃，無幾，物故。乃發卒武都擔土，葬於成都郭中，號武擔山。以石作鏡一枚，表其墓。

登玲瓏山

〔王註〕《臨安圖經》：玲瓏山，在縣西十二里，兩山屹起，盤屈凡九折，上通絶頂，名曰九折巖。南行百許步，有亭，下瞰百里山，名曰三休亭。【誥案】通篇寓玲瓏意，而曉嵐不辨，初白又誤謂以虚對實，故曉嵐益不解矣。

何年僵立兩蒼龍，瘦脊盤盤尚倚空。翠浪舞翻紅䆉稏，〔王註厚曰〕䆉稏，稻多貌。〔施註〕杜牧之《郡齋獨酌》詩：䆉稏百頃稻，西風吹半黄。〔合註〕《齊民要術》有赤芒稻。韋蘇州詩：沃野收紅稻。陸龜蒙詩：翠浪舞綃幕。白雲穿破碧玲瓏。〔施註〕謝靈運《北山》詩：徑側既窈窕，環洲亦玲瓏。三休亭上工延月，〔王註〕《唐書·司空圖傳》：司空圖居中條山王官谷，有先人田，遂隱不出。作亭觀素室，悉圖唐興節士文人，名亭曰休休，作文以見志。曰：休，美也，既休而美具，故量才一宜休，揣分二宜休，耄而聵三宜休，又少也惰，長也率，老也迂，三者非濟時用，則又宜休，因自目爲耐辱居士。《雞跖集》：楚王誇客以章華之臺，三休乃至。九折巖前巧貯風。脚力盡時山更好，莫將有限趁無窮。〔施註〕《文選》左太沖《招隱》詩：躊躇足力煩，聊欲投吾簪。唐人詩：浮世無窮事，勞生有限身。

宿九仙山

〔公自註〕九仙謂左元放、許邁、王、謝之流。〔王註韓駒曰〕《圖經》：無量院，在縣西十二里九仙山，東晉葛洪、許邁煉丹之地。

風流王、謝古仙真，〔施註〕《南史·王儉傳》：儉嘗曰：「江左風流宰相，惟有謝安。」蓋自況也。杜子美《壯遊》詩：

王、謝風流遠。一去空山五百春。玉室金堂餘漢士，〔查註〕《晉書·許邁傳》：邁，字叔遐。嘗謂餘杭懸霤山是洞庭西門。於是立精舍，而往來茅嶺之洞室。永和二年，移入臨安西山。乃改名元，字遠遊。桃花流水失秦人。困眠一榻香凝帳，夢遶千巖冷逼身。夜半老僧呼客起，雲峰缺處湧冰輪。〔王註林致約曰〕今寺中有冰輪閣。〔合註〕王初詩：涓涓清月濕冰輪。

陌上花三首并引

遊九仙山，聞里中兒歌《陌上花》。父老云〔三三〕：吳越王妃，每歲春必歸臨安，王以書遺妃曰：「陌上花開，可緩緩歸矣。」吳人用其語爲歌，含思宛轉，聽之凄然，而其詞鄙野，爲易之云。〔查註〕謝皐羽《晞髮集·歸朝曲》：勾吳月令牽牛中，翟茀乘風來閩宮。又云：先王烝嘗澤有差，上恩許歌《陌上花》。自註：吳越王妃以開寶九年三月，隨王入朝。《五代史》：吳越錢宏俶，宋太祖時常來朝，遣還國。太平興國三年，詔俶來朝，始舉族歸京師。

其一

陌上花開蝴蝶飛，江山猶是昔人非。〔施註〕《文選》魏文《與吳質書》：節同時異，物是人非。遺民幾度垂垂〔三四〕老，〔施註〕《五代史補》：僧貫休入蜀，獻王建詩曰，一缾一鉢垂垂老，萬水千山得得來。遊女長歌緩緩歸。

【誥案】紀昀曰：真有相思宛轉之意。

其二

陌上山花無數開，〔王註〕杜子美《蕭八明府實處覓桃栽》詩：河陽縣裏雖無數。路人争看翠軿〔三五〕來。〔施註〕《文選》陸士衡《羅敷艷歌》：北渚盈軿軒。《蒼頡篇》曰：衣車也。《唐韻》：軿，四面屏蔽，婦人車也。若爲留得堂堂去，〔施註〕唐薛能詩：青春背我堂堂去，白髮催人故故生。且更從教緩緩回。

其三

生前富貴草頭露，〔王註〕杜子美《送孔巢父謝病歸遊江東兼呈李白》詩：惜君只欲苦死留，富貴何如草頭露。身後風流陌上花。〔施註〕《晉·張翰傳》：使我有身後名，不如即時一杯酒。《文選》王仲宣《贈蔡子篤》詩：風流雲散。已作〔三六〕遲遲君去魯，猶教緩緩妾還家〔三七〕。

遊東西巖

〔公自註〕即謝安東山也。〔王註程天祐曰〕《臨安縣圖記》：東永安巖，西永安巖，即謝安東山也。〔孫彦忠曰〕《韻語陽秋》：謝安登台輔，於土山遊集，在建康，亦號東山。〔施註〕東山，在會稽上虞縣西南四十五里。晉太傅文靖公謝安字安石所居。一名謝安山。巋然特立於衆峰間，拱揖蔽虧，如鸞鶴飛舞，千嶂林立，下視蒼海，天水相接，蓋絶景也。下山，出微徑，爲國慶寺，乃安石故宅。《安石傳》云：寓居會稽，與王羲之、許詢、支遁遊，出則漁獵山水，入則言詠屬文。後雖受朝寄，然東山之志，始末不渝。汝陰王性之銍《遊東山記》云，今臨安境中，亦有東山，金陵土山，俱非是。臨安山，則許邁所稱文靖「嘗往坐石室，臨濬谷，謂與伯夷何遠」者，蓋爲海山之遊。〔查註〕《韻語陽秋》：會稽、臨安、金陵皆有東山，俱傳以爲謝安攜妓之所。按，謝安本傳：初寓居會稽，與王羲之、許詢、支遁遊處，被召不至，遂棲遲東山。此會稽之東山也。本傳又云：安嘗往臨安山中，悠然歎曰，此與伯夷何遠。今餘杭縣有東山，東坡《遊東西巖》詩註云：即謝安東山。此臨安之東山也。本傳又謂：及登台輔，於土山營墅，樓館林竹甚盛，每攜中外子姪遊集。今土山在建康上元縣崇禮鄉。《建康事迹》云：安石於此，擬會稽之東山。此金陵之東山也。按葛常之所考正，但止言東山，而不及西山。考《咸淳臨安志》，縣北有東西二永安巖。西山乃許遠遊所居也，見《晉書》本傳。東山則安石所常遊者。後人但知有謝，故洪平齋有詩云：西山許邁無人問，只說東山有謝安。今先生詩亦專爲謝而作，特並著之。

謝公含雅量，世運屬艱難。況復情所鍾，感概萃中年。〔施註〕《漢・郭解傳》：少時陰賊感概。註云：感概者，感意氣而立節概也。劉夢得詩：中年多感概。正賴絲與竹，陶寫有餘歡。嘗恐兒輩覺，坐令高趣闌。〔合註〕《南史・陶潛傳》：少有高趣。獨攜縹緲人，〔施註〕《宣室志》：謝翱詩云，空添滿目淒涼事，不見三山縹緲人。《麗情集》盧諫議詩：謝安山上娉婷女，馬季紗前縹緲人。來上東西山。放懷事物外，徙倚弄雲泉。〔施註〕白樂天《自餘杭歸》詩：行行弄雲水。一旦功業成〔三八〕，管、蔡復流言。慷慨桓野王，〔王註厚曰〕野王，伊小字也。〔施註〕《楚辭》宋玉《九辨》：好夫人之慷慨。哀歌和清彈。挽鬢起流涕，始知使君賢。意長日月促，〔施註〕《文選》陸士衡《弔魏武帝文》：何命促而意長。卧病已辛酸。慟哭西州門，〔王註〕《晉·謝安傳》：欲須經畧粗定，自江道還東。雅志未就，遂遇疾篤，還都。聞當輿入西州門，自以本志不遂，深自慨失。因悵然謂所親曰：「吾病殆不起乎。」尋薨。〔施註〕羊曇，謝安甥也。自安薨後，行不由西州路。嘗因大醉唱樂，不覺至西州門，悲感不已，以馬策扣扉，誦曹子建詩曰：生存華屋處，零落歸山丘。因慟哭而去。往駕那復還〔三九〕。空餘行樂處，古木昏蒼煙。

宿海會寺

〔王註徐持晦曰〕《臨安縣圖經》：海會寺，在縣西三里，梁大同中建，號竹林寺。祥符中改今額。〔查註〕《咸淳臨安志》：海會寺，在縣西二里。蔡襄《碑記》云：臨安海會寺，梁大同中始作，號竹林。及五代正明之初，吴越王又新之，益廣前制。是時吴中浮屠居雖千百數，無是倫者。祥符間，例易天下寺名，遂賜今額。天禧五年冬，火，僧有明積費錢三千萬，役十一年而後成。《武林梵志》：海會寺，在臨安縣西二里南北鄉。

籃輿三日山中行，山中信美少曠平。〔王註〕杜子美《奉贈韋左丞丈》詩：信美無與適，側身望川梁。下投黄泉上青冥，〔王註〕《楚辭·九章》：據青冥而攄虹。杜子美《成都府》詩：青冥却垂翅。又《桔柏渡》：青冥寒江渡。〔施註〕《莊子·田子方篇》：夫至人者，上闚青天，下潛黄泉，揮斥八極，神氣不變。白樂天《長恨歌》：上窮碧落下黄泉。線路每與猿狖〔四〇〕争。〔王註次公曰〕狖，音弋授切。鼠屬，善旋。韓退之《宴喜亭記》：有猿狖所家，魚龍所宫。〔師民瞻曰〕漢揚雄《長楊賦》：盛狖玃之收，多麋鹿之獲。狖似獮猴，仰鼻而長。〔施註〕劉禹錫《畬田歌》：田塍望如線。重樓束縛遭澗坑，兩股酸哀飢腸鳴。北渡〔四一〕飛橋踏彭鏗，〔施註〕韓退之《記夢》詩：我亦平行踏䖘戲，神完骨蹻脚不掉。側身上視谿如盲，杖撞玉版聲彭觥。繚垣百步如古城。〔王註〕班固《西都賦》：西郊則有上囿禁苑，繚以周牆，四百餘里。〔施註〕《文選》左太沖《魏都賦》：繚垣開囿，觀宇相臨。又，張平子《西京賦》：繚垣綿聯。大鐘橫撞〔四二〕千指迎，〔施註〕《漢·貨殖傳》：通都大邑，童手指千。注：指千則人百。高堂延客夜不扃。杉槽漆斛江河〔四三〕傾，〔王註師民瞻曰〕杉槽漆斛，謂浴室也。本來無垢洗更輕。〔施註〕《維摩經》：八解之浴池，定水湛然，滿布以七淨華，浴此，無垢人。倒牀鼻息四鄰驚，〔施註〕韓退之《石鼎聯句序》：道士倚牆睡，鼻息如雷鳴，二子怛然失色，不敢喘。紞如五鼓天未明。〔王註〕《晉·鄧攸傳》：吴人歌之曰，紞如打五鼓，雞鳴天欲曙。木魚呼粥亮且清，〔王註次公曰〕《廣記》載《幽明録》鬼詩云：夜闌寂已清，長笛亮且鳴。〔施註〕劉斧《摭遺》：有一白衣，問天竺長老曰：「僧舍悉懸木魚，何也？」答云：「用以警衆？」曰：「必刻魚，有何因？」地琅山悟卞師曰：「魚晝夜未嘗合目，欲修行者日夜忘寐，思所以至於道；而魚可爲龍，亦變化之義也。」不聞人聲聞履聲。〔王註次公曰〕此禪家規矩也。〔施註〕《漢·鄭崇傳》：爲尚書僕射，每見，曳革履。上笑曰：「我識鄭尚書履聲。」

徑山道中次韻答周長官兼贈蘇寺丞

【誥案】周長官邱邠，蘇寺丞乃臨安令蘇舜舉也。

年來戰紛華，漸覺〔四四〕夫子勝。〔王註厚曰〕謝玄暉詩：方同戰勝者，去翦北山萊。〔施註〕《韓非子》云：子貢見子夏肥而問之。子夏曰：「吾苦戰勝，入見夫子之義則榮之，出見富貴又榮之，二者戰於胸中，而夫子之義勝，故肥也。」欲求五畝宅，灑掃樂清淨。〔王註〕王右丞喜潔，所居室，日使十人給帚灑掃。學道恨日淺，問禪慚聽瑩。〔王註〕《莊子·齊物論篇》：長梧子曰：「是黃帝之所聽瑩也。」〔施註〕韓退之《送文暢師》詩：僧時不聽瑩，若飲水救暍。〔邵註〕《莊子》註：聽瑩，疑惑也。不聽瑩，則無所疑矣。聊爲山水行，遂此麋鹿性。〔施註〕白樂天《中書寓直》詩：自憐野物將何用，土木形骸麋鹿心。獨遊吾未果，覓伴誰復聽。吾宗古遺直，〔施註〕《左傳·昭公十四年》：仲尼曰：「叔向，古之遺直也。」又，《僖公五年》：晉吾宗也，豈害我哉。窮達付前定。〔施註〕《鄴侯李泌家傳》：肅宗命誅竇庭芝。泌因奏瓠蘆生筮告之事，上遽赦之，因曰：「天下事皆是前定。」餔糟醉方熟，〔王註〕《楚辭》：漁父謂屈原曰：「世人皆濁，何不淈其泥而揚其波？衆人皆醉，何不餔其糟而歠其釃？」灑面呼不醒。〔施註〕《五代史·唐紀》：李克用過汴州，朱全忠饗於上源驛。克用醉臥。伏兵發，侍者郭景銖以水醒面，而告以難。奈何效燕蝠〔四五〕，屢欲爭晨暝。〔查註〕《烏臺詩案》：熙寧六年，因往諸縣提點，到臨安縣，有知縣大理寺丞蘇舜舉來本縣界外太平寺相接。軾與本人爲同年，自來相知。見軾，復言：「舜舉數日前入州，却被訓狐押出。」軾問其故。舜舉言：「我擘劃得人户供通家業役鈔《規例》一本，甚簡。前日去呈本州諸官，皆以爲然。呈轉運副使王廷老等，不喜，差急足押出城來。」軾取其《規例》詳看，委是簡便。因問訓狐事。舜舉言：「聞人説一小話云：燕以日出爲旦，日入爲夕，蝙蝠以日入爲旦，日出爲夕。爭之不決。訴之鳳凰。至路次，逢一禽，謂燕曰，不須往訴，鳳凰在假，或云鳳凰渴睡。都是訓狐權攝。」舜舉意以此譏笑王廷老等不知是非也〔四六〕。不如從我遊，高論發犀柄。〔施註〕《世説》：王長史亡，劉尹以犀柄麈尾著柩中。陸龜蒙《村夜》詩：遇敵舞蛇矛，逢談捉犀柄。溪南渡横木，山寺稱小徑。〔公自註〕太平寺，俗號小徑山。〔查

註〕《咸淳臨安志》：天目之東北峰下，有大徑口、小徑口，世傳爲龍所往來之地。幽尋〔四七〕自茲始，歸路微月映。三更渡南望功臣山，〔查註〕按《五代備史》及《咸淳臨安志》，改大官山爲功臣山，唐昭宗朝事。雲外盤飛磴。三更渡錦水，再宿留石鏡。緬懷周與李，〔施註〕時東坡、周長官、李秀才遊山，有唱酬詩，見卷中。能作洛生詠。〔王註〕《晉書》：謝安本能爲洛下書生詠，直鼻疾，故其音濁，名流愛其韻而莫能及，或手掩其鼻以效之。〔施註〕《顧愷之傳》：或請作洛生詠，答曰：「何至作老婢聲。」明朝三子至，詩律嚴號令。〔施註〕白樂天《謝西川杜相公》詩：詩家律手在成都。〔合註〕「號令」見《禮記》。籃輿置紙筆，〔施註〕杜子美《春陵行》：呼兒具紙筆，隱几臨軒楹。作詩呻吟內，墨淡字攲傾。得句輕千乘。〔王註〕杜牧《贈張祜》詩：誰人得似張公子？千首詩輕萬户侯。《史記》：輕千乘之國，而重一言。玲瓏苦奇秀，名實巧相稱。〔施註〕《後漢·孔融傳》：名實相副，綜達經學。九仙更幽絶，笑語千山應。〔施註〕駱賓王《月夜》詩：山虛響似應，水淨望如空。空巖側破甕，〔合註〕《易林》：毀罌破甕。飛溜灑浮磬。〔施註〕《尚書·禹貢》：泗濱浮磬。〔合註〕《水經注》：常吐飛溜。庾信詩：水流浮磬動。山前見虎迹，候吏鐃鼓競。〔施註〕《後漢·王霸傳》：光武至滹沱河，候吏還，白河水流澌。《南史·曹景宗傳》：華光殿賦詩云：去時兒女悲，歸來笳鼓競。借問行路人，何如霍去病？我生本艱奇，〔王註次公曰〕奇字讀如李廣數奇之奇，居奇反。塵土滿釜甑。〔施註〕《後漢·范丹傳》：丹字史雲。所止單陋，有時絶粒。閭里歌之曰：甑中生塵范史雲，釜中生魚范萊蕪。桓帝時，丹爲萊蕪長。山禽與野獸，知我久蹭蹬。〔王註孫倬曰〕潘耀：老夫蹭蹬任意，拙於王事。〔施註〕《文選》木元虛《海賦》：蹭蹬窮波，陸死鹽田。杜子美《贈李四丈》詩：蒼茫風塵際，蹭蹬騏驥老。笑謂候吏還，遇虎我有命〔四八〕。徑山雖云遠，行李稍可併。〔施註〕《左傳·僖公三十年》：燭之武見秦伯曰：「若舍

鄭爲東道主，行李之往來，共其乏困，君亦無所害。」又，《襄公八年》：亦不使一介行李告於寡君。杜預曰：行人也。頗訝王子猷，忽起山陰興。〔王註〕《晉·王徽之傳》：字子猷。嘗居山陰，夜雪初霽，月色清朗，四望皓然，獨酌酒，詠左思《招隱》詩。忽憶戴逵，逵時在剡，便夜乘小船詣之，經宿方至，造門不前而反。人問其故。徽之曰：「乘興而來，興盡而反，何必見安道耶？」但報菊花開，吾當理歸榜。〔王註師民瞻曰〕榜，比孟切，進舟也。〔施註〕《文選》謝宣遠詩：榜人理行艫。杜子美《九日》詩：不嫌蓬鬢改，但媿菊花開。

汪覃秀才久留山中，以詩見寄，次其韻

季子應嗔〔四九〕不下機，〔施註〕《戰國策》：蘇秦說秦王書十上，而說不行，去秦而歸。至家，妻不下衽，嫂不爲炊，秦喟然歎曰：「是秦之罪也。」秦，字季子。見《史記》。白樂天《讀史》詩：季子憔悴時，婦見不下機。棄家來伴碧雲師。〔王註厚曰〕僧惠休，姓湯氏。詩曰：日莫碧雲合，佳人殊未來。〔次公曰〕江淹《雜體詩》，凡三十篇，各借著元姓名。至此詩，題曰僧惠休，故後人誤以爲惠休詩。白樂天云：不似休上人空多，碧雲莫更相承誤。〔子仁曰〕按先生詩有云：雜篇直欲擬湯休。則蓋未嘗誤也。中秋冷坐無因醉，〔合註〕元微之詩：磻溪冷坐權門咽。半月長齋未肯辭。擲筒摇毫無忤色，〔公自註〕汪善書，託寫諸人〔五〇〕詩。〔王註次公曰〕阮瞻善彈琴，無貴賤長幼，皆爲彈之，終日達夜無忤色。〔施註〕韓退之《贈立之》詩：摇毫擲筒自不供，頃刻青紅浮海蜃。投名入社有新詩。〔王註〕杜子美《柟樹爲風雨所拔歎》詩：我有新詩何處吟。〔張拭曰〕《九華山録》云：龍池菴僧清宿，與張扶爲詩社，趨者如歸。〔施註〕《廬山蓮社雜録》：謝靈運欲投名入社，遠公不許。靈運謂生法師曰：「白蓮道人將無謂我俗緣未盡，而不知我在家出家久矣。」飛

騰桂籍他年事，〔查註〕《石林避暑録》：世以登科爲折桂，此郗詵對策，自云桂林一枝也。唐以來皆用之。温庭筠詩：猶喜故人新折桂。莫忘山中採藥時。〔施註〕後漢韋著入雲陽山，採藥不反。見《韋彪傳》。

再遊徑山〔五一〕

〔合註〕大德七年重刻石，與集中數字小異。

老人登山汗如濯，倒牀〔五二〕困卧〔五三〕呼不覺。覺來五鼓日三竿，〔王註〕劉禹錫《竹枝詞》：日出三竿春霧消，江頭蜀客競蘭橈。《南齊・天文志》：永明五年十一月丁亥，日出高三竿，朱色赤黄，日暈。始信孤雲天一握。〔公自註〕古語云：孤雲兩角，去天一握。〔王註次公曰〕《芝田録》：興元有路，通巴州險峻處，謂之孤雲兩角，去天一握。言極高也。〔施註〕《廣異記》：興元之南，有大竹路，通巴州，三日而達山頂，謂之孤雲兩角。其絶頂，淮陰侯廟在焉。王仁裕詩云：一握寒天古木深，路人徒識漢淮陰。平生未省出艱險〔五四〕，兩足慣曾行犖确。〔王註〕韓退之詩：山石犖确行徑微。含暉亭上望東溟，〔施註〕東方朔《十洲記》：蓬萊島，別有圓海，水色正黑，謂之溟海。〔合註〕晁无咎《徑山》詩云：含暉孤亭立嶢峭，此地覽景尤難逃。凌霄峰頭挹南岳。〔查註〕蔡襄《遊徑山記》：四面五峰，如手竪指，一峰南，絶卓，爲巨擘。《徑山志》：五峰羅列，凌霄一峰，最高而秀。共愛絲杉翠絲亂，〔查註〕蔡襄《遊徑山記》：環山多傑木，絲杉翠桱，千千萬萬，若神官蒼士，聯幢植葆。誰見玉芝紅玉琢。〔查註〕《僊書》名白鼠爲玉芝，餌之長生。白雲何事自來往〔五五〕，明月長圓無晦朔。〔公自註〕山有白雲峰、明月菴。〔查註〕晁无咎《徑山》詩：明月菴前醉松醪，白雲峰頂瞰吴郊。冢上雞鳴猶憶欽，山前鳳舞遠徵璞〔五六〕。〔王註次公曰〕憶欽，欽禪師也。徵璞，郭璞也。欽禪師説法時，常有白雞來聽。〔十朋曰〕《徑山事狀》云：自國一大師居山，猛獸不搏，鷙鳥不擊。有雞常隨法會，不食生類。師之長安，雞長鳴三日，不食而死。今有靈雞冢。雪窗馴兔元不死，煙嶺孤猿〔五七〕苦難捉。從來白足傲死生〔五八〕，〔王註堯卿曰〕高僧曇始入道之後，大有殊迹，游化關中，足白於面，跣涉泥水，未嘗霑污，天下咸呼白足。按，曇始和尚在關中時，赫連勃勃斬戮關中，而曇始連遭數刃不傷。後拓拔燾再入關中。博陵崔浩猜忌佛法，而專信天師寇謙之。浩爲燾所任。僞魏太平七年，盡滅佛教，燒掠寺院，僧尼竄者，追捕梟斬。曇始聞之，乃下山杖錫宫門，燾令斬之，不傷。燾怒，自以所佩刀斫之，數下，俱無傷損。不怕黄巾把刀槊。〔施註〕《後漢·靈帝紀》：中平元年，鉅鹿人張角部師三十六萬，皆著黄巾，同日反叛。〔合註〕《晉書·苻生載記》：性耐刀槊。榻上雙痕凜然在，劍頭一吷何須〔五九〕角。〔公自註〕以上皆山中故事。〔王註〕《徑山事狀》云：第三代法濟大師，諱洪諲。咸通八年，嗣法位。始至是山，遇黄巢之亂。巢之偏帥，領卒千人至，而見師晏坐不起，以劍揮禪座者再。見師神思湛然，帥乃異之，獻金寶再拜而去。今禪座尚在，三劍迹亦存云。《莊子·則陽篇》：吹劍首者，吷而已矣。道堯舜於戴晉人之前，譬猶一吷也。嗟我昏頑晚聞道，〔施註〕《莊子·漁父篇》：惜哉，子之早湛於僞，而晚聞大道也。與世齟齬空多學。〔施註〕宋玉《九辯》：圓鑿方枘兮，吾固知其齟齬而難入。靈水先除眼界花，〔公自註〕龍井水，洗眼有效〔六〇〕。〔施註〕白樂天《悟真寺》詩：眼界吞秦原。清詩爲洗心源濁。騷人未要〔六一〕逃競病，〔施註〕《南史·曹景宗傳》：帝於華光殿宴飲，令沈約賦韻，景宗不得韻，意色不平。帝止之，猶求作不已。時韻已盡，惟餘競病二字。景宗便操筆，須臾而成。云云。禪老但喜聞剥啄。〔施註〕韓退之《剥啄行》：剥剥啄啄，有客至門。我不出應，客去而嗔。此生更得幾回來，從今有暇無辭數。〔施註〕杜子美《春日江村》詩：問我數能來。

洞霄宮

〔王註徐持晦曰〕《真憶録》：杭州餘杭縣西一十八里，有天極山宮曰洞霄，舊名天柱觀。〔查註〕《茅君傳》：第三十四洞天，名大滌玄蓋之天。《咸淳臨安志》：洞霄宮，漢元封三年，創宮壇於大滌洞前，爲投龍祈福之所。唐高宗時，遷於前谷，爲天柱觀。《大滌洞天記》：天柱觀，高宗弘道元年建。中宗朝，賜觀莊一所，錢氏改天柱宮。祥符五年，陳堯佐奏，改洞霄宮。

上帝高居愍世頑，〔施註〕杜子美《玉臺觀》詩：上帝高居絳節朝。故留瓊館在凡間。青山九鎖不易到，〔施註〕按洞霄宮，自皖坎鎮度谿，行十數里，有山回環，中通小徑。自山罅而入，則有田疇。稍前，亦復亂峰交鎖，如是九疊，始上陟平陸，而宮居其陽，世謂其山爲鎖云。〔查註〕《咸淳臨安志》：九鎖山，其勢九折，曰天關、曰藏雲、曰飛鸞，曰凌虛、曰通真、曰龍吟、曰洞微、曰雲璈、曰朝元。下有石門夾道，今不存。作者七人相對閑。〔公自註〕《論語》云：作者七人矣。今監宮凡七人。〔查註〕《咸淳臨安志》：大滌東南叢竹間，有磐石，可坐。東坡倅杭時，同蔡準、吳天常、樂富國、聞人安道、俞康直、張日華，凡七人來，爲林泉之遊，遂名其巖曰來賢。【誥案】《洞霄圖志》：來賢巖，在宮東南青檀山前，嵌空數丈，盤石叢竹，可以遊息。宋熙寧間，東坡賦詩，有「長松怪石宜霜鬢」句。後人名巖曰來賢，作亭其上，曰宜霜。至公自註監宮七人，並引《論語》，作者七人甚明。《咸淳志》遺其一人，以公充數，輒云凡七人來遊。查註引載，不加按語，尤非。均應駁正。庭下流泉翠蛟舞，〔施註〕杜牧之《弄水亭》詩：弄水庭前谿，颭灩翠綃舞。〔查註〕《咸淳臨安志》：撫掌泉，在洞霄宮殿階之西，深三尺許。熙寧初，有物狀如蛟鰻，遶欄楯間，人以杖撲之，即墜入泉。須臾，雲霧周布一山，大水自天柱源來，洶湧可畏。或云，龍之怒也。《洞天記》：翠蛟亭，在洞霄宮門外三十餘步。洞中飛鼠白鴉翻〔六二〕。〔合註〕宋刊本作飜。【誥案】公書皆作飜。〔翁方綱註〕按飜卽翻字。二十七删有飜字，飛遠貌，户關切。〔王註胡仔曰〕按李太白《仙人掌茶詩序》云：荆州玉泉寺，近清溪諸山，山洞往往有乳窟，窟中多玉泉交流。中有白蝙蝠，大如雅。〔施註〕李太白《答族姪僧中孚贈玉泉仙人掌茶》詩：常聞玉泉山，山洞多乳窟。仙鼠如白鴉，倒懸清溪月。〔查註〕《咸淳臨安志》：大滌洞中，有白鼠長可二尺，僊書名爲玉芝。長松怪石宜霜鬢，不用金丹苦駐顏。〔施註〕韋應物《宫人入道》詩：金丹擬駐千年貌。白樂天《洛歌行》：又無大藥駐朱顏。

初自徑山歸，述古召飲介亭，以病先起

〔查註〕《咸淳臨安志》：治平四年，祖無擇以右諫議大夫龍圖學士出知杭州，作介亭於鳳凰山。【誥案】府治在鳳凰山之半。祖無擇所作介亭，在山之極巔排衙石處。南宋所稱御較場者是也。〔查註〕蒲積中《歲時雜詠》陳述古《次韻》詩云：山頭高會喜初涼，翠石排衙夾徑香。原憲杖藜空有病，陶生漉酒且和光。江潮帶月來雲外，天籟和琴歷耳傍。小妓不知君倦起，歌眉猶作遠山長。

西風初作十分涼，喜見新橙透甲香。遲暮賞心驚節物，〔施註〕《文選》謝靈運詩：賞心不可忘。登臨病眼怯秋光。〔施註〕杜子美《發秦州》詩：登臨未消憂。白樂天《除夜》詩：病眼不眠非守歲。慣眠處士〔六三〕雲菴裏，〔王註堯卿曰〕唐方干處士，嘗居雲菴，有《雲菴集》行於世，唐末五代人也。〔施註〕《風俗通》：處士者，隱居放言者也。倦醉佳人錦瑟旁。〔王註〕杜子美《曲江對雨》詩：何時詔此金錢會，暫醉佳人錦瑟旁。〔施註〕《古詩話》：李商隱有《錦瑟》詩，云是令狐楚青衣。猶有夢回清興在，卧聞歸路樂聲長。〔王註〕梅聖俞詩：一見天顔萬人喜，却回宫

禁樂聲長。〔施註〕王維《從岐王燕衛家山》詩：還將歌舞出，歸路莫愁長。【誥案】此二句，指前《與述古自有美堂乘月夜歸》詩也。

明日重九，亦以病不赴述古會，再用前韻

〔查註〕蒲積中《歲時雜詠》陳述古《次韻》詩云：雙蓮高卧正淒涼，應檢芸編閱舊香。桃葉樽前生悵望，菊花籬下減精光。雲山入眼屏千疊，翠木分庭幄兩傍。得酒且歡君强起，雲霄歸去路岐長。

月入秋幃病枕涼，〔施註〕《文選》阮嗣宗《詠懷》詩：薄帷鑒明月。霜飛夜簟故衾香。可憐吹帽狂司馬，〔施註〕《謝奕傳》：桓溫辟爲安西司馬。奕嘗逼溫飲，溫走入南康主門避之。主曰：「君若無狂司馬，我何由得相見。」空對親舂老孟光。〔王註〕《後漢書》：梁鴻妻孟光。鴻至吴，依大家皐伯通，居廡下，爲人賃舂。每歸，妻爲具食，不敢於鴻前仰視，舉桉齊眉。不作雍容傾坐上，〔王註〕《漢書·司馬相如傳》：車騎雍容閒雅甚都，一座盡傾。翻成骯髒倚門傍。〔王註厚曰〕漢趙壹刺世疾邪，作詩曰：伊優北堂上，骯髒倚門邊。註云：骯髒，高亢婞直之貌也。〔師民瞻曰〕骯髒，體胖也，一目向立貌。【誥案】以此詩合後詩「示病維摩元不病」句觀之，公必有故，而不可知也。若以查註《鳳翔集·重九不預府會》詩指爲不堪論之，是又將以此爲與述古不合之作，可乎？人間此會論今古，〔施註〕杜牧之《九日》詩：古往今來只如此，牛山何必更霑衣。細看茱萸感歎長。【誥案】紀昀曰：結句用於登高，則常語；用於不登高，則兩層俱到。

九日，尋臻闍黎，遂泛小舟至勤師院，二首〔六四〕

〔查註〕《咸淳臨安志》載二詩於《報恩院》條下。報恩院，開寶七年錢氏建。舊名報先，在孤山，有六一泉、東坡菴。時惠勤住此，故名勤師院。

其一

白髮長嫌歲月侵，病眸兼怕酒盃深。〔施註〕韓退之《寒食夜歸》詩：飲酒寧嫌盞底深。南屏老宿閑相過，〔查註〕《上天竺紀勝》：仁宗皇祐五年，吕溱知杭州，請法智下第一世實相法師梵臻，以天台教主天竺看經院。《教苑遺事》：熙寧五年，實相法師梵臻，移居南屏興教寺。東閣郎君懶重尋。〔施註〕《摭言》：李義山師令狐文公楚。大中中，趙公綯在内廷。重陽日，義山謁不見，因以一篇紀屏風而去。云：曾共山公把酒卮，霜天白菊正離披。十年泉下無消息，九日樽前有所思。莫學漢臣栽苜蓿，還同楚客詠江蘺。郎君漸貴施行馬，東閣無因更重窺。試碾露芽烹白雪，〔王註胡銓曰〕《國史補》：風俗貴茶，茶之名品益衆，福州有方山之露芽。〔施註〕柳子厚詩：晨朝掇露芽。休拈〔六五〕霜蕊嚼黃金。〔施註〕《文選》郭景純《遊仙》詩：放情凌霄外，嚼蕊挹飛泉。扁舟又截平湖去，〔施註〕王羲之《筆勢論略》第三條云：横，則正若長舟之截江渚。欲訪孤山支道林〔六六〕。〔施註〕《高僧傳》：支遁，字道林，姓關氏。二十五出家，住支山寺，謝安與之遊。

其二

湖上青山翠作堆，葱葱鬱鬱氣佳哉。笙歌叢裏抽身出，雲水光中洗眼來。〔施註〕白樂天《寄山僧》詩：會擬抽身去，當風抖擻衣。白足赤髭〔六七〕迎我笑，〔王註援曰〕劉禹錫文：「在席硯者，多傍行四句之書；備將迎者，皆赤髭、白足之侶。」白足、赤髭，皆高僧也。〔施註〕《續高僧傳》：後魏佛陁耶舍，爲人赤髭，善解《毗婆沙論》，時號赤髭毗婆舍。〔查註〕《魏書·釋老志》：世祖得沙門惠始，世號之曰白脚師。拒霜黄菊爲誰開。〔王註〕杜子美《九日寄岑參》詩：是節東籬菊，紛披爲誰秀？又：采采黄金花，何由滿衣袖。明年桑苧煎茶處，憶著衰翁首重回。〔公自註〕皎然有《九日與陸羽煎茶》詩。羽自號〔六八〕桑苧翁。余來年九日，去此久矣〔六九〕。

九日，舟中望見有美堂上魯少卿飲，以詩戲之，二首〔七〇〕

〔查註〕《宋史·循吏傳》：魯有開，字元翰。以從父宗道蔭入官，知確山縣。富弼薦之，以爲有古循吏風。知南康軍，代還。熙寧初行新法，王安石問江南何如，以所對乖異，出通判杭州。秦少游《官制策》云：舊制，少卿之官，率一秩而有四名，太常、光禄、衛尉、司農是也。今寄禄格則不然，自中散大夫以下至承務郎，秩惟一名而已。按《職官分紀》：宗正、太僕、大理、鴻臚、太府，俱有少卿，不止於四也。

其一

指點雲間數點紅，〔施註〕杜子美《少年行》：指點銀瓶索酒嘗。笙歌正擁紫髯翁。〔施註〕白樂天《隋堤柳》詩：紫髯郎將護錦纜。王維詩：嚴城時未啓，前路擁笙歌。誰知愛酒龍山客，〔施註〕《晉·孟嘉傳》：嘉爲桓温參軍，好酣飲，雖多不亂。却在漁舟一葉中。〔施註〕白樂天詩：三聲猿後思鄉淚，一葉舟中載病身。

其二

西閣珠簾卷落暉，〔王註十朋曰〕王勃《滕王閣》詩：珠簾暮捲西山雨。〔施註〕《西京雜記》：漢昭陽殿，織珠爲簾，風至則鳴，如珩珮之聲。杜牧之《九日》詩：不用登臨恨落暉。水沉煙斷珮聲微。〔施註〕《文選》江文通《休上人》詩：膏爐絶沉燎。遥知通德淒涼甚，擁髻無言怨未歸。〔施註〕伶玄《趙飛燕外傳自序》云：子于買妾樊通德，頗能言飛燕姊弟故事。子于語通德曰：「斯人俱灰滅矣，盛時疲精力，馳騖嗜慾蠱惑之事，寧知終歸荒田野草乎？」通德占袖，顧睞燭影，以手擁髻，悽然泣下，不勝其悲。玄，字子于。〔查註〕《長公外紀》云：時魯元翰使事已完不還朝，家有美妾，故子瞻戲之。

遊諸佛舍，一日飲釅茶七盞，戲書勤師壁〔七一〕

〔查註〕《傳燈録·夾山偈》云：釅茶三五椀，意在钁頭邊。

示病維摩元不病，〔施註〕《維摩經》：維摩詰言：從癡有愛，則我病生；以一切衆生病，是故我病；若一切衆生得不病者，則我病滅。在家靈運已忘家。〔施註〕《傳燈録》：鳥窠禪師曰：「汝若了淨智妙圓體自空寂，即真出家，何假外相，汝當爲在家菩薩戒施俱修，如謝靈運之流也。」何須〔七二〕魏帝一丸藥，〔施註〕《宋·樂志》：魏文《折楊柳行》：西山一何高，高高殊無極。上有兩仙童，不飲亦不食。賜我一丸藥，光耀有五色。服之四五日，身體生羽翼。且盡〔七三〕盧仝七椀茶。〔王註〕盧仝《謝孟諫議寄新茶》詩：一椀喉吻潤；二椀破孤悶；三椀搜枯腸，惟有文字五千卷；四椀發輕汗，平生不平事，盡向毛孔散；五椀肌骨清；六椀通仙靈；七椀喫不得也，惟覺兩腋習習清風生。

九日，湖上尋周、李二君，不見，君亦見尋於湖上，以詩見寄，明日乃次其韻

湖上野芙蓉，〔合註〕野芙蓉，指拒霜花也。含思愁脈脈。〔施註〕《文選・古詩》：盈盈一水間，脈脈不得語。〔合註〕鮑照詩：含思歌春風。娟然如静女，〔王註王銍曰〕《詩・邶風・静女》：静女其姝。〔施註〕《西京雜記》：文君臉際，常若芙蓉。杜牧之《晚晴賦》：復引舟於深灣，忽八九之紅芰，姹然如婦，歛然如女。不肯傍阡陌。〔施註〕《史記・秦紀》：開阡陌。《漢・成帝紀》：詔二千石勸勉農桑，出入阡陌。師古曰：阡陌，田間道也。杜子美《吴十侍御江上宅》詩：日色傍阡陌。詩人杳未來，霜艷冷難宅。君行〔七四〕逐鷗鷺，出處浩莫測〔七五〕。葦間聞拏音，〔施註〕《莊子・漁父篇》：刺船而去，延緣葦間。顔淵還車，子路授綏，孔子不顧，待水波定，不聞拏音而後敢乘。雲表已飛屐〔七六〕。〔王註縯曰〕此用後漢葉令王喬飛舃意也。〔合註〕《水經注》：狀有懷於雲表。使我終日尋，逢花不忍摘。人生如朝露，〔施註〕《漢・蘇武傳》：李陵謂武曰：「人生如朝露，何久自苦如此。」要作百年客。〔施註〕《文選・古詩》：人生天地間，忽如遠行客。白樂天《渭上》詩：浮生同過客。喟彼終歲勞，幸兹一日澤。願言竟不遂，〔施註〕《毛詩・邶風・終風》：願言則嚏。《漢・司馬相如傳》：宦遊不遂而困。人事多乖隔。〔施註〕陶淵明《答龐參軍詩序》：人事好乖，便當語離。〔合註〕蔡琰《幽憤》詩：存亡永乖隔。悟此知有命，沉憂傷魂魄。〔王註〕李太白《怨歌行》詩：沉憂能傷人。〔施註〕《文選》曹子建詩：去去莫復道，沉憂令人老。孔文舉《論盛孝章書》：若使憂能傷

人，此子不復得永年矣。

送杭州杜、戚、陳三掾罷官歸鄉〔七七〕

〔查註〕《烏臺詩案》：熙寧五年，杭州録事杜子方、司户陳珪、司理戚秉道，各爲承勘本州姓裴人家女使夏沈香澣衣井旁姓裴家小女孩在井内身死不明事。當時夏沈香只決臀杖二十板，放。後來本路提刑陳睦舉駁上件公事，差秀州通判張若濟重勘，決殺夏沈香，三官因此衝替。意陳睦、張若濟駁勘不當，致此三人無辜失官。軾作詩送之云：「君言失意能幾時，月啖蝦蟆行復皎。」意取盧仝《月蝕》詩云「傳聞古來説，月蝕蝦蟆精」，同意比朝廷爲小人所蒙蔽也。軾亦言杜子方等本無罪，爲陳睦、張若濟蒙蔽朝廷，以衝替逐人，後當感悟牽復云。「徇時所得無幾何，隨手已遭憂患繞」，意謂張若濟不久自爲公事被勘也。此詩係册子内。《宋史·職官志》：各州諸曹有録事、户曹、司法、司理，倶從八品。又按三掾罷官，乃熙寧五年事。此詩似應編入上卷。或罷任在五年冬，而去杭則在六年秋耳，故編次仍依原本。【誥案】凡舉劾參處，必定讞始議上，至其往復文字甚緩。此獄以杖改決殺，法司必再三駁詰而後定，其文字更緩矣。《詩案》乃五年承勘，非五年衝替，查註此中茫如，故其輕議者多，若編五年冬月，即大可笑矣。

秋風摵摵鳴枯蓼，〔王註次公曰〕摵，所革反。潘安仁《秋興賦》：庭樹摵以灑落兮，勁風戾而吹帷。註：摵，葉落貌。〔施註〕《文選》盧子諒《時興》詩：凝霜沾蔓草，悲風振林薄。摵摵芳葉零，蘂蘂芬華落。船閣荒村〔七八〕夜悄悄。〔施註〕白樂天詩：高枕夜悄悄，滿耳秋泠泠。正當逐客斷腸時，〔施註〕孟東野《峽哀》詩：逐客零落腸，到此湯火煎。君獨歌呼醉連曉〔七九〕。老夫平生齊得喪，〔合註〕《北史·高允傳》：有混欣戚、遺得喪之致。尚戀微官失輕矯。〔施註〕韓退之《同冠峽》詩：囚拘念輕矯。君今憔悴歸無食，五斗未可秋毫小。〔施註〕《莊子·齊物論篇》：天下莫大於秋毫之末，而泰山爲小。君言〔八〇〕失意能幾時，〔施註〕《古樂府·滿歌行》：鑿石見火，居代幾時。月啖蝦蟆行復皎。〔施註〕《史記·龜策傳》：日爲德而君於天下，辱於三足之烏，月爲刑而相佐，見食於蝦蟆。《毛詩·陳風·月出》：月出皎兮。殺人無驗中不快〔八一〕，此恨終身恐難了。【誥案】十四字到地法家語。徇時所得無幾何〔八二〕，隨手已遭憂患繞。〔合註〕《史記·韓信傳》：公亦隨手亡矣。期君正似種宿麥，〔施註〕《漢·武帝紀》：元狩三年，遣謁者勸有水災郡種宿麥。忍飢待食〔八三〕明年麨。〔王註次公曰〕西人呼擣麥屑爲麨。〔施註〕杜子美《故祕書監武功蘇公源明》詩：忍飢浮雲巘。《唐韻》：麨，糗也。

元翰少卿寵惠谷簾水一器、龍團二枚，仍以新詩爲貺，歎味不已，次韻奉和〔八四〕

〔馮註〕《方輿記》：谷簾泉，在南康府城西，泉水如簾布巖而下者，三十餘派，陸羽品其味，爲天下第一。〔查註〕《廬山紀事》：面陽山南有康王谷，谷簾泉在康王谷中，漢陽坡頂之水下注，數十百縷，班布如瓊簾，下有水簾洞。王禹偁《序》云：水之來，計程一月矣，而其味不敗。〔合註〕康王谷，在今南康府屬星子縣。【誥案】此詩施編不載，查註從邵本附編《九日舟中二首》之後，但是日公連作五詩，查註以此詩夾雜其中，是全未看清前後諸詩也。且公《與元翰書》云「通前共三篇矣」，可見元翰惠物寄詩，皆九日以後事，今改列於後。巖垂匹練千絲落，〔馮註〕《韓詩外傳》：顔回望吴門，見一匹練。孔子曰：「馬也。」註：匹練，言其光如練也。雷起雙龍萬物春。此水此茶俱第一，共成三絶鑑中人〔八五〕。【誥案】此詩，本集載書牘中，其前長題字即書也。

次韻周長官壽星院同錢魯少卿

〔查註〕《咸淳臨安志》：壽星院在葛嶺，天福八年建。有寒碧軒、此君軒、觀臺、盃泉。東坡皆有詩。〔合註〕後卷十五有《送魯有開知衞州》詩。時熙寧十年春，先生與元翰俱在京師，則此詩之餞行元翰，並非即赴衞州，未詳何往也。【誥案】《西湖志·靈鷲寺題名》：熙寧七年，楊繪、魯有開、陳舜俞、蘇軾。《石屋洞題名》云 熙寧甲寅十月二十五日，扶風魯元翰游石屋洞，君彦、君亮侍行。《南屏題名》云：魯元翰，熙寧乙卯仲夏再游。據此，則元翰實未嘗去，公赴密後，尚在杭也。

琉璃百頃水仙家，〔王註〕杜子美《渼陂行》詩：天地黯慘忽異色，波濤萬頃堆琉璃。風静湖平響釣車。〔合註〕韓退之詩：偷來傍釣車。寂歷疎松欹晚照，〔施註〕柳子厚《郊居》詩：寒花疎寂歷。劉禹錫詩：寂歷斜陽照懸鼓。伶俜寒蝶抱秋花。困眠不覺依蒲褐，歸路相將踏桂華。〔王註子仁曰〕桂華，意指月也，胡瓜反。舊註引天台桂子，是重押花字韻矣。更著綸巾披鶴氅，〔施註〕《晉·謝安傳》：簡文召爲撫軍中郎，萬著白綸巾，鶴氅裘，履版而前。他年應作畫圖誇。〔施註〕歐陽公《送謝中舍》詩：故事已傳遺老説，世人今作畫圖誇。

次韻述古過周長官夜飲

二更鐃鼓動諸鄰，百首新詩間八珍。〔王註〕《周禮・天官》：膳夫，珍用八物。食醫，掌和八珍之齊。鮑明遠詩：八珍盈彫俎。〔施註〕《文選》張茂先《答何劭》詩：良朋貽新詩。杜子美《麗人行》：黄門飛鞚不動塵，御廚絲絡送八珍。已遺亂蛙成兩部，〔王註〕《南史》：孔珪，字德璋。不樂世務，門庭之内，草萊不翦。中有蛙鳴，或問之曰：「欲爲陳蕃乎？」珪笑答曰：「我以此當兩部鼓吹，何必效蕃。」王晏嘗鳴鼓吹候之，聞蛙鳴，曰：「殊聒人耳。」珪曰：「我聽鼓吹，殆不及此。」晏有慚色。更邀明月作三人。雲煙湖寺家家境〔六〕，燈火沙河夜夜春。〔施註〕白樂天《杭州上元》詩：燈火家家境，笙歌處處樓。曷不勸公勤秉燭，老來光景似奔輪。〔施註〕曹子建《名都篇》：白日西南馳，光景不可攀。〔施註〕白樂天《春遊》詩：大限年百歲，幾人及七旬。我今六十五，走若下坂輪。

述古以詩見責屢不赴會，復次前韻

我生孤僻〔七〕本無鄰，老病年來益自珍。肯對紅裙辭白酒，〔施註〕白樂天《朱陳村》詩：黄雞與白酒，歡會不隔旬。但愁新進笑陳人。〔施註〕《漢・趙廣漢傳》：所居好用世吏子孫新進年少者。《莊子・寓言篇》：人而無以先人，無人道也，人而無人道，是謂之陳人也。北山怨鶴休驚夜，南畝巾車欲及春〔八〕。〔王註〕陶淵明《歸去來辭》云：農人告予以春及，將有事於西疇。或命巾車，或棹孤舟。多謝清時〔九〕屢推轂，〔王註〕《前漢・鄭當時傳》：每朝候，上間説，未嘗不言天下長者，其推轂士及官屬丞史，誠有味其言也。豨膏那解轉方輪。〔公自註〕來詩有「雲霄蒲輪」之句。〔王註〕《史記・田敬仲完世家》：淳于髡曰：「豨膏棘軸，所以爲滑也，然而不能運方穿。」〔合註〕《魯連子》：譬以方爲輪也。《揚子》：方輪廣軸，坎軻其輿。

胡穆秀才遺古銅器，似鼎而小，上有兩柱，可以覆而不蹶，以爲鼎則不足，疑其飲器也，胡有詩，答之

〔施註〕銅器，即古爵也。

雙耳獸齧環，〔施註〕李賀詩：銅龍齧環似争力。韓退之《石鼎聯句》：傍有雙耳穿，上爲孤髻撑。長唇鵝擘喙。三趾下鋭春蒲短，〔合註〕繁欽《硯贊》：鈞三趾於夏鼎。兩柱高張秋菌細。君看翻覆俯仰間，覆成三角翻兩髻。〔王註次公曰〕《神仙傳》：上元夫人三角髻。《古樂府》：何當垂兩髻，團圓雲間鳴。古書雖滿腹，〔公自註〕有古篆五字不可識〔九〇〕。〔王註〕後漢趙壹詩：文籍雖滿腹，不如一囊錢。苟有用我亦隨世。嗟君一見呼作鼎，纔注升合已漂逝。不如學鴟夷，盡日盛酒真良計。〔施註〕《漢·陳遵傳》：揚雄《酒箴》：鴟夷滑稽，腹大如壺。盡以盛酒，人復借酤。

卷十校勘記

〔一〕世味　查註作「世路」。查註：宋刻本「路」作「味」。集甲作「味」。

〔二〕憫農　集甲作「問農」。

〔三〕起占　查註、合註謂「占」一作「瞻」。

〔四〕盥濯　集甲、類本作「灌濯」。

〔五〕五絶　集甲「五絶」二字爲題下原註。此五詩之第四詩，七集續集重收，題作「睡起」。

〔六〕霜眉　合註謂「眉」一作「迷」，并謂「迷」訛。

〔七〕埋山骨　查註：《志》「埋」作「藏」。

〔八〕抵千金　查註：《志》「抵」作「直」。七集作「直千金」。

〔九〕回廊　查註作「西廊」。

〔一〇〕銷盡　查註作「燒盡」。

〔一一〕只有　查註：《志》「只」作「惟」。

〔一二〕好住　合註：查註謂「住」應作「在」。按：查註未見此條。

〔一三〕自爲兒時……白公居易　集甲、類本無「時」字。類本無「公」字。

〔一四〕龍筋　集甲、類本作「龍姿」。

〔一五〕恰似　七集：「恰」作「却」。

〔一六〕十畝　集甲、類本作「千畝」。

〔一七〕凄迷　查註：宋刻本「凄」作「萋」，疑當作「低」。集甲作「凄迷」。合註：宋刻本亦作「凄」，查註誤。

〔一八〕看潮　查註、合註：「看」一作「觀」。

〔一九〕五絶　集甲此二字爲題下註。

〔二〇〕十分圓　合註：「圓」一作「團」。
〔二一〕猶是　集甲、類本作「猶似」。
〔二二〕向西流　集甲、類本作「更西流」。
〔二三〕輕生　查註、合註：《詩案》「輕」作「忘」。
〔二四〕打涼州　查註、合註：「涼」一作「梁」。
〔二五〕海山　類乙、類丙作「山海」。
〔二六〕殿閣　盧校：「殿閣」。
〔二七〕此山　類本作「北山」，疑誤。
〔二八〕又恐　盧校：「只恐」。
〔二九〕仄足　類本作「側足」。
〔三〇〕翁子　類甲、類丁作「公子」，疑誤。
〔三一〕石鏡　類本作「石照」。查註謂作「照」訛。何校：宋諱「鏡」，作「照」是也。
〔三二〕殉佳人　集甲作「徇佳人」。
〔三三〕父老云　類本無此三字。
〔三四〕垂垂　查註：《志》作「年年」。
〔三五〕翠軿　類甲、類乙作「翠駢」。
〔三六〕已作　類甲、類丙作「且作」。

〔三七〕猶教緩緩妾還家　集甲作「猶歌緩緩妾迴家」，類本作「獨歌緩緩妾回家」。

〔三八〕功業成　類乙作「成功業」。

〔三九〕那復還　合註謂「那」一作「乃」，並謂「乃」誤。

〔四〇〕猿狖　集甲作「猿猱」。查註、合註作「猱猿」。

〔四一〕北渡　集甲作「北度」。

〔四二〕横撞　類本作「一撞」。

〔四三〕江河　類本作「江湖」。

〔四四〕漸覺　查註作「頗覺」。

〔四五〕燕蝠　合註：「蝠」一作「蝙」。

〔四六〕查註烏臺詩案云云　原引此條查註，係摘録。摘録後，有誥案「此條全文詳總案中」一條。今録查註此條全文，删去誥案。

〔四七〕幽尋　類本作「尋幽」。

〔四八〕遇虎我有命　集甲、類本作「禦虎吾有命」。

〔四九〕應嗔　集甲作「應瞋」。

〔五〇〕諸人　集甲作「衆人」。

〔五一〕再遊徑山　此詩石刻，阮元《兩浙金石志》卷六收，并校。石刻題下有「眉山蘇軾」字，詩後書：紹興念八年六月五日住山佛日大師宗杲重立，大德七年二月十日住山虎巖淨伏重入石。

〔五二〕倒牀　集甲、類本作「到山」。

〔五三〕困臥　阮校：石刻作「困睡」。

〔五四〕出艱　阮校：石刻作「陟艱」。

〔五五〕自來往　阮校：石刻作「任來往」。

〔五六〕遠徽璞　石刻作「遥徽璞」。

〔五七〕孤猿　類本作「寒猿」。

〔五八〕死生　原作「生死」，集甲作「死生」。阮校：石刻作「死生」。盧校：「死生」。今從。

〔五九〕何須　阮校：石刻作「誰能」。

〔六〇〕龍井水洗眼有效　集甲無此條自註。

〔六一〕未要　阮校：石刻作「屢欲」。盧校：「屢欲」。

〔六二〕白鴉翻　盧校：「翻」，疑當作「翾」。

〔六三〕處士　查註、合註：「處」一作「居」。

〔六四〕九日尋臻闍黎遂泛小舟至勤師院二首　此二詩之第二首，七集續集重收，題作：「重九日以病辭府宴，來謁損之，啜茶清話，復留小詩。」類本「勤」作「懃」。

〔六五〕休拈　類本作「休粘」。

〔六六〕支道林　類丙作「支遁林」。

〔六七〕赤髭　七集續集作「赤鬚」。

〔六八〕羽自號　「羽」字，據集甲、類本補。七集續集作「羽自稱」。

〔六九〕余來年九日去此久矣　七集續集「九」上有「重」字。合註：宋刊施本惟此九字作自註。

〔七〇〕有美堂上魯少卿飲以詩戲之二首　合註謂一本無「上」字。集甲、類本「飲」字後有「處」字。集甲無「二首」二字。

〔七一〕遊諸佛舍一日飲釅茶七盞戲書勤師壁　七集續集重收此詩，題作：「六月六日以病在告，獨遊湖上諸寺，晚謁損之，戲留一絶。」

〔七二〕何須　集甲作「何煩」。

〔七三〕「且盡」句　七集續集此句尾，有自註：是日淨慈、南屏、惠昭、小昭慶及此，凡飲已七椀。

〔七四〕君行　查註：宋刻本作「君子」。集甲作「君行」。

〔七五〕莫測　集甲作「莫策」。

〔七六〕飛屐　類丙作「飛屧」。

〔七七〕歸鄉　查註作「還鄉」。

〔七八〕荒村　合註：《詩案》「村」作「涼」。

〔七九〕連曉　合註：《詩案》「連」作「達」。

〔八〇〕君言　合註：《詩案》「言」作「今」。

〔八一〕不快　查註：《詩案》「快」作「決」。合註：《詩案》亦作「不快」。

〔八二〕無幾何　類本作「能幾何」。

〔八三〕待食　查註作「更待」。查註：宋刻本作「更待」。集甲作「更待」。

〔八四〕元翰少卿云云　外集題作：「魯元翰少卿惠谷簾水一器、龍團二枚，且貺詩，次韻。」

〔八五〕鑑中人　七集作「景中人」，外集作「境中人」。

〔八六〕家家境　盧校：「家家鏡」。

〔八七〕孤僻　集甲、類本作「孤癖」。

〔八八〕及春　類甲作「及辰」。

〔八九〕清時　集甲、類丙作「清詩」。

〔九〇〕有古篆五字不可識　合註謂宋刊本無此自註，所見未周。集甲有此自註。

蘇軾詩集卷十一

古今體詩七十四首

【誥案】起熙寧六年癸丑十月，在太常博士直史館杭州通守任，十一月沿漕檄賑饑常、潤，至七年甲寅五月事竣還杭州作。

賀陳述古弟章生子

〔合註〕先生在黄《答濠州陳章朝請》二書，有「錢塘一别，中間述古捐館」語。餘無考。

鬱葱佳氣夜充閭，〔王註〕《晉書》：賈逵晚始生充，言後當有充閭之慶，故以爲名字焉。始見徐卿第二雛。〔王註〕杜子美《徐卿二子歌》詩：徐卿二子生絶奇。又同上詩云：丈夫生兒有如此二雛者，名位豈肯卑微休。甚欲去爲湯餅客，〔王註縯曰〕劉禹錫《送張盥赴舉》詩：爾生始懸弧，我作坐上賓。引手舉湯餅，祝詞天麒麟。〔援曰〕《唐書》：玄宗王后以愛弛不自安，承間泣曰：「陛下獨不念阿忠脱紫半臂易斗麪，爲生日湯餅耶？」帝憫然動容。惟愁錯寫弄麞書。〔王註〕《舊唐書》：李林甫舅子姜度妻誕子。林甫手書慶之曰：「聞有弄麞之慶。」客視之，皆掩口。參軍新婦賢相敵，〔王註〕《晉書》：王渾妻鍾琰生濟。渾嘗共琰坐，濟趨庭而過。渾欣然曰：「生子如此，足慰人心。」琰笑曰：「若使新婦得配參軍，生子故不翅如此。」參軍，謂渾中弟淪。〔邵註〕《世説註》：渾弟淪，字太沖。醇粹簡遠，貴老、莊之學，歷大將軍參軍，年二十五卒。阿大中郎喜有餘。〔王註〕《晉書》：謝道韞曰：「一門叔父，則有阿大中郎。」蓋謂謝安也。〔合註〕此借以指述古。我亦從來識英物，試教啼看〔一〕定何如。〔王註〕《晉書》：桓温生未期，太原温嶠見之，曰：「此兒有奇骨，可試使啼。」及聞其聲，曰：「真英物也。」以其爲温嶠所賞，故名曰温。

贈治易僧智周

寒窗孤坐凍生瓶，〔王註〕唐鄭棨詩：凍瓶粘柱礎。尚把遺編照露螢。〔王註〕《晉書》：車胤，字武子。恭勤不倦，博學多通。家貧，不常得油，夏月則練囊盛數十螢火以照書，以夜繼日焉。閣束九師新得妙，〔王註厚曰〕《漢書·藝文志》：淮南王安聘明《易》者九人，號九師。《文中子》云：九師興而《易》道微。《晉·庾翼傳》：京兆杜乂、陳郡殷浩，並才名冠世，而翼弗之重也。每語人曰：「此輩宜束之高閣，俟天下太平，然後議其任耳。」韓退之詩：《春秋三傳》束高閣。〔查註〕劉向《别録·易傳九·師道訓》：淮南王聘善爲者九人，從之採獲，故中書署曰《淮南九師書》。夢吞三畫舊通靈。〔王註〕《三國·吴志註》：虞翻立《易》註，奏上曰：「臣郡吏陳桃夢臣與道士相遇，布《易》六爻，撓其三以飲臣，臣乞盡吞之。道士言《易》道在天，三爻足矣。」〔查註〕潘安仁賦：顧假寐以通靈。斷弦挂壁知音喪，〔公自註〕師與契嵩深相知，時已逝矣。〔合註〕《湘山野録》：契嵩，熙寧四年没於靈隱。嵩，字仲靈，藤州人。《事實類苑》云：没於靈隱之翠微堂。揮麈空山亂石聽。〔王註厚曰〕生法師講經，人無信者，乃聚石爲徒，與談至理，石皆若點頭。齋罷何須更臨水，〔王註〕《晉書》：佛圖澄，嘗齋時至流水側，從腹傍孔中引出五臟六腑洗之，訖，還納腹中。胸中自有洗心經。〔王註〕《易·繫辭上》：聖人以此洗心，退藏於密。【誥案】紀昀曰：結句綰合得好，兩層俱到。

張子野年八十五，尚聞買妾，述古令作詩〔二〕

〔查註〕《石林詩話》：張先郎中，能爲詩及樂府，至老不衰。子瞻作倅時，先年已八十餘，家猶畜聲妓。子瞻贈詩云：詩人老去鶯鶯在，公子歸來燕燕忙。蓋全用張氏故事戲之。先和云：愁似鰥魚知夜永，懶同蝴蝶爲春忙。極爲子瞻所賞。

錦里先生自笑狂，〔王註次公曰〕此句學者多不曉，蓋以杜子美詩「錦里先生烏角巾」，成都謂之錦官，故亦謂之錦里。杭州臨安縣，昔日錢王時，賜名衣錦城，而先生《臨安三絶》，又有題，名《錦溪》。今句特取「錦里先生」四字，以言子野。時陳述古守杭，令作此詩，可以推見。莫欺九尺鬢眉蒼。詩人老去鶯鶯在，〔王註厚曰〕唐貞元中，有張生者，遇崔氏女於蒲，小名鶯鶯。元稹爲作《續會真三十韻》。嘗與李紳語其事，紳又作《鶯鶯歌》。出《麗情集》。公子歸來燕燕忙。〔王註援曰〕《漢·外戚傳》：成帝嘗微行，出，過陽阿主，作樂。上見趙飛燕而悦之。先是有童謡曰：燕燕，尾涎涎，張公子，時相見。蓋帝每微行，嘗與張放俱，而稱富平侯家，故有張公子。〔任居實曰〕或説張祐妾名燕燕。柱下相君猶有齒，〔王註〕《漢書》：張蒼，秦時爲御史，主柱下方書。漢文帝四年爲丞相，十餘年，病，免相。後口中無齒，食乳，女子爲乳母，妻妾以百數，年百餘歲乃卒。江南刺史已無腸。〔王註〕白樂天《山游示小妓》詩：莫唱楊柳枝，無腸與君斷。〔合註〕《本事詩》云：劉禹錫罷和州，爲主客郎中。李司徒罷鎮，在京慕劉名，邀飲。酒酣，命妙妓歌以送之。劉於席上賦詩曰：鬟髻梳頭宫樣粧，春風一曲杜韋娘。司空見慣渾閑事，斷盡江南刺史腸。又：李紳鎮淮南，張郎中又新罷江南郡。張嘗爲廣陵從事，有酒妓，不果納。猶在席，目張，張題詞盤上，李即命妓歌以送酒。疑先生所用指此，但「無腸」二字，又借用白詩也。何焯亦云：江南刺史，似用張又新事。平生謬作安昌客，略遣彭宣到後堂。〔王註〕《前漢書》：張禹弟子尤著者，彭宣、戴崇。禹愛崇，敬宣而疎之。崇每候禹，責師宜置酒設樂，與弟子相娛。禹將崇入後堂，飲食，婦女相對，優人弦管，鏗鏘極樂，昏夜乃罷。而宣之來也，禹見之於便坐，講論經義，日晏賜食，不過一肉，卮酒相對。宣未嘗得至後堂。〔邵註〕禹封安昌侯。

書雙竹湛師房二首〔三〕

〔查註〕司馬光《詩序》云：杭州廣嚴寺，有雙竹相比而生，舉林皆然。其尤異者，生枯樹腹中，自其頂出，森然駢聳，樹如龍蛇相縈。余見之，爲詩。《咸淳臨安志》：廣嚴院，清泰元年錢氏建，舊名瑞隆。治平二年，改賜今額。按《趙清獻集》，亦有《題杭州雙竹寺》詩。

其一

我本西湖〔四〕一釣舟，〔王註〕劉禹錫詩：我本山東人。杜子美《秋日寄題鄭監湖上亭》詩：平生一釣舟。意嫌高屋冷颼颼。羨師此室纔方丈，〔王註〕《維摩經》：三萬二千師子座，高八萬四千由旬，入維摩方丈室中，無所妨礙。一炷清香盡日留。

其二

暮鼓朝鐘自擊撞，〔王註〕韓退之詩：文章自娛戲，金石日擊撞。閉門孤枕對殘釭〔五〕。白灰旋撥通紅火，卧聽蕭蕭雨打窗〔六〕。〔合註〕白樂天詩：蕭蕭暗雨打窗聲。

寶山新開徑

〔查註〕《咸淳臨安志》：寶山在御廚營門内第一巷，上有廣嚴寺、寶奎閣。

藤梢橘刺元無路，〔王註〕杜子美《將赴成都草堂有作》詩：竹寒沙碧浣花谿，橘刺藤梢咫尺迷。竹杖椶鞋不用扶。〔合註〕戴叔倫詩：一兩椶鞋八尺藤。風自遠來聞笑語〔七〕，水分流處見江湖。回觀佛國〔八〕青螺髻，〔王註績曰〕《南史·扶南國傳》：梁武帝改造阿育王佛搭，出舊搭下舍利及佛爪髮。髮青紺色，衆僧人以手伸之，隨手長短，放之則旋屈爲蠡形。踏遍仙人碧玉壺。〔王註〕《神仙傳》：費長房爲沛掾，有壺公來賣藥，常懸一空壺於坐上，日入之後，輒跳入壺中。長房隨公，試展足，則亦入壺，見樓觀五色，重門閣道。公語長房曰：「我神仙人也，見謫，暫還人間耳。」野客歸時山月上，棠梨葉戰暝禽呼。〔王註〕白樂天詩：天寒路曠何處宿？棠梨葉戰風颼颼。

〔合註〕張喬詩：喬枝聚暝禽。

和述古冬日牡丹四首〔九〕

其一

一朶妖紅翠欲流，〔查註〕高似孫《緯略》：翠，鮮明貌，非色也。不然，東坡詩既曰「紅」矣，又曰「翠」，可乎？〔合註〕《老學菴筆記》：東坡《牡丹》詩。初不曉「翠欲流」爲何語。及遊成都，有大署市肆，曰「鮮翠紅紙鋪」。問士人，乃知蜀語，鮮翠猶言鮮明也。東坡蓋用鄉語。春光回照雪霜羞。化工只欲呈新巧，不放閑花得少休。〔查註〕

《烏臺詩案》：熙寧六年任杭州通判時，知州係知制誥陳襄字述古。是年冬十月内，一僧寺開牡丹數朶，陳襄作四絶句，軾嘗和云云。此詩皆譏諷當時執政大臣，以比化工但欲出新意擘畫，令小民不得暫閑也。

其二

花開時節雨連風，【誥案】謂春間多風雨也。却向〔一〇〕霜餘染爛紅。〔合註〕僧齊己詩：行苔踏爛紅。漏洩春光私一物，〔王註〕杜子美《臘日》詩云：侵凌雪色還萱草，漏洩春光有柳條。此心未信出天工。〔合註〕述古詩，有「直疑天與凌霜色，不假東皇運化工」句，故此云然。又似言新法之害由於時相，不盡出神宗之本意也。

其三

當時只道鶴林仙，解遣秋光〔一一〕發杜鵑。〔查註〕《容齋隨筆》：鶴林寺杜鵑，乃今映山紅，又名紅躑躅。誰信詩能回造化，直教霜枿放春妍。〔合註〕李洞詩：霜枿欠啼猿。

其四

不分〔一二〕清霜入小園，故將詩律變寒暄。【誥案】點染和字，情致灑然。使君欲見藍關詠，更倩韓郎爲染根。〔王註縯曰〕韓湘，愈之姪孫也。自言：「解造逡巡酒，能開頃刻花。」愈曰：「子豈能奪造化而開花乎？」湘乃聚土，以盆覆之。俄而舉盆，有碧牡丹二朶，葉有小金字云：雲横秦嶺家何在，雪擁藍關馬不前。愈後謫潮州，至藍關遇雪，乃悟。今集中有《示姪孫湘》詩，第三聯是也。

和柳子玉喜雪次韻仍呈述古

詩翁愛酒常如渴〔一三〕，瓶盡欲沽囊已竭。〔合註〕賀知章詩：莫謾愁沽酒，囊中自有錢。燈青火冷不成眠，一夜撚鬚吟喜雪。〔王註〕賈島詩：吟安一箇字，撚斷數莖鬚。詩成就我覓歡處，我窮正與君彷彿。曷不走投陳孟公，〔王註〕《漢書》：陳遵，字孟公。嗜酒，每大飲，賓客滿堂，輒關門，取客車轄投井中。客雖有急，終不得去。有酒醉君仍飽德。〔王註林致約曰〕《詩·大雅·既醉傳》：醉酒飽德，人有士君子之行焉。瓊瑤欲盡天應惜，更遣清光續殘月。安得佳人擢素手，〔王註〕《古詩》：纖纖擢素手，札札弄機杼。笑捧玉盌兩奇絶。〔王註〕李白《越女詞》：新粧蕩新波，光景兩奇絶。艷歌一曲回陽春，〔王註〕白樂天詩：艷歌一曲酒一盃。《文選》：客有歌《陽春白雪》之曲。坐使高堂生暖熱。

觀子玉郎中草聖〔一四〕

【誥案】此詩施編不載，查註從外集補編。

柳侯運筆如電閃，子雲寒悴〔一五〕羊欣儉〔一六〕。〔馮註〕引韋續《書訣墨藪·唐太宗論蕭子雲書》。又，《法書苑·梁武帝評羊欣書》。百斛明珠便可扛，〔合註〕韓退之詩：龍文百斛鼎，筆力可獨扛。此書非我誰能雙。

李頎秀才善畫山〔一七〕，以兩軸見寄，仍有詩，次韻答之

〔查註〕《西湖游覽志餘》：李頎，字粹老。少舉進士，得官，棄去。爲道人。遍歷湖、湘，晚樂吳中

山水，隱於臨安大滌洞天。往來苕上，遇名人勝士，必與周旋。善丹青，間作小詩。東坡倅杭日，粹老以幅絹作春山橫軸，且書一詩於後，不通姓名，付樵者，令伺坡出投之。坡展視詩畫，卽散問西湖名僧輩，云是粹老。久之，偶會於僧舍，相得甚歡。因和其詩云：詩句對君難出手，雲泉勸我早抽身。是也。粹老畫盡物之變，而秀潤簡遠，不能爲人特作，故世絶少。【誥案】此詩施編在《雪後至臨平》詩前，以後皆赴常、潤道中之作，查註改列於後，誤。今仍更正。

平生自是箇中人，欲向漁舟便寫真。詩句對君難出手，〔合註〕《陳書·徐陵傳》：每一文出手，好事者已傳寫成誦。雲泉勸我早抽身。〔查註〕白樂天詩：宜當早罷去，收取雲泉身。年來白髮驚秋速，〔王註次公曰〕白樂天有《白髮感秋》詩。長恐青山與世新。〔王註〕劉禹錫詩：不改南山色，其餘事事新。從此北歸休悵望，囊中收得武陵〔一八〕春。

雪後至臨平，與柳子玉同至僧舍，見陳尉烈〔一九〕

〔查註〕《咸淳臨安志》載此詩題云：「雪霽過臨平邈師房，會陳烈少府。」《九域志》：仁和縣有臨平鎮。《宋史·隱逸傳》：陳烈，字季慈，侯官人。元祐初，部使者申薦之，以宣德郎致仕。又，《陳襄傳》：襄與陳烈、周希孟、鄭穆爲友，相與倡道於海濱，謂之四先生。《古靈集》：陳襄《舉人自代狀》：前授安州司户參軍充國子直講陳烈，振誠明之學，躬孝弟之行，窮泰不累於心，出處必由於道。臣實不如，舉以自代。觀述古之推重如此，當是徐仲車一流人。

落帆古戍下，〔合註〕何遜詩：落帆依暝浦。積雪高如丘。强邀詩老出，踈髯散颼飀。【誥案】謂柳子玉，故云聾也。僧房有宿火，手足漸和柔。静士素寡言，相對自忘憂。【誥案】謂陳季慈也。〔合註〕《續通鑑長編》：烈性介僻。銅爐擢烟穗〔三〇〕，石鼎浮霜漚。征夫念前路，急鼓催行舟〔三一〕。〔合註〕《吴志·孫策傳註》：手擊急鼓。又「征夫」二句，宋刊施註本在缺卷中，諸本皆脱去，今從《咸淳臨安志》中採補。【誥案】此二句必不可少。我行雖有程，坐穩且復留。大哉天地間，此生得浮遊。〔王註〕杜子美《發秦州》詩：大哉乾坤内，吾道長悠悠。〔合註〕《史記·屈原傳》：以浮遊塵埃之外。

夜至永樂文長老院，文時卧病退院

〔查註〕石刻云：再過本覺，文老已病退。柳琰《嘉興志》：秀水縣治西北十五里永樂鄉，有本覺寺。卽第八卷中文長老之報本禪寺，詳見本寺碑記中。

夜聞〔三二〕巴叟卧荒村，來打三更月下門。〔王註〕賈島詩：鳥宿池邊樹，僧敲月下門。往事過年如昨日，【誥案】此句明言上年過此，而今則已病，正言其速也。查註强欲以兩十年作來去論，故失之於詩者多也。此身未死得重論。老非懷土情相得，病不開堂道益尊。〔合註〕《傳燈録》：長老未開堂，不答話。惟有孤棲舊時鶴，舉頭見客似長言。

和錢安道寄惠建茶

〔查註〕錢安道，名顗。《輿地廣記》：建州，秦屬閩中郡。吴永安三年，分置建安郡。唐武德四年，立建州。宋升建寧軍，有茶山，屬建安縣。熊蕃《北苑貢茶録》：陸羽《茶經》、裴汶《茶述》皆不第建品，至唐末，然後北苑茶出，爲之最。〔合註〕《夢溪筆談》：古人論茶，未言建溪，然唐人重串茶，已近建餅。建茶皆喬木，吴、蜀、淮南，惟叢茇而已。

我官於南今幾時，嘗盡溪茶與山茗。胸中似記故人面，口不能言心自省。爲君細説我未暇，試評其略差可聽。【誥案】錢顗、劉琦力攻王安石、曾公亮，並請罷斥，被逐。顗將出臺，於衆座駡御史孫昌齡曰：「君以奴事安石，得爲御史，自謂得策，即我視君，犬彘之不若也。」遂拂衣上馬。以上史傳所載。公此詩雖和寄茶，特有意搭入錢顗并作，故於首節提清脈絡如此。建溪所産雖不同，一一天與君子性。森然可愛不可慢，〔合註〕郭璞《桂讃》：森然雲挺。骨清肉膩和且正。雪花雨脚何足道，〔王註子仁曰〕雪花、雨脚，謂茶也。見《駢珠集》。啜過始知真味永。縱復苦硬終可録，汲黯少戇〔三三〕寬饒猛。〔王註〕《漢書》：汲黯曰：「陛下内多欲，而外施仁義。」上怒，變色而罷朝。退謂人曰：「甚矣，汲黯之戇也。」《蓋寬饒傳》：爲司隸校尉，好言事，奸犯上意，自剄北闕下。又，鄭昌訟寬饒曰：「山有猛獸，藜藿爲之不採。」草茶無賴空有名，高者妖邪次頑懭〔三四〕。〔查註〕《品茶要録》：陸羽號爲知茶，然所知者，皆今之所謂草茶。蓋草茶味短而淡，故嘗恐去膏，建茶力厚而甘，故惟欲去膏。體輕雖復强浮沉〔三五〕，性滯偏工嘔酸冷。其間絶品豈不佳，張禹縱賢非骨鯁。〔王註〕《漢書》：張禹罷相家居。永始、元延之間，日食、地震尤數。吏民多上書，言災異之應，譏切王氏專政所致。成帝以示禹，禹曰：「春秋日食、地震，或爲諸侯相殺，或夷狄侵中國，新學小生，亂道誤人，宜無信用。」上由此不疑王氏。《贊》曰：禹以儒宗，居宰相位，其醖藉可也。然持禄保位，被阿諛之譏。〔合註〕《史記·專諸傳》：無骨鯁之臣。【誥案】紀昀曰：將人比物，脱盡用事之痕，開後人多少法門。葵花玉銙不易致，〔查註〕建安貢茶，方者爲銙，葵花乃其形製也。道路幽險隔雲嶺。〔合註〕江逌詩：鴻雁薄雲嶺。誰知使者來自西，開緘磊落收百餅。〔王註〕盧仝《謝孟諫議新茶》詩：開緘宛見諫議面，手閱月團三百片。嗅香嚼味本非〔三六〕別，透紙自覺光炯炯。粃糠團鳳友小龍，〔王註〕《歸田録》：茶品莫貴於龍鳳，謂之團茶，大者凡八餅，重一斤。慶曆中，蔡君謨爲福建轉運使，始造小品龍茶以進，其品精絶，謂之小團，凡二十餅重一斤。每南郊致齋，中書、樞密各賜一餅，宫人縷金花於其上，其貴重如此。〔合註〕《莊子·逍遥遊篇》：是其塵垢粃糠。奴隸日注臣雙井。〔王註〕《歸田録》：草茶盛於兩浙，兩浙之品，日注爲第一。自景祐以後，洪州雙井白芽漸盛，近歲制作尤精，其品遠出日注上，遂爲草茶第一。〔查註〕施宿《會稽志》：日鑄嶺在會稽縣，其陽坡名油車，朝暮常有日色，産茶絶奇，故謂之日鑄。《避暑録》：草茶極品雙井，在分寧縣黄氏。收藏愛惜待佳客，不敢包裹鑽權倖。〔王註〕《漢書》：商鞅挾三術，以鑽孝公。〔合註〕《唐書·韋陟傳》：頗餉謝權倖，欲自結。此詩有味君勿傳，空使時人怒生癭。〔王註〕《三國志註》：賈逵在弘農，與典農校尉争公事，不得理，發憤生癭。〔查註〕《烏臺詩案》：熙寧六年，軾任杭州通判日，因本路運司差往潤州勾當公事，經過秀州，錢顗在秀州監酒税，曾作臺官，始於秀州與之相見。顗作詩一首，送茶與軾，軾復與詩一首謝之。除無譏諷外，「草茶無賴空有名」二句，以譏世之小人，乍得權用，不知上下之分，若不諂媚妖邪，即須頑獷狠劣。又「體輕」二句云云，亦以譏世之小人，體輕浮而性滯泥也。又「其間」二句云云，亦以譏世之小人，如張禹雖有學問，細行謹防，終非骨鯁之臣。又「收藏愛惜」四句，以譏世之小人，有以好茶鑽貴要者，聞此詩當大怒也。上件係降到册子内。

錢安道席上令歌者道服

〔查註〕史能之《咸淳毗陵志》：周開祖《次韻詩》云：舊立霜臺吐肺肝，高風猶自襲人寒。曾將白簡清朝擲，却把《黄庭》静處看。谷口退翁親有道，江邊歸客本無官。君家別有長生術，不用金爐九轉丹。

烏府先生鐵作肝，〔王註〕《漢書·朱博傳》：御史府中，列柏樹上，有野烏數千，棲宿其上，晨出暮來，號爲朝夕烏。霜風捲地不知寒。〔查註〕《吳興掌故集》：錢顗初爲烏程令，熙寧中，召爲御史，上疏論新法，謫衢州鹽稅。時人號爲鐵肝御史。猶嫌白髮年前少，故點紅燈雪裏看。他日卜鄰先有約，待君投紱〔三七〕我休官。如今且作華陽服，〔王註厚曰〕句曲山，三十六洞天之第八洞也。名曰華陽洞。以三茅所居，故曰茅山。〔邵註〕《茅山志》：華陽洞，在茅山側，三茅二許，俱得道於此，金龍玉簡，多投其中。華陽玉柱洞，中懸石乳，其大如椽。醉唱儂家七返丹。〔王註續曰〕《古歌》云：七還七返三五一，龍虎相交入神室。灰池燄燄天地精，金液還丹功了畢。〔林子敬曰〕道書《大還秘契圖》曰：從寅至申爲七返，子至申爲九還。〔查註〕《參同契》：九還七返。註云：地二生火，天七成砂，魂魄相戀，砂火之精，返照鼎中，故曰七返。陳少微《七返靈砂論》：七返七還，異名同體。返者是丹砂化爲金，還者是金歸於丹。第一返丹砂，第二返寶砂，第三返英砂，第四返妙砂，第五返靈砂，第六返神砂，第七返玄真絳霞砂。

惠山謁錢道人，烹小龍團，登絶頂，望太湖

〔查註〕錢道人卽安道之弟，先生有《至秀州贈錢安道并寄其弟惠山老》詩。

踏遍江南南岸山，逢山未免更流連〔三八〕。獨攜天上小團月〔三九〕，來試人間第二泉。石路縈回九龍脊，〔查註〕《太平寰宇記》：九龍山亦曰冠龍山。陸羽《惠山寺記》云：山有九隴，若龍之偃臥然。水光翻動五湖天。〔查註〕陸魯望云：太湖上，稟咸池五車之氣，故一水五名。《太平寰宇記》：五湖，晉陵、無錫兩縣中，分湖爲界。

又云：《南徐記》云，無錫西有長瀆，南有五湖，向南又有小五湖，非《周禮》所云五湖也。孫登無語空歸去，半嶺松聲萬壑傳。

除夜野宿常州城外二首

〔查註〕《元和郡縣志》：常州，吴延陵季子之采邑。《越絶書》謂之淹君城，漢爲毘陵縣。《晉・志》：太康二年，爲毘陵郡。後改晉陵。《隋・志》：開皇九年，别置常州於常熟縣，後移治晉陵。東至蘇州二百里。

其一

行歌野哭兩堪悲，遠火低星漸向微。病眼不眠非守歲，〔查註〕「病眼」句，白樂天《除夜》詩也，先生一時偶用之耶？鄉音無伴苦思歸。重衾脚冷知霜重，〔合註〕張華詩：重衾無暖氣。新沐頭輕感髮稀。多謝殘燈不嫌客，孤舟一夜許相依。

其二

南來三見歲云徂，〔合註〕杜子美《今夕行》詩：今夕何夕歲云徂。直恐終身走道途。老去怕看新曆日，〔王註次公曰〕唐李君虞有《書院無曆日》詩。退歸擬學舊桃符。〔王註〕《前漢・志註》：大儺毆除畢，立桃梗於門户，晝鬱儡持葦索以禦凶。〔邵註〕《風俗通》：縣官以臘除夕，飾桃人，垂葦茭，晝虎於門。《通典》：周人木德，以桃爲梗，言氣相更也。桃梗，今之桃符。烟花已作青春意，霜雪偏尋病客鬢。但把窮愁博長健，〔合註〕許渾《王居士》詩：有藥身長健。不辭最後飲屠蘇。〔王註〕崔實《四民月令》：元旦進椒柏酒，次第從少至老，今屠蘇，其遺意也。〔堯卿曰〕屠蘇，草庵也。古人居庵作酒，因以爲名。〔查註〕《容齋隨筆》：今人元日飲屠蘇酒，自小者起，固有來處。後漢李膺、杜密以黨人同繫獄，元旦飲酒，曰：「正旦從小起。」《時鏡新書》：董勛曰：「俗以小者得歲，故先酒賀之，老者失時故後飲。」顧況詩：手把屠蘇讓少年。方干云：纔酌屠蘇定年齒，坐中皆笑鬢毛斑。東坡云：但把窮愁博長健。其義亦然。

元日過丹陽，明日立春，寄魯元翰

〔查註〕是歲熙寧七年甲寅。《元和郡縣志》：秦曲阿縣，唐武德五年於縣置簡州，天寶元年改丹陽縣。【誥案】自此詩起以下，熙寧七年甲寅作。

堆盤紅縷細茵陳〔三〇〕，〔邵註〕《風土記》：元日作五辛盤。庾肩吾詩：聊傾柏葉酒，試奠五辛盤。杜子美詩註：茵陳，蒿類，經冬不死，更因舊苗而生，故名茵陳。〔查註〕陶弘景曰：茵陳，似蓬蒿而葉緊細，秋後莖枯，至春又生。張揖《廣雅》及吴普《本草》，皆作因塵。巧與椒花兩鬬新。〔王註〕《晉書》：劉臻妻陳氏，正旦獻《椒花頌》。〔邵註〕庾信詩：椒花逐頌來。竹馬異時寧信老，〔王註厚曰〕竹馬，小兒之戲，本出《郭伋傳》。而白樂天詩：一見竹馬戲，每思童騃時。土牛明日莫辭春。〔王註〕《月令》：季冬之月，出土牛以送寒氣。〔查註〕《困學紀聞》：土牛之法，以歲之干色爲首，支色爲身，納音色爲腹。如立春日，干色爲角耳尾，支色爲脛，納音色爲蹄。景祐五年，以《土牛經》四篇，頒行天下，丁度作序。〔合註〕《藝文類聚》引《續漢・禮儀志》曰：立春之日，京都百官，皆衣青衣，立青幡，施土牛耕人於門外。

西湖弄水猶應早，〔合註〕李白《與從姪杭州刺史良遊天竺寺》詩：弄水窮清幽。北寺觀燈欲及辰。〔王註堯卿曰〕北寺在潤州，上元最盛。白髮蒼顔誰肯記，曉來頻嚏爲何人。〔王註次公曰〕世傳爲人所思則嚏。《詩·邶風·終風》：願言則嚏。〔查註〕《漢書·藝文志》有《鼻嚏耳鳴雜占》十六卷。宋馬永卿云：俗説以人嚏爲人説，蓋古語也。今人嚏則云道我。【誥案】紀昀曰：寄魯意，轉從對面寫出，筆法靈活。

古纏頭曲

〔邵註〕杜子美詩註：纏頭以賞歌舞者。

鵾絃鐵撥世無有，〔王註〕段安節《琵琶録》：開元中，梨園則有駱供奉、賀懷智、雷清。其樂器，或以石爲槽，鵾雞筋作絃，用鐵撥彈之。樂府舊工惟尚叟。一生喙硬眼無人，〔合註〕《朝野僉載》：陸餘慶筆頭無力而喙頭硬。坐此困窮今白首。翠鬟女子年十七，指法已似呼韓婦。〔王註厚曰〕王昭君，字嫱。元帝選入掖庭時，呼韓邪來朝，帝以宫女五人賜之。昭君入宫，數歲不得見，乃請行。呼韓邪臨辭，昭君豐容靚麗，帝見大驚，欲留之，而難於失信。昭君善琵琶。〔邵註〕《漢書》有呼韓邪單于。輕帆〔三〕渡海風掣回，滿面塵沙和淚垢。青衫不逢湓浦客，〔王註〕白樂天《琵琶詩序》：送客湓浦口，聞舟中夜彈琵琶者，爲作《琵琶行》。末云：就中泣下誰最多？江州司馬青衫濕。紅袖漫插曹綱手。〔王註〕《琵琶録》：曹綱善運撥如風雨，裴興奴善於攏撚，人謂綱右有手，奴左有手。白樂天詩：誰能截得曹綱手，插向重蓮衣袖中？〔合註〕張華樂府：羅袿徐轉紅袖揚。爾來一見哀駘佗，〔王註〕《莊子·德充符篇》：衛有惡人曰哀駘佗，婦人見之，請於父母曰「與爲人妻，寧爲夫子妾」者，數十而未止也。便著臂韝躬井臼。〔王註〕《史記・滑稽傳》：淳于髡云：若親有嚴客，髡帣韝鞠䐡，侍酒於前。註：韝，臂扞也。又，《漢書・東方朔傳》：董君綠幘傅韝。註云：韝，卽今臂韝也。《後漢書・西羌傳》：傅育食祿數十年，秩奉盡贍給知友，妻子不免操井臼。我慚貧病百不足，强對黄花飲白酒。轉關、濩索動有神，〔王註〕樂府琵琶曲有《轉關》、《六么》、《濩索》、《梁州》，皆其名也。雷輥空堂戰窗牖。〔王註績曰〕唐僧善本彈《綠腰曲》，下撥一聲如雷發，妙絶入神。〔合註〕見《樂譜》。「綠腰」作「六么」。四絃一抹擁袂立，〔王註〕白樂天《琵琶行》：曲聲如撥當心畫，四絃一聲如裂帛。再拜十分爲我壽。世人只解錦纏頭，〔王註厚曰〕唐開元中，富人王元寶嘗會賓客。明日，親友問之曰：「昨日高會，有何高談？」元寶不答，視屋良久曰：「但費錦纏頭耳。」〔邵註〕杜子美《卽事》詩：笑時花近眼，舞罷錦纏頭。與汝作詩傳不朽。

刁同年草堂

〔查註〕本集有《於潛令刁同年野翁亭》詩。【誥案】此詩卽刁璹罷任年月確據，查註才手牋此詩，後已茫然，今先註明。

不用長竿矯繡衣，〔王註〕《晉書》：阮咸與叔父籍居道南，諸阮居道北，北阮富而南阮貧。七月七日，北阮盛曬衣服，皆錦綺燦目。咸以竿挂大布犢鼻於庭。人或怪之，答曰：「未能免俗，聊復爾耳。」南園北第兩參差。〔合註〕張協詩：胡蝶飛南園。《漢書・夏侯嬰傳》：賜嬰北第第一。青山有約長當户，流水〔三〕無情自入池。歲久酴醾渾欲合，春來楊柳不勝垂。〔王註〕杜子美《春望》詩：白頭搔更短，渾欲不勝簪。〔合註〕劉夢得詩：數枝楊柳不勝春。主人不用悤悤去，正是紅梅著子時。

刁景純賞瑞香花，憶先朝侍宴，次韻

〔查註〕陸游《南唐書·刁彥能傳》：彥能，宣州人。子衎，入國朝，仕至崇文院檢討。衎孫約，亦名士，久在三館，晚築室潤州，號藏春塢。張安道《刁大中墓志》：子四人，繹、約、紓、紡。景純，卽約也。〔合註〕《續通鑑長編》：康定元年十月，命館閣校勘刁約、歐陽修同修禮書。慶曆元年十二月，殿中丞刁約爲集賢校理。四年十一月，太常博士刁約通判海州。至和元年十月，以開封府推官祠部員外郎提點在京刑獄。嘉祐元年八月，判度支勾院，代范師道爲契丹國母正旦使。〔王註張拭曰〕《廬山記》云：瑞香花紫而香烈，非羣芳之比，其始蓋出此山。〔查註〕吳曾《能改齋漫録》：廬山瑞香花，古所未有，亦不產他處。天聖中，人始稱傳。東坡諸公，繼有詩詠。豈靈草異芳，俟時乃出；故記、序篇什，悉作瑞字？張祠部以瑞爲睡。《廬山紀事》：南唐時，從廬山移植瑞香花於蓬萊殿，號曰紫蓬萊。〔合註〕《楊升庵集》云：瑞香花，卽《楚辭》所謂露甲也。

上苑天桃自作行，〔合註〕唐文德皇后《春遊曲》：上苑桃花朝日明。李尤《東觀賦》：好綠樹之成行。劉郎去後幾回芳。厭從年少追新賞，閑對宮花識舊香。〔合註〕江淹詩：點翰詠新賞。李太白《宮中行樂詞》詩：宮花爭笑日。唐彥謙詩：金鴨奮香焦。欲贈佳人非泛洧，〔王註〕《詩·溱洧》：伊其相謔，贈之以芍藥。好紉幽佩弔沉湘。〔合註〕白樂天詩：蘭索紉幽佩。王褒《九懷》：屈子兮沉湘。揚雄《反騷》：欽弔楚之湘纍。鶴林神女無消息，〔邵註〕《古今詩話》：潤州鶴林寺杜鵑花，相傳唐貞觀中，外國僧種之鉢盂中，自天台攜來。爲問何年〔三〕返帝鄉。【誥案】紀昀曰：後四句，寓興深微，置之《玉溪生集》中，不可復辨。

同柳子玉遊鶴林、招隱，醉歸，呈景純

〔王註次公曰〕鶴林，竹林寺也。宋高祖潛龍時，常遊寺，有黃鶴飛舞，因名黃鶴山。鶴林、招隱，潤州二寺也。〔查註〕《元和郡縣志》：招隱山，在丹徒縣西南九里，卽隱士戴顒之所居。《京口志》：戴顒初居竹林，後乃築館於此。至景平元年，顒女捨與曇度爲寺。《太平寰宇記》謂昭明太子曾遊此山讀書，因名招隱。今石案古迹猶存。

花時臘酒照人光，歸路春風灑面涼。劉氏宅邊霜竹老，〔合註〕何焯曰：劉氏宅，謂劉惔也。吴融《過丹陽》詩：水連劉尹宅基平。戴公山下野桃香。〔王註次公曰〕劉氏宅，言劉裕家也。裕，楚元王之遠孫。本家彭城，晉氏東遷，移居晉陵丹徒之京口里。〔堯卿曰〕《南史》：戴顒世居剡下，衡陽王鎮京口，顒來止黃鵠山。文帝每欲見之，嘗謂黃門侍郎張敷曰：「吾東巡之日，當宴戴公山下。」巖頭匹練兼天淨〔三四〕，〔王註〕謝玄暉詩：澄江淨如練。又，杜子美《野望》詩：遠水兼天靜。泉底真珠濺客忙。〔王註〕杜子美《大曆二年春白帝城放船》詩：奔泉濺水沫。〔查註〕《名勝志》：招隱寺有真珠、鹿蹟二泉。安得道人攜笛去，一聲吹裂翠崖岡。〔王註〕《國史補》：李舟好事，嘗得村舍烟竹，截以爲笛，堅如鐵石，以遺李謩。謩吹笛天下第一，月夜泛江，維舟吹之。俄有客獨立於岸，呼船共載。既至，請笛而吹，甚爲精壯，山河可裂，謩未嘗見，疑其蛟龍也。又，按杜子美《赴奉先縣詠懷》詩：歲暮百草零，疾風高岡裂。〔查註〕《春渚紀聞》云：遠家藏公墨本詩。後註云：昔有善笛者，能爲穿雲裂石之聲。別不用事也。

景純見和，復次韻贈之，二首

其一

解組歸來道益光，〔合註〕唐明皇《送賀知章詩序》：解組辭榮。坐看百物自炎涼。〔合註〕《水經注》：地勢不殊，而炎涼異致。捲簾堂上檀槽鬧，〔王註堯卿曰〕張籍詩：黄金捍撥紫檀槽，絃索初張調益高。紫檀出扶南，堪爲琵琶。送客林間樺燭香。〔王註〕白樂天《早朝》詩：月隄槐露氣，風燭樺烟香。〔查註〕《演繁露》：古燭未知用蠟，直以薪蒸，卽是燒柴取明耳。或亦剥樺皮爇之。《本草》：樺木似山桃皮，堪爲燭。淺量已愁當酒怯，非才猶覺和詩忙。何人貪佩黄金印，〔王註〕李太白《别内赴徵》詩：來時儻佩黄金印，莫見蘇秦不下機。千柱耽耽瑣北岡。〔合註〕《易林》：千柱百梁，終不傾僵。

其二

人間膏火正争光，〔合註〕《史記·屈原傳》：雖與日月争光可也。每到藏春得暫涼。〔王註堯卿曰〕景純有藏春塢。歐陽文忠公題詩云：欲借青春藏向此，須知白首尚多情。多事始知田舍好，凶年偏覺野蔬香。溪山勝畫徒能説，來往如梭爲底忙。老去此身無處著，爲翁栽插萬松岡。〔王註堯卿曰〕藏春塢前一岡，皆松林，命曰萬松岡。司馬温公題詩云：藏春在何許？鬱鬱萬松林。永日門闌静，東風花木深。主翁今素髮，野服遂初心。付與鄉人飲，高歌散百金。

柳子玉亦見和，因以送之，兼寄其兄子璋道人

不羡腰金照地光，〔王註〕鮑照詩：鞍馬光照地。白樂天詩：君看裴相國，金紫光照地。〔合註〕韓退之詩：腰金首翠光照耀。暫時假面弄西涼。〔王註〕白樂天詩：西涼伎，西涼伎，假面胡人弄獅子。晴窗嚥日肝腸煖，〔王註堯卿曰〕《陳書》：高祖夢朱衣捧日而至，納之帝口，及覺，腹内猶熱。〔合註〕《真誥》：日出二丈，正面向之，口吐死氣，鼻噏日精。又：霍山鄧伯元，受吞日丹景之法。古殿朝真屨袖香。〔合註〕元微之詩：朝真趨廣庭。說静故知猶有動，無閑底處更求忙。先生官罷乘風去，〔合註〕子玉時必已聞靈仙之命，詩以送之，則「先生」字指子玉也。何用區區賦陟崗。〔王註〕《詩·周南·卷耳》：陟彼高岡。〔合註〕此用「陟彼岡兮，以切兄弟，非用。《卷耳》詩也。

子玉家宴，用前韻見寄，復答之

自酌金樽勸孟光，〔合註〕謝靈運詩：金樽盈清醑。更教長笛奏《伊》、《涼》。〔公自註〕子玉家有笛妓〔三五〕。〔查註〕《太平寰宇記》：隴右道伊州，漢鐵勒國。唐貞觀四年，始置伊州。涼州，漢武威郡。〔合註〕馬融有《長笛賦》。牽衣男女〔三六〕遶太白，〔王註〕李太白《南陵别兒童入京》詩：呼童烹雞酌白酒，兒女嬉笑牽人衣。扇枕郎君煩阿香。〔王註〕《東觀漢記》：黄香事母至孝，暑月扇枕，寒則以身温席。詩病逢春轉深痼，愁魔得酒暫奔忙。醒時情味吾能說，日在西南白草岡。〔合註〕似即白日西馳之意。

景純復以二篇，一言其亡兄與伯父同年之契，一言今者唱酬之意，仍次其韻

〔查註〕景純之兄名繹。本集《廷評公行狀》：公三子，次曰渙，以進士得官，終都官郎中利州路提點刑獄。按題中所稱伯父，卽渙也。

其一

靈壽扶來似孔光，〔查註〕《漢書·孔光傳》：太后賜靈壽杖。師古曰：靈壽木，似竹，有節，長不過八九尺，自然合杖制，不須削治也。感時懷舊一悲涼。蟾枝不獨同攀桂，〔王註〕《酉陽雜俎》言：月中蟾桂，地影也；空處，水影也。《晉書》：郤詵對晉武帝曰：「臣舉賢良對策爲天下第一，猶桂林一枝，崑山片玉。」雞舌還應共賜香。〔公自註〕亦同〔三七〕爲郎。〔王註〕《漢官儀》：尚書郎含雞舌香奏事。〔查註〕《翻譯名義》：雞舌香，五馬洲出。《異物志》：是草，萎可以合香，外國人說衆香共是一本，華爲雞舌香。《日華子》云：治口氣，故三省郎含香奏事。等是浮休無得喪，〔王註〕《莊子·刻意篇》：其生若浮，其死若休。〔次公曰〕張鷟取之，自號浮休子。麤分憂樂有閑忙。〔王註續曰〕國朝嘗召處士种放爲司諫以論事，公卿惡之，賜金歸華山。又有紫微舍人者，素不能文，制誥嘗令張君房代之。一日，賜日本國正使詔書，紫微已受詞頭，而失君房所在。君房時未第，方與所親飲醉都市。中使促之，紫微不勝其窘。暇日，楊大年與錢若水賡閒、忙二令。楊曰：「世上何人最得閒？司諫賜金歸華山。」錢曰：「世上何人最得忙？紫微失却張君房。」稱名對。〔合註〕見《湘山野録》。年來世事如波浪，鬱鬱誰知柏在岡。〔王註〕韓退之詩：波浪沄沄去，松柏在高

罔。

其二

屢把鉛刀齒步光，〔王註〕賈誼賦：莫邪爲鈍兮，鉛刀爲銛。《史記·仲尼弟子傳》：越王使大夫種，奉步光之劍，以賀軍吏，吳王大喜。〔査註〕《詩話總龜》：坡公和罔字，至第七篇「屢把鉛刀齒步光」，乃用曹子建《七啓》中「步光之劍，華藻繁縟」。雖第一韻衆人所更易，而七篇未嘗改，又貫穿精絶如此。更遭華衮照厖涼。〔王註〕范甯序《穀梁春秋》曰：一字之褒，寵踰華衮。《左傳·閔公二年》：晉太子申生帥師，公衣之偏衣，佩之金玦。狐突曰：「厖涼冬殺，金寒玦離，胡可恃也？」蘇門山上莫長嘯，薝蔔林中無別香。〔王註任居實曰〕薝蔔，梔子也。其花六出，天下之至香。《維摩經》：如入薝蔔林中，唯齅薝蔔，不齅餘香。〔邵註〕按，薝蔔，亦名林蘭。燭燼已殘終夜〔三八〕刻，〔王註〕《南史·王僧孺傳》：竟陵王子良，嘗夜集學士，刻燭爲詩，四韻者，則刻一寸，以此爲率。槐花還似昔年忙。〔王註縝曰〕唐進士每以八月投牒赴舉，時爲之語曰：槐花黄，舉子忙。背城借一吾何敢，〔王註〕《左傳·成公二年》：齊賓媚人曰：「請收合餘燼，背城借一。」愼莫樽前替戾罔。〔王註〕《晉·佛圖澄傳》：劉曜自攻洛陽，石勒將救之。佛圖澄曰：「相輪鈴音云，秀支替戾罔，僕谷劬禿當。此羯語也。秀支，軍也；替戾罔，出也；僕谷，劉曜胡位也；劬禿當，捉也。此言軍捉得劉曜也。」〔合註〕借言不敢再出和篇之意。

柳氏二外甥〔三九〕求筆跡二首〔四〇〕

〔査註〕柳氏二甥，長名閎，字展如，次名闢，先生妹壻柳仲遠之子。本集《跋楞嚴經後》云：吾甥柳闢，孝弟夙成，自童子能爲文，不幸短命，其兄閎爲手寫此經。黄山谷《詩序》云：柳閎展如，蘇子瞻之甥也，才德甚美，有意於學。【誥案】此詩施編秀州道中，誤。二甥，即柳瑾子玉之孫，仲遠之子。本集《祭亡妹德化縣君》文云：宫傅之孫，十有六人。蓋仲遠妻爲中都公女，公之親堂妹也。子玉，丹徒人，與公同至京口，始有《家晏》詩。則此二詩，亦京口作也。今改編。查註謂柳仲遠爲文遠，亦改正。

其　一

退筆如山〔四一〕未足珍，〔合註〕《太平廣記》云：智永住吴興永欣寺。積學書後有禿筆頭十甕，每甕皆數千，後取筆頭瘞之，號爲退筆冢。讀書萬卷始通神。君家自有元和脚，〔王註縯曰〕柳公權，在唐元和間，書有名。劉禹錫《酬柳宗元》詩：柳家新樣元和脚，且盡薑芽斂手徒。【誥案】柳子玉善草書，故前有《觀子玉草聖》詩，所謂「柳侯運筆如電閃」者是也。二甥皆子玉之孫，故有此聯。次章之「何當火急傳家法」句，意與「電閃」意合，亦指子玉也。公本意用柳家事，縯註並不誤。查註不知發明其詩，而乃引《復齋漫録》，謂「元和脚」當改作「元和手」，合註猶復存之，今删。莫厭家雞更問人。〔王註〕《南史·王僧虔傳》：庾征西翼書，少時與右軍齊名。右軍後進，庾猶不分，在荆州與都下人書云：「小兒輩賤家雞，皆學逸少書。」

其　二

一紙行書兩絶詩，遂良鬚鬢已成絲〔四二〕。〔王註縯曰〕褚遂良有一帖云：即日，遂良，鬚髮盡白。何當火急傳家法，欲見誠懸筆諫時。〔王註〕《唐書》：柳公權，字誠懸。穆宗問公權用筆法。對曰：「心正則筆正，筆正，乃可法矣。」時帝荒縱，故公權及之。帝改容，悟其筆諫也。

成都進士杜暹伯升，出家，名法通，往來吳中

欲識當年杜伯升，〔查註〕唐、宋時發解舉子皆稱進士，殿試取中，爲及第出身。飄然雲水一孤僧。若教俯首隨韁鎖，〔王註〕《漢書·敍傳》：班嗣曰：貫仁義之羇絆，繫名聲之韁鎖。料得如今似我能。〔公自註〕柳子玉云：通若及第，不過似我。〔王註謝幼槃曰〕按，先生《詩話》：僕偶問通師：「子若不脫屣場屋，今何爲矣。」柳子玉云：「不過似我能。」因戲爲此詩。

子玉以詩見邀〔四三〕同刁丈遊金山

【誥案】此詩施編不載，查註從邵本補編。

君年甲子未相逢〔四四〕，〔王註〕《左傳·襄公三十年》：絳縣老人曰：「臣生之歲，正月甲子朔，四百有四十五甲子矣。」師曠曰：「七十三年矣。」難向人前〔四五〕說老翁。更有方瞳八十一，〔查註〕景純長東坡四十二歲，見本集祭文中。熙寧甲寅，坡公年三十九，則刁年八十一矣。奮衣矍鑠走山中。

金山寺與柳子玉飲，大醉，臥寶覺禪榻，夜分方醒，書其壁

〔查註〕此詩真跡，鄱陽洪邁得之。淳熙十六年，刻石於當塗郡齋，題云：與柳子玉、寶覺師會金

山作。

惡酒如惡人，相攻劇刀箭。頹然一榻上，勝之以不戰。詩翁氣雄拔，禪老〔四六〕語清軟。〔王註〕杜子美《贈蜀僧閭丘師兄》詩：夜闌接軟語。我醉都不知，但覺紅綠眩。〔王註〕劉夢得詩：看朱漸成碧。李太白《前有樽酒行》詩：看朱成碧顔始酡。醒時江月墮〔四七〕，〔王註〕李白《烏棲曲》詩：起看秋月墮江波。撼撼〔四八〕風響變。惟有一龕燈，二豪俱不見。〔王註〕劉伶《酒德頌》：二豪侍側焉，若蜾蠃之與螟蛉。【誥案】紀昀曰：結用二豪，謂子玉、寶覺。然一首兀傲詩，非如此兀傲作結，便不配色，所謂箭在弦上也。

送柳子玉赴靈仙〔四九〕

〔查註〕《太平寰宇記》：天柱山，在舒州懷寧縣西北，九天司命真君所主。《九域志》：舒州灊山，唐置司命真君廟，宋改靈仙觀額。按《欒城集》：子玉於熙寧辛亥謫官壽春。先生倅杭以來，屢有倡和，自癸丑以後，柳之姓名不復見集中矣。子玉卒，子由有詩挽之云：灊山仍乞古仙宮。靈仙觀在舒州，故云。以時考之，子玉之殁，當在丙辰、丁巳間。其乞宮觀，必於癸丑春前。題所云送之者，即送其赴靈仙也。【誥案】此詩施編不載，查註從邵本補編。

世事方艱便猛迴，此心未老已先灰。何時夢入真君殿，〔查註〕本集《雜記》云：子玉嘗夢赴司命真君召，未幾，果有監靈仙觀之命。也學傳呼觀主來。

監洞霄宫俞康直郎中所居四詠

〔查註〕《文獻通考》：宋朝設祠禄之官，以佚老優賢，雖年及掛冠，皆以宫觀處之，假以禄耳。熙寧時，方經理時政，患疲老不任事者廢職，乃使任宫觀。王安石亦欲以此處異議者。又，宫觀皆俟力請而後授，非自陳而特差者，如降黜之例。熙寧二年，詔杭州洞霄宫，依嵩山崇福宫、舒州靈仙觀，置管勾或提舉提點官。六年，又詔卿監以上提舉，餘官管勾當。《職官分紀》：宫觀使有都監、提舉等名。按東坡洞霄宫詩自註云：今監宫凡七人。康直其一也。

退圃

百丈休牽上瀨船，〔王註〕杜子美《十二月一日》詩：一聲何處送書雁，百丈誰家上瀨船？〔次公曰〕《漢書·武帝紀》：下瀨將軍。註引「《伍子胥書》有下瀨船」，故得翻使。上瀨船，言難進也。一鈎歸釣縮頭鯿。〔王註子仁曰〕漢中鯿魚肥美，襄陽禁捕，遂以槎斷水，因謂之槎頭縮項鯿。〔查註〕《韻語陽秋》：長腰粳米，縮頭鯿魚，楚人語也。園中草木春無數，只有黄楊厄閏年。〔公自註〕俗説，黄楊一歲〔三〇〕長一寸，遇閏退三寸。【誥案】紀昀曰：句句皆含退意，竟不説破，又是一格。

逸堂

新第誰來作並鄰，舊官寧復憶星辰。〔王註〕劉禹錫詩：朝驅旌旆行時令，夜見星辰憶舊官。請君置酒吾當賀，知向江湖拜散人。〔王註〕陸龜蒙詩云：官家未識活蒼生，詔賜江湖散人號。〔合註〕《唐書・陸龜蒙傳》：時謂江湖散人，或號天隨子、甫里先生，自比涪翁、漁父、江上丈人。

遯軒

冠蓋相望起隱淪，先生那得老江村。古來真遯何曾遯，〔王註〕《揚子》曰：聖人不得乎世，不離乎羣。笑殺踰垣與閉門。【誥案】四詩不脱下一字，此首以閉門扣住「軒」字，其用泄柳，非手滑也，然一氣讀下，却將此意瞞過，特指出之。

遠樓

西山烟雨捲疎簾，北户星河落短簷。〔王註〕杜子美《登慈恩寺塔》詩：七星在北户，河漢聲西流。〔合註〕何焯曰：元稹詩，星河似向簷前落。不獨江天解空濶，地偏心遠似陶潛。〔王註〕陶淵明詩：結廬在人境，而無車馬喧。問君何能爾？心遠地自偏。

遊鶴林、招隱二首

其一

郊原雨初霽，春物有餘妍。〔合註〕劉繪詩：拾羽弄餘妍。古寺滿修竹，深林聞杜鵑。【誥案】紀昀曰：不減曲徑通幽之句。睡餘柳花墮，目眩山櫻然。〔王註〕沈約詩：山櫻發欲然。西窗有病客，危坐看香烟。【誥案】此首游鶴林寺。

其二

行歌白雲嶺，坐詠修竹林。風輕花自落，〔王註〕杜子美詩：風定花猶落。日薄山半陰。【誥案】紀昀曰：此聯亦直偪唐人。澗草誰復識，聞香杳難尋。時見城市人，幽居惜未深。【誥案】此首游招隱寺。

書普慈長老壁

〔公自註〕志誠。〔查註〕《京口志》：城西南有壽岳，宋武帝家此。至陳時，即其宅基建慈和寺，至宋改普慈。

普慈寺後千竿竹，醉裏曾看碧玉椽。倦客再遊行老矣，〔王註〕《漢書·司馬相如傳》：長卿故倦遊，雖貧，其人才足依也。高僧一笑故依然。〔王註〕《樂府》：圍碁燒敗襖，著子故依然。【誥案】紀昀曰：文句極其自然，無宋人文句之野氣。久參白足知禪味，〔王註〕《維摩經》：維摩詰雖復飲食，而以禪悅爲味。苦厭黃公聒晝眠。〔公自註〕鳥名。〔王註師民瞻曰〕黃公，黃鸝也。惟有兩珠紅百葉，〔王註堯卿曰〕江、浙間有花，謂之百葉紅。〔子仁曰〕韓退之詩：百葉雙桃晚更紅。晚來猶得向人妍。

刁景純席上和謝生二首

其一

悞入仙人碧玉壺，〔王註〕《神仙傳》：費長房爲市掾，壺公來賣藥，嘗懸一空壺於坐上，日入之後，輒跳入壺中。積久，語房曰：「卿便可依我跳。」長房依言，已入，見仙宮世界，樓觀重門閣道。公語長房曰：「我仙人也，見責，因謫人間耳。」一歡那復問親疎〔三一〕。杯盤狼藉吾何敢，〔王註〕《史記・淳于髡傳》：杯盤狼藉，堂上燭滅，主人留髡而送客。車騎雍容子甚都。此夜新聲聞北里，〔王註〕梁元帝《纂要》云：古艷曲，有北里靡靡之曲。《史記》：紂使師涓作新淫聲，北里之舞，靡靡之樂。他年故事記南徐〔三二〕。〔王註續曰〕東晉置南徐州，治京口，今潤州也。〔師民瞻曰〕《南史》：徐君蒨善絃歌，好聲色，載妓，肆意游行荆楚山川。時襄陽魚弘亦以豪俊稱。於是府中謡曰：北路魚，南路徐。欲窮風月三千界，〔王註〕歐陽永叔詩：翰林風月三千首，吏部文章二百年。〔查註〕《翻譯名義》：三界，通有三種，謂小千、中千、大千也。千倍小千爲一中千，千倍中千爲一大千。願化天人〔三三〕百億軀。〔王註〕柳子厚詩：若爲化作身千億，遍上峰頭望故鄉。〔查註〕摩訶衍云：周匝千華上，復現千釋迦。一華百億國，一國一釋迦。故釋迦牟尼佛名千百億化身也。〔合註〕李義山詩：何當百億蓮華上，一一蓮華見佛身。

其二

縱飲誰能問挈壺，〔王註次公曰〕《周官・天官》有挈壺氏，詩蓋言不必問漏之淺深也。〔合註〕《周禮》鄭註：懸壺以爲漏。合下句，次公註是。〔查註〕陳后山《談叢》：刁學士約，喜交結，請謁宴談，常至半夜，號刁半夜。【誥案】查註壺以盛飲之説，非是。已删。不知門外曉星疎。綺羅勝事齊三閣，〔王註〕《南史》：陳後主於光昭殿前，起臨春、結綺、望仙三閣。後主自居臨春，張貴妃居結綺，龔、孔二貴嬪居望仙，並複道交相往來。賓主談鋒敵兩都。〔王註援曰〕漢班固《兩都賦》，設西都賓、東都主人，以相辨答。〔查註〕《商芸小説》：有客詣陳太丘，談鋒甚敵。榻畔烟花嘗歎杜，海中童丱尚追徐。〔王註〕《漢書·伍被傳》：秦又使徐福入海求仙藥，多齎珍寶，童男女三千人，五種百工而行。徐福得平原廣澤，止，王，不來。〔查註〕白樂天詩：童男丱女舟中老。無多酌我君須聽〔五四〕，醉後麤狂膽滿軀。

和蘇州太守王規父侍太夫人觀燈之什，余時以劉道原見訪，滯留京口，不及赴此會，二首

〔查註〕《元和郡縣志》：江南道蘇州，禹貢揚州之地。周時爲吴國，太伯初置城，在今吴縣西北五十里。至闔閭，始遷都於此。後漢順帝永建四年，割浙江以東爲會稽，浙江以西爲吴郡。隋開皇九年，改爲蘇州，因姑蘇山爲名。南至杭州三百七十里。《吴志》：建安十四年，孫權謀拒曹操，始於吴遷京口，謂之京城。十六年，徙居秣陵，而置京口鎮。《南徐志》：京口舊名須口，即西浦也。范成大《吴郡志》：王誨，字規父。熙寧六年，以朝散大夫尚書司勳郎中知蘇州。

其一

不覺朱轓輾後塵，〔合註〕《文選·七命註》：應瑗《與桓元則書》，敬尋後塵。争看繡幰錦纏輪。〔合註〕《宋史·輿服志》：厭翟車，寶緋繡幰。李適詩：悠悠思錦輪。洛濱侍從三人貴，〔王註〕《晉·汝南王亮傳》：伏太妃嘗有小疾，祓於洛水，亮兄弟三人侍從，並持節鼓吹，震耀洛濱。武帝登凌雲臺，望見，曰：「伏妃可謂富貴矣。」京兆平反一笑

春。〔王註〕《漢書》：雋不疑爲京兆尹，每行縣録囚徒，還，其母輒問不疑，有所平反，活幾何人？即不疑多有所平反，母喜笑，爲飲食，語言異於他時。或無所出，母怒，爲之不食。但逐東山攜妓女〔五五〕，那知後閣走窮賓。〔王註〕《漢書·遊俠傳》：陳遵每大飲，輒關門，取客車轄投井中，客雖有急，終不得去。嘗有部刺史奏事過遵，值其方飲，刺史大窮，候遵霑醉時，突入見遵母，叩首白當對尚書有期會狀，母令從後閤出去。滯留不見榮華事，空作賡詩第七人。

其二

翻翻緹騎走香塵，〔王註次公曰〕緹騎，漢制執金吾所管兵。緹，赤也，衣赤衣者也。〔邵註〕《後漢·百官志》：執金吾緹騎二百人。〔合註〕《周禮註疏》：今時五伯緹衣，古兵服之遺色。沈佺期《洛陽道》詩：香塵撲地遥。激激飛濤射火輪。〔合註〕韓退之詩：水聲激激風吹衣。又：火輪飛出客心驚。美酒留連三夜月，豐年傾倒五州〔五六〕春。〔公自註〕時浙西皆以不熟罷燈，惟蘇獨盛。〔合註〕鮑照詩：能令君傾倒。顔延年詩：望幸傾五州。安排詩律追强對〔五七〕，〔王註子仁曰〕「强對」字出《晉書》。蹭蹬歸期爲惡賓。〔王註〕《西京雜記》：公孫弘起家於齊，爲丞相，故人高賀從之。弘食之脱粟飯，覆以布被。賀怨曰：「何用故人富貴爲？脱粟布被，我自有之。」弘大慚。賀告人曰：「公孫内服貂蟬，外衣麻枲，内廚五鼎，外膳一殽，云何以示天下？」於是朝廷疑其矯焉。弘聞之，歎曰：「寧逢惡賓，不逢故人。」墮珥遺簪想無限，〔王註〕《史記·滑稽傳》：淳于髡言，州閭之會，前有墮珥，後有遺簪。〔邵註〕《舊唐書》：玄宗每年十月，幸華清宫，國忠姊妹五家扈從。每家爲一隊，遺鈿墜舄，瑟瑟珠翠，璨瓓芳馥於路。華胥猶見夢回人。〔王註〕《列子·黄帝篇》：黄帝居大庭之館，齋心服形，三日不親政事，晝寢，而夢遊華胥氏之國。

書焦山綸長老壁

〔查註〕先生前遊焦山詩云：老僧下山驚客至，迎笑喜作巴人談。當即其人也。

法師住焦山，而實未嘗住。〔王註〕《金剛經》：若心有住，則爲非住。我來輒問法，法師了無語〔五八〕。法師非無語，不知所答故。君看頭與足，本自安冠履。〔王註〕《漢書》：轅固與黄生争論景帝前。生曰：「冠雖敝必加於首，履雖新必貫於足。」譬如長鬣人，〔王註〕《左傳·昭公七年》：使長鬣者相。又《十七年》：使長鬣者三人潛伏於舟側。不以長爲苦。一旦或人問，每睡安所措。歸來被上下，一夜無著處〔五九〕。展轉遂達晨，意欲盡鑷去。此言雖鄙淺，故自有深趣。持此問法師，法師一笑許。〔王註次公曰〕此篇，先生用小説一段事，裁以爲詩，而意最高妙。

留別金山寶覺、圓通二長老

〔查註〕《金山志》：宋寶覺禪師，乃育王璉禪師法嗣，南嶽下十二世，傳雲門宗。

沐罷巾冠快晚涼，睡餘齒頰帶茶香。艤舟北岸何時渡，〔王註〕《史記·項羽本紀》：欲東渡烏江，亭長艤船待。〔合註〕左太沖《蜀都賦》：艤輕舟。晞髮東軒未肯忙。〔王註〕《楚辭》：與汝沐兮咸池，晞汝髮兮陽之阿。《後漢》張平子《思玄賦》：旦余沐於清源兮，晞余髮於朝陽。註：既沐髮於清源，而乾髮於山東矣。朝陽，山東也。康濟此身殊有道，醫治外物本無方。風流二老長還往，〔邵註〕杜子美《寄贊上人》詩：與子成二老，來往亦風流。顧我歸期尚渺茫。〔王註〕韓退之詩：歸來辛苦欲誰爲，坐令再往之計墮眇芒。

常潤道中，有懷錢塘，寄述古五首

〔查註〕《元和郡縣志》：潤州東有潤浦口，因以名。

其　一

從來直道不幸身〔六〇〕，得向西湖兩過春。〔合註〕述古於五年八月來杭，至七年春，爲兩過矣。沂上已成曾點服，泮宮初采魯侯芹。〔王註〕《詩·泮水》頌僖公曰：薄采其芹。〔合註〕唐宋律詩，真、諄、臻、文、欣，每通用。如李義山《五松驛》及先生此詩是也。休驚歲歲年年貌，〔王註〕劉希夷詩：年年歲歲花相似，歲歲年年人不同。且對朝朝暮暮人。〔合註〕何焯曰：當緣述古有家妓故也。細雨晴時一百六，〔王註續曰〕《荆楚歲時記》曰：寒食，據曆合在清明前二日，亦有云去冬至一百六日。〔汪養源曰〕《韻語陽秋》曰：自冬至一百有五日至寒食，或謂自冬至至清明，凡七氶，至寒食，止一百三日，不知曆家以餘分演之也。〔合註〕元微之《連昌宫詞》：初過寒食一百六。畫船鼉鼓〔六一〕莫違民。〔查註〕陳襄《古靈集·和子瞻沿牒京口憶西湖寒食出遊見寄》詩云：乞得湖山養病身，花時曾共憶行春。嚶鳴幽鳥還遷木，觱沸清泉復采芹。皂蓋尋芳丘有李，彩樓觀戲巷無人。錦袍公子歸何晚，獨念溝中菜色民。

其　二

草長江南鶯亂飛，〔王註〕《南史》丘希範《與陳伯之書》：暮春三月，江南草長，雜花生樹，羣鶯亂飛。年來事事與心違。〔王註胡銓曰〕稽康《幽憤》詩云：事與願違，遘兹淹留。高僧雅鳳詩云：多事與心違。花開後院還空落，燕入華堂怪未歸。【誥案】此聯從李太白《題東溪公幽居》「好鳥迎春歌後院，飛花送酒舞前簷」化出。世上功名何日是，樽前〔六二〕點檢幾人非。〔王註〕白樂天詩：樽前百事皆依舊，點檢惟無薛秀才。去年柳絮飛時節，記得金籠放雪衣。〔公自註〕杭人以放鴿爲太守壽。〔王註堯卿曰〕唐《譚賓録》曰：天寶中，嶺南獻白鸚鵡，養之宮中。歲久頗聰慧，通曉言詞。上及貴妃呼爲雪衣女。此呼鴿爲雪衣，借用故事也。〔查註〕《倦游録》：王丞相生日，羣大卿籠雀鴿造相府以獻，搢笏開籠，一一放之。陳襄和第二首詩云：春陰漠漠燕飛飛，可惜春光與子違。半嶺烟霞紅旆入，滿湖風月畫船歸。緱生一曲人何在，遼鶴重來事已非。猶憶去年題別處，鳥啼花落客沾衣。〔翁註〕《侯鯖録》：述古飲子容，周韶泣求落籍。詩曰：「隴上巢空歲月驚，忍看回首自梳翎。開籠若放雪衣女，長念《觀音般若經》。」韶時有服，衣白，一坐嗟歎，遂落籍。

其　三

浮玉山頭日日風，〔公自註〕卽金山也〔六三〕。〔合註〕題曰常潤道中，則浮玉自指金山。玩「日日風」、「已春融」六字，言京口多風，不如武林之春色已融也。湧金門外已春融。〔王註劉珙曰〕《杭州圖經》：湧金門屬錢塘縣，去縣三里半。〔查註〕吳自牧《夢粱録》：杭州西城三門，曰清波、曰錢塘、曰湧金，皆臨西湖。二年魚鳥渾相識，〔王註〕韓退之詩：朝遊孤嶼南，暮遊孤嶼北。所以孤嶼鳥，與公盡相識。又，《世説》：晉簡文帝云，鳥獸禽魚，自來親人。三月鶯花付與公。【誥案】紀昀曰：説得大雅。剩看新翻眉倒暈，〔王註堯卿曰〕當時新翻眉樣謂倒暈，在横雲却月遠山蛾眉之外。先生嘗有詩云：倒暈連眉秀嶺浮。蓋謂此也。〔合註〕「倒暈」在《十眉圖》内。見《潛確類書》。未應泣別臉消紅。〔王註〕白樂天《王昭君》詩云：滿面胡沙滿鬢風，眉消殘黛臉消紅。何人織得相思字，〔王註〕《晉書・列女傳》：

竇滔妻蘇氏思滔，織錦爲《回文詩》以贈。〔合註〕李義山詩：欲織相思花寄遠。寄與江邊北向鴻。〔王註〕《漢書》：蘇武留匈奴，不得歸。使者謂單于，言天子射上林，得雁足有係帛書，言武等在某澤中。單于驚，召武官屬隨武還。又，《月令》：季冬之月，雁北鄉。

其四

國艷夭嬈〔六四〕酒半酣，去年同賞寄僧簷。但知撲撲晴香軟，〔合註〕吴融詩：濃翠霏撲撲。誰見森森曉態嚴。穀雨共驚無幾日，〔合註〕《五代史·司天考》：穀雨，三月中。蜜蜂未許輒先甜。〔王註次公曰〕羅隱《蜂》詩：不知辛苦爲誰甜？應須火急回征棹，〔王註〕唐武后詩曰：明朝遊上苑，火急報春知。一片辭枝可得黏。〔王註〕杜子美《曲江》詩：一片花飛減却春，風飄萬點正愁人。〔合註〕殷文圭詩：花黏繁鬭錦。〔查註〕陳襄《古靈集·和子瞻沿牒京口憶吉祥寺牡丹見寄》詩云：新接枝頭色倍添，馬蹄尋處帽欹簷。春工別與鉛華麗，佛地偏資好相嚴。紅萼欲開丹未渥，素香堪茹雪非甜。詩翁何事辜真賞，不許浮根浪蘂黏。

其五

惠泉山下土如濡，〔合註〕《詩·綿篇疏》：土堅而壤濡。陽羨溪頭米勝珠。〔王註次公曰〕惠山泉、陽羨米，皆常州事。〔查註〕《太平寰宇記》：常州宜興縣，本秦陽羨縣。周處《風土記》：本名荆溪，陽羨古城在今縣南，一名蝦虎城，荆溪在縣南二十步。《漢·志》云：中江首蕪湖，東至陽羨入海，即此溪也。《周益公題跋》云：公熙寧中倅杭，沿檄常、潤間，賦詩卜居。蓋權輿於此。賣劍買牛吾欲老，殺雞爲黍子來無。地偏不信容高蓋，〔王註〕《漢書》：

于公曰：「少高大閭門，令容駟馬高蓋車。」〔合註〕此用李賀《高軒過》意也。俗儉真堪著腐儒。莫怪江南苦留滯，經營身計一生迂。【誥案】公是時初至荆溪，此詩之意，因舊與蔣之奇有卜居陽羡之約而發，非買田時也。查註謬説，並删。

常州太平寺觀牡丹〔六五〕

〔查註〕《咸淳毘陵志》：太平講寺，在郡東門外，齊高祖創建。乾元中，僧法偁始大之，宋改太平興國禪寺。【誥案】此詩施編不載，查註從外集補編。

武林千葉照觀空，〔查註〕觀空，杭州吉祥寺閣名。別後湖山幾信風。〔合註〕《歲時記》：江南自初春至初夏，五日一番風候，謂之花信風。梅花風最先，楝花風最後，凡二十四番。自笑眼花紅緑眩，還將白首對䞓紅〔六六〕。

遊太平寺淨土院觀牡丹，中有淡黄一朶，特奇，爲作小詩〔六七〕

〔合註〕外集題云：「同狀元行老學士秉道先輩，遊太平寺淨土院觀牡丹，中有淡黄一朶，特奇絶，爲作小詩〔六八〕。」【誥案】此詩施編不載，查註從外集補編。

醉中眼纈自斕斑，〔合註〕皮日休詩：斕斑似帶湘娥泣。天雨曼陀照玉盤。〔王註〕《法華經》：佛説法已入於無義量處三昧，是時，天雨曼陀羅花。一朶淡黄〔六九〕微拂掠〔七〇〕，〔合註〕韓退之《戲題牡丹》詩：雙燕無機還拂掠。䞓紅、魏紫不須看。〔王註子仁曰〕䞓紅、魏紫，牡丹別名。見歐陽《花譜》。〔馮註〕《牡丹譜》：姚黄、左紫、魏花以姓著，青州、丹州、延州紅以州著。《海記》：煬帝闢西苑，易州進牡丹二十種，有赬紅、䞓紅等名。〔合註〕並見《潛確類書》。

杭州牡丹開時，僕猶在常、潤，周令作詩見寄，次其韻，復次一首送赴闕〔七一〕

其一

羞歸應爲負花期，已見成陰結子時。〔王註〕《唐闕記》載杜牧之詩：自是尋春去較遲，不須惆悵怨芳時。狂風落盡深紅色，緑葉成陰子滿枝。與物寡情憐我老，遺春無恨賴君詩。玉臺不見朝酣酒〔七二〕，金縷猶歌空折枝。〔王註縯曰〕杜秋娘，金陵女也。年十五，爲李錡妾。嘗爲錡唱詞云：勸君莫惜金縷衣，勸君須惜少年時。花開堪折直須折，莫待無花空折枝。見杜牧之《杜秋娘詩序》。從此年年定相見，欲師老圃問樊遲。

其二

莫負黄花九日期，〔合註〕即黄花晚節香之意。人生窮達可無時。十年且就三都賦，〔王註〕《晉書》：左思欲賦三都，乃詣著作郎張載訪岷邛之事。遂搆思十年，門庭藩溷，皆著紙筆。遇得一句，即便疏之。自以所見不博，求爲秘書郎。及賦成，豪貴之家，競相傳寫，洛陽爲之紙貴。萬户終輕千首詩。天静傷鴻猶戢翼。〔王註次公曰〕傷鴻事，暗用《戰國策》「更嬴虚弦而落傷雁」也。《唐·傅奕傳》：傷弓之鳥驚曲木。月明驚鵲未安枝。君看六月河無水，萬斛龍驤到自遲。〔王註次公曰〕龍驤，大舟也，蓋言無援以濟，則大才難進，如河無水，而龍驤之舟不行也。

無錫道中賦水車

〔查註〕周處《風土記》：武王封周章小子斌於無錫。《通典》引史記曰：太伯始居吴，即此地。《漢·志》會稽郡下有無錫縣。《名勝志》引古讖云：無錫寧，天下平；有錫兵，天下争。《韻語陽秋》：舒王作《前元豐行》云：倒持龍骨掛屋敖。龍骨，水車也。東坡亦有水車詩，言水車之利，不及雷車所霑者廣也。《太平御覽》引《魏畧》曰：馬鈞居京都内，有地可爲園，患無水以灌之，乃作翻車，令童兒轉之而灌水，自覆更出更入，其巧百倍於常。水車之制仿此。

翻翻聯聯銜尾鴉，【誥案】此詩與《瓶笙》同一手法。紀昀曰：節短勢險，句句奇矯。犖犖确确蜕骨蛇。〔王註次公曰〕江浙間人，目水車爲龍骨車。分疇〔七三〕翠浪走雲陣，刺水緑鍼抽稻芽〔七四〕。洞庭五月欲飛沙，〔合註〕此指太湖之洞庭也。鼉鳴窟中如打衙。〔王註縯曰〕江淮間謂鼉鳴如鼓，亦謂之鼉更。〔邵註〕《晉安海物記》：鼉宵鳴如桴鼓，今江淮間謂鼉鳴爲鼉鼓。《埤雅》：鼉欲雨則鳴。天公〔七五〕不見老翁〔七六〕泣，唤取阿香推雷車。〔王註〕《搜神後記》：晉永和中，義興人姓周出都。日暮，道邊有一新草小屋，一女子望見周過，周便求寄宿。向一更，聞外有小兒喚阿香云：「官喚汝推雷車。」女乃辭行。夜，遂大雷雨。向曉，周看宿處，止見一新塚。

虎丘寺

〔王註縯曰〕先名海湧山。《吴越春秋》：闔閭葬國西，發五都之士十萬人作冢，銅棺三重，水銀爲池，金玉爲鳧雁，扁諸之劍三千，槃郢、魚腸在焉。葬後三日，金精之氣上揚，化爲虎，踞其墳，故號虎丘。〔合註〕《越絶書》：闔廬冢在閶門外，名虎丘。下池廣六十步，水深丈五尺。銅槨三重，墳池六尺。取土臨湖口，築三日而白虎居上，故號虎丘。

入門無平田，石路細穿〔七七〕嶺。陰風生澗壑，〔查註〕《元和郡縣志》：虎丘山，闔閭葬於此。秦皇鑿其珍異，莫知所在，鑿處今成深澗。《太平寰宇記》：山澗是孫權發掘，求闔閭寶器。澗側有平石，可容千人。古木翳潭井。湛盧誰復見，〔王註縯曰〕《吳越春秋》：越王允常，使歐冶子造劍五枚，曰純鈎，湛盧、豪曹、魚腸、巨闕。以湛盧獻吳，吳公子光以弑其君僚，湛盧夜飛入楚。〔查註〕《吳越春秋》：楚昭王卧而寤，得湛盧之劍於牀。召風胡子而問。風胡子曰：「臣聞吳王得越所獻寶劍三枚，一曰魚腸，二曰磐郢，三曰湛盧。魚腸之劍，已用殺吳王僚也，磐郢以送其死女，今湛盧入楚也。」秋水光耿耿。〔合註〕《越絶書》：王取純鈎，薛燭觀其光，渾渾如水之溢於塘。又，風胡子曰：「欲知泰阿觀其釽，巍巍翼翼如流水之波。」江淹《無爲論》：負長劍而耿耿。鐵花繡巖壁〔七八〕，〔王註饒德操曰〕寺中有鐵花巖，在劍池之側。殺氣噤蛙黽。【誥案】紀昀曰：十字精采。幽幽生公堂，左右立頑礦。當年或未信，異類服精猛。〔王註〕《十道四蕃志》：生公，異僧竺道生也，講經於此，人無信者。乃聚石爲徒，與談至理，石皆點頭。寺有生公禪堂。〔查註〕《釋氏稽古畧》：羅什法師弟子道生，袖手來晉，入平江虎丘山，竪石爲聽徒。講《涅槃經》，至闡提有佛性處，曰：「如我所説，義契佛心否？」羣石皆首肯之。胡爲百歲後，仙鬼互馳騁。窈然留清詩，讀者爲悲哽。〔王註次公曰〕並寺中事也。仙謂清遠道士，與沈恭子同遊虎丘寺，有詩。歷論商、周及近代二千年事，顔真卿爲之刻石。鬼謂幽獨君也。有詩云：青松多悲風，蕭蕭清且哀。白日徒昭昭，不照長夜臺。李道昌爲刺史，奏其事。陸龜蒙、皮日休《松陵唱和》皆及之。東軒有佳致，〔王註呂祖謙曰〕寺中有佳致軒，在池堂之東。〔合註〕何焯曰：佳致軒，當是後來因坡詩而作，註語未必是也。【誥案】即後來作，亦當入載。祖謙但云有佳致軒，在先在後，無不可者。何説固執之甚。雲水麗千頃。熙熙覽生物，春意破淒冷〔七九〕。我來屬無事，暖日相與永。〔王註〕杜子美《渼陂西南臺》詩：蒹葭離披去，天水與相永。喜鵲翻初旦，愁鳶蹲落景。坐見漁樵還，新月溪上影。悟彼良自咍，〔合註〕《文選·吴都賦註》：楚人謂相笑爲咍。《楚辭》曰：衆兆所咍。孟東野詩：静言還自咍。歸田行可請。

劉孝叔〔八〇〕會虎丘，時王規父齋素祈雨，不至，二首

〔查註〕《宋史》：劉述，湖州人。神宗朝爲御史，上疏劾王安石，出知江州，踰年，提舉崇禧觀。故有「白簡」、「青山」之句。又按：王規父，名誨。熙寧六年爲蘇州守。〔合註〕《宋史》：劉述貶江州，在熙寧二年，則先生作詩時，已爲提舉矣。

其一

白簡威猶凜，〔王註〕《通典》：顔延之爲御史中丞。何尚之與書曰：絳騶清路，白簡深刻，取之仲容，或有廞邪？《晉書》：傅玄天性峻急，不能有所容。每有奏劾，或值日莫，捧白簡，整簪帶，坐而待旦。於是貴游懾服，臺閣生風。〔孫倬曰〕《文選》任昉《奏彈曹景宗》曰：謹奉白簡以聞。註：簡，略狀也。青山興已濃〔八一〕。【誥案】當日用原韻例甚寬，此

首作濃，下首作穠，無不可者。合註、曉嵐所論，皆近人板見，未可以繩此集也。今改作濃字。鶴閑雲作氅，駝卧草埋峰。〔王註堯卿曰〕唐曲良翰爲駝峰留。〔合註〕《酉陽雜俎》：將軍曲良翰，能爲驢鬷駝峰炙。此句似兼指駱駝橋。蓋孝叔湖人也，故下用圯上事。跪履〔八二〕若可教，卜鄰應見容〔八三〕。因公問回老，〔王註次公曰〕後有回先生詩是也。或言呂洞賓易姓爲回處士，回字乃呂耳。何處定相逢。【誥案】全作皆因孝叔領祠而發，結二句，皆指湖州也。

其二

太常齋未解，不肯對纖穠。〔王註〕《後漢書》：周澤，字穉都。爲太常，卧病齋宫。其妻哀澤老病，闚問所苦。澤大怒，以妻干犯齋禁，遂收送詔獄。當世疑其詭激，時人爲之語曰：「生世不諧，作太常妻，一歲三百六十日，三百五十九日齋。」註云：一日不齋醉如泥。《晉書》：劉毅散齋而疾，妻省之，毅便奏加妻罪而請解齋。只遣三千履，〔王註〕《史記·春申君傳》：春申君客三千餘人，其上客皆躡珠履。來遊十二峰。【誥案】是日，規父盛宴兩公於虎丘，移傳廚爲大會，而自以齋素不到，遣幕僚代爲主人，故有此四句。十二峰，但取與纖穠相映，以比虎丘。蓋是日蘇州名歌妓畢集也。入結亦是此意。林空答清唱，〔合註〕陸機詩：名謳激清唱。潭淨寫衰容。歸去瑶臺路，還應月下逢。〔王註〕李太白《清平調》詩：若非羣玉山頭見，會向瑶臺月下逢。

蘇州閭丘、江君二家，雨中飲酒，二首

〔王註堯卿曰〕閭丘孝忠，字公顯。〔查註〕范成大《吴郡志》：閭丘孝終，字公顯，郡人。嘗守黄州，

既掛冠，與諸名人耆艾爲九老會。東坡經從，必訪孝終，賦詩爲樂。本集《水龍吟詞序》云：太守閭丘公顯，已致仕居姑蘇。按，閭丘名字，蓋取《孝經》「以顯父母，孝之終也」二句義。【誥案】是時久旱得雨。詩首敍雨中，次及閭丘，皆閭丘家事，無江君也。且以題論，如二家并作，即應次入江君。今次首全敍閭丘歸老事，不及雨飲，則前一首之雨中飲酒，信在閭丘家也。題應作「閭丘公顯家雨中飲酒」，原題似譌。否則，詩有佚矣。

其一

小圃陰陰遍灑塵，方塘瀲瀲欲生紋。〔合註〕劉楨詩：方塘含清源。已煩仙袂來行雨，〔王註子仁曰〕裴虔餘，咸通末佐李公淮南幕。遊江，舟子刺船，誤爲竹篙濺水，濕近座之衣。公色變。虔餘遽獻一絶曰：「滿額鵝黄金縷衣，翠翹浮動玉釵垂。從教水濺羅衣濕，知道巫山行雨歸。」公覽之，極歡。〔合註〕白樂天詩：風吹仙袂飄颻舉。莫遣歌聲便駐雲。〔王註〕《列子·湯問篇》：薛談學謳於秦青，未窮青之技，遂辭歸。青弗止，餞於交衢，拊節悲歌，聲振林木，響遏行雲。談乃謝求返，不敢言歸。肯對綺羅辭白酒，〔王註〕李太白《南陵別兒童入京》詩：白酒新熟山中歸。試將文字惱紅裙。今宵記取醒時節，點滴空堦獨自聞。〔王註〕何遜詩：夜雨滴空堦，滴滴空堦裏。空堦滴不入，滴入愁人耳。【誥案】時方閔雨，故結句重申之，曉嵐以爲結脱窠臼者，非也。

其二

五紀歸來鬢未霜，〔合註〕《中吴紀聞》：朝議大夫閭丘公孝終以安居歸老。十眉環列〔四〕坐生光。〔王註〕《天寶遺事》：唐明皇幸蜀，令畫工作《十眉圖》。〔合註〕梁元帝文：入室生光。又，何焯曰：白樂天《夜遊西虎丘寺》詩：摇曳雙紅旆，娉婷十翠娥。自註：容滿、嬋態等十妓從遊也。唤船渡口迎秋女，〔王註〕杜牧《杜秋娘》詩：却唤吴江渡，舟人那得知。駐馬橋邊問泰娘。〔王註〕劉禹錫《泰娘》詩：有時裝成好天氣，走上皐橋折花戲。風流太守韋尚書，路傍忽見停隼旟。曾把四絃娱白傅，〔合註〕何焯曰：白樂天《聽琵琶妓彈畧畧》詩：四絃千遍語，一曲萬重情。又云：莫欺江外手，别自一家聲。敢將百草鬬吴王。〔王註縯曰〕吴王與西施作鬬百草之戲。劉禹錫《寄蘇州白使君》詩：若共吴王鬬百草，不如應是欠西施。從今却笑風流守，畫戟空凝宴寢香。

次韻沈長官三首

其一

家山何在兩忘歸，盃酒相逢慎勿違。不獨飯山嘲我瘦，也應糠覈怪君肥。〔王註〕《漢·陳平傳》：爲人長大美色。或謂平貧，何食而肥？其嫂疾平之不親家生産，曰：「亦食糠覈耳。」《晉書》：王戎子萬，少而大肥，戎令食糠，肥愈甚。

其二

男婚已畢女將歸，〔王註〕《東漢·逸民傳》：向長，字子平。娶嫁既畢，勅斷家事勿相關。遂肆意遊五岳名山，不知所終。累盡身輕志莫違。〔合註〕謝靈運《辨宗論》：累盡則無，誠如符契。聞道山中食無肉，玉池清水自生肥。〔王註〕《九星上經》云：青青之月，與日同升，合兩成一。出彼玉池，入乎金屋。大如彈，黄如橘。中有佳味甜如蜜，子能得之慎勿失。《黄庭外景經》：丹田之中精氣微，玉池清水上生肥。

其　三

造物知吾久念歸，似憐衰病不相違。風來震澤帆初飽，〔查註〕《禹貢註》：震澤，吴南太湖名。《越絶書》：太湖周三萬六千頃。雨入松江水漸肥。〔王註次公曰〕帆飽、水肥，皆方言也。〔查註〕《吴郡志》：松江在郡南四十五里，南與太湖接。吴江縣在江濱，垂虹跨其上。

戲書吴江三賢畫像三首

〔查註〕《太平寰宇記》：吴江本名松江，又名笠澤。其江出太湖二源，一江東五十里入小湖，一江東二百六十里入大海。《五代史·職方考》：吴江縣，梁開平三年錢鏐置。《中吴紀聞》：越上將軍范蠡、江東步兵張翰、贈右補闕陸龜蒙，各畫其像於吴江鱸鄉亭之傍。東坡有詩。後易其名曰三高，且更爲塑像。今在長橋北，與垂虹亭相望。范成大《三高祠記》：三君者不並世，而吴江之邑人獨奉蒸嘗以誇於四方。《式古堂書畫考》：《三賢像》，李伯時所畫。

其　一

誰將射御教吴兒，長笑申公爲夏姬。〔邵註〕《左傳·成公二年》：楚之討陳夏氏也，莊王欲納夏姬。申公巫臣曰：「不可。」及共王卽位，使屈巫聘於齊，巫臣盡室以行。及鄭，使介返幣，而以夏姬行，遂奔晉。七年，楚殺巫臣之族，巫臣乃通吴於晉，教之射御戰陳，吴始伐楚。於是乎一歲七奔命。却遣姑蘇有麋鹿，〔邵註〕《史記·淮南傳》：王召伍被與謀曰：「將軍上。」被悵然曰：「臣聞子胥諫吴王，吴王不用，乃曰臣今見麋鹿遊姑蘇之臺也，今臣亦見宫中生荆棘露沾衣也。」更憐夫子得西施。〔公自註〕范蠡。〔王註次公曰〕樂史《寰宇記》：越州苧蘿山下有石跡水，是西施浣紗之所。有西施家、東施家，則西施者姓施而在西也。小説載越王用范蠡計而獻之吴王，其後滅吴，范蠡復取西施，乘扁舟游五湖而不返。詩意以巫臣比范蠡，以夏姬比西施。巫臣以夏姬之故，而致楚之奔命於吴，此所以可笑。范蠡佐越滅吴之後，而自得西施，此所以可憐也。〔堯卿曰〕杜牧詩：夏姬滅兩國，逃作巫臣姬。西子下姑蘇，一舸逐鴟夷。故東坡此詩用西施事。

其二

浮世功勞食與眠，〔王註〕杜牧之詩：生人但眠食，壽域富農桑。《莊子·刻意篇》：其生若浮。〔堯卿曰〕饑來喫飯困來眠。此釋氏語也。季鷹真得水中仙。不須更説知機〔八五〕早，直爲鱸魚也自賢。〔公自註〕張翰。〔王註〕《晉書》：張翰，字季鷹。齊王冏辟爲大司馬東曹掾。冏時執權，翰因見秋風起，乃思吴中菰菜蓴羹鱸魚膾，曰：「人生貴得適志，何能羈宦數千里以要名爵乎？」遂命駕而歸。俄而冏敗，人皆謂之見機。〔查註〕王贊《過吴江》詩云：因想季鷹當日事，歸來未必爲蓴鱸。意謂翰度時不可有爲，故飄然遠去也。東坡卽其意而反之，更高一格。

其三

千首文章二頃田，〔王註〕《史記》：蘇秦曰：「使我有負郭田二頃，豈能佩六國相印乎？」《唐書·陸龜蒙傳》云：有田數百畝，田苦雨潦，則與江通，故常苦饑。囊中未有一錢看。〔王註〕杜子美《囊空》詩：囊空恐羞澀，留得一錢看。却因養得能言鴨，〔王註繽曰〕陸龜蒙有鬬鴨一闌，頗極馴養。一旦，驛使過焉，挾彈斃其尤者。龜蒙曰：「此鴨善人言，見欲附蘇州上進，使者奈何斃之？」使人懼，盡與囊中金以窒其口。徐使問人語之狀。龜蒙曰：「能自呼名耳。」〔合註〕見《南禺書》、《白孔六帖》。驚破王孫金彈丸。〔公自註〕陸龜蒙。〔王註〕《西京雜記》：韓嫣好彈，以金爲丸，所失者日有十餘。長安爲之語曰：「若饑寒，逐金丸。」京師之童，每聞嫣出，輒隨之，望彈之所落而拾焉。

過永樂文長老已卒

〔查註〕石刻云：夜至本覺，文長老已化。【誥案】查註引宋僧居簡《三過堂記》，謂公所作三詩，首尾相距十七八年，不應槩入倅杭卷者，誤甚。今已删，餘詳總案中。〔案〕總案熙寧七年五月「再過永樂」條云：查註云，宋僧居簡《三過堂記》，謂公以熙寧五年倅杭，明年有事於潤，過焉，後六年，自徐移湖，再過，文老且病，又十年，自翰林學士知杭，又過，文死矣。據此，則所作三詩，相距十七八年。考公以四年倅杭，而簡云五年；公以五年見文，而簡云六年。其守湖也，公往哭陳舜俞之殯，或可附會過其地，其守杭也，與張秉道、蘇堅會於湖州，去則秀，（秀下疑脱一「秀」字）不被水，而湖、蘇特甚，由此路察災而行，均未至秀。簡所記皆謬，無論與詩意不合也。今删去。

初驚鶴瘦不可識，旋覺〔六〕雲歸無處尋。三過門間老病死，〔王註〕《傳燈録》：佛欲求出家，即於四門遊觀，見老病死終可厭離。於是淨居白太子，言出家時至，可去矣。太子卽踰城而去。【誥案】句謂初過而老，再過而病，三過而死，合下句讀之，正言其速，不可以十七八年首尾論也。「三過門前」，註引《孟子·滕文公上》。一彈指頃去來今。〔查註〕《翻譯名義》云：時之極少爲剎那。壯士一彈指頃，六十五剎那。又云：「二十念爲一瞬，二十瞬名一彈指。」《維摩經》：天女曰：「皆以世俗文字數，故說有三世，非謂菩提有去來今。」〔合註〕《詩人玉屑》引《藜藿野人詩話》云：「三過」一聯，句法清健，天生對也。 存亡慣見渾無淚，鄉井〔七〕難忘尚有心。欲向錢塘訪圓澤〔八〕，葛洪川畔待秋深。【誥案】李源訪圓澤於葛洪川畔，有牧童扣牛角而歌。事載本集《圓澤傳》，詳卷三十三總案。

〔案〕總案引《圓澤傳》，不錄。

安平泉

〔查註〕《咸淳臨安志》：仁和縣安仁西鄉安隱院，在臨平山之南。清泰元年，吳越王建。舊名安平，治平二年改今額。其地產曲竹，相傳唐丘隱士丹成羽化，植杖於此，其竹皆曲。竹間有丹井，井傍有池，名安平泉。【誥案】此詩查註從《咸淳臨安志》收入續採中，今改編入集，餘詳案中。

〔案〕總案熙寧七年「至臨平游安平寺」條下引查爲仁《蓮坡詩話》云：東坡有題安平泉七律一首，集中失載，初白老人註蘇詩，采入補遺，尋碑未得，作詩記事。仁和沈椒園侍御庭芳，執友麟洲子也。後過臨平，於山麓得碑，手拓以遺老人。又云：熙寧五年十月，湯村開河，至鹽官，六年七月，自長安堰回游佛日寺，十月，自臨平至秀州，七年五月，自秀州再過臨平。公屢經往返，開河之日，又朝斯夕斯。此詩作於何時，誠難辨別。

策杖徐徐步此山，〔合註〕《武林梵志》作：聞說山根別有源。 撥雲尋徑興飄然。〔合註〕李太白《尋雍尊師隱居》詩：撥雲尋古道。 鑿開海眼知何代，〔合註〕杜子美《石筍引》：古來相傳是海眼。 種出菱花不計年。烹茗僧誇甌泛雪，煉丹人化骨成仙。當年陸羽空收拾，遺却安平一片泉。【誥案】此泉在寺前石壁下，寬僅數尺，而日以舟檝走城市，凡恃此以飲者日數十萬人，而泉無長落，固自若也。唐人品泉，其説不皆出於陸羽。今按其地以求之，則蕪廢而荒穢者，十居其五，又不若此泉之悠久而博施也。彼陸羽之收拾，尚奚取哉。誥既補編此詩，并記於後。

贈張刁二老

〔查註〕《東都事畧·梅堯臣傳》云同時有張先子野、刁約景純，皆有文名，而逸其事。

兩邦山水未凄涼，二老風流總健强。共成一百七十歲，〔王註〕白樂天詩：七人五百八十四，拖紫紆朱白鬢須。【誥案】是年子野年八十六，景純年八十一，實一百六十七歲。各飲三萬六千觴〔八九〕。〔王註〕李太白《襄陽歌》詩：百年三萬六千日，一日須傾三百杯。藏春塢〔九〇〕裏鶯花鬧，【誥案】萬松岡有藏春塢，刁景純所居，已詳前註。仁壽橋邊日月長。〔王註次公曰〕仁壽橋，張子野所居。〔合註〕《湖州府志》：仁壽坊，在府治東望州橋。惟有詩人被磨折，【誥案】詩人，公自謂也。金釵零落不成行。〔王註次公曰〕白樂天詩：鍾乳三千兩，金釵十二行。

卷十一校勘記

〔一〕啼看　合註：「看」一作「哭」。

〔二〕令作詩　類乙作「今作詩」，疑誤。
〔三〕書雙竹湛師房二首　集甲無「二首」二字。
〔四〕西湖　集甲、類本作「江湖」。
〔五〕殘缸　集甲、類本作「殘釭」。
〔六〕雨打窗　集甲、類本作「雪打窗」。
〔七〕笑語　集甲作「語笑」。
〔八〕佛國　類本作「佛骨」。
〔九〕和述古冬日牡丹四首　集甲無「四首」二字。
〔一〇〕却向　查註、合註：《詩案》「却」作「欲」。
〔一一〕解遺秋光　集甲、類本作「能遺秋花」。
〔一二〕不分　查註、合註：《詩案》「分」作「憤」。
〔一三〕常如渴　集甲、類本作「長如渴」。
〔一四〕草聖　外集作「草書」。
〔一五〕寒悴　外集作「寒碎」。
〔一六〕羊欣儉　外集作「羊欣險」。
〔一七〕善畫山　查註無「山」字，謂宋刻本有「山」字。集甲有「山」字。
〔一八〕武陵　集甲作「武林」。

〔一九〕陳尉烈　集甲作「陳尉列」。

〔二〇〕烟穗　集甲、類本作「烟穟」。查註：宋刻本「穗」作「穟」。

〔二一〕征夫念前路急鼓催行舟　集甲、類甲、類丙無此二句。合註自《志》補入。

〔二二〕夜聞　集甲作「愁聞」。

〔二三〕少戇　集甲作「少惷」。

〔二四〕頑獷　類本作「頑礦」。合註：《詩案》「獷」作「獷」。章校：《鑑》作「頑獷」。

〔二五〕浮沉　集甲、類本作「浮泛」。

〔二六〕本非　查註、合註：《叢話》「非」作「無」。

〔二七〕投劾　集甲、類本作「投紱」。

〔二八〕流連　集甲、類本作「留連」。

〔二九〕小團月　集甲作「小圓月」。查註謂宋刻本作「小圓月」。

〔三〇〕茵陳　集甲作「茵蔯」。

〔三一〕輕帆　類本作「驚帆」。

〔三二〕流水　查註作「野水」。

〔三三〕何年　類甲作「何由」。

〔三四〕兼天淨　集甲、類本作「兼天静」。

〔三五〕笛妓　集甲作「笛婢」。

〔三六〕男女　集乙作「兒女」。
〔三七〕亦同　類甲作「亦司」，類丙作「六司」，疑誤。
〔三八〕終夜　集甲作「中夜」。
〔三九〕外甥　集甲、七集作「外生」。何校：古書中多作「外生」。今仍作「外甥」。
〔四〇〕二首　集甲無此二字。
〔四一〕如山　集甲作「成山」。查註謂宋刻本作「如山」。
〔四二〕成絲　集甲作「如絲」。
〔四三〕子玉以詩見邀　類本、外集「子」前有「柳」字。
〔四四〕未相逢　類本作「久相逢」。
〔四五〕人前　類本、七集、外集作「君前」。
〔四六〕禪老　類乙、類丙作「禪者」。
〔四七〕江月墮　查註、合註：石刻「江」作「山」，「墮」作「上」。
〔四八〕摵摵　查註、合註：石刻作「瑟瑟」。
〔四九〕送柳子玉赴靈仙　類本「仙」作「山」。外集題作：「送子玉至靈山」。
〔五〇〕一歲　集甲、類本無「一」字。
〔五一〕問親疎　集本、類本作「問親疎」。盧校：「計親疎」。
〔五二〕記南徐　集甲作「紀南徐」。

〔五三〕天人　集甲、類本作「人天」。

〔五四〕君須聽　集甲、類本作「公須聽」。

〔五五〕妓女　集甲作「伎女」。

〔五六〕五州　合註：《吴都文粹》「州」作「湖」。

〔五七〕强對　合註：《吴都文粹》「强」作「佳」。

〔五八〕法師了無語　類甲脱此句，類乙作「乃至無語言」，類丙作「法師非無語」。合註謂「乃至無語言」似誤。

〔五九〕無著處　集本、類本作「着無處」。

〔六〇〕辜身　查註：宋刻本作「孤身」。集本作「辜身」。

〔六一〕鼉鼓　查註、合註：「鼉」一作「鼊」。

〔六二〕樽前　集甲作「罇前」。按，《玉篇》：「罇」，與「尊」同。《正字通》：《説文》，酒器，字本作「尊」，後加缶、加木、加瓦、加土者，隨俗所見也。以後不重出。

〔六三〕卽金山也　合註謂此四字爲「舊本註云」。今據集本、類本，定爲自註。

〔六四〕夭嬈　集本、類甲作「夭饒」。類本作「夭饒」，疑爲「夭饒」之誤。

〔六五〕覯牡丹　外集「覯」前有「淨土院」三字。

〔六六〕對醒紅　七集作「看醒紅」。

〔六七〕特奇爲作小詩　類甲、類丁「奇」後有「特」字，類乙、類丙有「異」字。類本「作」後有「一」字。

〔六八〕外集題云……特奇絶爲作小詩　七集題云「特奇絶爲作小詩」作「特奇爲作」。

〔六九〕淡黄　類本、外集作「官黄」。

〔七〇〕拂掠　類甲、類乙作「拂殺」。

〔七一〕杭州牡丹開時云云　此二詩，七集續集重收，題同。

〔七二〕朝酣酒　七集續集作「嘲酣酒」。

〔七三〕分疇　集甲、類本作「分畦」。

〔七四〕稻芽　集甲作「稻牙」。

〔七五〕天公　合註：「公」一作「翁」。

〔七六〕老翁　查註、合註：「翁」一作「農」。

〔七七〕細穿　集本作「穿細」。

〔七八〕繡巖壁　集甲、類丙作「秀巖壁」。

〔七九〕破凄冷　類甲、類乙作「頗凄冷」。

〔八〇〕劉孝叔　集本「劉」前有「和」字。

〔八一〕與已濃　集本、類甲作「與已穠」。

〔八二〕跪履　集本、類本作「跪履」。

〔八三〕應見容　類甲、類丁作「因見容」。

〔八四〕環列　查註作「羅列」，查謂宋刻本作「環列」，集本作「環列」。

〔八五〕知機　查註、合註作「知幾」。

〔八六〕旋覺　查註、合註：石刻作「漸覺」。

〔八七〕鄉井　查註、合註：石刻作「鄉曲」。

〔八八〕訪圓澤　查註、合註：石刻「訪」作「弔」。

〔八九〕六千觴　集本作「六千場」。

〔九〇〕藏春塢　類本「塢」下原註：藏春，刁公塢名。或爲自註。

蘇軾詩集卷十二

古今體詩四十二首

【誥案】起熙寧七年甲寅六月，自常、潤回杭州，九月，以太常博士直史館權知密州軍州事，罷杭州通守任，遂自湖、蘇、常、潤渡江赴海州，十一月到密州任，至十二月作。

去年秋，偶遊寶山上方。入一小院，闃然無人。有一僧〔一〕，隱几低頭讀書。與之語，漠然不甚對。問其鄰之僧，曰：「此雲闍黎〔二〕也，不出十五年矣。」今年六月，自常、潤還，復至其室，則死葬數月矣。作詩題其壁

〔查註〕《西湖游覽志》：七寶山，在白馬廟巷之西，舊有寶嚴院，錢氏建。雲闍黎者寓院中，閉户十五年，謝絶人事，日理《觀音經》，忽一日留偈而逝。偈云：誦經一字禮一拜，頭白眼眵坐塵界。天雞臨夢啼一聲，明月一輪觀自在。

雲師來寶山，一住十五秋。讀書嘗閉户〔三〕，客至不舉頭。去年造其室，清坐忘百憂。〔合

註〕韓退之《鄭君墓誌》：客至，清坐相看或竟日。我初無言說，師亦無對酬。〔合註〕陳陶詩：含珠相對酬。今來〔四〕復扣門，空房但颼飀。〔合註〕杜子美《酬高使君相贈》詩：古寺僧牢落，空房客寓居。云已滅無餘，〔王註〕《金剛經》：我皆令入無餘涅槃而滅度之。薪盡火不留。〔王註〕《莊子·養生主篇》：指窮於爲薪，火傳也，不知其盡也。却疑此室中，常〔五〕有斯人不。所遇孰非夢，事過吾何求。

聽僧昭素琴

至和〔六〕無攫醳〔七〕，〔王註〕《史記·田完世家》：騶忌子以鼓琴見威王曰：「夫大絃濁以春温者，君也；小絃廉折以清者，相也；攫之深醳之愉者，政令也。」至平無按抑，〔合註〕蔡邕《琴賦》：抑按藏摧。不知微妙聲，究竟從何〔八〕出？〔合註〕魏文帝詩：哀絃微妙。馬融《廣成頌》：上下究竟。散我不平氣，洗我不和心。此心知有在，尚復此微吟。

【誥案】此亦反韓之作，然孔子所不放者，正此等耳。

僧惠勤初罷僧職

〔查註〕宋時兩街僧職，有正有副。

軒軒青田鶴，〔王註〕《永嘉郡記》曰：有沐溪，去青田九里。此中有一雙白鶴，年年生子，長大便去。只常餘父母一雙，精白可愛。多云神所養。杜子美《通泉縣署屋壁後薛少保畫鶴》詩：薛公十一鶴，盡寫青田真。〔查註〕《太平寰宇記》：處州青田縣，因青山爲名。《相鶴經》云：青田之鶴，卽此邑之地。鬱鬱在樊籠。〔合註〕《漢書·韓信傳》：安能鬱鬱久居此乎？既爲物所縻，遂與吾輩同。〔合註〕杜牧之詩：信非吾輩流。今來始謝去，萬事一笑空。【詰案】紀昀曰：取喻精警，語亦高渾。新詩如洗出，不受外垢蒙。〔合註〕《吴越春秋》：伍胥蒙垢受恥。清風入齒牙，出語如風松〔九〕。霜髭茁病骨，飢坐聽午鐘。非詩能窮人，窮者詩乃工。此語信不妄，吾聞諸醉翁。〔王註〕歐陽作《梅聖俞詩序》云：非詩能窮人，殆窮者而後工也。

游靈隱高峰塔

〔王註崔鼐之曰〕《武林山記》：北高峰在靈隱寺後山。山有《塔記》云，唐天寶中，邑人建，高七級。〔查註〕《咸淳臨安志》：北高峰塔，天寶中建，高七層。《西湖遊覽志》：高峰在南北諸山之界，羊腸屈曲，松篁葱蒨。塔居峰頂，東瞰平蕪，盡湖山之景。南瞰大江，西接巖竇，怪石翔舞，洞穴邃密。《咸淳臨安志》：楊蟠有《北高峰塔》詩。

言遊高峰塔，蓐食治野裝。〔王註〕《史記》：韓信嘗從南昌亭長寄食。數月，亭長妻患之，乃晨炊蓐食。〔邵註〕《後漢·廉范傳註》：蓐食，蚤起食於寢蓐中也。火雲秋未衰，及此初旦涼。霧霏巖谷暗，日出草木香。嘉我同來人，久便〔一〇〕雲水鄉。【詰案】詳玩此句，其同來人，即惠勤、昭素之流也。相勸小舉足，前路高且長。古松攀龍蛇，怪石坐牛羊。漸聞鐘磬音，飛鳥皆下翔。入門空有無〔一一〕，雲海浩茫茫。【詰案】紀昀曰：寫出大善知識境界。惟見聾道人，老病時絶糧。問年笑不答，但指穴藜牀。〔邵註〕《三國志·管寧傳註》引《高士傳》曰：管寧自越海，及歸，常坐一木榻，積五十餘年，未嘗箕股，其榻上當膝處皆穿。按，「穴藜牀」似用其意。〔合註〕庾信《小園賦》：管寧藜牀，雖穿而可坐。心知不復來，欲歸更彷徨。贈別留匹布〔一二〕，今歲天早霜。【誥案】紀昀曰：直起直收，不着一語，而義藴甚深。

八月十七日，天竺山送桂花，分贈元素

〔王註〕楊繪，字元素。皇祐五年及第。〔查註〕《宋史》：楊繪，綿竹人。神宗朝爲御史中丞。免役法行，繪陳十害，罷爲侍讀學士。出知亳州，歷應天、杭州。《咸淳臨安志》：陳襄移知應天府，與楊繪兩易其任。楊繪於六月己巳，自應天徙知杭州。《范淳甫集》中有《楊元素墓志》，稱其能治經，尤長於《易》、《春秋》，仕終天章閣待制。張子韶《横浦集·憶天竺月桂》詩：湖上北山天竺寺，滿山桂子月中秋。

黄英六出非凡種，肯許天香過別州。自註云：天竺桂花六出，他州所無。月缺霜濃細蕊乾，此花元屬玉堂仙〔一三〕。鷲峰子落驚前夜，〔王註厚曰〕天竺山，昔有梵僧云：此山自天竺鷲山飛來，八月十五夜，嘗有桂子落。〔查註〕《咸淳臨安志》：靈隱有月桂峰，相傳月中桂子嘗墮此峰，生成大樹，其花白，其實丹。一説，天聖中，天降靈實於此山，狀如珠璣，識者曰：「此月中桂子也。」宋之問詩：桂子月中落。蟾窟枝空記昔年。〔王註任曰〕言元素中甲科時也。破裓山僧〔一四〕憐耿介，練裙溪女鬬清妍。願公採擷紉幽佩，莫遣孤芳老澗邊。

海會寺清心堂

〔王註沈敦謨曰〕無量壽佛閣西北法照大師房，舊有石刻，今亡。【誥案】此詩施編在前《宿海會

寺》詩後，即爲六年之作，本誤。查註引公跋，改甲寅爲六年，掩蓋施編之誤。合註云甲寅乃七年，查註改六年，而移前後諸詩皆繫之六年。如合註所論，則前卷皆爲七年作，而六年無一詩。編年之例，當自此而止，其可乎？今考此詩，乃七年作，故有「兩歲頻役」之句，且以提點屢至而無補於民，故又云「紛紛」也。以上皆述重到之意，並不難看，而諸註皆失之，何也？今改編於此，餘詳總案中。〔案〕總案引本集《跋蔡君謨書海會寺記》，謂此詩乃熙寧七年作。

南郭子綦初喪我，〔施註〕《莊子·齊物論篇》：南郭子綦隱几而坐，仰天而噓，嗒焉似喪其偶。顏成子游立侍乎前。子綦曰：「今者吾喪我，汝知之乎？」西來達摩尚求心。〔王註師民瞻曰〕達摩西來，不立文字，直指人心，見性悟道。此堂不說有清濁，遊客自觀隨淺深。〔施註〕《清淨經》：有清有濁。兩歲頻爲山水役，一溪長照雪霜侵。〔王註叔用曰〕寺前之溪，發源天目，即錦溪也，下餘杭，即爲苕溪。紛紛無補竟何事，〔施註〕《文選》宋玉《神女賦》：紛紛擾擾，未知何意。慚愧高人閉戶吟。〔施註〕《國語》：大國慚愧，小國附協。〔查註〕高人，指僧有明也。【誥案】公《跋蔡記》云：熙寧甲寅，軾自杭來臨安，君謨没已六年矣。明師之齒，七十有四。

捕蝗至浮雲嶺，山行疲苶〔一五〕，有懷子由弟二首

〔查註〕《咸淳臨安志》：浮雲嶺，在於潛縣南二十五里。

其一

西來烟障〔一六〕塞空虛，灑徧秋田雨不如。〔王註孫倬曰〕白樂天《捕蝗》詩：始自兩河及三輔，薦食如蠶飛似

雨。新法清平那有此，〔合註〕班固《兩都賦序》：海内清平。老身窮苦自招渠。無人可訴烏銜肉，〔王註〕《漢書》：黄霸爲潁川太守，嘗欲有所伺察，擇廉吏遣行，屬令周密。吏出，不敢舍郵亭，食於道傍，烏攫其肉。民有欲詣府口言事者，適見之，霸與語道此。後日吏還謁霸，霸見，迎勞之，曰：「甚苦。食道傍，乃爲烏所盜肉。」吏大驚，以霸具知其起居，所問毫氂不敢有隱。憶弟難憑犬附書〔一七〕。〔王註〕《晉書》：陸機有駿犬，名黄耳，甚愛之。既而羈寓京師，久無家問，笑語犬曰：「我家絶無書信，汝能齎書取消息否？」犬摇尾作聲，乃爲書以竹筩盛之，繫其頸上。犬尋舊路南走，遂至其家，得報還洛，因以爲常。自笑迂疎皆此類，區區猶欲理蝗餘。【誥案】結出本意。

其二

霜風漸欲作重陽，熠熠溪邊野菊黄。〔合註〕阮籍《清思賦》：色熠熠以流爛兮。久廢山行疲犖确，尚能村醉舞淋浪。〔王註〕韓退之詩：淋浪身上衣。獨眠林下〔一八〕夢魂好，回首人間憂患長。殺馬毁車從此逝，〔王註〕《後漢·周燮傳》：馮良年三十，爲尉，奉檄迎督郵，即路慨然，恥在廝役，因毁車殺馬裂衣冠，遁至犍爲，從杜撫學。妻子求索，蹤迹斷絶，見草中有敗車死馬，衣裳腐朽，謂爲虎狼盜賊所害，發喪制服。十許年，乃還鄉里。子來何處問行藏。〔查註〕《烏臺詩案》：軾前任杭州《寄子由》詩云：獨眠林下夢魂好，回首人間憂患長。殺馬毁車從此逝，子來何處問行藏。意謂新法青苗、助役等事，煩雜不可辨，亦言己才力不能勝任也。

青牛嶺高絶處，有小寺，人迹罕到

〔查註〕《咸淳臨安志》：青牛嶺，在新城縣西七十里南新鄉，舊名寶福山。方丈有東坡題詩於壁，末云，熙寧七年八月二十五日。《名勝志》：漁洲山，在新城縣西六十里，又五里爲寶福山，山有青牛嶺及多福寺，白雲常覆其頂。

暮歸走馬沙河塘，爐烟〔一九〕裊裊十里香。朝行〔二〇〕曳杖青牛嶺，寒泉〔二一〕咽咽千山静。〔合註〕皮日休詩：塹泉教咽咽。 君勿笑老僧〔二二〕，耳聾喚不聞，〔王註〕韋蟾詩：師言耳重知師意，人是人非不欲聞。百年俱是可憐人。〔王註〕盧仝詩：有錢無錢俱可憐，百年驟過如流川。 明朝且復城中去〔二三〕，白雲却在〔二四〕題詩處。〔王註〕王維《山中》詩云：城郭遥相望，惟應見白雲。【誥案】紀昀曰：語語脱灑，咫尺而有萬里之勢，結得縹緲，然中有寓託，不同泛作窈窈冥冥語。

新城陳氏園，次晁補之韻

〔查註〕《咸淳臨安志》：新城縣七賢鄉，有陳氏園。《宋史》：晁補之，字无咎，鉅野人。父端友，工於詩。補之十七，隨父官杭州，樂錢塘山川風物之麗，著《七述》以謁通判蘇軾，由是知名。《咸淳臨安志》：晁端友，熙寧中爲新城令。其子補之隨侍官所，東坡行縣，以文來謁，遂知之。晁无咎《雞肋集・次韻蘇公和南新道中作》詩云：「山園芙蓉開，寂寞歲云晚。公來無與同，念我百里遠。寒飆吟空林，白日下重巘。興盡還獨歸，挑燈古囊滿。」「讀公棲鴉詩，歲月傷晼晚。公何不念世，蠟屐行避遠。羇鳥翔别林，歸雲抱孤巘。我才不及古，歎息襟淚滿。」【誥案】《南新道中》，原作本集不載，此乃答无咎之和也。

荒凉廢圃秋，〔合註〕《北山移文》：石徑荒凉徒延佇。 寂歷幽花晚。山城已窮僻，〔合註〕《漢書・蕭何傳》：何買田宅，必居窮辟處。師古註：辟讀曰僻。況與城相遠。我來亦何事，徒倚望雲巘。不見苦吟人，清樽爲誰滿。【誥案】時无咎年甚少，此詩就无咎口吻爲之，有循循善誘之意。故其不矜才不使氣如此，可想見陳氏園中無限悦樂之狀。紀昀曰：忽作王、孟清音，亦復相似，偶一爲之，亦是一種文字。

梅聖俞詩集〔三五〕中有毛長官者，今於潛令國華也。聖俞没十五年，而君猶爲令，捕蝗至其邑，作詩戲之

〔王註丁鎮叔曰〕於潛縣令毛國華，字君寶，衢州毛尚書之孫也。〔查註〕《東都事畧》：梅堯臣，字聖俞，宣城人。世以詩名，堯臣遂以詩聞天下。嘉祐元年，趙槩等薦於朝，得國子監直講官，至都官員外郎。有《文集》四十卷。按《歐陽集》中《梅聖俞墓志》：嘉祐五年四月癸未，聖俞卒於京師，自庚子至甲寅，蓋十五年矣。毛國華，名寶。按聖俞有《送毛秘校自宣城主簿被薦入補令》詩，《晁无咎集》有《和於潛令毛國華茗霅行》一篇，先生本集又有《於潛令刁同年野翁亭》詩，見第九卷。刁、毛二人爲於潛令，皆在先生倅杭時。《咸淳志》於潛縣令條下，並載兩人姓名，無交代歲月可考。【誥案】是年正月，公在潤州，作《刁同年草堂》詩云：主人不用悤悤去，正是紅梅著子時。據此，則刁璹罷任，在是年正二月間，即毛國華交代時也。查註往往置詩不看，舍近求遠，故多謬誤。其後子由謫筠，毛國鎮爲守。毛乃趙清獻戚好，亦衢州人。以王註考之，似與國華皆弟兄行，故其名相類。可見合註引《咸淳志》名國華之不誤，而查註以爲國華名寶者，又誤矣。今分別存删。

詩翁憔悴老一官，【誥案】謂聖俞也。厭見苜蓿堆青盤。歸來羞澁對妻子，自比鮎魚緣竹竿。〔王註縯曰〕梅聖俞以詩知名，仕宦三十年，終不得一館職。及受勅修書，語其妻刁氏曰：「吾之修書，可謂猢猻入布袋矣。」妻對曰：「君之於仕宦，亦何異鮎魚緣竹竿乎？」聞者以爲名對。〔查註〕《本草》：鯢魚，卽鮷魚之能上樹者。俗云鮎魚上竿，乃此也。《異物志》：有魚之形，以足行，如蝦。今君滯留生二毛，〔王註〕潘岳《秋興賦》：余春秋三十有二，始見二毛。飽聽衙鼓眠黃紬。〔王註胡仔曰〕世傳太祖戒勅縣令，勿於黃紬被底放衙。更將嘲笑調朋友，人道獮猴騎土牛。〔王註〕《魏志》：獮猴騎土牛，又何遲也。李太白《單父東樓秋夜送族弟之秦時凝弟在席》詩：身騎土牛滯東魯。願君恰似高常侍，暫爲小邑仍刺史。〔王註援曰〕高適爲封丘尉，有詩云：「乍可狂歌草澤中，寧堪作吏風塵下。只言小邑無所爲，公門百事皆有期。」後鎮成都，官至散騎常侍。不願君爲孟浩然，却遭明主放還山。〔王註縯曰〕孟浩然爲王維所知，因得召見，命吟詩。浩然念詩曰：「不才明主棄，多病故人疎。」上曰：「朕未曾棄人，自是卿不求進。」命放歸南山。【誥案】四句清出「猶爲」之意，題所謂戲者在是。宦遊逢此歲年惡，〔合註〕《越絶書》：陰陽錯謬，卽爲惡歲。飛蝗來時半天黑。羡君封境稻如雲，〔合註〕白樂天詩：但喜稼如雲。蝗自識人人不識。〔王註〕《後漢書》：魯恭拜中牟令。郡國螟傷稼，犬牙緣界，不入中牟。又：宋均遷九江太守，山陽、楚、沛多蝗，其飛至九江界者，輒東西散去。又：卓茂遷密縣令，天下大蝗，河南二十餘縣皆被其災，獨不入密縣界。又：戴封遷西華令，汝、潁有蝗，獨不入西華界。時督郵行縣，蝗忽大至，督郵其日卽去，蝗亦頓除。一境奇之。【誥案】一結極予國華，是首提聖俞本旨，其轉闗處，觸着便到，眼光稍鈍，卽落後矣。故曉嵐不喜此詩。

與毛令方尉遊西菩寺〔二六〕二首

〔王註張孝詳曰〕按《於潛縣圖經》：毛君寶，同尉方君武與東坡，於熙寧七年八月二十七日，同遊西菩山明智院，石刻存焉。西菩提寺，去縣十五里。〔查註〕《咸淳臨安志》：熙寧七年八月，蘇文忠公同毛君寶、方君武訪參寥、辨才，遂宿西菩山，留題。秦湛《重修明智院記》畧云：於潛之西菩，有光燭天，見菩薩像。其時僧志道茅廬其下，遂聚邑人之錢而廟佛焉，號西菩寺。實唐天祐中也。本朝改曰明智，今謂其山猶曰西菩云。湛，少游之子也。《咸淳臨安志》：西菩山，在於潛西十八里波亭鄉。初，山之西有光亘天，現菩薩像，故名。又九瑣交陳，雙峰對峙，明智寺在焉。寺前半里許，有亭曰轉山，取東坡「路轉山腰」之句。《武林梵志》：明志寺，後歸并寂照寺。

其一

推擠不去已三年，魚鳥依然笑我頑。人未放歸江北路，〔合註〕《國語》：吳王起師，軍於江北。天教看盡〔二七〕浙西山。〔合註〕《元和郡縣志》：浙西觀察使管州六，潤、常、蘇、杭、湖、秀。尚書清節衣冠後，〔王註〕《三國志·毛玠傳》：毛玠典選舉，以儉率人。魏太祖以素屏風素馮几賜玠，曰：「君有古人之風，故賜君以古人之服。」玠居顯位，常布衣蔬食。後歷官爲尚書僕射。〔祖可曰〕毛令乃毛尚書之後。處士風流水石間。〔王註任居實曰〕方干，桐廬人。幼有清才，爲徐凝所器。然姿態山野，終不登第。當時號爲方處士。後韋莊奏賜及第。〔邵註〕《唐書》：方干，字雄飛，新安人。咸通中，遯於會稽鑑湖之濱，漁釣爲樂，時號逸士。有詩十卷，知之者謂入錢起之室。唐末，宰臣奏名儒不遇者十有五人，請賜一官，以慰泉下，干其一也。一曰：干，桐廬人。〔合註〕何焯曰：唐末宰相張文蔚，請追贈干一官。

一笑相逢那易得，數詩狂語不須删。

其　二

路轉山腰足未〔二八〕移，水清石瘦便能奇。白雲自占東西嶺，〔王註劉子翬曰〕《於潛圖經》云：寺前有東西兩山，或有雲晦，遥望如嶺焉。〔查註〕《咸淳臨安志》：明智寺，有雙峰堂。秦湛《西菩寺記》：兩峰屹然，如立長人，泉湧西巖之趾，盛暑常寒。明月誰分上下池。〔查註〕《咸淳臨安志》：明智寺中，有清凉池、明月池。黑黍黄粱初熟候〔二九〕，朱柑緑橘半甜時。人生此樂須天付〔三〇〕，莫遣兒曹〔三一〕取次知。

李行中秀才醉眠亭三首〔三二〕

〔查註〕《中吴紀聞》：李無悔，字行中，霅川人。徙居淞江，高尚不仕。《吴郡志》：醉眠亭，在淞江，李無悔所居。《至元嘉禾志》：李行中築亭於青龍江上，諸公皆有詩。【誥案】此詩施編在《何充》、《回先生》二題之後，誤。考《贈何充》詩，作於蘇州，《回先生》詩，作於常州，而醉眠亭在淞江也。據題，似當改編淞江。但是時李公擇守湖州，劉孝叔湖人也，方家居。陳令舉在杭。公臨發，初不擬赴湖，有《與公擇書》云：「深欲一到吴興，緣舍弟在濟南，須急去，遂不得一去别。」「孝叔丈，無緣一别，且乞致意。」「陳令舉相次去奉謁。」其後公與楊元素、張子野、陳令舉同至湖州，遂與劉、李有六客之會，此又意外之事，而與此書情事相合。《書》又云：李君行時，不及奉書。此乃李行中亦在杭州先公至湖之證。故李公擇、張子野、陳令舉皆有《醉眠亭》詩，是公詩亦同作於湖州也。〔查註〕李公擇《醉眠亭》詩云：陶公醉眠野中石，君醉輒眠舍後亭。人知醉眠盡以酒，不知身醉心長醒。衆人清晨未嘗飲，已若醉夢心冥冥。淫名嗜利到窮老，有耳亦不聞雷霆。醉石雖頑戀山側，苔昏蘚剥誰與扃。牧童樵叟亦能指，卒以陶令垂千齡。危檐弱棟倚荒渚，海霧江雨穿疎櫺。勿謂幽亭易摧折，勉事偉節同明星。張子野《醉眠亭》詩云：醉翁家有醉眠亭，爲愛江隄亂草青。不聽耳邊啼鳥喚，任教風外雜花零。飲酣何必過比舍，樂甚應宜造大庭。五柳北窗知此趣，三閭南楚漫孤醒。【誥案】自此詩以下皆赴密州作。

其　一

已向閑中作地仙，〔王註續曰〕孫思邈著《千金方》，以宝蟲、水蛭爲藥，以害物命，不獲上升爲地仙。更於酒裏得天全。從教世路風波惡，〔合註〕李太白《横江詞》：横江欲渡風波惡。賀監偏工水底眠。〔王註〕杜子美《飲中八仙歌》：知章騎馬似乘船，眼花落井水底眠。

其　二

君且歸休我欲眠，人言此語出天然。〔王註〕李太白《山中與幽人獨酌》詩：我醉欲眠君且去，明朝有意抱琴來。醉中對客眠何害，須信陶潛未若賢〔三〕。

其　三

孝先風味也堪憐，肯爲周公晝日眠。〔王註〕《後漢書》：邊韶曾晝日假卧，弟子私嘲之。韶潛聞，應時對曰：「邊爲姓，孝先字。腹便便，五經笥。但欲眠，思經事。寐與周公通夢，静與孔子同意。師而可嘲，出何典記。」嘲者大慙。枕麴先生猶笑汝，〔王註〕劉伶《酒德頌》：先生於是方捧罌承槽，銜杯漱醪，奮髯箕踞，枕麴藉糟。〔查註〕白樂天詩：居士忘筌兀兀坐，先生枕麴昏昏睡。枉將空腹貯遺編。

贈寫眞何充秀才

〔查註〕郭若虛《紀藝》：宋自建隆以至熙寧，獨工傳寫者七人，何充與焉。本集《與王定國尺牘》云：蘇州何充畫真，雖不全似，而筆墨之精，已可奇也。則充乃蘇州人。【誥案】何充，字浩然。見本集。

君不見潞州别駕眼如電，〔王註〕《唐書》：明皇英武善射，初封臨淄王，爲潞州别駕。《世説》：王戎神彩秀徹，視日不眩。裴楷曰：「戎眼爛爛，如巖下電。」左手挂弓横撚箭，〔王註堯卿曰〕《尚書譚録》云：潞州啓聖宫，有明皇欹枕斜書壁處，腰鼓馬槽並在。明皇有一目微斜，故作横撚箭之狀。又不見雪中騎驢孟浩然，皺眉吟詩肩聳山。〔合註〕《北夢瑣言》：唐鄭綮有詩名。或曰：「相國近有新詩否？」對曰：「詩思在灞橋風雪中、驢子上，此處何以得之？」陸深《玉堂漫筆》云：世傳《七賢過關圖》，是開元雪後張説、張九齡、李白、李華、王維、鄭虔、孟浩然，出藍田關，遊龍門寺。鄭虔圖之。唐彦謙《憶孟浩然》詩：郊外凌兢西復東，雪晴驢背興無窮。句搜明月梨花内，趣入春風柳絮中。則襄陽驢背尋詩事，當時已傳之矣。飢寒富貴兩安在，空有遺像留人間。此身常擬同外物，浮雲變化無蹤跡，問君何苦寫我真？君言好之聊自適。〔合註〕《莊子·大宗師篇》：是適人之適，而不自適其適者也。黄冠野服山家容，〔王註〕《禮記·郊特牲》：野夫黄冠草服。意欲置我山巖中。〔王註〕《晉書》：顧愷之爲謝鯤像在石巖裏，云：「此子宜置丘壑中。」又：明帝問鯤，君方庚亮何如？答曰：「一丘一壑，自謂過之。」勳名將相今何限，往寫褒公與鄂公。〔王註續曰〕杜子美《丹青引》：淩烟功臣少顔色，將軍下筆開生面。良相頭上進賢冠，猛將腰間大羽箭。褒公、鄂公毛髮動，英姿颯爽來酣戰。褒公，段志元；鄂公，尉遲敬德也。

回先生過湖州東林沈氏，飲醉，以石榴皮書其家東老菴之壁云：「西鄰已富憂不足，東老雖貧樂有餘。白酒釀來因好客，黄金散盡爲收書。」西蜀和仲，聞而次其韻三首。東老，沈氏之老自謂也，湖人因以名之。其子偕作詩，有可觀者

〔王註陳師道曰〕按王會《回仙碑》云：熙寧元年八月十九日，湖州歸安縣之東林，有隱君子沈思字持正，隱於東林，因以東老名焉，能釀十八仙白酒。一日，有客自稱回道人，長揖東老曰：「知君白酒新熟，願求一醉否？」公命之坐，徐觀其目，碧色粲然，光彩射人。與之語無不通究，故知非塵埃中人也。因出與飲，自日中至暮，已飲數斗，殊無酒色。回曰：「久不遊浙中，今爲子有陰德，留詩贈子。」乃擘席上榴皮畫字，題於菴壁。〔查註〕《吴興備志》：歸安縣有東林山，一名貝錦峰，上有回仙觀，沈東老捨宅。《侯鯖録》：熙寧中，有道士過沈東老飲酒，用石榴皮寫詩於壁上，自稱回山人。東老送出門，至石橋上，先渡頭數十步，不知所在。或曰：「卽吕先生也。」《吴興掌

故》：沈東老，名思。隱居東林山。郡守秘閣陳誠伯，以東老名其所居之菴。詳見郡人劉一止《回仙祠記》中。〔合註〕《吴興備志》：沈偕，號太清子。登進士第，歷左宣德郎，終知池州建德縣。【誥案】公遇偕於晉陵，作此三詩。

其一

世俗何知貧是病〔四〕，〔王註〕《史記·原憲傳》：子貢過原憲，憲攝敝衣冠見。子貢曰：「夫子豈病乎？」憲曰：「貧也，非病也。」神仙可學道之餘。〔王註曾紆曰〕唐天師著《神仙可學論》一卷。但知白酒留佳客，不問黄公覓素書。〔王註〕《漢·張良傳》：取履跪進老父，老父出一編書，曰：「讀是則爲王者師。後十年興。十三年，孺子見我濟北穀城山下，黄石即我已。」其書乃《太公兵法》。〔徐師川曰〕黄石公有《素書》三卷。

其二

符離道士晨興際，〔王註堯卿曰〕宿州符離縣天慶觀甯道士者，少年譚老、莊，極可采。甯云：道中賣菜人，儀狀雄偉，常此遊息。一日，於扉上題二絶句而去，書爲大篆，體法極異。或曰：「此洞賓先生所書也。」郡人争刳之以治疾，字字刳痕深寸餘。華岳先生尸解餘。〔王註厚曰〕陳摶，字圖南。居華山雲臺觀。豫知死日。端拱二年七月二十九日，卒於蓮花峰下張超谷室中。死七日，有五色雲，蔽塞洞口，經月不散。按道書，人死形如生，足皮不青惡，目光不毁，頭髮盡脱，皆尸解也。白日去曰上解；夜半去曰下解；向曉向暮去，謂之地下主者。忽見黄庭丹篆句，〔王註〕吕洞賓詩云：肘傳丹篆千年術，口誦《黄庭》兩卷經。鶴觀天壇槐影裏，悄無人迹户長扃。猶傳青紙小朱書。〔王註縯曰〕《神仙傳》：華陽處士李奇自言：開元中，郎官嘗至搏齋中，以朱書青紙詩，令小童齎於搏，搏與唱和交友焉。

其　三

淒涼雨露三年後，〔王註〕《禮記・祭義》：雨露既濡，君子履之，必有怵惕之心，如將見之。〔查註〕《侯鯖録》：熙寧七年，東坡過晉陵，遇東老之子道其事，時東老已没三年矣，故起句云然。〔合註〕《吴興備志》：東老遇回仙後四年，中秋化去。與《侯鯖録》正合。仿佛塵埃數字餘。至用榴皮緣底事，中書君豈不中書。〔王註〕韓退之《毛潁傳》：潁拜中書令，上嘗呼爲中書君，後因進見，上將有任使，拂拭之，因免冠謝。上見其髮秃，又模畫不稱上意。上嘻笑曰：「中書君老而秃，不任吾用，吾謂君中書君，今不中書耶？」

單同年求德興俞氏聚遠樓詩三首

〔合註〕先生《答蘇州水陸通長老書》云：單君貺必常相見，路中屢有書。《烏臺詩案》承受無譏諷文字，有單錫之名。錫，宜興人。見先生《題跋》中，當即君貺。郭功甫《青山集》有《寄題德興余氏聚遠亭》詩。【誥案】公前自常、潤歸杭，嘗至宜興訪單錫。今施編此詩次敍，與公《題跋》所載人地歲月皆合，是單同年卽單錫也。餘詳卷一單錫條下。〔案〕總案嘉祐二年三月「單錫」條下云：本集《祭單君貺文》，稱其外敏於官，而仕跡不詳，又公之甥壻也。公以訪單錫，初至宜興，遂有卜居之意。

其　一

雲山〔三五〕烟水苦難親，野草幽花〔三六〕各自春。【詁案】二句是遠，在下句承明。賴有高樓能聚遠，一時收拾與閑人。〔查註〕按《苕溪漁隱》云：作語不可太熟，亦須令生。東坡作《聚遠樓》詩，本合用「青山緑水」，對「野草閒花」，以此太熟，故易以「雪山烟水」，此深知詩病者。然後知寧拙毋巧，寧樸毋華，寧粗毋弱，寧僻毋俗之語爲可信。【詁案】山之有雲，水之有烟，遠則見之，近無有也。故下云「苦難親」也。此七字已將作聚遠之意拘到筆下。若別本作「雪山」，并失「烟」字之意。「青山緑水」更屬夢囈，且何以便見華巧，而「雪山烟水」即是拙樸耶？

其二

無限青山散不收，【詁案】青山如此用，便與青山緑水不同。雲奔浪卷入簾鉤。〔合註〕杜子美《落日》詩：落日在簾鉤。【詁案】此二句亦從聚遠入手，前後作明點樓字。此首暗點，故用「簾鉤」二字也。直將眼力爲疆界，何啻〔三七〕人間萬户侯。

其三

聞説樓居似地仙，〔王註〕《漢書·郊祀志》：公孫卿言：「仙人多好樓居。」於是漢武帝作飛廉、桂館，益壽、延壽館，使卿持節設具，而候神人。作通天臺，置祠其下，將招來神仙之屬。不知門外有塵寰。幽人隱几寂無語，心在飛鴻滅没間。〔王註〕劉禹錫賦：送飛鴻之滅没。【詁案】二句收到聚遠。

潤州甘露寺彈箏〔三八〕

〔查註〕《京口志》：甘露寺有多景樓，中刻東坡熙寧甲寅與孫巨源輩會此賦《采桑子詞》，碑石今尚存。【誥案】公至揚州，《與李公擇書》云：此行天幸，既得與老兄，又途中與完夫、正仲、巨源相會，所至輒作數劇飲笑樂，人生如此有幾，未知他日能復繼此否？蓋是時，方別公擇於湖，故云爾也。胡完夫坐封還李定詞頭落職，家在晉陵。王存，字正仲，潤州人。官左右史正言知制誥，是時似以事至家也。公赴密，巨源亦罷海州，相遇於此，復與公同游海州。以王註、查註所載人數不全，脱去完夫，今補載。餘詳總案中。〔案〕總案熙寧七年十月「過京口與胡宗愈、王存、孫洙劇飲」條下云：胡宗愈，字完夫，常州人。王存，字正仲，京口人。元祐中並官左丞。孫洙，揚州人，時方罷海州。

多景樓上彈神曲，〔王註堯卿曰〕楊元素云：孫洙巨源、王存正仲，與東坡同遊多景樓。京師官伎皆在，而胡琴者，姿伎尤妙。三公皆一時英彥，境之勝，客之秀，伎之妙，真爲希遇。酒闌，巨源請於東坡曰：「殘霞晚照非奇詞。」遂作《采桑子》，所謂「多情多感仍多病，多景樓中」是也。欲斷哀絃再三促。江妃出聽霧雨愁，〔王註〕郭璞《江賦》：馮夷倚浪以傲睨，江妃含嚬而縣眇。白浪翻空動浮玉。〔公自註〕金山名。喚取吾家雙鳳槽，〔王註〕潘岳《笙賦》云：光岐儼其偕列，雙鳳嘈以和鳴。〔合註〕雙鳳槽，見前《宋叔達》詩註。以使蜀所得之木，故曰「吾家」，而下句並用「三峽猿號」也。【誥案】公家有胡琴婢，能爲濩索涼州、冰車鐵馬之聲。是時方與家累同行，故云「喚取吾家」，而後有「與君合奏」之句。若謂蜀木鳳槽，僅一樂器，豈能與彈箏者合奏乎？合註非是。遣作三峽孤猿號。與君合奏芳春調，啄木飛來霜樹杪。〔王註〕歐陽文忠公《於劉功曹家見楊直講女奴彈琵琶》詩云：大絃聲遲小絃促，十歲嬌兒彈啄木。啄木不啄新生枝，惟啄牙槎枯樹腹。啄木飛從何處來？花間葉底時丁丁。林空山靜聲愈響，行人舉頭飛鳥驚。【誥案】紀昀曰：小詩賦瑣事，意境却空濶有餘。

平山堂次王居卿祠部韻

〔查註〕方回《瀛奎律髓》註云：慶曆八年二月，歐陽公守揚州，作是堂於蜀岡之大明寺，江南諸山拱列簷下，故曰平山堂。沈括爲《前記》，洪邁爲《後記》。《宋史》：王居卿，字壽朋，登州人。第進士，歷天章閣待制。居卿俗吏，特以言利至從官。〔合註〕《宋史》載出知揚州，當即先生相會賦詩時也。《續通鑑長編》：元豐五年八月，王居卿知瀛州，七年三月卒。

高會日陪山簡醉，〔王註〕《晉書》：山簡鎮襄陽。於時四方寇亂，簡優游卒歲，惟酒是耽。習氏有佳園池，簡每出遊，多之池上，置酒輒醉，名之曰高陽池。〔合註〕《戰國策》：高會相與飲。狂言屢發次公醒。〔查註〕《詩話總龜》：王居卿在揚州，同孫巨源、蘇子瞻適相會。居卿置酒，舉林和靖「疎影横斜」二句，以爲詠杏與桃李皆可。東坡曰：「可則可，但恐杏、桃、李花不敢承當。」一座大笑。詩中所云「狂言」，當指此事。酒如人面天然白，〔王註〕《傳燈録》：丹霞見石頭和尚，云：「我子天然。」山向吾曹分外青〔三九〕。江上飛雲來北固，〔查註〕《南史》：梁蕭正義爲南徐州刺史，武帝幸朱方，正義修廨宇以待輿駕。初，京城之西，有別嶺入江，高數十丈。三面臨水，號曰北固，蔡謨起樓其上。頂有小亭，上幸，登望久之，敕曰：「此嶺不足固守，然京口實乃壯觀。」改曰北顧。《太平寰宇記》：北固山，在丹徒縣北一里。檻前修竹憶南屏。〔查註〕《石林避暑録》：平山堂左右，老木參天，後有修竹數千竿，大如椽，不見日色。【誥案】此言杭州湖上。查註誤。六朝興廢餘丘壠，〔王註楊抟曰〕《金陵六朝記》云：吳孫四主，五十六年；東晉司馬氏十一主，一百四年；宋劉氏八主，六十年；齊蕭氏七主，二十四年；梁蕭氏四主，五十六年；陳陳氏五主，三十四年。〔合註〕《六朝事迹》與此小異。空使奸雄笑寧馨。〔王註次公曰〕奸雄，言桓温也。《孔子家語》：言少正卯曰：「此乃人之奸雄。」《晉書》：桓温過淮泗，踐北境，與僚屬登平乘樓，眺矚平原，慨然曰：「遂使神州陸沈，百年丘墟，王夷甫諸人不得不任其責。」又，《王衍傳》：衍，字夷甫。總角嘗造山濤，濤嗟歎良久，既去，目而送之，曰：「何物老嫗，生此寧馨兒，然誤天下蒼生者，未必非此人也。」〔堯卿曰〕《宋書》：廢帝子業，少稟凶毒。太后疾篤，呼帝，帝曰：「病人間多鬼，那可往？」太后怒，語侍者：「將刀來，破我腹，那得生如此寧馨兒。」

次韻陳海州書懷〔四〇〕

〔查註〕《元和郡縣志》：海州，春秋魯之東鄙。秦分薛郡爲郯郡，漢改郯爲東海郡，武德四年改海州。《太平寰宇記》：大海在城東。《九域志》：淮南東路海州，治朐山縣。北至密州四百五十里。

鬱鬱蒼梧海上山，〔公自註〕東海鬱州山，云自蒼梧浮來〔四一〕。〔查註〕《山海經》：郁州在海中，一曰郁州。郁，音鬱。註云：在朐縣東北海中。昔有道者十人，遊於蒼梧鬱洲之上，皆得道。其山自蒼梧徙至東海之上，今猶有南方草木生焉。故崔琰《述征賦》曰：郁州者，故蒼梧山也，在東海，城北有九嶺。蓬萊方丈〔四二〕有無間。舊聞草木皆仙藥，〔王註〕東方朔《十洲記》：東海祖洲上，有不死之草。又，瀛洲在東海之東，上有神芝靈草。欲棄妻孥守市闤。〔王註〕《漢書》：梅福，字子真，九江壽春人。少學長安，補南昌尉，後去官歸。至元始中，王莽顓政，福一朝棄妻子去九江，至今傳以爲仙。其後人有見福於會稽者，變姓名爲吴門卒云。雅志未成空自歎，故人相對若爲顔。酒醒却憶兒童事，長恨雙鳧去莫攀。〔公自註〕陳曾令鄉邑。〔合註〕先生有《浣溪沙詞》，贈陳海州，亦云：陳嘗爲眉令，有聲。

次韻陳海州乘槎亭

〔王註〕《因話録》云：《漢書》載張騫窮河源，言其奉使之遠。實無天河之説。惟張茂先《博物志》説世近有人居海上，每年八月間乘槎來，不違時。賫一年糧，乘之，到天河，見婦人織，丈夫飲牛。遣問嚴君平，云：「某年月日客星犯牛斗，即此人也。」後世相傳，云得織女支機石，持以問君平。都是憑虛之説。今成都嚴真觀有一石，呼爲支機石，云當時君平留之。寶曆中，予下第還家，於京洛途中，逢官差夫遞舁張騫槎。先在東都禁中，今準詔索有司取進，不知是何物也。前輩詩往往有用張騫槎者，相襲謬誤矣。縱出雜書，亦不足據也。〔合註〕周密《癸辛雜識》：乘槎事，《博物志》未嘗指爲張騫。宗懍《荆楚歲時記》，乃言武帝使張騫尋河源乘槎，見所謂織女牽牛者，不知懍何所據。考今本《荆楚歲時記》，又缺此條也。【誥案】乘槎亭，在海州。

人事無涯生有涯，〔王註〕《莊子・養生主篇》：吾生也有涯，而知也無涯。杜子美《春歸》詩：世路雖多梗，吾生亦有涯。逝將歸釣漢江槎。乘桴我欲從安石，遁世誰能〔四三〕識子嗟。〔邵註〕《詩・王風・丘中有麻》：丘中有麻，彼留子嗟。《小序》：思賢也，莊王不明，賢人放逐，國人思之，而作是詩也。傳：留，大夫氏；子嗟，字也。日上紅波浮翠巘〔四四〕，〔合註〕杜子美《贈二十四侍御契》詩：名園當翠巘。潮來白浪卷青沙。清談美景雙奇絶，不覺歸鞍帶月華。

次韻孫職方蒼梧山

〔查註〕孫職方，名奕，職方其官銜也。〔合註〕《續通鑑長編》：熙寧三年七月，詔權御史臺推直官屯田員外郎孫奕更不上殿，以馮京舉奕可任御史，奕辭不願故也。先是奕《狀》云：陛下數見小臣，如臣豈能當聖意。故有是命。四年七月，侍御史知雜事鄧綰言，孫奕，呂公著所舉，意趣乖異，乞別選推直官。詔奕送審官東院，至後以職方外出。先生文集有《福建運判孫奕可福建路轉運副使勑》，則又元祐中事也。

蒼梧奇事豈虛傳，荒怪還須問子年。〔王註〕《晉書》：王嘉，字子年。著《拾遺記》，事多詭怪。【誥案】謂孫吉甫有詩也。遠託鼇頭轉滄海，來依鵬背負青天〔四五〕。〔王註〕《莊子·逍遥遊篇》：鵬背若泰山。〔邵註〕《莊子·逍遥遊篇》：背負青天而莫之夭閼。【誥案】此聯道鬱州山浮來事。但前半坐實蒼梧，究竟荒誕，故第三聯特意折鬆，而本家筆獨快，又將孫吉甫就便了當也。讀此詩，必當照此看法。乃初白揚之，則云從來無此流麗。曉嵐訶之，則云滑調不可爲訓。兩家持論，皆非真知此詩者也。或云靈境歸賢者，〔合註〕梁簡文帝碑：鷲岳靈境。又恐神功亦偶然。聞道新春恣遊覽〔四六〕，羨君平地作飛仙。〔合註〕應瑒賦：體若飛仙。

次韻孫巨源寄漣水李、盛二著作并以〔四七〕見寄五絶

〔查註〕《元和郡縣志》：宋置東海郡，隋廢，郡屬海州，改漣水，因界有漣水，故名。《淮安府志》：鹽城縣，宋時立漣水軍於此。水有東漣、中漣、西漣。按《水經》，別有漣水，出連道縣西，乃資水之別派，非此也。盛著作名僑，見《烏臺詩案》。《欒城集》有《盛僑授國子司業告詞》。〔合註〕《續通鑑長編》：元豐二年十二月，知考城縣盛僑，罰銅二十斤，以收受蘇軾譏諷朝政文字也。元祐六年，爲太常少卿，直集賢院，知越州。九月，僑卒。

其一

南岳諸劉豈易逢，〔王註次公曰〕南岳諸劉，借言劉貢父、劉莘老也。《後漢書》：王昌一名郎，邯鄲人。詐稱成帝子子輿，百姓多信之，立郎爲天子。分遣將帥徇下幽、冀，移檄州郡曰：「南岳諸劉，爲其先驅。」相望無復馬牛風。山公雖見無多子，〔邵註〕晉山濤，字巨源。公借以指孫也。社燕何由戀塞鴻。〔公自註〕昔與巨源、劉貢父、劉莘老〔四八〕相遇於廣陵〔四九〕，自爾契濶，惟巨源近者復相見於京口。〔查註〕本集有《廣陵會三同舍》，即二劉與孫也。〔王註〕公嘗有詩云：有如社燕與秋鴻，相逢未穩還相送。

其二

高才晚歲終難進，勇退當年正急流。〔王註〕錢希白《洞微志》：錢太傅若水云：某初往華陰，謁陳先生，臨出，執手約後十日却相訪。至期，徑往迎，入山齋地爐中。已先有一僧，擁衲對坐，某揖之，寒暄之禮亦甚簡傲。僧熟視某而謂陳曰：「無此骨法。」二公皆微笑。次日，獨往見陳。陳曰：「此即白閣道者也。欲勸留學道，中心不決，遂請道者質疑。他云見足下非神仙骨法，學道亦不能成，但却得好官，能於急流中勇退耳。」不獨二疏爲可慕，〔王註〕《漢書》：疏廣爲太子太傅，兄子受爲少傅。廣謂受曰：「吾聞知足不辱，知止不殆，功遂身退，天之道也。」即日，移病上疏乞骸骨，上皆許之。公卿大夫、故人邑子，設祖道供帳東都門外，送者車數百兩，辭決而去。道路觀者皆曰：「賢哉二大夫。」或歎息爲之下泣。他時當有景孫樓。〔公自註〕巨源近離東海，郡有景疏樓。〔查註〕《名勝志》：景疏樓，在海州治東北。石刻云：宋葉祖洽慕二疏之賢而建。疏廣、疏受，皆東海人也。

其三

漱石先生難可意，〔公自註〕謂巨源。〔王註〕《晉書》：孫楚謂王濟曰：「當欲枕石漱流。」誤云漱石枕流。濟曰：「流非可枕，石非可漱。」楚曰：「所以枕流，欲洗其耳；所以漱石，欲厲其齒。」齧氈校尉久無朋。〔公自註〕自謂。〔王註〕《漢書》：蘇武留匈奴，單于欲降之，乃幽武置大窖中，絶不飲食。武臥，齧雪與旃毛并咽之，數日不死。匈奴以爲神。〔合註〕《漢書》：蘇武以中郎將使匈奴，還，爲典屬國搜粟都尉。應知客路愁無奈，故遣吟詩調李陵。〔公自註〕謂李君也。〔王註厚曰〕蘇武與李陵俱爲侍中。武使匈奴。明年，陵降。久之，武歸漢，陵置酒，作詩三首贈别。武亦有詩云：黄鵠一遠别，千里顧徘徊。胡馬失其羣，思心常依依。又云：征夫懷遠路，游子戀故鄉。寒冬十二月，晨起踐凝霜。故後世稱五言首蘇、李云。

其　四

雲雨休排神女車，忠州老病畏人誇。〔王註縯曰〕白居易赴忠州，道過巫山，或題詩於廟云：爲報巫山神女道，速排雲雨待清詩。〔查註〕《唐詩紀事》：白居易於元和十三年，自江州司馬移剌忠州。詩豪正值安仁在，〔合註〕《唐書·劉禹錫傳》：白居易推爲詩豪。空看河陽滿縣花。〔公自註〕盛爲邑宰。〔王註厚曰〕潘岳，字安仁。爲河陽令，種桃李花，人號曰河陽一縣花。〔查註〕《元和郡縣志》：周司寇蘇忿生之邑，漢爲河陽縣，武德四年，割屬河南府。

其　五

膠西未到吾能説，〔王註〕韓退之詩云：潮陽未到吾能説。〔查註〕《元和郡縣志》：秦屬琅邪郡，漢文帝分齊立膠西國，都高密，後魏立膠州，以膠水爲名。隋開皇五年改密州。《太平寰宇記》：膠山，一名五弩山，膠水之所出也。《五代史·職方考》：膠西故曰輔。唐、梁改安丘，晉曰膠西。桑柘禾麻不見春。不羨京塵〔三〇〕騎馬客，羨他淮月弄舟人。

王　莽

【詰案】是年四月，王安石罷相，薦惠卿參知政事。惠卿既得政，苟可陷安石者，無所不至。公作此二詩，正惠卿起安國獄時也。

漢家殊未識經綸，入手功名事事新。百尺穿成連夜井，〔王註〕《漢書·王莽傳》：宗室廣饒侯劉京上書，言：齊郡臨淄縣昌興亭長辛當一暮數夢，曰：「吾，天公使也。天公使我告亭長曰：『攝皇帝當爲真。』卽不信我，此亭中當有新井。」亭長晨起視亭中，誠有新井，入地且百尺。千金購得解飛人。〔王註〕《漢書·王莽傳》：莽博募有奇技術可以攻匈奴者，或言能飛，一日千里，可窺匈奴。莽輒試之，取大鳥翮爲兩翼，頭與身皆著毛，通引環紐，飛數百步墮。莽知不可用，苟欲獲其名，皆拜爲理軍，賜以車馬，待發。〔合註〕何焯曰：項斯詩：「從服小還後，自疑身解飛。」此詩第三句，刺介甫求水利；第四句，刺其開邊隙。

董　卓

公業平時勸用儒，諸公何事起相圖。〔合註〕《後漢·董卓傳》：卓任周珌、伍瓊、鄭公業、何顒，以韓馥、劉岱、孔伷爲刺史，張咨爲太守。馥等與袁紹之徒，各興義兵，伍瓊、周珌陰爲內主。卓大怒曰：「卓初入朝，二子勸用善士，故相從，而諸君到官，舉兵相圖，此二君賣卓，卓何相負。」遂斬瓊、珌。註：公業名泰。又：鄭太傅公業等與伍瓊、何顒共説卓，以袁紹爲渤海太守。及義兵起，公業詭辭更對，卓乃悦。只言天下無健者，豈信車中有布乎？〔王註〕《後漢・董卓傳》：王允與吕布謀誅卓。有人書吕字於布上，負而行於市，歌曰「布乎」。有告卓者，卓不悟。〔查註〕周必大《二老堂詩話》：陸務觀云：王性之謂東坡作《王莽》詩譏介甫云「入手功名事事新」，又詠《董卓》云「豈信車中有布乎」，蓋譏介甫争市易事自相叛也。車中有布，借吕布以指惠卿姓，曾布名，其親切如此。

虎兒

〔王註〕此篇爲遠姪作。〔查註〕子由第三子名遠，以甲寅年生，名虎兒。本集《將至筠寄三猶子》詩，有「夜來夢見小於菟」之句。自註云：遠小字虎兒。《欒城集》題云：和子瞻喜虎兒生。即和此詩也。〔合註〕遠後改名遜。

舊聞老蚌生明珠，〔王註〕《三國・魏志・荀彧傳註》引《三輔決録》曰：韋康，字元將。孔融《與康父端書》曰：前日元將來，淵才亮茂，雅度宏毅，偉世之器也。昨日仲將又來，懿性貞實，文敏篤誠，保家之主也。不意雙珠近出老蚌。仲將，名誕。未省老兔生於菟。〔王註〕《左傳・宣公四年》：楚人謂虎於菟。〔卿曰〕子由卯生，子遠寅生，故小名虎兒。【誥案】王百家註姓氏有李唐卿、甄雲卿、葉飛卿，此不詳何人註。凡註有可略而仍存之者，以不欲没其人也。老兔自謂月中物，不騎快馬騎蟾蜍。〔王註〕《五經通義》曰：月中有兔與蟾蜍何？月，陰也，蟾蜍，陽也，而與兔並明，陰繫於陽也。王充《論衡》云：羿妻姮娥，託身於月，是爲蟾蜍。〔查註〕《春秋演孔圖》：蟾蜍，月精。蟾蜍爬沙不肯行，〔王註〕韓退之《效玉川子月蝕》詩：爬沙脚手鈍，誰使女解緣青冥？坐令青衫垂白鬚。於菟駿猛不類渠，指揮黄熊駕黑貙。〔合註〕《春秋繁露》：拱揖指撝。《列子・黄帝篇》：黄帝與炎帝戰於阪泉之野，帥熊羆狼豹貙虎爲前驅。丹砂紫麝不用塗，〔王註堯卿曰〕世之小兒，必塗丹砂紫麝，以辟不祥。眼光百步走妖狐。妖狐莫誇智有餘，不勞摇牙咀爾徒。〔王註〕《魏志·吴質傳註》：吴質朝京師，詔上將軍及特進以下皆會質所。時曹真肥，朱鑠瘦，質召優，使説肥瘦。真恚，拔刀瞋目，言：「俳敢輕脱，吾斬爾。」遂駡坐。質按劍曰：「曹子丹，汝非屠机上肉，吴質吞爾不摇喉，咀爾不摇牙，何敢恃勢驕耶？」【誥案】於菟之外，不使一虎事，以虎兒二字并作故也，可謂奇矯。

鐵溝行贈喬太博

〔查註〕喬太博，名敍，字禹功，太博其官也。《宋史》、《職官分紀》：太常寺博士，國子監太學博士〔五二〕。陳沂《山東志》：鐵溝水，源出烽火山，流經諸城縣東北一十五里，入潍水。【誥案】自此詩以下，皆密州作，公舊爲《超然集》。

城東坡隴何所似？風吹海濤低復起。〔王註〕杜子美《閬水歌》詩：嘉陵江上何所似？石黛碧玉相因依。城中病守無所爲，走馬來尋鐵溝水。鐵溝水淺不容輈，〔合註〕韓退之詩：温水微茫絶又流，深如車轍澗容輈。恰似當年韓與侯。〔王註〕韓退之詩：吾黨侯生字叔起，呼我持竿釣温水。有魚無魚何足道，駕言聊復寫我憂。孤村〔五三〕野店亦何有，欲發狂言須斗酒。山頭落日側金盆，倒著接䍠摇白首。〔邵註〕《晉書·山簡傳》：襄陽兒童歌曰，時時能騎馬，倒著白接䍠。【誥案】紀昀曰：文境開拓，音節亦直逼唐人。臂弓腰箭南山下，追逐長楊射獵兒。忽憶從軍年少時，輕裘細馬百不知。〔王註〕《漢·揚雄傳》：上將大誇胡人以多禽獸，命右扶風發民入南山，捕熊羆豪猪虎豹狖玃狐兎麋鹿，輸長楊射熊館。以網爲周阹，縱禽獸其中，令胡人手搏之，上親臨觀焉。雄從至射熊館，還，上《長楊賦》以風諫。老去同君兩憔悴，犯夜醉歸人不避。

明年定起故將軍，未肯先誅霸陵〔三三〕尉。〔王註〕《漢・李廣傳》：廣屏居藍田南山中射獵。嘗夜從一騎，出，從人田間飲。還至亭，霸陵尉醉，呵止廣。廣騎曰：「故李將軍。」尉曰：「今將軍尚不得夜行，何故也？」止廣宿亭下。居無何，廣爲右北平太守，請霸陵尉與俱。至軍，斬之。〔堯卿曰〕禹功嘗欲換武，故有此句。其後果換左藏知施州。又作詩云：今年果起故將軍。蓋謂此言明驗。〔查註〕按《許彦周詩話》云：淮陰勝而不驕，乃能師李左車；李廣誅霸陵尉，則薄於德矣。東坡「明年定起故將軍，未肯先誅霸陵尉」，用事當如此向背。

雪後書北臺〔三四〕壁二首

〔查註〕按陸放翁云：蘇文忠公《雪》詩，用尖、叉二韻，王文公有《次韻》詩，議者謂非二公莫能爲也。吕成叔乃頓和至百篇，字字工妙，無牽强凑泊之病。據此，則尖、叉二韻，介甫當時皆有和章，今集中所載，止叉字韻六首耳。至吕成叔百篇，世無一傳者。古人名作湮没，何可勝道，可發一歎。【誥案】本集熙寧七年月《論河北京東盜賊狀》云：臣所領密州，自今歲秋旱，直至十月十三日，方得數寸雨雪。今以此題合考，顯見公未到任時，已於十月雨雪。其雪後書壁事，在《盜賊狀》後。故狀中僅云方得，不云再雪。是公以十一月到任，上《蝗裁蠲税狀》，十二月上《盜賊狀》，確無疑議。而此詩因十二月上《狀》之後再雪始作，審矣。《年譜》謂潤州道上有《過除夜》詩兩絶，熙寧八年到密州任。合註謂公有十一月十五日至海州《寄孫巨源永遇樂詞》，《紀年録》十一月十三日到任，似誤。邵註謂《紀年録》、《年譜》各以詩爲據依，姑爲存疑。其説並謬。《潤州道上除夜二絶》，全係贋作。《年譜》、邵註、合註皆不能辨《永遇樂詞》作於下年正月，時孫巨源已入京爲知制誥，與同在海州送别之《更漏子》，情狀全别。此誤由於施註，而合註以駁《紀年録》到任之不誤，非也。本案以《上韓丞相書》，定到任之《蝗裁狀》，固無疑矣。更以《書北臺壁》論之，如詩作下年冬間，題當云超然臺，不復爲北臺也。此又七年作之確證，而與《盜賊狀》之先後情事頂接，不可紊也。據施註，誤編此詩在《除夜贈段屯田》詩後。查註於《除夜》詩後，照施註編若干題，並云盡七年十二月作，而合註仍之，尤誤。今凡似此編次，必當署爲移易先後者，一集不可勝計。如逐題分晰註明，則此前彼後，紛紜參雜，終不了了，有考較者，檢對各註目録自知，故不爲此冗賤語也。并記於此。〔查註〕王安石次韻詩云：古木昏昏未有鴉，凍雷深閉阿香車。摶雲忽散簁爲屑，翦水如分綴作花。擁箒尚憐南北巷，持杯能喜兩三家。戲挼弄掬輸兒女，羔袖龍鍾手獨叉。第二首云：神女青腰寶髻鴉，獨藏雲氣委飛車。夜光往往多聯璧，白小紛紛每散花。珠網纚連拘翼座，瑶池淼漫阿環家。銀爲宫闕尋常見，豈即諸天守夜叉。第三首云：惠施文字墨如鴉，於此機緘漫五車。皭若易緇終不染，紛然能幻本無花。觀空白足寧知處，疑有青腰豈作家。慧可忍寒真覺晚，爲誰將手少林叉。第四首云：寄聲三足阿環鴉，問訊青腰小駐車。一一照肌寧有種，紛紛迷眼爲誰花。争妍恐落江妃手，耐冷疑連月姊家。長恨玉顔春不久，畫圖時展爲君叉。第五首云：戲摇微縞女鬟鴉，試目流酥已煩車。歷亂稍埋冰揉粟，消沈時點水圓花。豈能舴艋真尋我，且與蝸牛獨卧家。欲兆青腰還不敢，直須詩膽付劉叉。第六首云：靚粧嚴飾燿金鴉，比興難工漫百車。水種所傳清有骨，天機能織皺非花。嬋娟一色明千里，綽約無心熟萬家。長此賞懷甘獨卧，袁安交戟豈須叉。《欒城集》次韻詩云：麥苗出土正纖纖，春蚕寒官令尚嚴。雲覆南山初半嶺，風乾東海盡成鹽。來時瞬息平呑野，積久敲危欲敗簷。强付酒樽判醉熟，更尋詩句鬬新尖。第二首云：點綴偏工亂鵠鵶，淹留亦解惱船車。乘春已覺矜餘力，騁巧時能作細花。僵雁墮鵰誰得罪，敗牆破屋若爲家。天公愛物遥憐汝，應是門前守夜叉。

其二

黄昏猶作雨纖纖，夜静無風勢轉嚴。但覺衾裯如潑水，不知庭院已堆鹽。【誥案】首句是雨，二三四句是雪，皆從不見不知中落想。蓋謂雪作如此，而我在卧中，惟覺嚴寒，猶未悟爲雪也。第三聯，亦疑而未定之詞。五更曉色來書幌，【誥案】五更，乃遲明之時，未應遽曉，而我方疑之，復因半夜寒聲，漸悟爲雪也。此乃以下句叫醒上句，其所以曉色之故，出落在下句也。詩之前半，但知雨作，餘皆架空，乃專爲此二句地，須知前半不易着手也。合註謂上云「五更」，下云「半夜」，似倒，因從七集本及《梁溪漫志》所載作「半月」，以月影方半解，闌入「月」字，全局打散，無論半月無聲，又與雨矛盾也。所謂「寒聲」者，雪大而有聲也。其根在「勢轉嚴」三字内，或恐混雨，特以「無風」二字爲界，聽去，但若無風之雨，而所卧「衾裯如潑」，亦在「嚴」字生根，此禁體法也。讀者往往不喜「堆鹽」一聯，紀曉嵐尤詆譏之，殊不知四句必要暗落「雪」字。非合前後聯觀之，不知其白戰之妙也。半夜〔五五〕寒聲落畫簷。試埽北臺看馬耳，未隨埋没有雙尖。〔王註次公曰〕馬耳，山名也，與臺相對。〔邵註〕先生《超然臺記》：園之北，因城以爲臺者舊矣。又云：南望馬耳、常山。〔查註〕《水經注》：馬耳山高百丈，上有二石並舉，望齊馬耳，故世取名焉。陳沂《山東志》：馬耳山在諸城縣西南六十里。王阮亭《古夫于亭雜記》：宋孫奕字季昭《示兒編》云：東坡《雪夜》詩「試埽北臺看馬耳，未隨埋没有雙尖。」次公曰：馬耳，山名。殊不知王晉之與霍辨雪夜對談曰：「看北臺馬耳菜何如？」左右曰：「有雙尖在。」坡正用此事。【誥案】句謂試埽北臺登望，則羣山爲雪所封，惟馬耳雙尖猶未没也。如以菜論，是此菜種於臺之上矣，遠則漫無所别，何以獨見此菜雙尖乎？不圖暗萬馬者乃亦有此寒蟲聲，可笑可笑。

其二

城頭初日始翻鴉，陌上晴泥已没車。凍合玉樓寒起粟〔五六〕，〔王註〕《烟蘿子》：喉名玉樓十二環。光摇銀海眩生花〔五七〕。〔王註厚曰〕道經以項肩骨爲玉樓，眼爲銀海。起粟，謂凍起肉上爲生粟。〔次公曰〕世傳王荆公嘗誦先生此詩，歎云：蘇子瞻乃能使事至此。時其婿蔡卞曰：「此句不過詠雪之狀妝樓臺如玉樓，瀰漫萬象若銀海耳。」荆公哂焉，謂曰：「此出道書也。」蔡卞曾不理會於「玉樓」何以謂之「凍合」而下三字云「寒起粟」？於「銀海」何以謂之「光摇」而下三字云「眩生花」乎？「起粟」字，蓋使趙飛燕「雖寒體無軫粟」也。遺蝗入地應千尺，宿麥連雲有幾家〔五八〕。〔王註援曰〕雪宜麥而辟蝗，故爲豐年之祥兆。蝗遺子於地，若雪深一尺，則入地一丈，麥得雪則滋茂而成稔歲，此老農之語也。〔查註〕《爾雅翼》：麥比他穀獨隔歲種，故號宿麥。老病自嗟詩力〔五九〕退，空吟《冰柱》憶劉叉。〔王註〕《唐書》：劉叉，韓門弟子，作《冰柱》、《雪車》二詩，出盧仝、孟郊右，樊宗師見爲獨拜。《韻語陽秋》載劉叉《冰柱》詩云：不爲四時雨，徒爲道路成泥柤。不爲九江浪，徒能汩没天之涯。

謝人見和前篇二首

【誥案】二詩語多託諷，與「閒花亦偶栽」同意，明係答安石者，當爲下年作。公既不實其人，故并編於後也。

其一

已分酒杯欺淺懦，敢將詩律〔六〇〕鬬深嚴。〔王註〕韓退之《聯句》：再入更深嚴。漁蓑句好應須〔六一〕畫，〔王註堯卿曰〕鄭谷《雪》詩：江上晚來堪畫處，漁人披得一蓑歸。而段贊善小筆精微，摹爲圖畫，故谷以詩謝之曰：愛余風雪句，幽絶寫漁蓑。則是真曾入畫也。先生嘗評此詩，以爲村舍學中語，然以其有實事，故引用之。又陸龜蒙詩：輕舟過去真堪畫。柳絮才高不道鹽。〔王註〕《世説》：謝太傅内集，俄而雪驟下。公欣然曰：「白雪紛紛何所似？」兄子朗曰：「撒鹽空中差可擬。」兄女道韞曰：「未若柳絮因風起。」《南史》：張融作《海賦》，以示顧愷之。愷之曰：「卿此賦實超玄虚，但恨不道鹽耳。」敗履尚存東郭足〔六二〕，飛花又舞謫仙簷。〔王註胡仔曰〕李太白《題東溪公幽居》詩：飛花送酒舞前簷。書生事業真堪笑，忍凍孤吟筆退尖。〔王註堯卿曰〕韓退之詩：兔尖斜莫並。苦寒則筆退尖矣。

其二

九陌淒風戰齒牙，銀杯逐馬帶隨車〔六三〕。〔王註〕韓退之《雪》詩：隨車翻縞帶，逐馬散銀杯。也知不作堅牢玉，〔王註〕謝惠連《雪賦》：白玉雖白，空守貞兮，未若茲雪，因時興滅。白樂天詩：大都好物不堅牢。《前漢·息夫躬傳》：器用鹽惡。鄧展曰：鹽，不堅牢也。〔邵註〕《雪賦》劉熙註：《孟子》云，白雪之性消，白玉之性堅。無奈能開頃刻花。得酒强歡愁底事，〔王註〕韓退之詩：胡爲浪自苦，得酒且歡喜。杜牧之詩：與愁争底事。閉門高卧定誰家。〔邵註〕《汝南先賢傳》：洛陽大雪，積地丈餘，令身出案行。至袁安門，無行迹，謂安已死，令人除雪。入户，見安僵臥，問何以不出？曰：「大雪人皆餓，不宜干人。」令以爲賢，舉爲孝廉。臺前日暖君須愛，冰下寒魚漸可叉。〔王註堯卿曰〕韓退之有《叉魚》詩。東坡既作此詩，以示黄門。黄門曰：「冰下有魚，恐未易叉耳。東風解凍冰始解，莫若改爲冰解，如何？」公以爲知言。【誥案】此説附會。解凍之意已到，且並未説死叉字，無須出解字也。〔合註〕潘岳《西征賦》：挺叉來往。註：取魚叉也。

除夜病中贈段屯田

〔王註堯卿曰〕段釋之也。〔查註〕段屯田，名繹，字釋之。時爲提刑。見《欒城集》。〔合註〕《續通鑑長編》：熙寧四年二月，詔權發遣夔州路提點刑獄屯田員外郎段繹徙京西路。繹以親老辭夔州之命，故使代李周。

龍鍾〔六四〕三十九，〔王註〕《蘇氏演義》云：龍鍾，不昌熾不翹舉之貌。勞生已强半。歲暮日斜時，還爲昔人歎。〔公自註〕樂天詩云：行年三十九，歲暮日斜時。今年一線在，那復堪把玩。〔王註〕杜子美《至日遣興》詩：何人錯憶窮愁日，愁日愁隨一線長。《歲時紀》：宫中以細線量日影，至日，日影添一線。柳子厚《與李建書》曰：悠悠人世，越不過爲三十年客耳。前過三十七年，與瞬息無異；後所得者，其不足把玩，亦已審矣。欲起强持酒，故交雲雨散。〔王註〕劉禹錫詩：故人雲雨散。惟有病相尋，空齋爲老伴。〔王註〕白樂天詩：病與樂天相伴住。蕭條燈火冷，寒夜何時旦。〔王註〕甯戚《扣牛角歌》曰：長夜漫漫何時旦？倦僕觸屏風，飢鼯嗅空案。數朝閉閤臥，霜髮秋蓬亂。〔王註〕《詩·衛風·伯兮》：首如飛蓬。傳聞使者〔六五〕來，策杖就梳盥。書來苦安慰，〔合註〕杜子美《寄沈東美》詩：未暇申安慰。不怪造請緩。〔合註〕《漢書·張湯傳》：其造請諸公，不避寒暑。

大夫忠烈後，〔王註〕《舊唐書》：段秀實贈太尉，謚忠烈。朱泚盜據宫闕，詔秀實議事，秀實戎服，與泚並膝。語至僭位，秀實勃然而起，執源休腕，奪其象笏，奮躍而前，唾泚面大罵曰：「狂賊，吾恨不斬汝萬段，豈逐汝反耶？」遂擊之。泚舉臂自捍，纔中其顙，血流匍匐而走。高義金石貫。〔合註〕《後漢書·王常傳》：帝指常曰：「心如金石，真忠臣也。」要當擊權豪，未肯覷衰懦。〔合註〕《廣韻》：覷，伺視也。杜子美《舟中苦熱遣懷》詩：夫何激衰懦。此生何所似，暗盡〔六〕灰中炭。歸田計已決，此邦聊假館。三徑麤成資，〔王註〕《陶潛傳》：聊欲絃歌爲三徑之資，可乎？一枝有餘暖。〔王註〕《莊子·逍遥遊篇》：鷦鷯巢於深林，不過一枝。願君更信宿，〔王註〕《左傳·莊公二年》：凡師一宿爲舍，再宿爲信。庶奉一笑粲。【誥案】紀昀曰：語皆精鍊。

卷十二校勘記

〔一〕有一僧　集本無「一」字。

〔二〕雲闇黎　集甲、類丙作「雲闍梨」。

〔三〕嘗閉户　集本、類本作「常閉户」。

〔四〕今來　類本作「今年」。

〔五〕常有　集甲作「嘗有」。

〔六〕至和　查註、合註：「至」一作「温」。

〔七〕攫醳　類丙作「攫繹」。

〔八〕從何　集本作「何從」。

〔九〕風松　盧校：「松風」。

〔一〇〕久便　類甲、類丙原註：便，平聲。

〔一一〕有無　集本、類本作「無有」。

〔一二〕留匹布　合註：「匹」作「幅」。

〔一三〕玉堂仙　集本、類本作「桂堂仙」。

〔一四〕山僧　類本作「高僧」。

〔一五〕疲茶　集本、類本作「疲苦」。查註：宋刻本作「疲茶」。

〔一六〕烟障　集本、類本作「烟陣」。合註：「障」一作「陣」。

〔一七〕附書　集本、類本作「寄書」。查註：《志》「附」作「寄」。

〔一八〕林下　類本作「林上」。

〔一九〕爐烟　查註、合註：《志》「爐」作「青」。

〔二〇〕朝行　查註、合註：《志》「朝」作「秋」。

〔二一〕寒泉　集甲、類本作「崖泉」。查註、合註作「崖泉」；原校：《志》「崖」作「寒」。

〔二二〕君勿笑老僧　查註、合註：《志》作「君莫笑山僧」。

〔二三〕明朝且復城中去　查註、合註：《志》作「還銜細雨山前去」。

〔二四〕却在　查註、合註：《志》「却」作「正」。

〔二五〕梅聖俞詩集　「集」字據集甲補。
〔二六〕西菩寺　類本作「西菩提寺」。
〔二七〕看盡　盧校：《志》作「盡看」。
〔二八〕足未　類本作「未足」。
〔二九〕初熟候　集本、類本作「初熟後」。
〔三〇〕天付　集本、類本作「天賦」。
〔三一〕兒曹　原作「兒郎」。今從集本、類本。盧校：《志》作「曹」，是。
〔三二〕李行中秀才醉眠亭三首　「秀才」二字據集本補。卷十有《與周長官、李秀才遊徑山》詩，查註引《烏臺詩案》，謂李秀才即李行中。集本無「三首」二字。
〔三三〕若賢　集本、類本作「苦賢」。
〔三四〕貧是病　查註作「窮是病」。
〔三五〕雲山　合註：「雲」一作「雪」。
〔三六〕幽花　查註、合註：「幽」一作「閑」。
〔三七〕何啻　類甲作「不啻」。
〔三八〕潤州甘露寺彈筝　集本無「潤州」二字。
〔三九〕分外青　集乙作「分外清」。
〔四〇〕次韻陳海州書懷　類丙題下原註：陳曾令鄉邑。

〔四一〕東海鬱州山云自蒼梧浮來　類甲爲「厚註」註文，非自註。註云：東海鬱州山，《傳》云：「自蒼梧浮來。」類丙無「厚註」字樣，「蒼梧」作「蒼海」。
〔四二〕方丈　類甲、類乙作「萬丈」，疑誤。
〔四三〕誰能　類甲、類乙作「誰人」。
〔四四〕翠巘　集甲作「碧巘」。
〔四五〕青天　類本作「青山」，查註謂「山」誤。
〔四六〕遊覽　類乙、類丁作「遠覽」。
〔四七〕并以　類本無「以」字。
〔四八〕劉貢父劉莘老　類丙作「貢父莘老」。
〔四九〕廣陵　集本、類本作「山陽」。
〔五〇〕京塵　查註作「京城」。
〔五一〕喬太博名敍云云　自卷十三《喬太博見和復次韻答之》題下移此。
〔五二〕孤村　集甲作「荒村」。
〔五三〕霸陵　集甲作「灞陵」。
〔五四〕北臺　何校：「北堂」。合註謂「堂」訛。
〔五五〕半夜　集甲作「半月」。何校：「夜」，一作「月」，作「夜」乃不可通矣。今仍作「半夜」。參誥案。
〔五六〕寒起粟　七集作「寒起粟」。

〔五七〕眩生花　類甲作「眼生花」。

〔五八〕宿麥連雲有幾家　紀校：《瀛奎律髓》作「宿麥連雲有萬家」。

〔五九〕詩力　盧校：「詩律」。

〔六〇〕詩律　類丙作「詩力」。

〔六一〕應須　類本作「真堪」，與第七句「真堪」重（此詩爲七律），疑誤。

〔六二〕東郭足　集甲、類甲、類乙作「東郭指」。

〔六三〕帶隨車　七集作「滯隨車」。

〔六四〕龍鍾　章校：《鑑》作「隴踵」。

〔六五〕使者　類甲作「數者」，疑誤。

〔六六〕暗盡　集甲作「闇盡」。

蘇軾詩集卷十三

古今體詩四十八首

【誥案】熙寧八年乙卯正月，在太常博士直史館權知密州軍州事任，盡一年作。

喬太博見和復次韻答之

〔合註〕劉貢父《彭城集》有《送喬左藏自太常博士除知施州》詩。《續通鑑長編》：元豐二年九月，左藏庫副使權發遣瀘州喬敍，乞躬巡縣寨，詔毋得騷擾張皇，更生邊事。三年十一月，敍除名，坐奏乞弟打誓不實也。

百年三萬日，老病常居半。其間互憂樂〔一〕，歌笑雜悲歎。〔王註〕李太白《襄陽歌》詩：百年三萬六千日。《列子·楊朱篇》：楊朱曰：「百年，壽之大齊，得百年者，千無一焉。設有一者，孩抱以逮昏老，幾居其半矣；夜眠之所弭，晝覺之所遺，又幾居其半矣；疾痛哀苦，亡失憂懼，又幾去其半矣。」〔查註〕《抱朴子·勤求篇》：百年之壽，三萬餘日耳，計定得百年者，喜笑平和，不過五六十年，六七千日耳。顛倒不自知，直爲神所玩。【誥案】紀昀曰：諧語却奇確。須臾便堪笑，萬事風雨散。自從識此理，久謝少年伴。逝將遊無何，〔王註〕《莊子·逍遙遊篇》：遊於無何有之鄉。豈暇讀城旦。〔王註〕《漢書》：竇太后好《老子》書，召問轅固。固曰：「此家人言耳。」太后怒曰：「安得司空城旦書乎！」乃使固入圈擊彘。非才更多病，二事可并案。〔王註〕《後漢·孔融傳》：曹操討烏桓，融嘲之曰：「大將軍遠征，蕭條海外，昔肅慎氏不貢楛矢，丁零盜蘇武牛羊，可并案也。」愧煩賢使者，弭節整紛亂。〔王註〕枚乘《七發》：弭節乎江潯。〔合註〕《史記·魯仲連傳》：解紛亂。喬侯瑚璉質，清廟嘗薦盥。〔王註〕《易·觀》：盥而不薦。奮髯百吏走，坐變齊俗緩。〔王註〕《漢書·朱博傳》：遷琅邪太守，齊部舒緩養名，博新視事，右曹掾史皆移病卧。博奮髯抵几曰：「觀齊兒欲以此爲俗耶？」皆斥罷諸病吏，白巾走出府門。又勅功曹，官屬多褒衣大袑，不中節度，自今掾史衣皆令去地三寸。視事數年，大改其俗如楚、趙。未遭甘鷁退，〔王註〕《左傳·昭公十六年》：六鷁退飛過宋都，風也。並進恥魚貫。〔王註〕《易·剥》：貫魚以宫人寵。註：並衆而進，則恥如魚之貫。《三國·魏志》：鄧艾下蜀，自陰平道魚貫而進。每聞議論餘，凜凜激貪懦。莫邪當自躍，〔王註〕《莊子·大宗師篇》：大冶鑄金。金踴躍曰：「我必且爲莫邪。」大冶必以爲不祥之金。豈復煩爐炭。便應朝秣越，未暮刷燕館。胡爲守故丘，眷戀桑榆暖。〔合註〕曹子建《懷親賦》：情眷戀而顧懷。爲君叩牛角，一詠南山粲。〔王註績曰〕甯戚欲干齊桓公。適齊，飯牛車下，望見桓公，乃擊牛角而商歌。桓公聞之，命後車載之。《三齊記》載其歌曰：「南山粲粲白石爛。生不逢堯與舜禪，短布單衣適至骭。從昏飯牛薄夜半，長夜漫漫何時旦？」

二公再和亦再答之

【誥案】謂段釋之、喬有功再和也。

寒雞知將晨，飢鶴知夜半。亦如老病客，遇節嘗感歎〔二〕。光陰等敲石，〔王註〕白樂天詩：蝸牛角上争何事，石火光中記此身。過眼不容玩。親友如摶沙，放手還復散。覊孤每自笑，寂寞誰肯伴。元達號神君，〔公自註〕晉循吏喬智明，字元達。〔王註〕《晉書·良吏傳》：喬智明爲隆慮、共二縣令。二縣愛之，號爲神君。高論森月旦。〔王註〕《後漢·許劭傳》：劭，字子將。與從兄靖俱有高名，好共覈論鄉黨人物，每月輒更其品題，故汝南俗有月旦評。紀明本賢將，〔公自註〕段釋之，本將家。〔王註〕《後漢書·段熲傳》：熲，字紀明。爲護羌校尉，大破西羌、先零、東羌，悉平。在邊十餘年，未嘗一日蓐寢，與將士同苦，故皆樂爲死戰。汩沒專堆案。〔合註〕杜子美《寄李十二白》詩：汩沒一朝伸。欣然肯相顧，夜閣燈火亂。盤空愧不飽，酒薄僅堪盥。雍容許著帽，不怪安石緩。〔王註〕《晉書》：桓溫請謝安爲司馬。後詣安，值其理髮，安性遲緩，久而方罷。使取幘，溫見留之曰：「令司馬著帽進。」其見重安如此。雖無窈窕人，清唱弄珠貫。幸有縱横舌，説劍起慵懦。〔王註續曰〕《莊子》有《説劍篇》。二豪沉下位，暗火埋濕炭。豈似草玄人，默默老儒館。〔查註〕韓退之詩：館儒養經史。行看富貴逼，〔王註〕《隋書》：周武帝謂楊素曰：「善自勉，勿憂不富貴。」素曰：「臣恐富貴來逼人，臣無心圖富貴。」炙手借餘暖。〔王註厚曰〕唐元載爲相，有用事者四人，薰灼中外。人爲之語曰：「卓、李、鄭、薛，炙手可熱。」〔次公曰〕《唐史遺事》：安樂公主，玄宗之季妹，附會韋氏，炙手可熱，人咸畏之。應念苦思歸，登樓賦王粲。〔王註次公曰〕王粲以西京擾亂，避地荆州，依劉表，因登江陵城樓懷歸，作《登樓賦》。

蘇州姚氏三瑞堂

〔公自註〕姚氏世以孝稱。〔查註〕《中吴紀聞》云：閶門西，姚氏園亭，頗足雅致，所居有三瑞堂。《吴郡志》：三瑞堂，在楓橋。孝子姚淳所居，家世業儒，蘇文忠爲賦《三瑞堂》詩，姚氏致香爲獻，公不受。【誥案】本集《與姚君書》云：《三瑞堂》詩已作了，納去，蒙求之如此其切，不敢不作也。惠及温柑，此中所未識。棗子兩篭，不足爲報，但此中所有止此爾。又《與通長老書》云：姚君篤善好事，其意極可佳，然不須以物見惠也。惠香八十罐，却託還之，已領其厚意，實爲他相識所惠，皆不留故也。今考《蘇州姚氏三瑞堂》詩，施編密州《送段屯田》詩前，據與姚君書信，爲密州作，據《與通老書》，則又《吴郡志》之所本也。查註改編自常、潤還過蘇州之時，合註引王註六年癸丑在杭州作，非是。引《水陸通長老書》，考諸本集，微有不合。今改編於此，各註皆删。

君不見董召南，隱居行義孝且慈，天公亦恐無人知。故令雞狗相哺兒，又令韓老爲作詩。〔王註〕韓退之《嗟哉董生行》云：壽州屬縣有安豐。唐貞元時縣人董生召南隱居行義於其中。又曰：嗟哉董生孝且慈，人不識，惟有天翁知。生祥下瑞無休期，家有乳狗出求食。雞來哺其兒，啄啄庭中拾蟲蟻，哺之不食鳴聲悲。徬徨躑躅久不去，以翼來覆待狗歸。爾來三百年，名與淮水東南馳。此人世不乏，此事亦時有。楓橋三瑞皆目見，〔王註張孝祥曰〕《吴郡圖經》云：楓橋，在吴縣西九里。〔查註〕《吴地紀》：楓橋在閶門西七里。孫覿《蘭陵尚書集》有《楓橋寺記》，舊作封橋，後因張繼詩，相承作楓。今天平寺藏經多唐人書，背有封橋常住字。【誥案】三瑞不審何物，要不出雞狗之類也。天意宛在虞鰥後。〔王註厚曰〕《書·堯典》：有鰥在下曰虞舜。蓋姚氏所自出。惟有此詩非昔人，君更往求無價手。

莫笑銀杯小答喬太博〔三〕

陶潛一縣令，獨飲仍獨醒。猶將公田二頃五十畝，種秫作酒不種秔。我今號爲二千石，歲釀百石何以醉賓客。【誥案】時減削公使庫錢太甚，歲造酒不得過百石，詩意專指此事。故題曰莫笑銀杯小也。請君莫笑銀杯小，爾來歲旱東海窄。會當拂衣歸故丘，作書貸粟監河侯。〔王註〕《莊子·外物篇》：莊周家貧，故往貸粟於監河侯。萬斛船中著美酒，與君一生長拍浮。〔王註〕《晉書》：畢卓嘗謂人曰：「得酒滿數百斛船，四時甘味置兩頭，右手持酒杯，左手持蟹螯，拍浮酒船中，便足了一生矣。」

送段屯田分得于字

勸農使者古大夫〔四〕，〔王註次公曰〕勸農使者，指段屯田也。〔合註〕《宋史·食貨志》：天禧四年，始詔諸路提點刑獄朝臣爲勸農使，使臣爲副使。不惜春衫踐泥塗。王事〔五〕靡盬君甚劬，奉常客卿虬兩鬚。〔王註次公曰〕奉常客卿，喬太博也。虬鬚字，用《三國·崔琰傳》：對賓客虬鬚直視。唐張説有《虬髯客傳》。【誥案】查註以奉常客卿爲密倅趙成伯，誤甚。公到任經年，成伯始來爲倅。是年作《杞菊賦》，劉庭式尚未罷密倅也。應以王註爲是。查註已刪。東武縣令天馬駒，〔王註〕《史記·大宛傳註》：國有高山，其上有馬，取五色馬置其下，與交，生駒，汗血，因號曰天馬子。〔查註〕《輿地廣記》：密州諸城縣，本漢東武縣地。時趙晦之爲東武縣令，見本集。〔合註〕趙晦之，名昶，見《東坡詞集》。泮宮先生非俗儒。〔王註任居實曰〕時趙杲卿爲郡教授。〔查註〕章傳道、趙明叔，皆爲密州教授。

相與野飲四子俱，樂哉此樂城中無。【誥案】是日，公獨未出送，故有此句。溪邊策杖自攜壺，腰笏不煩〔六〕何易于。〔王註〕孫樵《書何易于事》云：爲益昌令，刺史崔朴常乘春，從賓客汎舟，索民挽舟。易于腰笏引舟上下，刺史驚問狀。易于曰：「方春百姓不耕卽蠶，隙不可奪，屬令無事，可以充役。」刺史跳出舟，騎還去。膠西病守老且迂，空齋愁坐紛墨朱。四十豈不知頭顱，〔王註〕《摭遺》載陶弘景《與從兄書》云：昔仕宦，期四十左右作尚書郎，卽抽簪高邁，今三十六方作奉朝請，頭顱可知，不如早去。〔查註〕先生丙子生，至乙卯，年恰四十。畏人不出何其愚。

和段屯田荆林館

南山有佳色，無人空自奇。清詩爲題品，草木變芬菲。謝女得秀句，留待中郎歸。〔公自註〕段有姪女在密州〔七〕。〔王註〕杜子美《送韋十六評事》詩：題詩得秀句。〔厚曰〕謝女，道蘊也；中郎，謂謝安也。便當勤鞭策，僕倦馬亦飢。

出城送客，不及，步至溪上，二首

其一

送客客已去，尋花花未開。未能城裏去，且復水邊來。父老借問我，使君〔八〕安在哉。【誥案】紀昀曰：如此寫「步」字神妙。今年好雨雪〔九〕，會見麥千堆。

其　二

春來六十日，笑口幾回〔一○〕開。〔王註〕白樂天詩：青春只有九十日，不開口笑是癡人。杜牧之詩：塵世難逢開口笑。會作堂堂去，何妨得得來。倦遊行老矣，舊隱賦歸哉。東望峨眉小，盧山翠作堆。〔公自註〕郡東盧山，絶類峨眉而小。〔查註〕《水經注》：濰水又北，合盧水，即久台水也。又引《地理志》曰：出琅邪横縣故山，王莽之合丘也。山在東武故城東南，世謂之盧山。【誥案】紀昀曰：二詩皆老筆直寫，無根柢人强效之，便成淺率。

游盧山，次韻章傳道

〔查註〕陳沂《山東志》：盧山在諸城縣東南四十五里。〔合註〕朱存理《鐵網珊瑚》載此詩帖，首行云：軾謹次傳道先生游盧山高韻。詩末又有：閱訖，幸即付去人送公弼郎中、禹功太博、明叔教授，各乞一首，軾上。

塵容已似服轅駒，〔王註〕《西漢·田蚡傳》：漢武怒内史曰：「公平生數言魏其、武安長短，今日廷論，乃局促效轅下駒。」〔施註〕《文選》孔稚圭《北山移文》：抗塵容而走俗狀。野性猶同縱壑魚。〔施註〕《漢·王褒傳》：褒爲《聖主得賢臣頌》云，翼乎如鴻毛遇順風，沛乎如巨魚縱大壑。出入巖巒千仞表，〔施註〕《晉·王衍傳》：巖巖清峙，壁立千仞。較量筋力十年初。〔施註〕韓退之《贈鄭兵曹》詩：樽酒相逢十載前，君爲壯夫我少年。樽酒相逢十載後，我爲壯夫君白首。雖無窈窕驅前馬，〔王註次公曰〕「窈窕驅前馬」，言官妓引馬。〔施註〕《毛詩·周南·關雎》：窈窕淑女。揚雄《方言》：秦、晉間美狀爲窕，註言閑都也；美心爲窈，註言幽静也。《史記·李斯傳》：佳冶窈窕，趙女不立於側。《儀禮·

士昏禮》：從車二乘，執燭前馬。〔邵註〕《國語》：句踐卑事夫差，親爲夫差前馬。還有〔二〕鴟夷挂後車。〔王註〕《詩・小雅・緜蠻》：命彼後車。〔施註〕《漢・陳遵傳》：揚雄《酒箴》：鴟夷滑稽，腹大如壺。盡日盛酒，人復借酤。常爲國器，託於屬車。莫笑吟詩淡生活，〔王註〕《全唐詩話》：裴令公居守東洛，夜宴半酣。公索句，元、白有德色。公爲破題。次至楊汝士，曰：「昔日蘭亭無艷質，此時金谷有高人。」白知不能加，遽裂之曰：「笙歌鼎沸，勿作冷淡生活。」元顧曰：「樂天可謂能全其名者也。」當令阿買爲君書。〔王註厚曰〕韓退之詩：阿買不識字，頗知書八分。詩成使之寫，亦足張吾軍。〔堯卿曰〕或問黄魯直：「阿買是退之何人？」魯直云：「退之姪也。」

盧山五詠

【誥案】本集《超然臺記》云：其東則盧山，秦人盧敖之所從遁也。山以盧敖得名，公已明言之矣，必無詩題皆作廬山之理。諸刻之誤，雖不辯可也。

盧　敖　洞

〔公自註〕《圖經》云：敖，秦博士。避難此山，遂得道。

上界足官府，〔施註〕韓退之《酬盧給事》詩：天門九扇相當開，上界真人足官府。飛昇〔三〕亦何益。〔王註〕《神仙傳》：彭祖問白石生曰：「何不服升天之藥？」答曰：「天上多至尊，相奉更苦於人間耳。」〔施註〕《顧況集・五源訣》：番陽仙人王遥琴子高言：「下界功滿，方超上界，上界多官府，不如地仙快活。」還在此山中，相逢不相識。〔王註〕唐僧無本詩云：只在此山中，雲深不知處。劉希夷詩云：相逢不相識，歸去夢青樓。

飲酒臺

博士雅好飲，空山誰與娱。莫向驪山去，君王不喜儒。〔王註〕《史記・秦始皇本紀》：侯生、盧生相與謀曰：「始皇爲人，天性剛戾，專任獄吏，未可爲求仙藥。」乃亡去。始皇聞亡，乃大怒，使御史悉按問諸生，諸生傳相告引。乃自除犯禁者四百六十餘人，皆阬之咸陽。〔次公曰〕意者，盧生即盧敖也。《史記》所載阬諸生，止云阬之咸陽。而歐陽率更《類書》於《瓜部》中載《古文奇文》曰：秦始皇密令人種瓜驪山硎谷中温處，瓜實成。使人上書曰：「瓜冬有實。」有詔下博士諸生説之，人人各異。則皆使往視之，而爲伏機。諸儒生皆至，方相難不決，因發機從上填之以土，皆壓死。今先生言莫向驪山去，則意在此，言驪山乃阬儒之處故也。

聖燈巖

石室有金丹，〔施註〕韓退之詩：金丹别後知傳得。山神不知秘。何必露光芒〔三〕，〔合註〕《史記・天官書》：填星，其色黄，光芒。夜半驚童稚。〔王註次公曰〕此本詠聖燈，而詩人立新意，以爲丹之光芒爾。

三泉

皎皎巖下泉，無人還自潔。不用比三星，【誥案】此即參中之三星也。清光同一月。〔王註次公曰〕《詩・唐風・綢繆》：三星在隅。又傳曰：明星之多，不如一月之光。〔合註〕二句見《藝文類聚》所引《文子》，又見《淮南子・説林篇》。

障日峯

〔查註〕《水經注》：密水有二源，西源出奕山，亦曰障日山。晏謨曰，山狀障日，是有此名。《名勝志》：山在諸城縣東三十里，亦名障日嶺。

長安自不〔一四〕遠，〔施註〕《晉·明帝紀》：帝年數歲，元帝坐，置膝前。屬長安使來，問曰：「汝謂日與長安孰遠？」對曰：「長安近，不聞人從日邊來。」明日宴羣僚，又問之。對曰：「日近，擧目見日，不見長安。」由是益奇之。李太白《登鳳凰臺》詩：總爲浮雲能蔽日，長安不見使人愁。蜀客苦思歸。〔施註〕劉禹錫《荆門懷古》詩：咸陽終日苦思歸。莫教名障日，唤作小峨眉。〔公自註〕其狀類峨眉〔一五〕，但小爾。〔王註次公曰〕因山之似峨眉，所以起蜀客思歸之興也。

次韻章傳道喜雨

〔公自註〕禱常山而得。

去年夏旱秋不雨，海畔居民飲鹹苦。今年春暖欲生蝝，〔王註〕《春秋·宣公十五年》：冬，蝝生。〔施註〕《唐韻》：蝝，蝗子也。地上戢戢多於土。預憂一旦開兩翅，口吻如風〔一六〕那肯吐。前時渡江入吴越〔一七〕，布陣横空如項羽。〔公自註〕去歲錢塘，見飛蝗自西北來，極可畏。〔王註次公曰〕《前漢書》：「英布反，上自將擊布，布兵精甚。上望布軍置陳如項籍軍，上惡之。」此尤見先生詩句，無不有所出也。農夫拱手但垂泣，人力區區固難禦。撲緣鬢毛〔一八〕困牛馬，〔施註〕《北史》：後秦有蝗，齧草木皆盡，牛馬至相噉毛。唊齧衣服穿房户。坐觀不救亦何心，〔施註〕《唐·姚崇傳》：謂倪若水曰：「今坐觀蝗食苗，忍而不救，因以無年，刺史其謂何。」秉畀炎火傳自古。〔王註〕《詩·小雅·大田》：去其螟螣，及其蟊賊，無害我田穉，田祖有神，秉畀炎火。荷鋤散掘誰敢後，〔施註〕陶徵君詩：帶月荷鋤歸。〔合註〕江文通《擬陶》詩：雖有荷鋤倦，濁酒聊自適。得米濟飢還小補。〔施註〕國朝詔州縣募民捕蝗，每掘得其子，以斗升計，而給米多寡有數焉。事著《常平令》。常山山神信英烈，〔施註〕《唐十道四蕃志》：密州常山，齊時祈雨常應，因以爲名。〔查註〕《水經注》：扶淇之水，出西南常山。撝駕〔一九〕雷公訶電母〔二〇〕。〔施註〕王充《論衡》：畫雷公左手引連鼓，右手椎之。《續仙傳》：東王父與玉女投壺，有不入者，天爲之笑，則電。應憐郡守〔二一〕老且愚，欲把瘡痍手摩撫。〔王註〕《漢·功臣表》：瘡痍未平。韓退之詩：摩手拊之。〔施註〕《後漢·王郎傳》：元元創痍已過半矣。山中歸時風色變，中路已覺商羊舞。〔王註〕《家語》：齊有一足之鳥，舒翅而跳，齊侯使使問孔子。孔子曰：「此鳥名商羊。昔童兒謡曰，天將大雨，商羊鼓儛。」夜窗騷騷鬧松竹，朝畦泫泫流膏乳。〔合註〕謝惠連詩：泫泫露盈條。從來蝗旱〔二二〕必相資，〔王註〕《五行志》：旱則魚螺變爲蟲蝗。〔查註〕《埤雅》：春遺魚子，如粟埋於泥中。明年水及故岸，則化而爲魚。如遇旱乾水縮，不及故岸，則其子久閣，爲日所暴，乃生飛蝗。此事吾聞老農語。庶將積潤掃遺孽〔二三〕，〔合註〕常袞《賀雪表》：積潤潛通。徐陵書：殲厥兇渠，曾靡遺孽。收拾豐歲還明主。縣前已窖八千〔二四〕斛，〔公自註〕今春及今，得蝗子八千餘斛。率以一升〔二五〕完一畝〔二六〕。更看蠶婦過初眠，〔公自註〕蠶一眠，則蝗不復生矣。未用賀客來旁午。〔施註〕《漢·霍光傳》：昌邑王受璽以來二十七日，使者旁午。顔師古曰：一縱一横爲旁午。先生筆力吾所畏，〔合註〕劉孝綽詩：奇文争筆力。蹴踏〔二七〕鮑、謝跨徐、庾。〔王註次公曰〕鮑、謝，鮑照、謝朓也。徐、庾，徐陵、庾信也。〔倬曰〕江總詞氣淩鮑、謝，筆跡踵二王。史柄曰：足下新詩，往往氣淩鮑、謝。〔施註〕鮑照、謝朓、徐陵、庾信之流，皆以詩文鳴於南朝。〔查註〕《楞嚴經》：龍象蹴踏，非驢所堪。偶然談笑得佳篇，便恐流傳成樂府。〔王註〕《樂府詩集序》云：漢惠帝二年，使樂府令備簫管，更房中樂，武帝定禮，乃立樂府。〔施註〕《前漢·禮樂志》：武帝立樂府，采詩夜誦，有趙、代、秦、楚之謳。陋邦一雨何足道，吾君盛德九州普。《中和》、《樂職》幾時作？試向諸生選何武。〔王註〕《前漢·何武傳》：益州刺史王襃，使王襃頌漢德，作《中和》、《樂職》、《宣布》詩三篇。武年十四五，與成都楊覆衆等共習歌之。宣帝召武等於宣室，曰：「此盛德之事，吾何足以當之。」〔施註〕《漢·王襃傳》：王襃使作《中和》、《樂職》、《宣布》詩，選好事者，令依《鹿鳴》之聲，習而歌之。宣帝召見，武等皆賜帛。

謝郡人田賀二生獻花

【誥案】獻牡丹也。

城裏田員外，〔施註〕《唐·百官志》：太宗省内外官，定制爲七百三十員，曰：「吾以此待天下賢材，足矣。」然是時已有員外郎置。城西賀秀才。〔施註〕《漢·賈誼傳》：河南守聞其秀才，召置門下。不愁家四壁，〔施註〕《漢·司馬相如傳》：家徒四壁立。自有錦千堆。〔王註續曰〕謝庭皓以詞賦著名，時號錦繡堆。珍重尤奇品，〔合註〕王僧孺書：離别珍重。艱難最後開。芳心困落日，薄艷戰輕雷。〔公自註〕昨日雷雨。老守仍多病〔三八〕，壯懷先已灰。〔合註〕韓退之詩：風雲入壯懷。殷勤此粲者，〔公自註〕賀獻魏花三朶。〔施註〕《毛詩·鄭風·羔裘》：三英粲兮。又《唐風·綢繆》：見此粲者。《國語》：獸三爲羣，人三爲衆，女三爲粲。攀折爲誰哉。玉腕揎紅袖，〔王註子仁曰〕小説載詩：吹火紅脣動，揎薪玉腕斜。金樽瀉白醅。〔合註〕陸龜蒙詩：村餉白醅缸。何當鑷霜鬢，强插滿頭回。【詰案】紀昀曰：本色語，極雅健，此老境，不易効之。

惜花

【詰案】惜牡丹也。

吉祥寺中錦千堆，〔公自註〕錢塘花最盛處。前年賞花真盛哉。道人勸我清明來，腰鼓百面如春雷，打徹涼州花自開。〔王註〕南卓《羯鼓録》：玄宗嘗遇二月初詰旦，宿雨初晴，景色明麗，小殿内庭，柳杏將吐，覩而歎曰：「對此景物，豈可不與他判斷之乎？」高力士遣取羯鼓。上命臨軒縱擊一曲，名《春光好》。反顧柳、杏皆已發拆。上笑謂嬪御曰：「此一事，不唤我作天公，可乎？」沙河塘上插花〔二九〕回，醉倒不覺吴兒咍，〔施註〕白樂天《洛城花》詩：醉倒亦何妨。豈知如今雙鬢摧。城西古寺没蒿萊，有僧閉門手自栽，千枝萬葉巧剪裁。就中一叢何所似，馬瑙盤盛金縷杯。〔王註次公曰〕《唐書》：裴行儉平都支遮匐，獲馬瑙盤，廣二尺，文采燦然。杜子美《韋諷録事宅》詩：内府殷紅馬瑙盤。而我食菜方清齋，〔合註〕支遁詩：令月肇清齋。【詰案】公時以旱蝗齋素。見《紀年録》。對花不飲花應猜。夜來雨雹〔三〇〕如李梅〔三一〕，〔王註〕《春秋·僖公三十三年》：李、梅實。〔查註〕《風俗通》：漢文帝後元年，雨雹如桃、李，深三尺。紅殘緑暗吁可哀。〔公自註〕錢塘吉祥寺花爲第一。壬子清明，賞會最盛，金盤綵籃以獻於座者，五十三人。夜歸沙河塘上，觀者如山，爾後無復繼也。今年，諸家園圃花亦極盛，而龍興僧房一叢尤奇。但衰病牢落，自無以發興耳。昨日雨雹，知此花之存者有幾，可爲太息也〔三二〕。〔合註〕齊己詩：紅殘緑滿海棠枝。韓琮詩：緑暗紅稀出鳳城。【詰案】紀昀曰：信手寫出，有曲折自如之妙。

和頓教授見寄，用除夜韻〔三三〕

〔查註〕頓教授，名起，鄆州人。與子由同赴洛中。見《欒城集》。〔合註〕《續通鑑長編》：元豐六年三月，監察御史頓起言，不覺察舒亶違法，支用廚錢，望先罷黜。詔起供職。又爲淮安守。見紹聖元年夏四月《祈雨淮瀆廟題名》石刻。【誥案】公移徐州，頓起來爲考官，有唱和詩。

我笑陶淵明，種秫二頃半。婦言既不用，還有責子歎。〔王註〕陶淵明《責子》詩：阿舒已二八，懶惰故無匹。阿宣行志學，而不愛文術。雍端年十三，不識六與七。通子垂九齡，但覓梨與栗。〔施註〕《靖節集》淵明《責子》詩：雖有五男兒，總不好紙筆。無絃則無琴，何必勞撫玩。我笑劉伯倫，醉髮蓬茅〔三四〕散。〔合註〕《晉書·阮孚傳》：蓬髮飲酒。二豪苦不納，獨以鍤自伴。既死何用埋，此身同夜旦。〔王註孫倬曰〕《莊子·內篇·大宗師》云：死生命也，其有夜旦之常，天也。孰云二子賢？自結兩重案。〔施註〕《傳燈録》：北禪和尚問僧曰：「什麼院？」曰：「資福。」師曰：「福將何資？」曰：「兩重公案。」笑人還自笑，【誥案】紀昀曰：出落輕捷。出口談治亂。一生溷塵垢，〔合註〕《莊子·達生篇》：彷徨乎塵垢之外。晚以道自盥。無成空得懶，坐此百事〔三五〕緩。仄聞〔三六〕頓夫子，講道出新貫。〔合註〕韓退之《會合聯句》：析言多新貫。豈無一尺書，〔施註〕《說文》：牘，書版也。長一尺爲率。杜子美《逢劉主簿》詩：分手開元末，連年絶尺書。〔合註〕《史記·匈奴傳》：漢遺單于書牘以尺一寸。恐不記庸懦。陋邦貧且病，數米銖稱炭。〔王註〕《莊子·庚桑楚篇》：簡髮而櫛，數米而炊，竊竊乎，又何足以濟世哉。慚愧章先生，〔查註〕即章傳道。十日坐空館。〔合註〕潘岳《懷舊賦》：空館闃其無人。袖中出子詩，貪讀酒屢暖。〔施註〕《晉・孫盛傳》：嘗詣殷浩談論，食冷而復暖者數四。狂言各須慎，勿使輸薪粲。〔施註〕《漢・劉輔傳》：成帝欲立趙倢伃爲后，輔上書，坐繫共工獄，論爲鬼薪。《漢・刑法志》：罪人獄已決，完爲城旦舂，滿三歲爲鬼薪、白粲。《惠帝紀》應劭註曰：取薪給宗廟爲鬼薪，坐擇米使正白爲白粲，皆三歲刑也。

和子由四首

〔查註〕子由時爲齊州掌書記。

韓太祝送游太山

〔查註〕《職官分紀》：太常寺官屬有太祝。《欒城集・次韻韓宗弼太祝送游太山》詩云：羨君官局最優游，笑我區區學問囚。今日登臨成獨往，終年勤苦粗相酬。春深緑野初開繡，雲解青山半脱衮。回首紅塵讀書處，煮茶留客小亭幽。

偶作郊原十日游，未應回首厭籠囚。但教塵土驅馳足，終把雲山爛漫酬。〔施註〕元次山《丐説》：鄉無君子，則友雲山。白樂天《枕上作》詩：賴是從前爛漫游。聞道逢春思濯錦，〔王註李錞曰〕《成都古今記》：濯錦江自州西北，分派東流，至州北街過，入文富坊。東流至膠坊尾，又向南流於興聖觀，直東南至大慈寺，前有錦江橋。是也。便須〔三七〕到處覓菟裘。〔王註〕《左傳・隱公十一年》：公曰：「使營菟裘，吾將老焉。」恨君不上東封〔三八〕頂，〔施註〕《史記・封禪書》：武帝封禪，上太山，乃令人上石立之太山巔。夜看金輪出九幽。〔王註〕《漢官儀》曰：太山東南，名曰日觀，雞一鳴時，見日始出，長三丈許。〔施註〕劉禹錫《羅浮》詩：赤波千萬里，湧出黃金輪。《黄庭經》：九幽日月洞空無。

送春

〔查註〕《欒城集·次韻劉敏殿丞送春》原作詩云：春去堂堂不復追，空餘草木弄晴暉。交游歸雁行將盡，蹤跡鳴鳩懶不飛。老大未須驚節物，醉狂兼得避危機。東風雖有經旬在，芳意從今日日非。

夢裏青春可得追，欲將詩句絆餘暉。〔王註次公曰〕絆，繫也。杜子美《曲江》詩：何用浮名絆此身。〔合註〕王粲詩：桑梓有餘暉。酒闌病客惟思睡，〔施註〕《漢·高祖紀》：酒闌，呂公因目固留高祖。歐陽文忠公《和梅公儀》詩：寒侵病骨惟思睡，花落春愁未解酲。蜜熟黄蜂亦懶飛。〔施註〕白樂天《禽蟲十二章》：蠶老繭成不庇身，蜂飢蜜熟屬他人。芍藥櫻桃俱掃地，〔公自註〕病過此二物〔三九〕。鬢絲禪榻兩忘機。〔施註〕《唐闕史》云：杜牧之自以年漸遲暮，常追賦《感舊》二詩，一詩卽「鬢絲禪榻」者。憑君借取《法界觀》，一洗人間萬事非。〔公自註〕來書云：近看此書，余未嘗見也。〔施註〕《華嚴經·法界觀》，清涼澄觀禪師述，以明華嚴品中法界大旨。杜子美《送韓十四》詩：歎息人間萬事非。

首夏官舍卽事

〔查註〕《欒城集·次韻趙至節推首夏》原作詩云：首夏尋芳也未遲，繞園紅紫尚菲菲。無心與物真皆可，有酒逢人勸莫違。夢逐楊花無限思，身慚啼鳥不如歸。官居寂寞如僧舍，海燕憐貧故入扉。

安石榴花開最遲，〔施註〕竇子野《酒譜》：頓遜國有安石榴，取汁停盆中，數日成美酒。絳裙深樹出幽菲。〔施註〕白樂天《山石榴》詩：題詩報我何所云？苦云色似石榴裙。吾廬想見無限好，〔施註〕陶淵明《讀山海經》詩：孟夏草木長，遶屋樹扶疎。衆鳥欣有托，吾亦愛吾廬。鄭谷《子規》詩：春山無限好，猶道不如歸。客子倦遊胡不歸。〔施註〕《毛詩·邶風》：式微式微，胡不歸。〔合註〕王粲詩：客子多悲傷。坐上一樽雖得滿〔四〇〕，〔施註〕《後漢·孔融傳》：常歎曰：「坐上客常滿，樽中酒不空。吾無憂矣。」古來四事巧相違。令人却憶湖邊寺，〔王註次公曰〕湖邊寺，蓋先生憶杭州西湖也。垂柳陰陰晝掩扉。

送李供備席上和李詩

〔查註〕李供備名昭敍。時以黎陽都監歸洛省親，供備其官名也。《宋史·職官志》有供備庫使。《職官分紀》：自內客省使至皇城使以下，謂之東班。自宮苑使以下二十名，謂之西班。供備使在西班內。《欒城集·次韻李昭敍供備燕別湖亭》原作詩云：池亭雨過一番涼，雲髻羅裙客兩旁。不覺行人離恨遠，貪看積水照筵光。滿堂樽俎歡方劇，極目江湖意自長。歸去伊川瀟灑地，不須遺念屬清湘。

家聲赫奕蓋并、涼，〔合註〕《文選》何平叔《景福殿賦》：赫奕昭鑠。《後漢書·鄭太傳》：有并、涼之人。也解微吟錦瑟傍。〔施註〕《漢·中山靖王傳》：雍門子壹微吟。《文選》魏文帝《樂府短歌》：微吟不能長。擘水取魚湖起浪，〔施註〕韓退之詩：擘水看蛟螭。引杯看劍坐生光。〔施註〕杜子美《宴左氏莊》詩：檢書燒燭短，看劍引杯長。風流别後人人憶，才器〔四一〕歸來種種長。〔合註〕《後漢書·郭鎮傳》：趙興子峻以才器稱。「種種」，借用《左傳》字。不用更貪窮事業，風騷分付與沉湘。

西齋

西齋深且明，中有六尺牀。〔王註〕《晉書》：武帝賜賀循以六尺牀。《南史》：賀革有六尺方牀，思義未達，則横卧其上。〔施註〕白樂天《小院酒醒》詩：好是幽眠處，松陰六尺牀。病夫〔四二〕朝睡足，〔施註〕白樂天《重題》詩：日高睡足猶慵起。危坐覺日長。〔施註〕「危坐」，見《管子·弟子職篇》。《晉·夏統傳》：危坐如故，若無所聞。昏昏既非醉，〔施註〕白樂天《效陶潛體》詩：且效醉昏昏。踽踽亦非狂。〔施註〕《毛詩·唐風·杕杜》：獨行踽踽。褰衣竹風下，〔合註〕《詩傳》：揭，褰衣也。戴叔倫詩：不知竹雨竹風夜。穆然中微涼。〔王註〕宋玉《風賦》：其風中人。〔施註〕《毛詩·大雅·烝民》：吉甫作頌，穆如清風。宋玉《九辯》：薄寒之中人。唐柳公權《與太宗聯句》云：薰風自南來，殿閣生微涼。起行西園中，草木含幽香。榴花開一枝，桑棗沃以光。〔王註〕《詩·衛風·氓》：桑之未落，其葉沃若。鳴鳩得美蔭，〔施註〕《莊子·山木篇》：覩一蟬，方得美蔭而忘其身。困立忘飛翔。黄鳥亦自喜〔四三〕，新音變圓吭。〔王註〕謝靈運詩：園柳變鳴禽。〔施註〕《文選》左太沖《蜀都賦》：鴻儔鵠侣，鶩鷺鵜鶘，雲飛水宿，哢吭清渠。〔合註〕鮑明遠《舞鶴賦》：引員吭之纖婉。杖藜觀物化，〔施註〕《莊子·齊物論篇》：周與胡蝶，則必有分矣，此之謂物化。《淮南子》：春女思，秋士悲，而知物化。亦以觀我生〔四四〕。〔王註〕劉禹錫賦：觀物之餘，遂觀我生。〔施註〕《周易·觀》：觀我生進退，未失道也。〔合註〕傅毅《舞賦》：在山峩峩，在水湯湯，與志遷化，容不虚生。與詩用韻同。萬物各得時，〔施註〕《文選·古詩》：盛衰各有時。我生日皇皇。〔王註〕陶淵明《歸去來辭》：羡萬物之得時，感吾生之行休。〔施註〕《揚子》：仲尼皇皇。陶淵明《歸去來辭》：寓形宇内復幾時，曷不委心任去留，胡爲乎皇皇欲何之？【誥案】紀昀曰：善寫夷曠之意，善用托染之筆，寫物全是自寫，音節字句，皆一一入古。

小兒

小兒不識愁，起坐牽我衣。我欲嗔小兒，老妻勸：「兒癡。〔施註〕韓退之《和詠筍》詩：兒癡謂盡髭。兒癡君更甚，不樂愁何爲。」還坐愧此言，洗盞當我前。大勝劉伶〔四五〕婦，〔王註〕《晉書》：劉伶嘗渴甚，求酒於其妻。妻捐酒毁器，涕泣諫曰：「君酒太過，非攝生之道，必宜斷之。」伶曰：「善，吾不能自禁，唯當祝鬼神自誓耳。便可具酒肉。」妻從之。伶跪祝曰：「天生劉伶，以酒爲名，一飲一斛，五斗解醒，婦兒之言，慎不可聽。」仍引酒御肉，頹然復醉。區區爲酒錢。〔施註〕《文選·古詩》：一心抱區區。杜子美《戲簡鄭廣文兼呈蘇司業》詩：賴有蘇司業，時時與酒錢。

寄劉孝叔

〔王註次公曰〕劉述，湖州吳興人。〔施註〕劉孝叔，名述。舉進士。知温、耀、真三州，提點江西刑獄，荆湖南北京西轉運使。神宗擢侍御史知雜事，數論事，剴切。會孝叔兼判刑部，與王安石争謀殺刑名。勅下，封還之。安石白帝，詔開封推官王克臣劾罪。孝叔率御史劉琦、錢顗共上疏，彈奏安石執政以來，未踰數月，中外人情，囂然胥動，專肆胸臆，輕易憲度，驚駭物聽，動揺人心，首以財利，務爲容悅，願早罷逐以安天下。疏上，先貶琦、顗爲監。當開封獄具，以孝叔三問不承，安石欲置之獄，司馬文正、范忠宣力争之，乃以知江州。踰歲，提舉崇禧觀。東坡倅杭，與孝叔會虎丘，和其二詩，吴興六客堂，孝叔其一人也。初，神宗即位，起安石於金陵，付以大政。而是時帝已有誅滅西夏意，遂用种諤以開邊隙。安石逢迎帝意，且謂鞭笞四夷，必財用豐裕，然後可以行其志。於是終帝之世，以理財爲急，兵連禍結，南征西伐，幾至於亂。帝雖欲改爲，而諸臣係其用舍，執之愈堅。晚歲始大悔悟，然無及矣。故此詩首言征伐之意。熙寧七年九月，詔開封府界河北京東西路置三十七將副，從樞副蔡挺之請，故云「聯翩三十七將軍，走馬西來各開府」。先是熙寧三年，管勾開封常平趙子幾乞以鄉户團爲保甲，覺察姦盜，各立首領部轄，因而推及天下，將爲萬世長安之術，乃下司農寺詳定條例行之。上嘗問：「如何可以漸省正兵？」安石曰：「當使民習兵，則兵可省。」然其後保甲不能逐盜而爲盜矣，故云「保甲連村團未徧」。五年，司農丞蔡天申請委提舉司均税而領於司農，始立方田、均税之法，詔司農以條約并式頒之天下。方田之法，以東西南北各千步當四十一頃有奇爲一方，歲以九月，委令佐分地計量，均定税數，至明年三月畢，揭以示民，仍再期一季，以盡其詞，乃書户帖連莊帳付之，以爲地符。故云「方田訟牒紛如雨」。七年春，上以大旱，憂見容色，欲罷保甲、方田等事。安石曰：「水旱常數，堯、湯所不免，但當益修人事。」上曰：「此豈細事，朕今所以恐懼者，正爲人事有所未修耳。」初，吕惠卿建爲手實之法，使民自上其家之物産，而官爲注籍，奉使者至析秋毫，天下病之。至八年十月，乃罷。故云「爾來手實降新書，抉剔根株窮脈縷，詔書惻怛信深厚，吏能淺薄空勞苦」。蘇子由擢爲條例司檢詳，與安石議事多忤，罷黜。上曰：「蘇軾如何，可使代轍否？」安石曰：「軾兄弟學本流俗，朋比沮事，若朝廷不行先王正道，則能合流俗朋比之情。」故曰「平生學問止流俗」。是時，安石凡議其新政者，皆以流俗詆之也。孝叔年七十二，卒。紹興間，録其風節，贈祕閣修撰。【誥案】此條施註殘缺甚多。内趙子幾一事，合註已引《長編》校補。其未補者，「三十七將」下缺二字，「首領部轄」下缺一字，「蘇子由」下缺一字，「與安石議」下缺三字，「罷」字下缺二字，「曰蘇軾如何」下缺七字，「曰軾兄弟」下缺七字，「事若朝廷」下缺六字，「則能合流俗」下缺四字。誥以《事畧》、《宋史》、《遺老傳》合考殘註，爲補全之。蓋子由以前大名府推官言事召見，先公二年，子由罷黜，公猶未召見，故神宗有此問，其意實欲用之。如非此意，則上之子由數語，即無因而至矣。「可使代轍否」五字，確不可易。必如是，則層層皆到，字數亦合。施註之鈔襲傳誌原文者，合註輒以《宋史》、《長編》校字數補足。此則施所手撰，無能爲役。誥非傳施之儔，施有不當及殘脱，例皆删削，視施與諸註班，不因施有偏倚也。然遇關涉公事者，必察之。公命過作補亡，實傳其義，非傳其文，不爲補文，其義亦亡，兹以公例補之，庶幾本事猶存也。子由以何官上書言事，諸書無考，獨徐度《却掃編》云：熙寧二年，蘇黄門子由以前大名府推官上書論事，神宗覽而悦之。即日召對便殿，面擢爲條例司屬官。此條，總案不載，今附録於此。亦見補「擢」字之所從也。

君王有意誅驕虜〔四六〕，〔施註〕《左傳·昭公十二年》：與君王哉。《漢·匈奴傳》：胡者，天之驕子也。椎破〔四七〕銅山鑄銅虎。〔王註〕《漢·文帝紀》：二年，初與郡守爲銅虎符。註：銅虎符，第一至第五，國家當發兵遣使者，至郡合符，符合乃聽受之。以代古之圭璋，從簡易也。〔次公曰〕銅山，鄧通所鑄錢處。〔合註〕《漢書》：賜通蜀嚴道銅山，得自鑄錢。

〔施註〕《三國志·董卓傳》：悉椎破銅人鐘簴。聯翩三十七將軍，走馬西來各開府。〔王註〕柳子厚詩云：漢家三十六將軍，東方雷動橫陣雲。〔查註〕《宋史·兵志》：熙寧七年，詔總開封府畿、京東西、河北路分置將、副。自河北始。自第一將以下共十七將，在河北四路；自第十八將以下共七將，在府畿；自第二十五將以下共九將，在京東；自第三十四將以下共四將，在京西：凡三十有七。〔合註〕《續通鑑長編》：七年九月癸丑，置三十七將，選嘗經戰陣大使臣專掌訓練，將有正副，皆給虎符。又於陝西選兵官訓練。南山伐木作車軸，〔合註〕《續通鑑長編》：熙寧七年八月，遣內侍籍民車以備邊，以沈括言而罷。十一月，令軍器監具戰車制度，疾速詳定進呈。東海取鼉漫戰鼓〔四八〕。〔施註〕《毛詩·大雅·靈臺》：鼉鼓逢逢，矇瞍奏公。《史記·李斯傳》：建翠鳳之旗，樹靈鼉之鼓。汗流奔走誰敢後，恐乏軍興污資斧〔四九〕。〔邵註〕「資斧」字，當是「質」字之訛。質與鑕通。《史記·范睢傳》：臣之胸不足以當椹質，而要不足以待斧鉞。又：一語無效，請伏斧質。《石慶傳》：罪當伏斧質。《漢書·梅福傳》：雖伏質橫分，臣之願也。保甲連村團未遍，〔查註〕《宋史·兵志》：保甲者，熙寧變募兵之新制也。熙寧三年，始連比其民以相保任。詔畿內之民，十家爲一保，五十家爲一大保，十大保爲一都保。有保長、保正。應主客户兩男以上，選一人爲保丁。遂推之五路。四年，詔保丁肄習武事。五年，上番於巡檢司，十日一更。初隸司農，八年隸兵部。凡義男保甲民兵，共七百一十八萬二千餘人。【誥案】鄧元錫《函史》云：保甲法行，民憂無錢買弓矢兼戍邊，有截指斷腕以避丁者。知開封府韓維以聞。帝問安石。安石對曰：「未必然。然愚民難與慮始，即有之，亦不足怪。」方田訟牒紛如雨。〔施註〕《後漢·馬嚴傳註》：劉徽《九章算術》曰，方田第一。《晉·王羲之傳》：文符如雨，倒錯違背，不復可知。〔查註〕《宋史·食貨志》：方田之法，分五等以定稅，則凡田方之角，立土爲岸，植木以表之。有方帳，有莊帳，有户帳，分析典賣，官給契，縣置簿，皆以今所方之田爲正。見於籍者，二百四十八萬四千三百四十九頃。爾來手實降新書，〔施註〕《魏志註》：作兵書十餘萬言，諸將征伐，皆以新書從事。〔查註〕《困學紀聞》：《管子・地員篇》云，其立后而手實。手實之名，始見於此。呂惠卿因以行手實之法。《宋史・呂惠卿傳》：惠卿用弟和卿計，置五等丁產簿，使民自供手實，尺椽寸土，檢括無餘，下至雞豚，亦徧抄之。隱匿者許告，以貲三之一充賞。又，《蒲宗孟傳》：呂惠卿置手實法，猶許災傷五分以上不預，宗孟請勿以凶豐張弛其法，民益病矣。抉剔根株窮脈縷。〔王註次公曰〕韓退之《進學解》：爬羅抉剔。《列子》言：五山根株，不相連著。〔合註〕《漢書・趙廣漢傳》：根株窟穴所在。詔書惻怛信深厚〔五〇〕，〔施註〕《漢・儒林傳》：文章爾雅，訓辭深厚。惻怛見《禮記》。〔查註〕《東都事畧》：熙寧七年二月乙丑，詔曰：「朕涉道日淺，政失厥中，以干陰陽之和。乃冬迄春，旱暵爲虐，省膳避殿，冀以消變。歷日滋久，未蒙休應，中外臣僚並許實封，直言朝政缺失。」吏能淺薄空勞苦。〔合註〕《後漢書・堅鐔傳》：世祖以其吏能，署主簿。董仲舒書：經術淺薄。【誥案】紀昀曰：二句詩人之筆。平生學問只流俗〔五一〕，【誥案】《東都事畧》：安石爲神宗言朝士朋比之情，且曰：「陛下欲以先王之正道，勝天下流俗，故與流俗相爲輕重。流俗權重，則天下之人歸流俗，陛下權重，則天下之人歸陛下。今姦人欲敗先王之正道，以沮陛下之所爲，而天下之權，已歸於流俗矣。」誥補施註缺文，載此條以見一斑。衆裏笙竽誰比數。〔施註〕《漢・司馬遷傳》：刑餘之人，無所比數。杜子美《秋雨歎》：長安布衣誰比數。忽令獨奏《鳳將雛》，〔王註〕吴兢《樂府古題要解》云：《鳳將雛》，漢世樂曲名也。晉應璩《百一》詩云：爲作《陌上桑》，反言《鳳將雛》。《晉書・樂志》：《吴歌》十曲，一曰《子夜》，二曰《上柱》，三曰《鳳將雛》。〔施註〕應璩《新詩》：漢末桓帝時，郎有馬子侯。自謂識音律，請客吹笙竽。爲作《陌上桑》，反言《鳳將雛》。左右爲稱善，亦復自搖頭。見《太平御覽》卷四百九十〔五二〕。【誥案】謂「誤占久虛之等」也。「誤占」云云，見本集《謝制科啓〔五三〕》。倉卒欲吹那得譜。〔施註〕《文選》李少卿《答蘇武書》：前書倉卒，未盡所懷。《後漢・順帝紀》：即位倉卒，典章多缺。【誥案】紀昀曰：妙於用比，便不露激訐之痕。前人立比體，原爲一種難着語處開法門。況復連年苦饑饉，〔施註〕《毛詩·大雅·召旻》：瘨我饑饉，民卒流亡。剥齧草木啖泥〔五四〕土。今年雨雪頗應時，又報蝗蟲生翅股。憂來洗盞欲强醉，寂寞虚齋卧空甁。〔合註〕《禮記·禮器》：君尊瓦甒。註：瓦甒，五斗。公廚十日不生煙，〔施註〕《三輔決録》：第五頡，倫之子，洛陽無主人，鄉里無田宅，寄止靈臺中，或十日不炊。白樂天《題李山人》詩：廚煙無火室無妻。更望紅裙踏筵舞。〔施註〕韓退之《感春》詩：艷姬踏筵舞，清眸射劍戟。故人屢寄〔五五〕山中信，只有當歸無别語。〔王註〕《吴志·太史慈傳》：曹公聞慈名，遺慈書，以篋封之，發省無所道，而但貯當歸。〔援曰〕羅公遠寄玄宗以蜀當歸。〔施註〕孫盛《雜語》：姜維詣諸葛亮，與母相失，後得母書，令求當歸。維曰：「良田百頃，不在一畝，但有遠志，不在當歸。」方將〔五六〕雀鼠偷太倉，〔王註〕韓退之詩：家請官供不報答，無異雀鼠偷太倉。未肯衣冠挂神武。吴興丈人真得道，〔查註〕《事實類苑》：劉孝叔吏部公述，深味道腴，東吴端清之士也。强仕之際，已恬於進，後將引年，方得請。平日立朝非小補。自從四方冠蓋鬧，【誥案】曉嵐謂此句，當從《詩案》作「四方冠蓋鬧如雲」，誤。前有「紛如雨」，後必不作「鬧如雲」。然篇幅太長，曉嵐未能兼顧也。「污資斧」句，義本不協，故從「污質斧」爲可信。若本句極爲緊健，且叙吴興丈人本事，只四句，必要「自從」二字貫下，至「湖山主」句止，而後「高蹤」句蕩開，「大隱」句頓住。若從紀説，則「四方」句先已蕩開，至「湖山」而氣已住，下二句更蕩不得，必要删去以前四句，已直接「去年」讀下故也。久讀當自知之。歸作二浙湖山主。高蹤已自雜漁釣，〔王註〕《後漢書》：高鳳隱身漁釣，終於家。《晉書》：郭翻家於臨川，不交世事，惟以漁釣射獵爲娱。〔施註〕張升《與任彦堅書》：纏綿恩好，庶蹐高蹤。大隱何曾棄簪組。去年相從殊未足，【誥案】熙寧七年，公將赴密，《與李公擇書》云：孝叔丈向有徑山之約，今已不遂。其後雖重見於湖，而此約終不果行。故云「去年相從殊未足」也。問道已許談其粗〔五七〕。〔合註〕《戰國策》：蘇子謂舍人曰：「我談粗而君動。」逝將棄官往卒業，〔施註〕《毛詩・魏風・碩鼠》：逝將去汝。《漢・楚元王傳》：遣子郢客與申公俱卒業。《莊子・漁父篇》：孔子請因受業，而卒學大道。俗緣未盡那得睹。公家只在霅溪上，上有白雲如白羽〔五八〕。應憐進退苦皇皇，更把安心教初祖。〔合註〕「初祖」字，見《傳燈録》。【誥案】時孝叔游心方外，特用「問道」句留作種子，便於此處收煞。否則，公既未退，而孝叔亦不出，此詩無結處矣。其問道一層，且是孝叔丈當日身分。詩法細密如此，若以譚空當一件事論，即大可笑矣。〔查註〕《烏臺詩案》：熙寧八年四月十一日，軾作詩寄劉述。「君王有意」四句，是時朝廷遣使諸路檢點軍器，及置三十七將官。軾將謂今上有意征討西夏，以譏諷朝廷諸路遣使及置將官，張皇不便。又「南山伐木」云云，以譏朝廷法度屢變，事目煩多，吏不能曉。又「况復連年苦饑饉」云云，意謂近來饑饉，飛蝗蔽天，以譏朝廷政事缺失，新法不便之所致。又云酒食無備，齋廚索然，以譏諷朝廷減削公使錢太甚，公事既多，旱蝗又甚，貳政巨藩，尚如此窘迫，所以言山中故人寄信令歸，但軾貪禄，未能便挂冠而去。又「四方冠蓋鬧如雲」二句，以譏諷朝廷近日提舉官所至，生事苛碎，故劉述乞宫觀歸湖山也。其詩不係朝旨降到册子内。

孔長源挽詞〔五九〕二首

〔查註〕《曾南豐集・司封郎中孔君墓志》云：君諱延之，字長源，新淦縣人。孔子四十七世孫。幼孤，自感勵，學業大成，鄉舉進士第一，卒於熙寧七年二月。〔施註〕孔長源，新淦人。進士第一。任廣東轉運判官。雷守方倪爲不善，官屬共告之。倪要奪其書，悉收官屬并其孥繫獄，推官吕潛以瘐死。君馳至，取倪屬吏，縱繫逮者七百餘人，倪坐法當斬，亦以瘐死。人驩叫感泣，聲動海上。後知越州，改宜州。未至，言者奏越州鹽法不行，故課負坐罷。課法以滿歲爲率，歲終，越之鹽課應法，乃以爲管勾三司理欠憑由司，故詩云「南荒尚記誅元惡，東越誰能事細兒」。出知潤州，未行，卒。長源言若不能出口，及見義慷慨，辯且强也。方微時，已數劘切上官無避，及老益自强。守所聞於古，不肯苟隨，以故齟齬，一不以易意，故云「晚節孤風益自奇」。工於爲文，諸子皆自教以學。文仲、武仲仕至侍從，與平仲皆有傳國史，爲時名臣。詩云「林宗不愧蔡邕碑」者，曾子固志其墓也。

其一

少年才氣冠當時，晚節孤風益自奇。〔施註〕《漢・鄒陽傳》：晚節末路。君勝宜爲夫子後，〔施註〕韓退之《孔戣墓志銘》：孔世卅八，吾見其孫，白而長身，寡笑與言，其尚類也，莫與之倫。戣字君嚴，弟戡字君勝。林宗不愧蔡邕碑。〔施註〕《後漢・郭太傳》：太字林宗。舉有道。卒，四方之士千餘人，皆來會葬，同志者乃共刻石立碑。蔡邕爲文，既而謂涿郡盧植曰：「吾爲碑銘多矣，皆有慚德，惟郭有道無愧色耳。」南荒尚記誅元惡，〔王註〕《尚書・康誥》：元惡大憝。〔施註〕《荀子》：元惡不待教而誅。〔合註〕漢王襃《移金馬碧雞文》：處南之荒。東越誰能事細兒。〔王註〕韓退之詩：魯連細兒黠。〔施註〕《史記・陳軫傳》：莊舄，越之鄙細人。〔查註〕細兒，當指越州奏鹽法之人，孔因是罷官。〔合註〕《續通鑑長編》：熙寧五年十一月，司封郎中知越州孔延之衝替，以兩浙提舉鹽事言沮壞鹽法虧歲額也。考是時，提舉是盧秉，見《宋史・食貨志》。耆舊如今幾人在，爲君〔六〇〕無憾爲時悲。

其二

小堰門頭柳繫船，〔王註李堯祖曰〕小堰門，杭州城門名也。按《圖經》：在仁和縣一十三里。〔施註〕杜子美《丈八溝納涼放船》詩：纜侵堤柳繫。〔查註〕《咸淳臨安志》：城東保安門，舊名小堰門。本集《請開西湖狀》：錢氏有國時，郡城之東有小堰門，昔人以大小二堰，隔絶江水，不放入城。〔合註〕顧非熊《江邊柳》詩：根蘯復繫船。吴山堂上月侵筵。〔王註李堯祖曰〕即有美堂也。〔施註〕《杭州圖經》：《輿地志》：吴山本名胥山，避伍相故，改爲吴山。潮聲半夜〔六一〕千巖響，〔施註〕《文選》謝惠連《雪賦》：瞻山則千巖俱白。詩句明朝萬口傳。〔公自註〕長源自越過杭，夜飲有美堂上聯句。長源詩云〔六二〕：天目遠隨雙鳳落，海門遥蹙兩潮趨。一坐稱善。〔查註〕鄭谷詩：不知幾首南行曲，留與巴兒萬口傳。豈意日斜庚子後，〔施註〕《漢·賈誼傳》：爲長沙傅，有鵩飛入誼舍，自傷悼，以爲壽不得長。廼爲賦以自廣曰，庚子日斜，鵩集余舍。忽驚歲在巳辰年。〔施註〕《後漢書》：鄭玄夢孔子告之曰：「起，起，今年歲在辰，明年歲在巳。」既寤，以讖合之，知命當終。〔合註〕王本註有「辰爲龍，巳爲蛇，歲至龍蛇賢人嗟」句，係本傳註中引北齊劉晝論玄之言。佳城一閉無窮事，〔施註〕《西京雜記》：滕公駕至東都門，馬鳴跼不肯前，以足跑地。滕公使士卒掘地，得石槨，有銘曰：佳城鬱鬱，三千年見白日，吁嗟滕公居此室。〔查註〕《墓志》云：初，君樂江州之佳山水，買宅將居之，故其子以八年九月葬君於江州之德化縣仁貴鄉龍泉原。南望題詩淚灑箋。

寄呂穆仲寺丞

〔查註〕先生倅杭時，呂爲察推。

孤山寺下水侵門〔六三〕，每到先看醉墨痕。楚相未亡〔六四〕談笑是，〔王註〕《史記·滑稽優孟傳》：孫叔敖善待之，病且死，屬其子曰：「我死，汝必貧困，若往見優孟。」數年，其子窮困，負薪，逢優孟曰：「我，孫叔敖之子也。」優孟曰：「若無遠有所之。」即爲孫叔敖衣冠，抵掌談語。歲餘，像孫叔敖。莊王置酒，優孟前爲壽，莊王大驚，以爲叔敖復生也。欲以爲相。優孟曰：「請歸與婦計之。」三日後，優孟復來曰：「婦言愼無爲楚相，如孫叔敖爲相，盡忠爲廉以治楚，楚王得以霸。今死，其子無立錐之地，必如孫叔敖，不如自殺。」於是莊王召孫叔敖子，封之寢丘四百户，以奉其祀。中郎不見典刑存。〔公自註〕杭有伶人，善學吕，舉措酷似。別後，常令作之以爲笑。〔施註〕《後漢・孔融傳》：素與蔡邕善。邕卒後，有虎賁士，貌類於邕。融每酒酣，引與同坐，曰：「雖無老成人，尚有典刑。」邕爲左中郎將。君先去踏塵埃陌，我亦來尋桑棗村。〔王註次公曰〕蓋言本同在杭州西湖相聚，今吕去而往京師，密州即桑棗之地，先生來爲守故也。回首西湖真一夢，〔施註〕白樂天《寄王質夫》詩：舊游疑是夢，往事思如昨。灰心霜鬢〔六五〕更休論。〔王註〕唐裴度詩：灰心緣忍事，霜鬢爲論兵。

余主簿母挽詞

【誥案】密州余簿，蜀人，公以其子之賢及其母也，惜不可知其詳矣。

閨庭蘭玉照鄉閭，〔王註〕《晉書・謝玄傳》：叔父安嘗曰：「子弟亦何豫人事，而正欲使其佳。」玄曰：「譬如芝蘭玉樹，欲使其生於庭階爾。」自昔雖貧樂有餘。豈獨家人在中饋，〔王註〕《易・家人》：無攸遂，在中饋。却因《麟趾》識《關雎》。〔施註〕《毛詩・周南・麟之趾序》：《麟之趾》，《關雎》之應也。雲軿忽已歸仙府，〔施註〕裴硎《封陟傳奇》：雲軿既去，窗户遺芬。喬木依然擁舊廬。〔合註〕《孔叢子・記問》：孔子《息鄹操》，復我舊廬。忍把還鄉千斛淚，〔施註〕白樂天《舟夜贈内》詩：三聲猿後垂鄉淚。一時灑向老萊裾。

答陳述古二首

其一

漫説山東第二州，〔王註次公曰〕山東第二州，先生自言其密州也。〔查註〕《輿地廣記》：京東東路，望，青州，上，密州。《九域志》：淳化五年，改青州爲鎮海軍。開寶五年，升密州爲安化軍。棗林桑泊負春游〔六六〕。〔合註〕桑泊二字，見徐爰《釋問篇》。庾信詩：空花植棗林。城西亦有紅千葉，人老簪花却自羞。〔合註〕先生在杭詩，有「人老簪花不自羞」之句，故此云然。

其二

小桃破萼未勝春，〔施註〕《文選》謝靈運《酬惠連》詩：山桃發紅萼。羅綺叢中第一人。〔王註〕李太白《宫中行樂詞》詩：漢宫誰第一。〔查註〕本集有《送述古迓元素·訴衷情詞》一首，述古去杭，在先生未赴密州之前。聞道使君歸去後，舞衫歌扇總成塵〔六七〕。〔公自註〕陳有〔六八〕小妓，述古稱之。〔施註〕《樂府》徐陵《雜曲》：舞衫迴袖勝春風，歌扇當窗似秋月。《文選》劉越石《答盧湛》詩：澄醪覆觴，絲竹生塵。

張安道樂全堂

〔查註〕張方平《自題樂全堂》詩云：樂全得意在莊書，静閲流光樂有餘。四句幻泡明《般若》，一篇力命信《冲虚》。心閒自覺浮雲薄，才拙誠知與世疎。只此空名漫兒戲，何王城闕不坵墟。

列子御風〔六九〕殊不惡，猶被莊生譏數數。〔王註〕《莊子·逍遥遊篇》：列子馭風而行，泠然善也，旬有五日而後返。彼於致福者，未數數然也。步兵飲酒中散琴，〔王註〕《晉·阮籍傳》：籍本有濟世志，屬魏、晉之際，天下多故，名士少有全者，由是不與世事，遂酣飲爲常。聞步兵廚營人善釀，有貯酒三百斛，乃求爲步兵校尉。〔施註〕《晉·嵇康傳》：與魏宗室婚，拜中散大夫，常修養性服食之事。《與山濤絶交書》曰：濁酒一杯，彈琴一曲，志意畢矣。庾信《詠懷》詩：步兵未飲酒，中散未彈琴。索索無真氣，昏昏有俗心。於此得全非至樂。〔施註〕《莊子·至樂篇》：天下有至樂，無有哉。至樂無樂，至譽無譽。樂全居士全於天，〔王註〕《莊子·達生篇》：聖人全於天。〔查註〕本集《張文定墓志》：晚自號樂全居士，有《樂全集》四十卷。公性與道合，得佛老之妙。【誥案】紀昀曰：接法入化。維摩丈室〔七〇〕空翛然。〔王註〕《維摩經》言：舍利佛來見此室中，無有牀坐，維摩現神通力，須彌燈王遣三萬二千師子座來，人維摩方丈室。平生痛飲今不飲，〔施註〕杜子美《贈李太白》詩：痛飲狂歌空度日。陶淵明《止酒》詩：平生不止酒，止酒情無喜。無琴不獨琴無絃〔七一〕。我公天與英雄表，〔施註〕《世説》：魏武將見匈奴使，自以形陋不足雄遠國，使崔季珪代帝，自捉刀立牀頭。既畢，令間諜問曰：「魏王何如？」匈奴使答曰：「魏王雅望非常，然牀頭捉刀人，此乃英雄也。」龍章鳳姿照魚鳥。〔施註〕《晉·嵇康傳》：康美詞氣，有風儀，而土木形骸，不自藻飾，人以爲龍章鳳姿，天質自然。但令端委坐廟堂，〔施註〕《左傳·哀公七年》：吴太伯端委以治吴。《國語》：晉侯端委以入。註云：諸侯祭服也。《晉·謝鯤傳》：明帝在東宮，問曰：「論者以君方庾亮，自謂何如？」答曰：「端委廟堂，使百僚準則，鯤不如亮；一丘一壑，自謂過之。」北狄西戎談笑了。〔施註〕杜子美《觀安西兵過赴關中待命》詩：談笑無河北。又《洗兵馬》：二三豪俊爲時出，整頓乾坤濟時了。如今老去苦思歸，〔施註〕杜子美《因許八奉寄江寧旻上人》詩：老去新詩誰與傳。小字親書寄我詩。試問樂全全底事，無全何處更相虧〔七二〕。〔施註〕《莊子·繕性篇》：樂全之謂得志。古之所謂得志者，非軒冕之謂也，謂無以益其樂而已矣。

張文裕挽詞

〔施註〕張文裕，名掞。幼篤孝，舉進士，知益都縣。當督賦租，置里正弗用，而民皆以時入。石介獻《息民論》，請以益都爲天下法。中丞范諷薦其材堪治劇，以知萊州掖縣。民訴旱於州，州不受，文裕自爲奏上之。詔除登、萊稅役。歷省府待制天章閣，陜西都漕，進龍圖直學士，累官户部侍郎，致仕。熙寧七年卒，年八十。文裕，齊州歷城人，故詩云「濟南名士新彫喪」。益州在劍外，而文裕有惠政，故詩云「劍外生祠已潔除」。子由亦有挽詞，載集中。〔合註〕《續通鑑長編》：熙寧三年八月，張掞致仕，七年九月卒。〔查註〕《宋史·張掞傳》稱：其性篤孝，幼時刲股療父疾，後與兄揆廬墓。故詩有「能事方推德業餘」之句。《欒城集·張文裕侍郎挽詞》云：持節西南二十年，華堂遺像已蒼然。歸來侍從三朝舊，老去雍容平地仙。落筆縱横題壁處，誦詩清壯舉杯前。東游邂逅迎歸旐，淚落城南下馬阡。

高才本出朝廷右，〔王註次公曰〕《前漢》：晁錯對策，漢廷臣無出其右，遂爲第二。〔施註〕《漢·田叔傳》：上召見與語，漢廷臣無能出其右者。能事方推〔七三〕德業餘。〔施註〕《周易·繫辭上》：觸類而長之，天下之能事畢矣。又：可久則賢人之德，可大則賢人之業。每見便聞曹植句，〔王註次公曰〕曹子建善詩，且有七步之敏。鍾嶸嘗評其詩曰：植詩原出於《國風》，其氣骨高奇，詞采華茂，情兼雅怨，體備文質，然超逸今古，卓爾不羣。〔施註〕杜子美《追酬故高蜀州人日見寄》詩：文章曹植波瀾闊。〔合註〕張揆詩，不多見。惟王昶《金石粹編》載《宋興慶池禊宴》詩石刻，中有祕書丞通判軍府事張揆五言六韻律詩一首，則其能詩可知也。至今傳寶魏華書〔七四〕。〔王註次公曰〕魏華，河南人。善書，其字如褚河南，而用筆開闊，有《豆盧公神道碑》見於世。〔孫倬曰〕華善草隸書。〔合註〕《唐書・魏徵傳》：子叔瑜，善草隸，以筆意傳其子華及甥薛稷。世稱善書者，前有虞、褚，後有薛、魏。華，爲檢校太子左庶子。濟南名士新彫喪，〔王註〕杜子美《陪李北海宴歷下亭》詩：海内此亭古，濟南名士多。〔合註〕陸機詩：舊齒皆彫喪。劍外生祠已潔除。〔施註〕《漢・于定國傳》：父于公爲縣吏，決獄平，郡爲立生祠。欲寄西風兩行淚，〔施註〕杜子美《寄杜位》詩：封書兩行淚。白樂天《寄劉蘇州》詩：何堪老淚交流日，正是西風搖落時。依然喬木鄭公廬。〔施註〕《後漢・鄭玄傳》：孔融深敬於玄，告高密縣，爲玄特立一鄉，曰：「昔齊置士鄉，越有君子軍，皆異賢之意。鄭君好學，實懷明德，今鄭君鄉，宜曰鄭公鄉。」廣開門衢，令容高車，號爲通德門。

懷西湖寄晁美叔同年

〔施註〕美叔，名端彦。時提點兩浙刑獄，置司杭州。紹聖間，爲秘書少監。以直秘閣知陝州，提舉崇福宮。改知潭州。子説之，字以道。後亦從先生遊。〔合註〕《續通鑑長編》：熙寧七年五月，晁端彦徙兩浙提點刑獄。

西湖天下景，游者無愚賢。淺深隨所得，誰能識其全。【誥案】四句確是西湖定評。而讀此集亦然，正當借以評公集也。嗟我本狂直〔七五〕，早爲世所捐。獨專山水樂，付與寧非天。三百六十寺，幽尋遂窮年。〔施註〕杜子美《夜宿贊公土室》詩：幽尋豈一路，遠色有諸嶺。所至得其妙，心知口難傳。至今清夜夢，耳目餘芳鮮。君持使者節，風采爍雲煙。〔施註〕《漢·張耳傳》：上使泄公持節問之。《高帝紀》：自稱使者，晨馳入張耳、韓信壁。《霍光傳》：天下想聞其風采。清流與碧巘，〔合註〕江淹賦：登崎嶇之碧巘。安肯爲君妍。胡不屏騎從，〔王註高荷曰〕歐陽永叔《游石子澗》詩云：使君厭騎從，車馬留山前。暫借僧榻眠。讀我壁間詩，清涼〔七六〕洗煩煎。策杖無道路，直造意所便。〔施註〕杜子美《江外草堂》詩：卧痾遺所便。應逢古漁父，葦間自延緣〔七七〕。問道若有得，〔施註〕《莊子·漁父篇》：孔子游於緇帷之林，坐乎杏壇之上。有漁父者，顧見孔子，還鄉而立，乃刺船而去，延緣葦間。孔子曰：「道之所在，聖人尊之，今漁父之於道，可謂有矣。」買魚勿論錢〔七八〕。〔施註〕《南史·隱逸傳》：漁父不知姓名。孫緬爲尋陽太守，見一輕舟，淩波隱顯，俄而漁父至，神韻蕭灑，垂綸長嘯。緬甚異之，乃問：「有魚賣乎？」答曰：「其釣非釣，寧賣魚者耶。」

次韻劉貢父李公擇見寄二首

〔合註〕李常知齊州，據《續通鑑長編》，載熙寧八年五月，而寄詩時，或尚未離湖，故道吴中飢苦。又《長編》是年載：知曹州劉攽言濟陰知縣羅適有政績事。則先生作詩時，攽正在曹州任。

其一

白髮相望兩故人，【誥案】劉、李總起。眼看時事幾番新。曲無和者應思郢，〔施註〕《宋玉對楚王問》：客有歌於郢中者，其始曰《下里巴人》，國中屬而和者數千人。其爲《陽阿薤露》，屬而和者數百人，其爲《陽春白雪》，屬而和者數十人。引商刻羽，雜以流徵，屬而和者，不過數人。其曲彌高，其和彌寡。論少卑之〔七九〕且借秦。〔施註〕《漢·張釋之傳》：釋之言便宜事。文帝曰：「卑之毋甚高論，令今可行。」於是言秦、漢間事。《漢·賈山傳》：言治亂之道，借秦爲喻，名曰《至言》。歲惡詩人無好語，〔公自註〕公擇來詩，皆道吳中饑苦之狀。〔施註〕李賀詩：沙路歸來聞好語，旱火不光天下雨。〔合註〕《越絶書》：陽入深者則歲惡。夜長鰥守向誰親。〔公自註〕貢父近喪偶。【誥案】此聯劉、李并作，可見二詩必不可分編也。少思多睡無如我，〔合註〕孫綽《褚裒碑》：少思寡慾。鼻息雷鳴〔八〇〕撼四鄰。〔查註〕《烏臺詩案》：熙寧八年六月內，軾和劉攽寄秦字韻詩「白髮相望兩故人，眼看時事幾番新」，以譏諷朝廷近日更立新法，事尤多也。【誥案】《詩案》謂作熙寧六年九月，今依施註，仍與後詩并編密州。照後詩之詩案，更正八年六月，以歸畫一。仍改列《會獵》詩前，以證施、查二註之誤，餘詳總案中。〔案〕總案熙寧八年六月「和劉攽、李常詩」條下誥案云：《年譜》，熙寧八年，和李公擇來字韻詩。《紀年録》，八年六月，和李公擇詩，皆不及劉貢父一首。《烏臺詩案》，六年九月，和劉貢父秦字韻詩，八年六月，和李公擇來字韻詩。查註謂「和劉貢父詩，公自註有公擇來詩，道吳中飢苦之語，公擇以熙寧七年自鄂移湖，在任兩年改齊，時尚在湖。二詩既係同時，其和劉貢父詩，亦八年所作無疑。依施註，俱編密州卷中。」合註謂「二詩相連，下首《詩案》既作八年，上首『六年』當是刊誤。」今考此二詩一題并作，仍當合編六月。

其二

何人勸我此間〔八一〕來？絃管生衣甑有埃。緑蟻沾唇〔八二〕無百斛，〔施註〕《文選》謝玄暉詩：嘉貺聊可薦，緑蟻方獨持。《史記·秦始皇紀》：太史公曰，餐未及下咽，酒未及濡唇。蝗蟲撲面已三回。【誥案】公上年赴密州，始入境，見民以蒿蔓裹蝗蟲而瘞之道左，纍纍相望者二百餘里，蓋至是捕蝗已三次矣。磨刀入谷追窮寇，〔施註〕

《兵法》：窮寇勿追。【誥案】公《論河北京東盜賊狀》云：比年以來，蝗旱相仍，盜賊漸熾。又《與文寬夫書》云：備員徧州，民事甚簡，但風俗武悍，特好强刼，加以比歲薦饑，椎剽之姦，殆無虚日。自軾至此，明立遣賞，隨獲隨給，人用競勸，盜亦斂跡。又自註「近梟數盜」，皆實事也。灑涕循城〔八三〕拾棄孩〔八四〕。【誥案】本集《與朱壽昌書》云：「軾向在密州，遇饑年，民多棄子，因盤量勸誘米，得出剩數百石，别儲之，專以收養棄兒，月給六斗。比朞年，養者與兒皆有父母之愛，遂不失所，所活亦數千人。」此條，乃此句本事也。前註不知引此，而謂「棄孩」别本作「棄骸」，誤甚。爲郡鮮歡君莫歎〔八五〕，〔合註〕《文選》陸士衡《苦寒行》：慘愴常鮮歡。猶勝〔八六〕塵土走章臺。〔王註〕《漢·張敞傳》：爲京兆尹，無威儀，時罷朝會，過走馬章臺街，自以便面拊馬。〔合註〕何焯曰：句言勝作京兆推官也。〔查註〕《烏臺詩案》：熙寧八年六月，李常寄來字韻一首與軾，即無譏諷，軾依韻和答云云。此詩譏諷朝廷新法，減削公使錢太甚，及造酒不得過百石，致絃管生衣，甑有塵埃，及言蝗蟲盜賊災傷饑饉之苦，以譏朝廷政事缺失，及新法不便之所致也。九月十四日，準問目有無未盡，軾供曾和李常等詩，即不係册子内。

祭常山回小獵

〔王註堯卿曰〕熙寧八年作。

青蓋前頭點皁旗，〔施註〕《後漢·董卓傳》：乘金華青蓋。黄茅岡下出長圍。〔施註〕《南史》：侯景作長圍圍梁。《宋書》：魏主就臧質求酒，封溲便與之。魏主怒，築長圍，一夕便合。杜牧之《東兵》詩：漸見長圍雲欲合。弄風驕馬跑空立，〔施註〕白樂天《渭村退居》詩：廐馬騎初跨。〔合註〕《廣韻》：跑，足跑地也。趁兔蒼鷹掠地飛。〔合註〕曾之泌曰：劉禹錫《白鷹》詩：輕抛一點入雲去，喝殺三聲掠地來。緑玉觜攢雞腦破，玄金爪擘兔心開。回望白雲生翠巘，歸來紅葉滿征衣。【誥案】紀昀曰：寫得興致。聖明〔八七〕若用西涼簿，白羽猶能效一揮。〔王註〕《晉・顧榮傳》：齊王冏召爲大司馬主簿。周玘與榮謀起兵攻陳敏。榮廢橋斂舟於南岸，敏率萬餘人出，不獲濟，榮麾以羽扇，其衆潰散。〔合註〕何焯曰：結句當用鮑明遠詩「留我一白羽，將以分虎竹」意，非專用顧榮事也。〔査註〕《烏臺詩案》：軾知密州，祭常山回，與同官習射放鷹，作詩一首，題在本州小廳上。除無譏諷外，云「聖朝若用西涼簿，白羽猶能效一揮」，意取西涼州主簿謝艾事。艾，本書生也，善能用兵，故以此自比。若用軾爲將，亦不減謝艾也。軾在臺供説，即不係册子内。

和梅戶曹會獵鐵溝

山西從古説三明，〔施註〕《後漢・段熲傳》：字紀明。初與皇甫威明、張然明並知名，顯達京師，稱爲涼州三明。《贊》曰：山西多猛，三明儷蹤。誰信儒冠也捍城。〔施註〕《漢・酈食其傳》：諸客冠儒冠來者，沛公輒解其冠，溺其中。《左氏》以干城爲扞城。杜子美《贈韋左丞》詩：紈袴不餓死，儒冠多誤身。〔査註〕《詩・周南・兔罝》：公侯干城。傳云：干，扞也。竿上鯨鯢猶未掩，〔公自註〕近梟數盜。〔施註〕《左傳・宣公十二年》：古者明王伐不敬，取其鯨鯢而封之，以爲大戮，於是乎有京觀。草中狐兔不須驚。〔王註〕杜子美《冬狩行》詩：草中狐兔盡何益，天子不在咸陽宮。東州趙叟飲無敵，〔王註〕《左傳・宣公十二年》：趙旃云：「趙叟在後。」杜註：叟，老稱也。南國梅仙詩有聲。向不〔八八〕如臯閑射雉，歸來何以得卿卿。〔公自註〕是日，惟梅、趙不射。〔王註〕《左傳・昭公二十八年》：賈大夫惡，娶妻而美，三年不言不笑，御以如臯，射雉，獲之，其妻始笑而言。〔次公曰〕臯者，澤名也。如，訓往也。言御其妻而往於臯澤也。〔合註〕陸錫熊曰：王聿《觀林詩話》：嘗見東坡手寫《會獵》詩云「向不如臯閑射雉，人間何以得卿卿」，世所傳本作「不向」，特未嘗見寫本耳。

劉貢父見余歌詞數首，以詩見戲，聊次其韻

〔合註〕劉貢父《彭城集·見蘇子瞻所作小詩因寄》詩云：千里相思無見期，喜聞樂府短長詩。靈均此秘未曾覩，郢客探高空自知。不怪少年爲狡獪，定應師法授微辭。吴娃齊女聲如玉，遥想明眸頩黛時。

十載飄〔八九〕然未可期，〔王註〕杜牧之詩：十載飄然繩檢外，樽前自獻自爲酬。那堪重作看花詩。門前惡語誰傳去，〔合註〕《後漢書·曹世叔妻傳》：不道惡語。醉後狂歌自不知。〔合註〕杜子美《官定後戲贈》詩：躭酒須微禄，狂歌託聖朝。刺舌君今猶未戒，〔王註〕《隋書·賀若弼傳》：父敦，臨刑呼弼，謂曰：「吾以舌死，汝不可不思。」因引錐刺弼舌出血，誡以慎口。灸眉吾亦〔九〇〕更何辭〔九一〕。〔王註厚曰〕《晉書》：郭舒爲王澄别駕，荆土士人宗廞嘗因酒忤澄。澄怒，叱左右棒廞。舒厲色謂左右曰：「使君過醉，汝輩何敢妄動？」澄恚曰：「别駕狂耶，誑言我醉。」因遣掐其鼻，灸其眉頭，舒跪而受之。廞遂得免。〔查註〕《烏臺詩案》：劉攽聞人唱軾新詞，作詩相戲，軾和一首，不合引刺舌以戒言語事戲劉攽，又引郭舒狂言而灸其眉以自比，皆譏諷時人不能容狂直之言也。相從痛飲無餘事，〔施註〕《世説》：王孝伯曰：「但思常得無事，痛飲酒，熟讀《離騷》，便可稱名士。」正是春容〔九二〕最好時。

和章七出守湖州二首

〔施註〕章惇，字子厚，建州浦城人。父俞，徙蘇州。子厚豪儁，善屬文，書札追古人。再舉甲科，

調商洛令，以三司使出知湖州。子厚好論出世間法，故詩中多用學仙事。東坡意欲卜居陽羨，子厚寄詩云：「君方陽羨卜新居，我亦吴門葺舊廬。身外浮雲輕土苴，眼前陳迹付籧篨。澗聲山色蒼雲上，花影溪光罨畫餘。他日扁舟約來往，共將詩酒狎樵漁。」是時子厚二親無恙，故有「兩卮春酒真堪羡，獨占人間分外榮」之句。〔查註〕《丁未録》：章惇舉進士甲科。王安石用事，李承之薦惇可用，安石召見之。惇素辨，又善迎合，安石大喜，數年遂至侍從三司使。上嘗譽張方平之美以問惇，惇以告吕惠卿，故御史蔡承禧彈惇云：「朝登陛下之門，暮入惠卿之室。」爲此也。上由是惡惇。安石亦仇惠卿，黜之陳州。中丞鄧綰言：「惇人物佻薄，行跡醜穢，與惠協濟爲奸，宜早罷斥。」遂自權三司使出知湖州。〔合註〕《續通鑑長編》：熙寧八年十月，章惇知湖州。【誥案】施註有「東坡既買田陽羨，子厚在湖州寄詩」二句，謬甚。買田乃元豐七年事，彼何由於熙寧中知之，且公買田之日，惇在政府，不在湖州，亦非吴門葺舊廬時也。惇詩所指者，即「惠泉山下土如濡，陽羡溪頭米勝珠」一首。公作此詩時，惇在京東，亦不在湖州。其葺廬之事，既無所考，則作詩之地，亦無由知之。且此詩自熙寧七年後，無時不可作，不必實其處也。今删去「既買田」、「在湖州」六字，爲改「意欲卜居」四字。

其一

方丈仙人出淼茫〔九三〕，〔查註〕《揮麈餘話》：章俞者，郇公之族子。不自拘檢。妻之母楊氏，年少而寡，俞與之通，生子。楊氏以一盒貯水，緘置其内，遣人持以還俞。俞以兒五行甚佳，雇乳者謹視之。既長，登第，與東坡締交。後送其守湖州詩，有「方丈仙人出淼茫」，以爲譏己，由是怨之。紹聖初，相天下。東坡渡海，蓋修報也。所謂「燕國夫人墓，獨處而無祔」者，卽楊氏也。〔合註〕《吴興備志》：惇嘗以詩寄東坡，坡用其韻和之；子厚得詩，不樂數日。【誥案】公如知有其事，惟當憐惇之不幸，何忍揭其所生，且公陷臺獄，惇力解之，公謫黄州，惇力勸之，凡此皆可以明惇之心，不得以元祐國是爲讎而牽涉之也。此乃元符以後受惇害者，特揚其醜，借公爲播傳地耳。惇父子固不足惜，但公自海外還，聞惇謫雷，驚歎彌日，且囑黄師是開慰其母，以是知必無此心矣。本案凡論元祐變法黨患諸事，皆懸衡以待物之輕重，非衡之自爲輕重也。衡失其平，雖忠賢與奸邪同科，不能稍爲寬假，與此事正相類。查註、合註引以釋詩，卽於公人品心術，殊有關係，不可誣也，故爲正之。高情猶愛水雲鄉。功名誰使連三捷，〔王註萬先之曰〕《詩·小雅·采薇》：一月三捷。身世何緣得兩忘。〔王註〕《莊子·大宗師篇》：不如兩忘而化其道。〔施註〕白樂天詩：惟與時相遠，身將世兩忘。早歲歸休心共在，〔施註〕陶淵明《斜川》詩：開歲倏五十，吾生行歸休。他年相見話偏長。只因未報君恩重，清夢時時到玉堂。〔施註〕《漢·揚雄傳》：歷金門，上玉堂，有日矣。《文選》班孟堅《西都賦》：神仙長年，金華玉堂。李宗諤《翰苑雜記》：太宗皇帝御書飛白玉堂之署四字，淳化三年賜，今在本院玉堂門上。

其二

絳闕雲臺總有名，〔王註厚曰〕晉傅玄《西都賦》：巍巍絳闕。《後漢·列傳第十二》：顯宗追感前世功臣，乃圖畫二十八將於南宫雲臺。應須極貴又長生。〔王註十朋曰〕《清靈真人裴君内傳》：道人支子元相君曰：「子目中珠子，正似北斗瑶光星，既有貴爵，又當神仙。」鼎中龍虎黄金賤，松下龜蛇緑骨輕。〔公自註〕君好爐火而餌茯苓。〔王註縯曰〕金丹之術，有日魄月魄，白虎青龍，真鉛正汞，蓋五行强名耳。〔合註〕施註歌云：寶鼎存金虎，元田養日鴉。今考寶鼎二句，乃韓湘《言志歌》也。**霅水未渾纓可濯，弁峰初見眼應明。**〔施註〕張元之《吴興山墟名》：卞山峻極，非清秋爽月，不見其頂。周處《風土記》：卞山當作冠弁之弁。〔施註〕韓退之《過襄陽城》詩：潁水、嵩山刮眼明。**兩卮春酒真堪羡，**【誥案】既有此句，益見查註之非。**獨占人間分外榮。**〔施註〕杜子美《柴門》詩：賞妍又分外，理愜夫何誇。

和張子野見寄三絶句

【誥案】自此題後，無復與子野唱和矣。

過舊遊〔九四〕

前生我已到杭州，到處長如到舊遊。〔施註〕東坡《答錢塘主簿陳師仲書》云：一歲率常四五夢至西湖上，此殆世俗所謂前緣者。在杭州，嘗游壽聖院，入門便悟曾到，能言其院後堂殿山石處，故詩中有前生已到之語。**更欲洞霄爲隱吏，**〔施註〕杜子美《送裴氏》詩：隱吏逢梅福。**一菴閑地且相留。**

見題壁

狂吟跌宕無風雅，〔合註〕白樂天詩：狂吟一千字。嵇康論：採詩觀禮，以別風雅。**醉墨淋漓**〔九五〕**不整齊。**〔合註〕《史記·貨殖傳》：其次整齊之。**應爲詩人一回顧，山僧未忍掃黄泥。**〔王註次公曰〕此乃「隨手便遭黄土掃，癡心更望碧紗籠」之意。〔施註〕小説：有富家子杜四郎，嘗戲爲詩章，號杜荀鴨，以比荀鶴。每有詩，即題屋壁，親賓戍汙墁之，即云：三十年來塵撲面，如今始得一枕泥。

竹閣見憶

柏堂南畔竹如雲，此閣何人是主人。但遣先生披鶴氅，〔施註〕《世説》：孟昶家在京口。嘗見王恭乘高輿，披鶴氅裘，於時微雪，昶於籬間窺之，歎曰：「此真神仙中人。」不須更畫樂天真。〔施註〕竹閣有樂天祠堂。〔查註〕《釋氏稽古畧》：竹閣今爲廣化寺，白侍郎遺像在焉。

送趙寺丞寄陳海州

景疏樓上唤蛾眉〔九六〕，君到應先誦此詩。【誥案】謂前所題《景疏樓》詩也。若見孟公投轄飲，【誥案】用陳孟公事，切海州也。莫忘衝雪送君時。〔王註〕杜子美《暮秋將歸秦留别湖南幕府親友》詩：北歸衝雨雪。【誥案】時趙晦之罷東武令，歸漣水也。

和蔣夔寄茶

〔施註〕夔赴代州教授，子由有送行詩。〔查註〕本集有《送蔣夔赴代州學官》詩。〔合註〕《續通鑑長編》：元豐二年正月，京兆府學教授蔣夔言，釋奠，顔子與孔子無少異，而九人之像，坐於兩旁，樽酒豆肉不及，乞下禮官詳定。禮官言，九人各設籩豆俎簠簋爵，命官分獻，從之。竊意夔必熙寧末先任代州，元豐二年調任京兆。至其鄉里及熙寧八九年事，則無可考矣。【誥案】公與子由送蔣夔赴代州學官作詩，乃熙寧十年在汴京事。前註所引，皆後事也。

我生百事常隨緣，四方水陸無不便。扁舟渡江適吴越，三年飲食窮芳鮮。金虀玉膾飯炊雪，〔施註〕《大業拾遺》：吴郡獻松江鱸魚膾，須八九月霜下之時。鱸魚白如雪，取三尺以下者作之，以香菜花葉相間，和以細縷金橙食之，所謂金虀玉膾，東南之佳味也。〔合註〕杜子美《孟冬》詩：香稻雪翻匙。海螯江柱初脱泉。〔王註厚曰〕海螯，言蠏也。江柱，江瑶柱也。〔施註〕白樂天《放魚》詩：脱泉雖已久，得水猶可蘇。臨風飽食甘寢罷，一甌花乳浮輕圓。自從捨舟入東武，〔施註〕《漢·地理志》：琅琊郡東武縣。沃野便到桑麻川。〔王註子仁曰〕先生《超然臺記》云：余自錢唐，移守膠西。釋舟楫之安，而服車馬之勞；去雕牆之美，而蔽采椽之居；背湖山之觀，而行桑麻之野。即此詩中意也。〔施註〕《文選》張平子《西京賦》：廣衍沃野，厥田上上。剪毛胡羊大如馬，〔合註〕張平子《東京賦》：射不剪毛。誰記鹿角腥盤筵。〔王註子仁曰〕鹿角，小魚也。先生詩嘗云：聊將充鹿角。〔合註〕白樂天詩：盤筵占地施。廚中蒸粟堆飯甕〔九七〕，〔王註子仁曰〕山東人埋肉於飯下而食之，謂之飯甕。大杓更取〔九八〕酸生涎。〔公自註〕山東喜食粟飯，飲酸醬〔九九〕。〔施註〕《世説》：諸阮飲酒，不復用常杯斟酌，以大罋盛酒，圍坐相向，大杓更飲之。柘羅〔一〇〇〕銅碾棄不用，〔查註〕蔡君謨《茶録》：茶羅以絶細爲佳，羅底用東川鵝溪絹之密者，投湯中，揉洗以冪之。茶碾，以銀或鐵爲之。黄金性柔，銅及鍮石皆能生鉎，不入用。脂麻白土須盆研。〔王註師曰〕蜀人以脂麻白土煎茶。故人猶作舊眼看，〔王註〕《吴志·吕蒙傳》：士别三日，即更刮目相待。謂我好尚如當年。〔合註〕《蜀志·法正傳》：雖好尚不同。沙溪、北苑强分别，〔施註〕丁謂《茶録》：北苑，里名。官焙曰龍焙，蓋造御茶也。吕仲吉《茶記》：壑源其别有八，沙溪其一也。〔查註〕黄儒《品茶要録》：壑源、沙溪，其地相背，中隔一嶺，無數里之遠，然茶産頓殊。凡壑源之茶售以十，則沙溪之茶售以五。《石林避暑録》：北苑茶土所産爲曾坑，謂之正焙。非曾坑爲沙溪，謂之外焙。按壑源、沙溪，皆北苑地名。水脚一綫争誰先。〔施註〕蔡君謨《茶録》：建安鬬試，以水痕先者爲負，耐久者爲勝。故較勝負之説，曰相去一水兩水。清詩兩幅寄千里，紫金百餅費萬錢。〔合註〕杜子美《飲中八仙歌》詩：左相日興費萬錢。吟哦烹噍兩奇絶，〔合註〕《説文》：噍，齧也。只恐偷乞煩封纏。老妻稚子不知愛，一半已入薑鹽煎。〔王註師民瞻曰〕薑鹽煎茶，亦蜀中風俗。〔查註〕本集《題薛能茶詩後》云：唐人煎茶用薑。故能詩云：鹽愼添長戒，薑宜著更誇。據此，則又有用鹽者矣。近世亦有用此二物者，輒大笑之，然茶之中等者，用薑煎信佳也，鹽則不可。人生所遇無不可，南北嗜好知誰賢。死生禍福久不擇，更論甘苦争蚩妍〔一〇二〕。〔合註〕趙壹《疾邪賦》：孰知辨其蚩妍？知君窮旅不自釋，因詩寄謝聊相鐫。

光祿庵二首〔一〇三〕

〔查註〕本集《與陳履常尺牘》云：遠承寄貺詩刻，讀之灑然，輒和《光禄庵二絶》，聊以寄欽羨之懷。末又云：高密連年旱蝗，應付朔方百須，紛然疲茶，仰企仙館，如在雲漢矣。【誥案】此二詩施編不載，查註據邵本補編。

其一

文章恨不見文園，禮樂方將訪石泉。〔馮註〕《唐書》：田游巖頻召不出。高宗幸嵩山，親至其門，游巖野服出拜。帝問：「先生比佳否？」對曰：「臣所謂泉石膏肓，烟霞錮疾。」何事庵中著光禄，枉教閑處筆如椽。〔馮註〕

《晉・王珣傳》：孝武時爲僕射，夢人以大筆如椽與之。既覺，語人云：「此當有大手筆事。」俄而帝崩，哀册謚議，皆珣所草。

其二

城中太守的何人，【誥案】此似指徐州也。林下先生非我身。若向庵中覓光禄，雪中履迹鏡中真。〔合註〕即鏡花水月之意。

卷十三校勘記

〔一〕互憂樂　集甲、類本作「迭憂樂」。
〔二〕嘗感歎　集甲作「常感嘆」。
〔三〕答喬太博　集本此四字爲題下註。
〔四〕大夫　集甲作「丈夫」。
〔五〕王事　集乙作「三事」，疑誤。
〔六〕不煩　查註、合註：「煩」一作「須」。
〔七〕密州　集本無「州」字。
〔八〕使君　集甲作「史君」。
〔九〕雨雪　原作「風雪」。今從集甲。

〔一〇〕幾回　類本作「幾時」。查註：宋刻本「時」作「回」。集甲「時」作「回」。
〔一一〕還有　合註：「還」一作「幸」。
〔一二〕飛昇　類本作「飛仙」。
〔一三〕露光芒　原作「吐光芒」，今從集本、類本。
〔一四〕自不　類本作「不自」。合註謂「不自」訛。
〔一五〕其狀類峨眉　類丙無「其」字。
〔一六〕如颪　類本作「如鋒」。
〔一七〕入吳越　類甲、類乙作「過吳越」。
〔一八〕鬖毛　集本、類本作「鬖尾」。
〔一九〕撝駕　類本作「麾駕」。合註：《九經字様》：「撝」、「麾」同，通作「揮」（自註文中移此）。
〔二〇〕訶電母　類甲、類丙作「呵電母」。「訶」通「呵」。
〔二一〕郡守　類甲、類乙作「乞郡」。
〔二二〕蝗旱　類丙作「旱蝗」。
〔二三〕遺孽　類丙作「餘孽」。
〔二四〕八千　查註：「千」字恐訛，當作「十」。
〔二五〕一升　集乙作「一勝」。
〔二六〕完一畝　類乙作「還一畝」。

〔二七〕蹴踏　集甲、類本作「蹵踏」。

〔二八〕仍多病　原作「尤多病」，今從集本、類本。

〔二九〕插花　類本作「戴花」。

〔三〇〕雨雹　類甲、類乙作「雨電」，疑誤。

〔三一〕如李梅　集乙作「知李梅」。

〔三二〕錢塘吉祥寺花云云　集本無此自註。類本作跋語：「尤奇」類本作「亦奇」，「知此花」作「如此花」，「太息」作「歎惜」。

〔三三〕用除夜韻　集本、類本此四字爲題下註。合註謂舊王本無此四字，非是。

〔三四〕蓬茅　類丙作「蓬方」，合註謂「方」譌。

〔三五〕百事　合註謂「事」一作「年」，並謂「年」譌。

〔三六〕仄聞　類丙作「側聞」。

〔三七〕便須　原作「更須」，今從集本、類本。

〔三八〕東封　類本作「東峯」。

〔三九〕二物　集甲作「一物」。

〔四〇〕雖得滿　類丙詩後原校：「雖」，或作「常」字。本詩爲七律詩，僅一「雖」字，當指此處言。

〔四一〕才器　類本作「才氣」。

〔四二〕病夫　集乙作「病大」，疑誤。

〔四三〕亦自喜　章校：《鑑》作「亦行喜」。

〔四四〕我生　章校：《鑑》作「我行」。

〔四五〕劉伶　集甲作「劉靈」。

〔四六〕驕虜　原作「驕鹵」。據集本、類本改。

〔四七〕椎破　類本作「椎碎」。

〔四八〕漫戰鼓　合註：《詩案》「漫」作「𢵦」。紀校：「戰」，「當作輓」。

〔四九〕資斧　原作「質斧」。集本、類本作「資斧」，今從。沈欽韓《蘇詩查註補正》：按「資斧」見《易・旅卦》，子夏《易傳》及衆家並作「齊」，《漢書・王莽傳》亦作「齊」，蓋「資」、「齊」聲同也。《晉書・劉弘傳》：弘遣軍討張奕，斬之。《表》曰：臣劣弱不勝其任，令奕肆心以勞資斧。邵氏補註妄云「資」字是「質」字之誤，「質」與「鑕」通。查氏……亦仍其謬。合註：《詩案》「資」作「刀」。

〔五〇〕深厚　類本作「忠厚」。

〔五一〕只流俗　集本、類本作「止流俗」。

〔五二〕應璩新詩　原作「應璩新論」。按：應璩作品中無《新論》。今據《太平御覽》改，又補「左右」二句詩。

〔五三〕誤占云云見本集謝制科啟　此十一字，原缺。以原註文意難明，玆查其出處，補於此。

〔五四〕泥土　查註、合註：《詩案》「泥」作「桑」。

〔五五〕故人屢寄　查註、合註：《詩案》作「近來屢得」。

〔五六〕方將　查註、合註：《詩案》「方」作「猶」。

〔五七〕談其粗　沈欽韓《蘇詩查註補正》謂：「『粗』當作『觕』；《莊子・則陽》釋文：鹵莽，猶麤粗也。七集『粗』作『祖』，翁方綱《蘇詩補注》謂形近而訛。」

〔五八〕上有白雲如白羽　類本句下原註：白羽扇也。或爲自註。

〔五九〕挽詞　查註作「輓詩」。

〔六〇〕爲君　類丙作「爲吾」。

〔六一〕潮聲半夜　類本「潮聲」作「湖聲」，七集「半夜」作「夜半」。

〔六二〕詩云　類本無「詩」字，「云」作「曰」。

〔六三〕水侵門　類乙作「水浸門」。

〔六四〕未亡　類本作「未忘」。

〔六五〕霜鬢　類乙、類丁作「雙鬢」。

〔六六〕負春游　類丙作「及春游」。

〔六七〕成塵　集甲、類丙作「生塵」。

〔六八〕陳有　紀校：疑當作「杭有」。

〔六九〕御風　類甲、類丙作「馭風」。

〔七〇〕丈室　類甲、類乙作「之室」。

〔七一〕琴無絃　查註：「琴」一作「今」，訛。

〔七二〕相虧　集本、類本作「求虧」。
〔七三〕方推　集本作「空推」。
〔七四〕至今傳寶魏華書　沈欽韓《蘇詩查註補正》謂註文「華乃王徽之外孫」，乃「以唐接晉」，「舛錯」。今删去「王註孫倬曰」中「爲王徽之外孫」六字。
〔七五〕狂直　合註：「狂」一作「强」。
〔七六〕清涼　類甲作「清流」。
〔七七〕延緣　集本、類本作「賓緣」。
〔七八〕勿論錢　類本作「莫論錢」。盧校同。
〔七九〕論少卑之　類本作「論稍卑之」。
〔八〇〕雷鳴　類本作「如雷」。
〔八一〕此間　查註、合註：《詩案》「間」作「中」。
〔八二〕沾唇　集本、類本作「濡滑」，施本作「濡唇」。
〔八三〕循城　類本作「巡城」。
〔八四〕棄孩　查註：別本「孩」作「骸」者，訛。
〔八五〕莫歎　查註、合註：《詩案》「歎」作「笑」。
〔八六〕猶勝　查註、合註：《詩案》作「何如」。
〔八七〕聖明　集本、類本作「聖朝」。

〔八八〕趙傻……向不　集本「傻」作「叟」。集甲、施乙、類丙、査註、合註「向不」作「不向」。
〔八九〕飄然　集甲、施本作「漂然」。
〔九〇〕吾亦　集甲、類本作「我亦」。
〔九一〕何辭　集甲、施本、類本作「何詞」。
〔九二〕春容　合註：《詩案》作「春風」。
〔九三〕淼茫　類本作「渺茫」。
〔九四〕過舊遊　集甲無此題。集甲此三字在本詩末句「一菴」句後，爲自註註文。《見題壁》、《竹閣見憶》二首同。
〔九五〕淋漓　集本、類本作「淋浪」。
〔九六〕蛾眉　集乙作「峨眉」。集甲作「蛾眉」。
〔九七〕堆飯甕　集本、類本作「埋飯甕」。
〔九八〕更取　集本原註：更，平聲。類丙原註：更，音平聲。
〔九九〕山東喜食粟飯飲酸醬　集本無此自註。類本「山東」作「山東人」，「醬」作「漿」。
〔一〇〇〕柘羅　類本作「拓羅」。
〔一〇一〕蚩妍　査註、合註：「蚩」一作「媸」。
〔一〇二〕光祿庵二首　外集題作：「陳履常惠示光祿庵詩，和二絶」。